UM
CAVALHEIRO
A BORDO

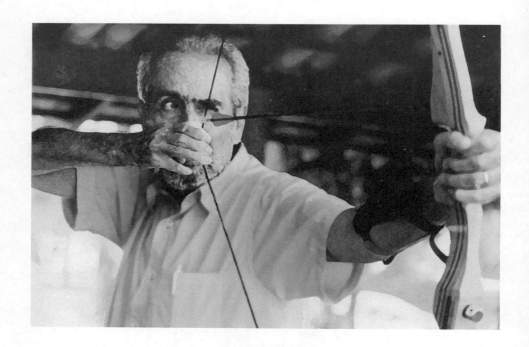

O Arqueiro

GERALDO JORDÃO PEREIRA (1938-2008) começou sua carreira aos 17 anos, quando foi trabalhar com seu pai, o célebre editor José Olympio, publicando obras marcantes como *O menino do dedo verde*, de Maurice Druon, e *Minha vida*, de Charles Chaplin.

Em 1976, fundou a Editora Salamandra com o propósito de formar uma nova geração de leitores e acabou criando um dos catálogos infantis mais premiados do Brasil. Em 1992, fugindo de sua linha editorial, lançou *Muitas vidas, muitos mestres*, de Brian Weiss, livro que deu origem à Editora Sextante.

Fã de histórias de suspense, Geraldo descobriu *O Código Da Vinci* antes mesmo de ele ser lançado nos Estados Unidos. A aposta em ficção, que não era o foco da Sextante, foi certeira: o título se transformou em um dos maiores fenômenos editoriais de todos os tempos.

Mas não foi só aos livros que se dedicou. Com seu desejo de ajudar o próximo, Geraldo desenvolveu diversos projetos sociais que se tornaram sua grande paixão.

Com a missão de publicar histórias empolgantes, tornar os livros cada vez mais acessíveis e despertar o amor pela leitura, a Editora Arqueiro é uma homenagem a esta figura extraordinária, capaz de enxergar mais além, mirar nas coisas verdadeiramente importantes e não perder o idealismo e a esperança diante dos desafios e contratempos da vida.

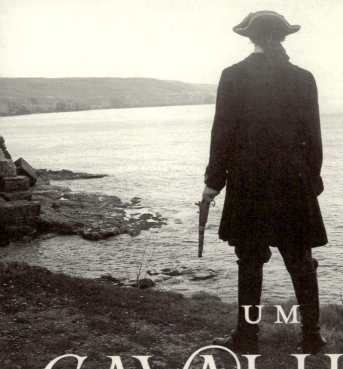

Julia Quinn

UM CAVALHEIRO A BORDO

3 OS ROKESBYS

Título original: *The Other Miss Bridgerton*

Copyright © 2018 por Julie Cotler Pottinger
Copyright da tradução © 2019 por Editora Arqueiro Ltda.

Todos os direitos reservados. Nenhuma parte deste livro pode ser utilizada ou reproduzida sob quaisquer meios existentes sem autorização por escrito dos editores.

tradução: Thaís Paiva

preparo de originais: Marina Góes

revisão: Cristhiane Ruiz e Sheila Louzada

diagramação: Ilustrarte Design e Produção Editorial

capa: Renata Vidal

imagens de capa: Andy & Michelle Kerry | Trevillion Images

impressão e acabamento: Cromosete Gráfica e Editora Ltda.

CIP-BRASIL. CATALOGAÇÃO NA PUBLICAÇÃO
SINDICATO NACIONAL DOS EDITORES DE LIVROS, RJ

Q64c   Quinn, Julia
         Um cavalheiro a bordo/ Julia Quinn; tradução de Thaís Paiva.
São Paulo: Arqueiro, 2019.
         288 p.; 16 x 23 cm.   (Os Rokesbys; 3)

         Tradução de: The other miss bridgerton
         ISBN 978-85-8041-983-2

         1. Ficção americana. I. Paiva, Thaís. II. Título. III. Série.

19-57055   CDD: 813
                                                   CDU: 82-3(73)

Todos os direitos reservados, no Brasil, por
Editora Arqueiro Ltda.
Rua Funchal, 538 – conjuntos 52 e 54 – Vila Olímpia
04551-060 – São Paulo – SP
Tel.: (11) 3868-4492 – Fax: (11) 3862-5818
E-mail: atendimento@editoraarqueiro.com.br
www.editoraarqueiro.com.br

Para Emily.
Quando eu digo que não teria conseguido sem você,
estou falando literalmente.
E também para Paul. Só me diz aqui outra vez:
para que lado sopra o vento?

CAPÍTULO 1

Início do verão de 1786

Para uma jovem que crescera em uma ilha – mais precisamente, em Somerset –, Poppy Bridgerton havia passado muito pouco tempo no litoral.

Não que não fosse habituada à água. Perto da propriedade de sua família havia um lago, e os pais de Poppy tinham insistido para que todos os filhos aprendessem a nadar. Não – talvez seja mais preciso dizer que tinham insistido para que todos os filhos *homens* aprendessem a nadar. Poppy, a única mulher entre os irmãos, considerou ultrajante o fato de que seria a única Bridgerton a morrer em caso de naufrágio, e foi isso que disse aos pais – exatamente com estas palavras – antes de marchar para junto dos rapazes e se atirar de cabeça no lago.

Acabou aprendendo mais rápido do que três dos quatro irmãos (compará-la ao mais velho seria injusto, porque é claro que ele pegaria o jeito com mais facilidade) e logo se tornou, em sua opinião, a melhor nadadora da família. O fato de ter alcançado esse feito menos por aptidão natural e mais por birra era irrelevante. Saber nadar era importante. Ela teria aprendido de uma forma ou de outra, mesmo que os pais não tivessem mandado que esperasse sentada na grama.

Muito provavelmente.

Naquele dia, contudo, não seria possível nadar. Afinal, estava diante do oceano (ou melhor, do canal), e a água gélida e cruel era muito diferente do lago plácido que havia perto de casa. Poppy podia gostar de ser do contra, mas burra ela não era. E estava sozinha, ainda por cima, portanto não tinha que provar nada a ninguém.

Além disso, estava se divertindo bastante explorando a praia. Os pés afundando na areia fofa, a maresia pungente... tudo era muito exótico para ela, como se tivesse ido parar de repente na África.

Bem, talvez nem tanto, pensou, enquanto comia seu queijo inglês bem familiar, parte do lanche que trouxera para o passeio. Ainda assim, era um ambiente novo, uma grande mudança de cenário, e isso tinha que valer de alguma coisa.

Ainda mais naquele momento, considerando que todo o resto de sua vida continuava igual ao que sempre fora.

Era quase julho, e a segunda temporada social de Poppy em Londres – cortesia de sua tia aristocrata, Lady Bridgerton – tinha terminado havia pouco. Ao fim, Poppy se sentia da mesma forma como começara: sem marido e sem compromisso.

E um tanto entediada.

Ela poderia muito bem ter continuado em Londres durante os últimos suspiros da agitação social, torcendo para encontrar alguém que ainda não houvesse conhecido (improvável). Também poderia ter aceitado o convite da tia para ir para o campo, em Kent, na esperança de acabar gostando de algum dos cavalheiros solteiros que por acaso fossem convidados para jantar (mais improvável ainda). Mas é claro que, para tudo isso, teria que ter trincado os dentes e segurado a língua quando tia Alexandra perguntara qual tinha sido o problema com a última seleção de pretendentes (o mais improvável de tudo). Os candidatos de Poppy tinham sido um mais chato que o outro, mas graças a Deus ela fora salva por Elizabeth, sua querida amiga de infância que tinha se mudado para Charmouth vários anos antes com o marido, o gentil e intelectual George Armitage.

George, contudo, tinha sido convocado a Northumberland para um assunto urgente de família cujos detalhes Poppy desconhecia, deixando Elizabeth sozinha em sua casa no litoral, no sexto mês de gestação. Entediada e confinada, ela convidou Poppy para estender sua visita, e Poppy aceitou com gosto. Para as duas amigas, seria como reviver os velhos tempos.

Poppy pôs mais um pedacinho de queijo na boca. Bem, exceto pela barriga imensa de Elizabeth. Aquilo, sim, era uma novidade.

E uma novidade que significava que Elizabeth não podia acompanhá-la em suas caminhadas pelo litoral, mas tudo bem. Poppy sabia que sua reputação nunca incluíra a palavra "tímida", mas, apesar de sua natureza extrovertida, gostava muito de ficar sozinha. E depois de meses e meses sendo obrigada a suportar toda aquela conversa fiada em Londres, ela estava mais do que feliz em arejar a mente com a brisa do mar.

Fazia uma rota diferente todos os dias, e foi enorme sua empolgação quando descobriu uma pequena rede de cavernas no meio do caminho entre Charmouth e Lyme Regis, bem escondidas na altura onde a espuma das ondas varria a costa. A maior parte das cavernas ficava inundada na maré cheia, mas, depois de examinar a paisagem, Poppy estava convencida de que algumas permaneciam secas, e estava determinada a descobrir quais.

Só pelo desafio, é claro. Não por qualquer necessidade básica de encontrar uma caverna permanentemente seca em Charmouth, Dorset, Inglaterra.

Grã-Bretanha, Europa, planeta Terra.

Era melhor se contentar com todo e qualquer desafio que conseguisse encontrar, dado que ela estava, de fato, em Charmouth, Dorset, Inglaterra, ou seja, um pedacinho esquecido do mundo.

Depois de terminar de comer, ela franziu os olhos ao observar as rochas. O sol estava às suas costas, mas o dia estava tão claro que era uma pena não ter uma sombrinha – ou pelo menos a sombra de uma árvore frondosa. Fazia um calor agradável, e ela tinha deixado o casaco em casa. Até o paninho que protegia sua cabeça, seu pescoço e seus ombros do sol, estava começando a pinicar seu colo.

Contudo, não iria desistir ainda. Nunca chegara tão longe e, na verdade, só conseguira alcançar aquele ponto depois de convencer a aia rechonchuda de Elizabeth, que viera como sua acompanhante, a esperar por ela na cidade.

– É como se a senhorita fosse tirar uma tarde de folga – dissera Poppy, com um sorriso convincente.

– Não sei, não. – Mary tinha uma expressão duvidosa. – A Sra. Armitage deixou muito claro que...

– A Sra. Armitage não tem estado com a cabeça muito boa desde o início da gravidez – interrompeu Poppy, mandando um pedido silencioso de desculpas para Elizabeth. – Dizem que isso acontece com todas as mulheres – acrescentou ela, tentando desviar a atenção da aia da questão sensível naquele momento, que era o fato de que Poppy estava tentando sair sem acompanhante.

– Bom, de fato, isso é verdade – concordou Mary, inclinando a cabeça para o lado. – Quando a esposa do meu irmão teve os meninos, não saía de sua boca uma única palavra que fizesse sentido.

– Exatamente! – exclamou Poppy. – Elizabeth sabe muito bem que eu consigo cuidar de mim mesma. Afinal, não sou nenhuma florzinha. Nem um bibelô de porcelana, como dizem.

Enquanto Mary confirmava efusiva e longamente que ela não era nada disso, Poppy acrescentou:

– Vou só dar uma caminhadinha tranquila pela orla. Você sabe disso, ontem você veio comigo.

– E antes de ontem também – disse Mary, dando um suspiro, nada interessada em mais uma tarde de esforço físico.

– E também antes de antes de ontem – observou Poppy. – Na verdade, a semana inteira, não?

Mary assentiu com amargura.

Poppy não sorriu. Era esperta demais para isso.

Estava claro que o sucesso estava muito próximo.

Literalmente, ao virar a esquina.

– Aqui – disse ela, guiando a aia para uma aconchegante casa de chá –, por que não se senta aqui e descansa um pouco? Deus sabe que é merecido. Eu tenho exigido muito da senhorita, não é?

– Que nada, Srta. Bridgerton, a senhorita tem sido muito gentil comigo – Mary apressou-se em dizer.

– Gentil, mas exaustiva também – disse Poppy, dando palmadinhas na mão dela enquanto abria a porta da casa de chá. – A senhorita trabalha tanto! Merece ter um tempo para si mesma.

Assim, depois de deixar pagos um bule de chá e uma travessa de biscoitos, ela conseguira escapar (com dois dos biscoitos no bolso), e estava, naquele instante, muito feliz e serena caminhando sozinha.

Se ao menos se fizessem sapatos femininos apropriados para uma caminhada entre as pedras... As botinhas que ela estava usando eram o calçado mais prático disponível para mulheres, mas, em resistência, não se comparavam aos sapatos que seus irmãos usavam. Ela estava tomando todo o cuidado possível para não pisar em um ponto ruim e acabar torcendo o tornozelo. Aquela parte da praia não era muito frequentada, de modo que, se ela se machucasse, só Deus sabia quanto tempo poderia levar até que alguém a encontrasse.

Poppy assobiava, deleitando-se com a chance de se entregar a um comportamento tão grosseiro (sua mãe ficaria horrorizada!). Foi então que decidiu aumentar ainda mais a transgressão e começou a cantarolar uma musiquinha com uma letra nada apropriada aos ouvidos femininos.

– Oh, a criada foi até o o-ce-a-no – cantou alegremente –, querendo arrumar um... O que é isso?

Ela se deteve, olhando a formação peculiar de rochas à sua direita. Uma caverna. Só podia ser. E ficava longe o suficiente da água para não ser inundada na maré cheia.

– Meu esconderijo secreto, marujos! – disse ela, rindo sozinha.

A caverna parecia um lugar perfeito para um pirata: fora da trilha, sua abertura ficava obscurecida por três grandes rochedos. De fato, era de se admirar que ela a tivesse encontrado.

Poppy se espremeu para passar em meio às pedras, percebendo que um dos rochedos não era tão grande quanto ela havia imaginado, e então seguiu para a entrada da caverna. "Eu deveria ter trazido uma lamparina", pensou, enquanto esperava os olhos se acostumarem à escuridão, mas Elizabeth teria ficado bastante intrigada com a necessidade do apetrecho. Seria difícil explicar por que Poppy precisaria de uma lamparina para caminhar na praia em plena luz do dia.

Poppy entrou devagarinho na caverna, arrastando os pés com cuidado, tateando o chão em busca de buracos que a escuridão ocultasse. Embora não fosse possível afirmar, a caverna parecia ser profunda, estendendo-se bem além do feixe de luz da entrada. Encorajada pela empolgação da novidade, Poppy foi avançando pelas laterais até o fundo... lenta... bem lentamente... até que...

– Ai! – exclamou ela, retraindo-se quando bateu a mão em uma ponta dura de madeira. – Ai – repetiu, esfregando o machucado com a outra mão. – Ai ai ai. Isso foi...

A voz dela morreu. O objeto em que batera não podia ser uma protuberância natural da caverna. Na verdade, parecia mais a quina de um caixote grosseiro de madeira.

Hesitante, ela tateou no mesmo lugar até tocar – dessa vez, com mais delicadeza – uma placa de madeira lisa. Sem dúvida, era um caixote.

Poppy não conseguiu conter uma risadinha eufórica. O que tinha encontrado? O tesouro de um pirata? O butim de um contrabandista? A caverna parecia abandonada, o ar pesado recendia a bolor, de modo que, o que quer que fosse aquilo, devia estar naquele lugar havia muito tempo.

– Prepare-se para o tesouro. – Ela riu sozinha na escuridão.

Logo reparou que a caixa era pesada demais para levantar, então correu os dedos pelas bordas, tentando determinar como abri-la. Maldição, estava fechada com pregos. Teria que voltar outra hora, embora não fizesse ideia de como conseguiria justificar a necessidade de sair de casa com uma lamparina e um pé de cabra.

Se bem que...

Inclinou a cabeça para o lado. Se na entrada já havia um caixote – na verdade, eram dois, empilhados –, quem sabe o que poderia haver mais para o fundo?

Ela avançou escuridão adentro, braços estendidos à frente. E nada. Nada ainda... nada...

– Cuidado aí!

Poppy congelou.

– O capitão vai arrancar o seu couro se você deixar isso cair.

Poppy prendeu a respiração, e seu corpo foi tomado pelo alívio ao constatar que a voz grossa de homem não se dirigia a ela.

Alívio que deu lugar instantaneamente ao pavor. Bem devagar, ela recolheu os braços, abraçando o próprio corpo com força.

Não estava sozinha.

Com movimentos excruciantemente cuidadosos, ela se escondeu atrás das caixas o máximo que conseguiu. Estava bem escuro, não estava fazendo barulho algum e quem quer que estivesse na caverna não conseguiria vê-la, a não ser que...

– Dá pra acender a porcaria da lamparina?

A não ser que tivesse uma lamparina.

Uma chama se acendeu, iluminando os fundos da caverna. Poppy franziu a testa. Os homens tinham surgido atrás dela? Sendo assim, por onde haviam entrado? Para onde ia a caverna?

– Não temos muito tempo – disse um deles. – Vamos logo com isso, me ajuda a encontrar o que a gente precisa.

– Mas e o resto?

– O resto vai ficar bem guardadinho aqui até a gente voltar. Além do mais, é a última vez.

O outro homem riu.

– Isso se você acredita no que o capitão diz.

– Dessa vez ele está falando sério.

– Ele nunca vai parar.

– Bom, mesmo que ele não pare, eu vou. – Poppy ouviu um grunhido de cansaço, seguido de: – Estou ficando velho demais pra isso.

– Você puxou o pedregulho lá pra frente da entrada? – perguntou o primeiro homem, bufando ao pôr algo no chão.

Então fora por isso que ela tivera que se espremer para entrar. Poppy deveria ter se perguntado como uma caixa tão grande tinha passado por uma fenda tão estreita.

– Ontem – veio a resposta. – Com o Billy.

– Aquele franguinho?

– Humpf. Acho que ele deve estar com uns 13 anos agora.

– É mesmo?

Deus do céu, pensou Poppy. Estava presa em uma caverna com contrabandistas – podiam até ser piratas! –, e eles pareciam duas velhinhas tricoteiras.

– Do que mais a gente precisa? – perguntou a voz mais grave.

– O capitão falou que não vai zarpar sem um caixote de conhaque.

Poppy ficou lívida. Um *caixote*?

O outro riu.

– Pra vender ou pra beber?

– As duas coisas, eu acho.

Outra risadinha.

– Então eu acho bom que ele saiba dividir.

Poppy olhou ao redor, desesperada. Apesar de fraca, a pouca luz da lamparina iluminava o suficiente para que ela distinguisse contornos à sua volta. Onde diabo poderia se esconder? Na parede havia uma pequena reentrância contra a qual ela poderia se espremer, mas os homens teriam que ser cegos para não vê-la. Ainda assim, era melhor do que seu esconderijo atual. Poppy se esgueirou para trás, encolhendo-se o máximo que conseguia na fenda, agradecendo aos céus por ter desistido de usar o vestido amarelo-vivo ao sair de casa naquela manhã e rezando com sinceridade pela primeira vez em meses.

"Por favor por favor por favor.

Prometo que vou ser uma pessoa melhor.

Vou escutar a minha mãe.

Vou até prestar atenção na missa.

Por favor por favor..."

– Jesus Cristo!

Devagarinho, Poppy ergueu o rosto para o homem que estava de pé ao lado dela.

– É, parece que fui renegada – murmurou ela.

– Quem é você? – exigiu saber ele, quase enfiando a lamparina na cara dela.

– Quem é *você*? – devolveu Poppy, antes de se dar conta da imprudência daquela resposta.

– Green! – berrou o homem, e Poppy apenas piscou, atônita. – Green!

– O que foi? – resmungou o outro, que aparentemente se chamava Green.

– Tem uma garota aqui.

– O *quê*?

– Uma garota. Tem uma garota aqui.

Green veio correndo.

– Quem que é essa aí? – disse ele.

– Não sei – respondeu o outro, impaciente. – Ela não falou.

Green se agachou, chegando o rosto maltratado a centímetros do de Poppy.

– Quem é você?

Poppy não disse nada.

Ela não era muito boa em segurar a língua, mas se havia uma hora prudente para aprender, era aquela.

– Quem é você? – repetiu ele, grunhindo cada palavra.

– Ninguém – respondeu Poppy, enfim, encontrando certa coragem ao perceber que ele parecia mais cansado do que irritado. – Eu só estava dando uma caminhada. Não vou incomodar os senhores. Posso ir embora e pronto. Ninguém vai saber...

– Eu vou saber – disse Green.

– E eu também – falou o outro, coçando a cabeça.

– Eu não vou dizer nada a ninguém – prometeu Poppy. – Nem sei o que...

– Droga! – exclamou Green. – Droga droga droga droga droga.

Poppy olhou de um para o outro freneticamente, tentando se decidir se estender aquela conversa poderia ajudar ou atrapalhar. Não dava para saber a idade deles, porque ambos possuíam aquele aspecto maltratado, a pele curtida de quem passa muito tempo exposto ao sol e ao vento. Usavam roupas surradas de trabalho, camisa simples e calça enfiada por dentro daquelas botas de cano alto que os homens preferiam calçar quando sabiam que iam molhar os pés.

– Droga! – exclamou Green outra vez. – Só me faltava essa hoje.

– O que a gente faz com ela? – perguntou o outro homem.

– Sei lá. A gente não pode deixar essa garota aqui.

Os dois ficaram em silêncio, encarando-a como se ela fosse o fardo mais pesado do mundo, só esperando para castigar os ombros deles.

– O capitão vai matar a gente – falou Green por fim, com um suspiro.

– Não foi culpa nossa.

– Acho que é melhor perguntar ao capitão o que fazer com ela – disse Green.

– Eu não sei onde ele está – respondeu o outro. – Você sabe?

Green balançou a cabeça.

– Ele não está no navio? – sugeriu.

– Não. Ele disse que ia encontrar a gente no navio uma hora antes de zarpar. Tinha alguma coisa para resolver.

– Droga.

Poppy nunca tinha ouvido tanto "droga" de uma vez só, mas sabia que não seria prudente fazer essa observação em voz alta.

Green suspirou e fechou os olhos, com uma expressão atormentada.

– Não tem outro jeito – falou. – Vamos ter que levar a garota com a gente.

– O quê? – falou o outro homem.

– *O quê?* – guinchou Poppy.

– Deus do céu – resmungou Green, esfregando os ouvidos. – Esse guincho saiu de você, garota? – Ele soltou um suspiro longo e sofrido. – Estou velho demais pra isso.

– Não podemos levar ela com a gente! – protestou o outro homem.

– É melhor dar ouvidos ao seu amigo – disse Poppy. – Ele é obviamente um homem inteligente.

O sujeito endireitou as costas, todo prosa.

– Brown. Meu nome é Brown – disse ele, assentindo para ela com toda a educação.

– Hã… encantada – disse Poppy, perguntando-se se deveria estender a mão para um cuprimento.

– Você acha que eu *quero* levar ela? – disse Green. – Mulher no navio dá azar, ainda mais essa daí.

Poppy chegou a dar um arquejo de indignação.

– Ora essa!

Ao mesmo tempo, Brown disse:

– Qual é o problema dessa? Ela disse que eu era inteligente.

– O que só indica que *ela* não é. Além disso, ela fala.

– Você também, ora – replicou Poppy.

– Viu só? – disse Green.

– Ela não é tão ruim assim – opinou Brown.

– Você acabou de dizer que não queria levar ela pro navio!

– E não quero mesmo, mas...

– Não tem nada pior que mulher tagarela – resmungou Green.

– Existem muitas coisas piores – argumentou Poppy –, e se o senhor não sabe disso por experiência própria, pode se considerar um homem de sorte.

Por um instante, Green olhou para ela. Nada além disso. Então grunhiu.

– O capitão vai matar a gente.

– Se os senhores não me levarem, nada disso vai acontecer – Poppy apressou-se em dizer. – Ele nunca saberia.

– Ah, mas saberia, sim – sentenciou Green, sombrio. – Ele sempre sabe.

Poppy mordeu o lábio, analisando as possibilidades. Duvidava ser capaz de correr mais rápido do que eles e, para piorar, Green estava bloqueando o caminho para a saída. Pensou em chorar, na esperança de que suas lágrimas comovessem o lado mais sensível deles, mas não sabia se eles sequer *tinham* um lado sensível.

Olhou para Green e abriu um sorriso hesitante, para ver o que acontecia. Ele simplesmente ignorou e voltou a falar com o amigo.

– Que horas... – Mas parou, pois Brown tinha desaparecido. – Brown! – gritou ele. – Cadê você, diabo?

A cabeça de Brown surgiu atrás de uma pilha de baús.

– Calma, só vim pegar uma corda.

Corda? Poppy ficou com a garganta seca.

– Ah, sim – grunhiu Green.

– Você não quer me amarrar – disse Poppy, encontrando um jeito de falar apesar da garganta seca.

– Não quero mesmo não – concordou ele –, mas é o que eu tenho que fazer, então vamos facilitar pra nós dois, que tal?

– Você não pode estar achando que eu vou deixar que me amarre sem oferecer resistência.

– Estava torcendo pra isso, sim.

– Bom, torça o quanto quiser, porque eu...

– Brown! – gritou Green, com ferocidade tamanha que Poppy até calou a boca.

– Achei a corda! – respondeu Brown. – Ótimo. Agora pega o resto das coisas.

– Que resto das coisas? – perguntou Brown.

– É – acrescentou Poppy, nervosa –, que resto das coisas?

– O resto das coisas – disse Green, sem paciência. – Você sabe do que eu estou falando. E um pano.

– Ah. O resto das coisas – disse Brown. – Entendi.

– Que resto das coisas? – exigiu saber Poppy.

– Você não vai querer saber – respondeu Green.

– Posso lhe garantir que vou querer saber, sim – afirmou Poppy, bem no instante em que começava a mudar de ideia e achar que não queria, não.

– Você disse que ia oferecer resistência – explicou ele.

– Sim, mas o que isso tem a ver com...

– Lembra que eu falei que estou velho demais pra isso? – Ela assentiu. – Bem, "isso" inclui resistência.

Brown reapareceu, trazendo uma garrafa verde que parecia remédio.

– Toma – disse ele, entregando-a a Green.

– Não que eu não seja capaz de dar conta de você – explicou, abrindo a rolha. – Mas a troco de quê? Para que tornar as coisas mais difíceis do que já são?

Poppy não soube o que responder. Estava com os olhos grudados na garrafa.

– Os senhores vão me forçar a beber isso? – sussurrou ela; o cheiro que saía da garrafa era horrível.

Green balançou a cabeça.

– Tem um pano aí? – perguntou ele a Brown.

– Não, desculpa.

Green soltou mais um grunhido exaurido, olhando para o tecido de linho que cobria o corpete do vestido dela.

– Vamos ter que usar o seu lenço – disse ele a Poppy. – Fica parada.

– O que você está fazendo? – gritou ela, recuando com um solavanco enquanto ele puxava o tecido.

– Sinto muito, viu? – E, por mais estranho que fosse, ele parecia estar sendo sincero.

– Não faça isso – implorou Poppy, afastando-se o máximo que podia.

Contudo, ela não chegou longe antes de sentir as costas tocando a parede da caverna. Só pôde observar enquanto ele embebia o linho levíssimo com uma quantidade generosa do líquido malcheiroso. O pano logo ficou saturado, derramando várias gotas no chão úmido.

– Você vai ter que segurar ela – disse Green a Brown.

– Não – protestou Poppy quando foi imobilizada. – Não.

– Sinto muito – disse Brown, e também parecia estar sendo sincero.

Green fez uma bola com o tecido amassado e a apertou contra a boca dela. Poppy engasgou, sufocando com o vapor tóxico.

Então o mundo se dissolveu em escuridão.

CAPÍTULO 2

Andrew Rokesby caminhava pelo convés do *Infinity*, fazendo uma inspeção final no navio antes de zarparem às quatro da tarde em ponto. Tudo parecia em ordem, da proa à popa, e, exceto por Brown e Green, todos os homens estavam presentes e preparados para a viagem.

– Pinsley! – chamou Andrew, erguendo o rosto para o jovem que cuidava do velame.

– Senhor! – respondeu Pinsley. – O que foi, senhor?

– Viu Brown e Green? Mandei os dois até a caverna mais cedo para buscar suprimentos.

– Suprimentos, senhor? – repetiu Pinsley com um sorriso atrevido.

Todos sabiam o que Andrew havia mandado Brown e Green fazerem.

– É só eu virar o leme alguns centímetros e você fica pendurado na ponta dos dedos – advertiu Andrew.

– Eles estão na coberta, senhor – respondeu, ainda sorrindo. – Vi os dois indo pra lá uns quinze minutos atrás.

– Na coberta? – repetiu Andrew, balançando a cabeça.

Brown e Green tinham trabalho a fazer, não havia motivo para estarem abaixo do convés.

Pinsley deu de ombros, ou pelo menos foi isso o que pareceu a Andrew. Com o sol nos olhos, era difícil ter certeza.

– Estavam carregando uma saca bem grande – falou Pinsley.

– Uma saca? – ecoou Andrew outra vez.

Ele havia ordenado que os homens buscassem uma caixa de conhaque. Todo homem tinha suas indulgências, e as dele eram mulheres no porto e conhaque francês a bordo. Tomava um cálice toda noite depois do jantar. Ajudava a sentir-se parte da civilização, ou pelo menos tanto quanto gostaria.

– Parecia bem pesada – acrescentou Pinsley.

– Conhaque em uma saca? – resmungou Andrew. – *Madre de Dios*, desse jeito, só vão restar cacos de vidro e o cheiro de álcool.

Olhou para Pinsley lá em cima, ocupado com as cordas, e voltou-se para as escadas estreitas que levavam para baixo do convés. Era regra sua dar uma palavrinha com cada homem da tripulação antes de o *Infinity* zarpar, independentemente da patente. Assim, certificava-se de que todos sabiam muito bem o papel que desempenhariam na missão, e os homens gostavam dessa demonstração de respeito. A tripulação era pequena, mas extremamente leal. Andrew sabia muito bem que cada homem ali seria capaz de dar a vida por ele. Mas só porque todos sabiam que seu capitão faria o mesmo por eles.

Andrew era o comandante inquestionável do navio e não havia a bordo um único homem que se atrevesse a contrariar uma ordem dele – também não havia a bordo um único homem que *quisesse* contrariá-lo.

– Senhor!

Andrew olhou para trás. Era Green, que obviamente subira pela escada do outro lado.

– Ah, aí está você – falou Andrew, gesticulando para que o homem se aproximasse.

Green era o membro mais sênior a bordo, tendo se juntado ao navio exatamente um dia antes de Brown. Desde então, os dois viviam implicando um com o outro, como duas velhas ranzinzas.

– Senhor! – repetiu Green, correndo para ir ao encontro do capitão.

– Fale, mas fale enquanto andamos – disse, dando as costas para ele e descendo as escadas que levavam à cabine dele. – Preciso buscar umas coisas.

– Mas, senhor, preciso dizer...

– E o que diabo aconteceu com o meu conhaque? – perguntou Andrew, descendo dois degraus de cada vez. – Pinsley disse que vocês embarcaram com uma saca. Uma saca – repetiu ele, balançando a cabeça.

– É – respondeu Green, emitindo um barulho peculiar.

Andrew se virou.

– O que foi, homem?

Green engoliu em seco.

– A questão é que... – balcuciou.

– Você engoliu em seco?

– Não, senhor, eu...

Andrew virou-se, retomando seu caminho.

– Vá pedir ao Flanders para dar uma olhada nessa garganta. Ele tem um elixir que é bom para isso. O gosto é ruim pra diabo, mas garanto que funciona.

– Senhor – chamou Green outra vez, seguindo-o pelo corredor.

– Brown já embarcou? – perguntou Andrew, com a mão na maçaneta da porta de sua cabine.

– Sim, senhor, mas, senhor...

– Perfeito. Então estaremos prontos para zarpar na hora marcada.

– Senhor! – Green praticamente gritou, enfiando-se entre Andrew e a porta.

– O que *foi*, Green? – perguntou Andrew, com paciência forçada.

Green abriu a boca, mas claramente ficou sem palavras.

Andrew levantou o homem pelas axilas e o pôs de lado.

– Antes de entrar aí, senhor... – falou Green, com uma voz engasgada.

Andrew abriu a porta.

E encontrou uma mulher deitada na cama dele, amarrada, amordaçada e com o olhar pegando fogo – até o ponto em que isso era anatomicamente possível.

Andrew a encarou durante um longo segundo, observando seus cabelos castanhos espessos e seus olhos esverdeados. Deixou o olhar percorrer o restante de seu corpo – afinal de contas, era uma mulher – e sorriu.

– Um presente? – murmurou ele. – Para mim?

Se saísse viva dessa confusão, decidiu Poppy, ia matar cada homem naquele maldito navio.

A começar por Green. Não, Brown.

Não, Green, com certeza. Talvez Brown a tivesse deixado ir, se ao menos ela tivesse tido a chance de convencê-lo, mas Green merecia que uma praga de varíola se abatesse sobre toda a sua família.

Até seu último descendente.

Humpf. Isto é, presumindo que aquele homem horroroso conseguisse encontrar uma mulher disposta a procriar com ele, o que Poppy achava impossível. Na verdade, pensou ela, com maldade, quando terminasse de castigá-lo, ele não conseguiria mais procriar com *ninguém*. Uma mulher com quatro irmãos aprendia muito sobre lutar sujo, e se ela conseguisse soltar os tornozelos, meteria o joelho bem no....

Clique.

Ela ergueu o rosto. Alguém estava entrando no recinto.

– Antes de entrar aí, senhor... – disse uma voz familiar.

A porta se abriu, revelando não Green, muito menos Brown, mas um homem que devia ser uns dez anos mais novo que eles, dono de uma beleza tão ofuscante que, se Poppy não estivesse amordaçada, seu queixo teria caído completamente.

Seu cabelo era de um tom quente de castanho, queimado de sol em alguns pontos e preso à nuca em um rabo de cavalo que poderia ser descrito como pecaminoso. O rosto era perfeito, pura e simplesmente, com lábios fartos e bem delineados que se erguiam nos cantos, deixando-o com uma expressão permanente de atrevimento. E seus olhos eram de um azul tão vívido que dava para discernir a cor do outro lado do quarto, onde Poppy estava.

E esses olhos percorreram todo o corpo dela, dos pés à cabeça e depois da cabeça aos pés. Sem dúvida era o olhar mais íntimo a que Poppy já fora submetida, e, diabos, ela sentiu o rosto ficando quente.

– Um presente? – murmurou ele, os lábios curvando-se bem de leve. – Para mim?

– Mmmph grrmph shmmph! – grunhiu Poppy, debatendo-se.

– Hã, era isso que eu estava tentando dizer ao senhor – falou Green, entrando na cabine ao lado do estranho misterioso.

– Isso? – murmurou o outro com uma voz aveludada.

– Ela – continuou Green, e a palavrinha pesou no ar como se ela fosse uma mistura de Maria Sangrenta e Medusa.

Cheia de ódio, Poppy olhou para ele e rosnou.

– Ora, ora – disse o mais jovem, erguendo uma sobrancelha. – Estou até sem palavras. Não faz o meu tipo, mas sem dúvida é interessante.

Sob o olhar arisco de Poppy, ele avançou mais. Só dissera algumas palavras, mas já dava para saber que não era um marujo bronco. Falava como aristocrata, portava-se como aristocrata. Ela conhecia muito bem esse tipinho. Havia passado os dois últimos anos tentando (ainda que meio a contragosto) fazer com que algum aristocrata a pedisse em casamento.

O homem se virou para Green.

– Pode me explicar por que exatamente ela está na minha cama?

– A gente achou ela na caverna, capitão.

– Ela estava procurando a caverna?

– Não sei não, senhor. Não perguntei. Acho que foi sem querer.

O capitão a olhou com uma expressão calma, desconcertante de tão calma, antes de se virar de novo para Green e perguntar:

– E o que sugere que façamos com ela?

– Não sei não, capitão. Mas é que a gente não podia deixar ela lá. Ainda estava cheio da mercadoria da última viagem. Se a gente soltasse ela, ela podia ter falado pra alguém.

– Ou pegado a mercadoria – comentou o capitão, pensativo.

Poppy grunhiu, irritada com o insulto. Jamais roubaria coisa alguma, era uma mulher de princípios.

O capitão a olhou com a sobrancelha arqueada.

– Parece que ela tem algo a dizer sobre isso – comentou ele.

– Ela tem muita coisa a dizer sobre muita coisa – afirmou Green, com amargor.

– É mesmo?

– A gente tirou a mordaça enquanto esperava o senhor – explicou Green. – Tivemos que botar de volta em menos de um minuto.

– Ora, mas não diga...

Green assentiu.

– Também me deu uma bordoada na cabeça, mesmo amarrada.

Poppy deu um grunhido orgulhoso.

O capitão voltou-se outra vez para ela, quase impressionado.

– Vocês deviam ter amarrado as mãos dela para trás.

– Achei melhor não perder tempo com isso – resmungou Green, esfregando a cabeça.

O capitão aquiesceu, pensativo.

– Não tivemos tempo de trazer a mercadoria – prosseguiu Green. – Além do mais, ninguém nunca tinha encontrado a caverna antes. Só que mesmo sem nada dentro ela é valiosa. Afinal, quem sabe o que a gente pode precisar esconder lá?

O capitão deu de ombros.

– Bom, agora ela não vale mais nada – disse ele, cruzando os braços fortes. – A não ser, é claro, que a gente mate a garota.

Poppy prendeu a respiração, emitindo um som bem audível mesmo através da mordaça.

– Ah, não precisa se preocupar – disse ele, um tanto brusco. – Nunca matamos ninguém que não tivesse que morrer, e nunca matamos uma mulher. Embora – acrescentou ele, coçando o queixo distraidamente – tenha havido uma ou duas que... – Ele ergueu o olhar para ela, ofuscando-a com um sorriso. – Esqueça.

– Na verdade, senhor... – falou Green, adiantando-se.

– Sim?

– Teve aquela na Espanha. Málaga, lembra?

O capitão o encarou com uma expressão vaga, até lembrar-se.

– Ah, *aquela*. Bom, aquela não conta. Eu nem sei se era mesmo uma mulher.

Poppy arregalou os olhos. Quem *eram* aquelas pessoas?

Então, quando ela achou que eles podiam muito bem sentar e tomar uma bebida para relaxar, o capitão abriu o relógio de bolso com movimentos precisos, praticamente militares, e disse:

– Zarparemos em menos de duas horas. Temos alguma noção de quem é essa mulher?

Green balançou a cabeça.

– Ela não quis dizer.

– Onde está o Brown? Será que ele sabe?

– Não, senhor. – A resposta veio do próprio Brown, que tinha acabado de surgir na porta.

– Ah, aí está você – disse o capitão. – Eu e Green estávamos conversando sobre este acontecimento inesperado.

– Sinto muito, senhor.

– Não é culpa de vocês – disse o capitão. – Vocês fizeram a coisa certa. Mas o que temos que fazer, sem demora, é descobrir a identidade dela. As roupas que está vestindo são caras – acrescentou, referindo-se ao vestido azul de passeio de Poppy. – Alguém há de dar por falta dela.

Ele foi se aproximando da cama, fazendo menção de tocar a mordaça, mas Green e Brown saltaram à frente; Green pegou o braço dele e Brown chegou mesmo a se dispor entre o capitão e a cama.

– O senhor vai se arrepender, senhor – falou Green, agourento.

– Eu imploro, senhor – pediu Brown –, não faça isso.

O capitão se deteve, olhando de um para o outro.

– Ora essa, mas o que ela vai fazer?

Green e Brown não disseram nada, mas ambos foram recuando até quase chegar à parede.

– Tenha santa paciência – disse o capitão, irritadiço. – Dois homens feitos... E tirou a mordaça.

– Você! – explodiu Poppy, praticamente cuspindo em Green.

Green ficou lívido.

– E você – rosnou ela para Brown. – E você! – terminou, olhando, irada, para o capitão.

O capitão ergueu a sobrancelha.

– Agora que a senhorita já demonstrou seu extenso vocabulário...

– Eu vou matar cada um de vocês – sibilou ela. – Como se atrevem a me amarrar e me largar aqui durante horas...

– Foram trinta minutos – protestou Brown.

– Pois para mim pareceram horas – ralhou ela –, e se vocês acham que eu vou ficar aqui parada e aceitar um abuso desses, ainda mais de um bando de piratas imbecis...

Então Poppy começou a tossir incontrolavelmente. O capitão tinha enfiado a mordaça de volta na boca dela.

– Está bem – falou ele. – Já entendi tudo.

Poppy mordeu o dedo dele.

– Isso – disse ele, inalterado – foi um erro.

Poppy o encarou, puro ódio no olhar.

– Ah, e caso queira saber – acrescentou ele, quase como se fosse um adendo –, preferimos o termo "corsário".

Ela rosnou, tentando roer a mordaça.

– Posso tirar – disse ele – se você prometer que vai se comportar.

Ela o odiava. Ah, como o odiava! Em menos de cinco minutos, Poppy já tinha certeza de que jamais odiaria alguém com a mesma intensidade, o mesmo fervor, o mesmo...

– Então está bem – disse ele, dando de ombros. – Zarparemos às quatro da tarde, em ponto, se é que está interessada.

Então ele se virou e seguiu em direção à porta.

Poppy grunhiu. Não tinha escolha.

– Vai se comportar? – perguntou ele, com um tom aveludado, amistoso e irritante.

Ela aquiesceu, mas seus olhos revelavam sua revolta.

Ele voltou para perto da cama.

– Jura? – perguntou, zombeteiro.

Ela mexeu a cabeça de forma furiosa, o que ele interpretou como concordância.

Ele se inclinou e tirou a mordaça com cautela.

– Água – disse ela meio sem ar, odiando ter que pedir.

– Com o maior prazer – respondeu ele, servindo um cálice da jarra que havia na mesa e levando-o aos lábios dela, já que as mãos de Poppy ainda estavam atadas. – Quem é você?

– E isso interessa?

– Agora, não, mas talvez depois – disse ele –, quando voltarmos.

– Vocês não podem me levar! – protestou ela.

– Ou levamos você, ou matamos você – falou ele.

Ela abriu a boca, exasperada.

– Bem, isso vocês também não podem fazer.

– Imagino que você não tenha nenhuma pistola escondida aí nesse vestido – falou ele, cruzando os braços e encostando-se de lado na parede.

Ela entreabriu os lábios, surpresa, mas logo se recuperou e disse:

– Talvez.

Ele deu uma risada, o maldito.

– É dinheiro o que vocês querem?

Ele haveria de ter um preço. Era um pirata, afinal de contas. Não era?

Ele ergueu a sobrancelha.

– Imagino que também não tenha uma algibeira cheia de ouro escondida aí nesse vestido.

Ela se irritou com o sarcasmo dele.

– É lógico que não. Mas posso providenciar, se for preciso.

– Quer que cobremos um resgate pela sua cabeça? – perguntou ele, sorrindo.

– Não! Claro que não. Mas se vocês me soltarem...

– Ninguém vai soltar você – interrompeu ele –, então pode ir...

– Se vocês pensarem melhor, tenho certeza de que... – interrompeu ela.

– Já pensei tudo o que tinha que pensar...

– ... você terá que concordar que...

– Não vamos soltá-la.

– ... não é uma ideia muito sábia...

– Já disse que não vamos solt...

– ... me fazer de refém. Certamente hei de atrapalhar e...

– Será que dá para calar a boca?

– ... e eu também como bastante e...

– Ela nunca fica calada, não? – perguntou o capitão a Green e Brown, que aguardavam perto da porta e fizeram que não com a cabeça.

– ... com certeza acabarei sendo um inconveniente – terminou Poppy.

Fez-se um momento de silêncio, devidamente saboreado pelo capitão.

– Com esses argumentos, você me dá muitos motivos para matá-la – disse, enfim.

– Muito pelo contrário – retrucou ela. – São motivos para me libertar, caso não tenha compreendido.

– É mesmo? – murmurou ele, e então soltou um suspiro cansado, seu primeiro sinal de fraqueza. – Quem é você?

– Antes de revelar minha identidade, quero saber o que planeja fazer comigo – disse Poppy.

Ele gesticulou para as amarras, dizendo:

– Você não está em posição de fazer nenhuma exigência.

– O que pretende fazer comigo?

Insistir daquela forma provavelmente não era uma boa ideia, mas, se ele estava decidido a matá-la, então levaria a ideia adiante de qualquer jeito, e a atitude dela não seria capaz de virar a balança nem para melhor, nem para pior.

Ele se sentou na beirada da cama, sua proximidade a deixando desconcertada.

– Vou deixá-la mais confortável – disse ele –, já que, apesar da sua língua afiada, quase não é culpa sua ter vindo parar aqui.

– Não é nem um pouco minha culpa – resmungou ela.

– Céus, você nunca aprende? – perguntou ele. – E eu aqui prestes a começar a ser bonzinho com você...

– Desculpe – disse ela, rapidamente.

– Não senti muita sinceridade, mas aceito suas desculpas – falou ele. – E, por mais que eu não goste, sinto informar que você será nossa hóspede a bordo do *Infinity* pelas próximas duas semanas, até o fim da viagem.

– Não! – gemeu Poppy, deixando escapar um ganido horrorizado antes de levar as mãos amarradas à boca.

– Infelizmente, vai ter que ser assim – disse ele, insatisfeito. – Você sabe onde fica a nossa caverna, então não posso libertar você. Quando voltarmos, vamos tirar tudo de lá e aí, sim, você poderá ir embora.

– Por que simplesmente não tira tudo de lá agora?

– Não posso – disse ele, sem mais.

– Não pode ou não quer?

– Não *posso* – repetiu ele. – E você está começando a me irritar.

– Você não pode me levar – disse Poppy, ouvindo a voz falhar.

Meu Deus, ela só queria chorar. Dava para ouvir em sua voz, sentir a ardência no canto dos olhos. Queria chorar como não fazia havia anos, e se não conseguisse manter a compostura, perderia o controle diante daquele homem – aquele homem horrível que tinha o destino dela nas mãos.

– Veja bem – disse ele –, eu até me compadeço da sua situação difícil.

Poppy lançou um olhar que dizia que ela não acreditava nem um pouco.

– É verdade – disse ele, com calma. – Sei como é a sensação de estar encurralado. Não é nada divertido. Ainda mais para uma pessoa como a senhorita.

Poppy engoliu em seco, sem saber se era um elogio ou um insulto.

– Contudo – prosseguiu ele –, a verdade é que este navio tem que sair hoje à tarde. Os ventos e as marés estarão a nosso favor e temos que fazer um bom tempo de viagem. Agora, agradeça ao criador por não sermos do tipo assassino.

– E para onde vamos? – sussurrou ela.

Ele parou e pensou se deveria ou não responder.

– Eu vou descobrir de qualquer maneira quando chegarmos – argumentou ela, impaciente.

– De fato – disse ele, com um sorrisinho que era quase um cumprimento. – Iremos a Portugal.

A visão de Poppy começou a se turvar.

– Portugal – repetiu ela, engasgando com a palavra. – Portugal? Levará mesmo duas semanas?

Ele deu de ombros.

– Se tivermos sorte, sim.

– Duas semanas – sussurrou ela. – Duas semanas.

Sua família ficaria desesperada. Sua reputação seria arruinada. Duas semanas. Uma quinzena inteira.

– Vocês precisam permitir que eu escreva uma carta – falou ela, com urgência.

– Perdão?

– Uma carta – repetiu ela, tentando se sentar. – Vocês têm que permitir que eu escreva uma carta.

– Pode, por obséquio, dizer o tema que pretende abordar nessa missiva?

– Estou de viagem, visitando uma amiga – disse Poppy –, e se eu não voltar esta noite, ela dará o alarme. Minha família inteira tomará o distrito de assalto. – Ela colou o olhar no dele. – Rogo que acredite em mim, porque não será bom para ninguém se isso acontecer.

Ele sustentava o olhar dela.

– Seu nome, moça.

– Minha família...

– Seu nome – repetiu ele.

Poppy contraiu os lábios, e então disse:

– Pode me chamar de Srta. Bridgerton.

Ele ficou lívido. Completamente. Fez de tudo para tentar esconder, mas ela notou o rosto pálido dele e, pela primeira vez, sentiu-se um tanto vitoriosa. Não tanto quanto ficaria se tivesse conseguido comprar a liberdade, mas era sua primeira vitória. Uma vitória modesta, sem dúvida, mas ainda assim uma vitória.

– Vejo que já ouviu falar da minha família – disse ela, afável.

Ele murmurou algo inaudível, uma palavra que certamente não soaria bem entre cidadãos respeitáveis. Então, devagar e deliberadamente contido, ele se levantou.

– Green – rosnou.

– Sim, senhor! – disse o mais velho, em prontidão.

– Faça o favor de arrumar material para que a Srta. Bridgerton escreva sua carta. – O sobrenome dela parecia veneno nos lábios dele.

– Sim, senhor – respondeu Green, correndo porta afora, com Brown em seu encalço.

O capitão voltou-se para ela, resoluto.

– A senhorita escreverá exatamente o que eu disser.

– Sinto muito – respondeu Poppy –, mas, se eu fizer isso, minha amiga saberá na mesma hora que há algo errado. Dessa forma que propõe, não pareceria que sou eu escrevendo – explicou ela.

– Sua amiga saberá que tem algo errado quando a senhorita não voltar para casa hoje.

– É claro, mas posso escrever algo capaz de apaziguar a situação – devolveu Poppy – e, no mínimo, garantir que ela não procure as autoridades.

Ele rangeu os dentes.

– Não sele a carta sem minha aprovação.

– Mas é claro – falou ela, obediente.

Ele a encarou, seus olhos muito azuis quentes e gélidos ao mesmo tempo, por mais improvável que fosse.

– Preciso que desamarre minhas mãos – disse Poppy, erguendo os pulsos na direção dele.

Ele atravessou a cabine.

– Vou esperar Green retornar.

Poppy decidiu não discutir. Ele parecia irredutível.

– Qual lado? – perguntou ele, de repente.

– Perdão?

– A qual lado da família a senhorita pertence?

A voz dele era nítida, cada palavra era enunciada com precisão militar.

Uma resposta atrevida chegou à ponta da língua de Poppy, porém, a julgar pela expressão do capitão, seria um erro pronunciá-la.

– Somerset – respondeu ela, por fim. – O visconde é meu tio. Eles ficam em Kent.

Ele trincou o maxilar. O silêncio se estendeu pelos segundos que transcorreram até Green voltar, enfim, com papel, pena e um tinteiro. Paciente, Poppy esperou o capitão soltar suas mãos, emitindo um leve sibilo de dor quando o sangue lhe voltou aos dedos.

– Sinto muito – grunhiu ele, e ela lhe lançou um olhar surpreso pelo pedido inesperado. – Força do hábito – acrescentou. – Foi meio falso, na verdade.

– Não esperava menos – respondeu ela.

Ele não disse nada, apenas estendeu a mão quando ela fez menção de se levantar da cama.

– Acaso terei que ir saltitando até a mesa? – perguntou ela, já que os tornozelos ainda estavam amarrados.

– Eu jamais seria tão rude – respondeu ele.

Antes mesmo que ela conseguisse entender o que ele queria dizer, o capitão a tomou nos braços e a carregou à mesa de jantar.

Então a largou, sem a menor cerimônia, em uma cadeira.

– Escreva – ordenou ele.

Poppy pegou a pena e molhou-a com cuidado na tinta, mordendo o lábio enquanto se perguntava o que escrever. O que poderia dizer para convencer Elizabeth a não entrar em contato com as autoridades – nem com a família dela – durante as duas semanas de ausência de Poppy?

"Cara Elizabeth, sei que decerto ficará preocupada..."

– Por que está demorando tanto? – ralhou o capitão.

Poppy olhou para ele e ergueu as sobrancelhas antes de responder:

– Se quer mesmo saber, esta é a primeira vez que me vejo na situação de escrever uma carta explicando, sem explicar de fato, naturalmente, que estou sendo sequestrada.

– Não use a palavra sequestro – falou ele.

– Boa ideia – respondeu ela, com sarcasmo na voz. – Este é, portanto, o motivo de tanta demora. Preciso usar três palavras onde uma pessoa razoável usaria apenas uma.

– Habilidade que, a julgar pelos últimos minutos, a senhorita domina com maestria.

– Entretanto – disse ela bem alto, para ignorar a interrupção –, isso complica ainda mais a mensagem.

– Escreva logo – ordenou ele. – Diga que ficará longe por um mês.

– Um mês?!

– Deus queira que seja menos – resmungou ele –, mas desta forma, quando a senhorita voltar em uma quinzena, seu retorno será motivo de comemoração.

Poppy não tinha certeza, mas pensou tê-lo ouvido murmurar baixinho "comemoração para mim".

Decidiu deixar o insulto passar. Até então, era o menor que recebera, e ainda tinha muito trabalho a fazer. Respirou fundo e prosseguiu:

"Mas asseguro-lhe de que estou bem. Hei de me ausentar pelo período de um mês e peço que guarde segredo sobre minha ausência. Por favor, não alerte minha família e muito menos as autoridades. A primeira apenas ficará preocupada, e as segundas só farão espalhar ainda mais os rumores, de modo que minha reputação estará arruinada para sempre.
Sei que é um enorme favor e sei que terá mil perguntas para me fazer quando eu voltar, mas por favor, Elizabeth, eu lhe imploro – por favor, confie em mim e logo tudo se esclarecerá.
Sua irmã de alma,
Poppy"

– Poppy, é? – falou o capitão. – Jamais teria adivinhado.

Ela o ignorou.

– Talvez Pandora, ou Paulina – continuou ele. – Ou mesmo Prudence, embora dê para ver que de prudente a senhorita não tem nada...

– Poppy é um ótimo nome – ralhou ela.

Ele a olhou nos olhos de forma desconfortavelmente íntima.

– É um nome lindo, na verdade – murmurou.

Ela engoliu em seco, nervosa, reparando que Green se fora e que estava sozinha com o capitão.

– Assinei "irmã de alma" para que ela saiba que não fui coagida. É assim que sempre assinamos nossas cartas.

Ele assentiu, pegando o papel das mãos dela.

– Ah, espere! – gritou ela, pegando-o de volta. – Preciso acrescentar um P.S.

– Não diga...

– A criada dela – explicou Poppy. – Ela era minha acompanhante esta tarde e...

– Havia outra pessoa na caverna? – perguntou ele, abruptamente.

– Não, claro que não – respondeu ela, agressiva. – Consegui me livrar dela em Charmouth.

– Ah, claro.

Em resposta ao tom dele, Poppy o encarou de olhos franzidos, irritada.

– Ela não tem condicionamento físico suficiente para me acompanhar naquela caminhada – explicou, com paciência exacerbada. – Deixei Mary em uma casa de chá. Nós duas ficamos bem satisfeitas com esse arranjo, pode acreditar.

– No entanto, a senhorita acabou sendo sequestrada e está a caminho de Portugal.

Um a zero para ele. Maldição.

– Em todo caso – prosseguiu ela –, Mary poderia causar problemas, mas só se Elizabeth não entrar em contato com ela antes que ela perceba que há algo errado. Sei que ela não dirá nada a ninguém se Elizabeth pedir. Ela é absurdamente leal. Estou falando de Mary. Bem, Elizabeth também é, mas é diferente.

Ele coçou a sobrancelha, com força, como se estivesse tendo dificuldade de acompanhar.

– Permita que eu escreva o bendito adendo de uma vez por todas – disse ela.

Assim, acrescentou com pressa as seguintes linhas:

"P.S.: Por favor, diga a Mary que estou bem. Diga que encontrei um dos meus primos no caminho e decidi acompanhá-lo em um passeio, e peça que ela não comece um falatório sobre o assunto. Compre o silêncio dela, se precisar. Eu a reembolsarei."

– Primos? – murmurou ele.

– Tenho muitos – disse ela, pendendo para um tom de quase advertência.

Além de um leve erguer de sobrancelha, ele não reagiu. Poppy estendeu a missiva pronta. Ele deu uma última lida e dobrou o papel.

O movimento pareceu definitivo ao extremo. Poppy suspirou, porque sua alternativa era começar a chorar. Ficou esperando que o homem fosse embora – certamente haveria de deixá-la sozinha –, mas ele simplesmente continuou ali, pensativo.

– Seu nome é bastante peculiar – disse ele, por fim. – De onde vem?

– Não é tão peculiar assim – resmungou ela.

Ele se inclinou em direção a ela. Poppy viu-se incapaz de desviar o rosto do olhar do capitão, que parecia estar se divertindo.

– Poppy significa "papoula". Mas você não combina com nenhum nome inspirado em flor...

Ela não ia nem responder, mas acabou dizendo:

– Não teve nada a ver com flores.

– É mesmo?

– O nome veio do meu irmão. Ele devia ter uns 4 anos. Quando estava grávida de mim, minha mãe ficou com a barriga tão grande que meu irmão dizia que era como se eu estivesse dentro de uma bolha enorme. Ficava cutucando a barriga dela tentando estourar a bolha, e dizendo "Pop! Pop! Pop!".

Ele sorriu, ficando ainda mais impossivelmente bonito.

– Imagino que ele nunca deixe você se esquecer dessa história.

Assim, o encanto se partiu.

– Ele morreu – falou Poppy, desviando o olhar. – Há cinco anos.

– Sinto muito.

– Isso também foi por hábito ou foi sincero? – perguntou ela, amarga, antes de conseguir pensar no que estava dizendo, ou no tom.

– Sincero – respondeu ele, em voz baixa.

Ela não disse nada. Baixou os olhos para a mesa, tentando assimilar a estranha realidade em que acabara de se meter. Um pirata que sentia muito? Um fora da lei eloquente como um duque? Quem era aquele sujeito?

– Onde devo entregar a carta? – perguntou o capitão.

– Briar House – respondeu Poppy. – É perto do...

– Meus homens saberão onde é – cortou ele.

Poppy apenas observou enquanto ele seguia para a porta.

– Senhor! – gritou ela, de repente. – Hã... capitão – corrigiu-se, irritada por ter tido a cortesia de chamá-lo de "senhor".

33

Ele ergueu a sobrancelha.

– Seu nome, capitão.

Ficou orgulhosa de si mesma por falar como se fosse uma afirmação e não uma pergunta.

– Naturalmente – disse ele, fazendo uma mesura educada. – Capitão Andrew James, a seu dispor. Bem-vinda ao *Infinity*.

– Não vai dizer "é um prazer tê-la a bordo"? – perguntou Poppy.

Ele deu uma risada, levando a mão à maçaneta.

– Isso só o tempo dirá.

O capitão Andrew James pôs a cabeça para fora e rosnou o nome de alguém, depois deu instruções e entregou a carta a um de seus homens. Ela achava que ele finalmente iria embora, mas ele apenas fechou a porta, encostando-se na madeira, e olhou-a com uma expressão resignada.

– Mesa ou cama? – perguntou ele.

O quê?

Poppy expressou o que havia pensado:.

– O quê?

– Mesa – disse ele, meneando o rosto para ela, e depois o apontando para o canto da cabine – ou cama.

Aquilo não podia ser bom. Poppy pensou rápido, tentando entender, em menos de um segundo, quais seriam as intenções dele e as respostas que poderia dar. Contudo, só o que respondeu foi:

– Erm...

– Então vai ser cama – sentenciou ele.

Poppy soltou um berro quando ele a pegou outra vez e atirou-a na cama.

– Não resista, será melhor para nós dois – advertiu ele.

Ela arregalou os olhos, aterrorizada.

– Ora, não acredito que... – Ele se interrompeu antes que começasse a xingar, mas acabou pronunciando uma frase ainda pior.

Depois de alguns instantes se recompondo, ele disse:

– Não vou deflorá-la, Srta. Bridgerton. Palavra de honra.

Ela não disse nada.

– Sua mão – disse ele.

Poppy não fazia ideia do que aquele homem tinha em mente, mas ergueu a mão assim mesmo.

– A outra – disse ele, impaciente.

Então ele agarrou a mão esquerda dela (a mão com que ela escrevia, apesar de todos os esforços que sua governanta investira na tentativa vã de transformá-la em destra) e puxou-a na direção da guarda da cama. Em menos de cinco segundos, ele a amarrou na comprida tábua de madeira.

Ambos olharam a mão livre dela.

– A senhorita pode até tentar – disse ele –, mas não conseguirá se soltar. – Então o desgraçado abriu um sorriso. – Ninguém entende mais de um bom nó do que um marinheiro.

– Já que é assim, poderia soltar meus tornozelos?

– Só quando já estivermos em alto-mar, Srta. Bridgerton.

– Até parece que eu sei nadar... – mentiu ela.

– Posso jogar a senhorita ao mar para garantir que está falando a verdade? Seria como atear fogo a uma bruxa. Se ela queimar, é inocente.

Poppy rangeu os dentes.

– Se eu me afogar...

– Então posso confiar na senhorita – concluiu ele, com um largo sorriso. – O que me diz, quer fazer o experimento?

– Saia daqui – falou ela, possessa.

Ele soltou uma risada rouca.

– Volto quando estivermos navegando, minha pequena mentirosa.

Então, antes mesmo que Poppy tivesse a oportunidade de pensar em atirar algo nele, o capitão se foi.

CAPÍTULO 3

– Bridgerton – resmungou Andrew enquanto seguia, furioso e a passos largos, para o convés de proa. – Bridgerton!

Com tantas mulheres no mundo, a moça que encontrara a caverna dele (caverna que ele, inclusive, conseguira usar durante três anos inteiros sem nenhum intruso) *tinha* que ser uma Bridgerton.

Para piorar, só se ela fosse uma maldita Rokesby.

Graças aos céus ele nunca usara o sobrenome a bordo; a tripulação inteira o conhecia apenas como Andrew James. Tecnicamente, não estava mentindo, já que seu nome completo era Andrew James Edwin Rokesby.

Quando assumira o comando do *Infinity*, achara prudente não sair alardeando sua origem aristocrática; e, naquele momento, essa parecia ter sido a melhor decisão de toda a sua vida. Se a garota em sua cabine era mesmo uma Bridgerton, ela saberia quem eram os Rokesbys, e isso causaria um desastre de proporções épicas.

– Bridgerton.

O grunhido dele suscitou um olhar curioso de um dos tripulantes. Não havia palavras para dizer quão bem Andrew conhecia os Bridgertons, pelo menos a parte da família que morava em Aubrey Hall, em Kent, perto da casa de sua própria família.

Lorde e Lady Bridgerton eram praticamente segundos pais para ele, e a ligação familiar se oficializara sete anos antes, quando a filha mais velha deles, Billie, se casou com George, irmão mais velho de Andrew. Para ser sincero, Andrew estava muito surpreso por nunca ter conhecido Poppy Bridgerton. Lady Bridgerton tinha vários irmãos mais novos e, até onde Andrew sabia, todos tinham filhos. Havia dezenas de primos Bridgertons espalhados pelo interior da Inglaterra. Lembrava-se vagamente de Billie ter comentado algo sobre uma família em Somerset, mas, se eles já haviam visitado sua família em Kent, então tinha sido na ausência de Andrew.

E agora havia uma Bridgerton de Somerset em seu navio.

Andrew praguejou baixinho. Se Poppy Bridgerton descobrisse sua verdadeira identidade, seria o inferno na terra. Só treze pessoas no mundo sabiam que Andrew James era, na verdade, Andrew Rokesby, terceiro filho do conde de Manston. Desses treze, nove eram membros de sua família nuclear.

E, desses nove, nenhum conhecia o motivo real pelo qual ele mantinha aquela farsa.

Tudo havia começado sete anos antes, quando Andrew fraturara o braço e a Marinha o enviara para casa a fim de se recuperar. Ele estava ansioso para retomar o posto a bordo do *HMS Titania* – tinha dado um duro desgraçado para ser promovido, pouco antes, a primeiro-tenente –, mas o conselho do rei tinha outros planos. Em sua sabedoria infinita, os membros do conselho decidiram que o melhor lugar para aquartelar um oficial da Marinha era um principado minúsculo no meio da Europa, sem saída para o mar.

A ordem que deram a Andrew – *ipsis litteris* – foi a de que ele deveria ser "encantador". E garantir que a princesa Amalia Augusta Maria Theresa Josephine, de Wachtenberg-Molstein, chegasse virginal e intacta a Londres, pois era uma possível noiva para o príncipe de Gales.

Andrew não teve a menor culpa no cartório por, durante a travessia do canal, ela ter caído no mar. Ele era culpado, no entanto, pelo resgate da moça, e quando esta declarou que jamais se casaria com qualquer outro homem a não ser o oficial que a salvara, Andrew se viu no centro de um desastre diplomático. O último trecho da viagem envolveu nada menos do que uma fuga de carruagem, a renúncia atrapalhada de dois sub-membros do conselho e um penico virado (em cima de Andrew, não da princesa, embora, pela maneira como ela se portara, bem que poderia ter sido o oposto).

Durante anos, aquela foi a história que sua cunhada mais gostou de contar durante o jantar. E Andrew nem tinha relatado a parte do furão.

No fim, a princesa não se casou com Andrew nem com o príncipe de Gales, mas o conselho ficou tão impressionado com a postura firme e inabalável de Andrew que decidiu que ele serviria melhor à pátria se estivesse fora do uniforme. Mas não oficialmente. Nunca oficialmente. Quando os secretários de Estado o chamaram para uma entrevista, deixaram bem claro que o novo papel dele seria menos na diplomacia e mais na conversa. Não queriam que Andrew negociasse acordos, mas que conversasse com as pessoas. Era jovem, bonito, cheio de charme.

Todo mundo gostava dele.

Andrew sabia disso, é claro. Sempre fizera amigos com facilidade e tinha o raro dom de conseguir falar com quase todo mundo sobre quase qualquer assunto. Mas foi bastante estranho receber ordens de fazer algo tão intangível. E tão secreto.

Ele teve que renunciar ao seu cargo militar, é claro. Os pais ficaram pasmos. Três anos depois, quando assumiu o comando de um navio e ingressou na vida de corsário, ficaram desapontados ao extremo.

Não era uma profissão nobre. Se um cavalheiro da aristocracia desejasse se lançar ao mar, deveria pôr um uniforme e jurar lealdade ao rei e ao país, não sair comandando um navio com marujos de reputação duvidosa e contrabandeando mercadorias para ganho pessoal.

Andrew disse aos pais que era por isso que usava um nome falso. Argumentava que sabia como reprovavam suas escolhas e que não queria trazer desonra à família. O que seus pais não sabiam – já que ele não podia dizer – era que ele não era um mero capitão de um navio mercante. Na verdade, nunca fora. Assumira o comando do *Infinity* a serviço de Sua Majestade.

Isso tinha sido em 1782, quando o governo se reorganizou e o Departamento do Norte e do Sul se transformaram nos ministérios do Interior e de Relações Internacionais. Com as relações internacionais finalmente consolidadas em um único departamento, o novo secretário começou a experimentar maneiras inovadoras do exercício da diplomacia para proteger os interesses da Coroa. Convocou Andrew a Londres quase no mesmo dia em que assumiu o cargo.

Quando Charles James Fox – o primeiro secretário de Estado para relações internacionais e ex-líder da Câmara dos Comuns – convocava um homem a atuar a serviço do país, o homem em questão não podia recusar. Mesmo que, para isso, tivesse que enganar a própria família.

Andrew não fazia todas as viagens a serviço da Coroa – não havia tantas missões, e ele chamaria muita atenção se ficasse sentado no porto de braços cruzados até que alguém no ministério pedisse que levasse uns papéis à Espanha ou fosse buscar um diplomata em Bruxelas. Na maior parte do tempo, era exatamente o que a tripulação achava que ele fosse: um capitão comum, que trabalhava, na maior parte do tempo, com mercadorias legais.

Mas não naquela viagem. O ministério confiara a ele um pacote cheio de documentos, assim como a tarefa de levá-los ao representante inglês em Portugal. Andrew não sabia do que se tratava; raramente lhe contavam o conteúdo dos documentos que transportava. Suspeitava ter algo a ver com as negociações com a Espanha a respeito dos assentamentos na Costa dos Mosquitos. Na verdade, porém, não fazia diferença. Só o que importava era que ele recebera a ordem de levar os documentos para Lisboa o mais rápido possível, o que queria dizer que tinha que zarpar naquele momento, quando os ventos estavam a seu favor. Não tinha tempo de limpar a caverna que Poppy descobrira. Também não tinha homens suficientes para deixar três pessoas para trás – o mínimo necessário para que as mercadorias da caverna fossem distribuídas e alguém vigiasse a garota até que o trabalho terminasse.

Se fosse apenas uma questão de lucro, ele simplesmente abandonaria a carga e aceitaria o prejuízo. Contudo, a caverna também era usada como ponto de retirada, e uma das caixas escondia uma carta que Andrew acabara de trazer, do representante na Espanha para o primeiro-ministro. Em dois dias, alguém viria de Londres para buscá-la. Era essencial que a caverna ficasse imperturbada, pelo menos até lá.

Por isso, ele estava preso a Poppy Bridgerton.

– Senhor!

Andrew se virou e deu com Brown, caminhando em sua direção.

– Entreguei a carta, senhor – falou o marujo.

– Ótimo – grunhiu Andrew. – Foi visto por alguém?

Brown balançou a cabeça.

– Mandei Pinsley entregar a uma criada. Ninguém conhece a cara feia dele por essas bandas. E também fiz ele usar aquela peruca preta que o senhor trouxe a bordo.

– Excelente.

– Não quis deixar a carta na porta da casa – acrescentou Brown. – Achei que o senhor não gostaria de arriscar que se perdesse.

– Não, com certeza não – respondeu Andrew. – Você fez bem.

Brown aquiesceu e agradeceu.

– O Pinsley disse que a aia disse que levaria direto para a senhora da casa.

Andrew assentiu. Só podia torcer para que tudo saísse como planejado. O inferno ainda viria à terra quando devolvesse a Srta. Bridgerton, dali a duas semanas, mas talvez conseguisse manter pelo menos um vago controle se a amiga de Poppy não desse com a língua nos dentes. E se a amiga ficasse de bico calado e ninguém descobrisse que Poppy desaparecera, talvez Andrew conseguisse fugir de ter que se casar com ela.

Ah, sim. Ele sabia muito bem que aquela era uma possibilidade muito real. Era um cavalheiro e tinha colocado em risco a honra de uma dama, embora de maneira nada intencional. Mas Andrew também era um homem pragmático. E como havia uma chance, ainda que remota, de que ela chegasse ao fim daquela provação com a reputação intacta, parecia uma escolha sábia manter em segredo sua identidade.

Pelo menos era isso que dizia a si mesmo.

Era hora de partir, e Andrew assumiu seu lugar ao leme, sentindo as costas se retesarem com a onda de euforia que sempre o invadia quando recolhiam a âncora e as velas do *Infinity* se enfunavam. Seria de se pensar que a sensação fosse passar com o tempo, que tantas viagens marítimas o teriam deixado imune à adrenalina do vento e da velocidade e da brisa do mar enquanto singravam as ondas.

Mas todas as partidas eram emocionantes para ele. O sangue corria mais rápido, os pulmões se enchiam de maresia e ele pensava, sempre, que aquele era o lugar onde deveria estar.

O que era irônico, já que não estava em um lugar específico, e sim navegando a toda a velocidade. Será que isso queria dizer que o destino dele era estar sempre em movimento? Será que viveria no mar até o final de seus dias? Será que *deveria* viver no mar até o final de seus dias?

Ou estava na hora de voltar para casa?

Andrew balançou a cabeça. Não era hora de se deixar levar por sentimentalismos. Refletir era para os ociosos, e ele tinha muito trabalho a fazer.

Observava o céu enquanto conduzia o *Infinity* ao largo da cidade de Lyme Regis, adentrando o Canal da Mancha. Era um dia perfeito para navegar: o céu azul estava límpido e o vento, forte. Se as condições climáticas se mantivessem, daria para chegar a Portugal em cinco dias.

– Que Deus permita – falou Andrew, com o semblante meio constrangido de um homem que não costumava barganhar com as entidades.

Contudo, se havia uma hora que pedia orações, com certeza era aquela. Andrew tinha certeza de que era capaz de lidar com Poppy Bridgerton, mas, ainda assim, preferia se livrar dela o mais rápido possível. A presença dela ali já sinalizava que um dia a carreira dele chegaria ao fim. Considerando quão próximo ele era dos primos dela, seria apenas questão de tempo até que ela descobrisse o nome verdadeiro dele.

– Senhor?

Era Billy Suggs, que, do alto de seus 13 anos, era o marinheiro mais jovem do navio. Andrew esperou que ele prosseguisse.

– Senhor, Pinsley disse que tem uma mulher no navio – falou o grumete. – É verdade?

– É sim, Billy.

Fez-se um momento de silêncio, e então Billy continuou:

– Mas senhor... não dá um azar do diabo isso, senhor? Ter uma mulher a bordo?

Andrew lutou contra o impulso de fechar os olhos e suspirar. Era bem isso o que ele temia. Marinheiros são notoriamente supersticiosos.

– Isso não passa de balela, Billy – falou ele. – Você não vai nem lembrar que ela está aqui.

Billy não parecia ter levado muita fé, mas voltou, mesmo assim, para a cozinha de bordo.

– Maldição – disse Andrew, apesar de não haver ninguém por perto para ouvi-lo. – Se eu tiver sorte, eu mesmo não vou nem lembrar de que ela está aqui.

CAPÍTULO 4

Quando ouviu a porta da cabine do capitão se abrir, Poppy estava com um humor péssimo.

E sabia que tinha todo o direito de se sentir assim. Afinal, estar com pés e mãos amarrados não faz nenhum milagre pelo humor de uma pessoa. Quer dizer, dois pés e uma das mãos. Por outro lado, ao ter deixado a direita solta, o capitão demonstrara relativa generosidade. Não que isso tivesse lá muita serventia. Quando ele se gabara da qualidade de seu nó de marinheiro, não tinha sido exagero. Ela só levara um minuto para concluir que não havia a menor chance de conseguir se soltar. Talvez uma mulher mais arredia pudesse ter persistido ainda por um tempo, mas Poppy não estava interessada em ferir a pele e quebrar as unhas, e estava muito claro que esse seria o único resultado de continuar tentando desatar o nó.

– Estou com fome – falou ela, sem se dar ao trabalho de ver quem estava entrando.

– Já esperava – foi a resposta do capitão.

Um pãozinho quente e de casca crocante foi posto na cama ao lado dela. O cheiro era divino.

– Também trouxe manteiga – disse ele.

Poppy cogitou olhar para ele, mas já havia notado que a menor mudança de posição envolvia uma quantidade constrangedora de grunhidos e movimentos desajeitados. Então disse:

– O que devo fazer, então? Encher sua cama de migalhas?

– São tantas as tréplicas interessantes que eu poderia oferecer à sua pergunta – disse ele, e dava para ouvir o sorriso lânguido em sua voz –, mas prefiro me abster.

Mais um ponto para ele. Maldição.

– Se a senhorita quiser – disse ele, educado –, posso desamarrá-la.

Isso despertou interesse suficiente em Poppy para que ela torcesse o pescoço na direção dele.

– Então estamos em alto-mar?

Ele se aproximou, faca na mão.

– Já chegamos a um ponto em que, para tentar fugir, a pessoa teria que ser muito menos inteligente do que a senhorita.

Ela torceu o nariz.

– Isso foi um elogio?

– Com certeza – disse ele, com um sorriso fatal.

– Presumo que vá usar a faca nas minhas amarras.

Ele assentiu, libertando-a, e acrescentou:

– Não que não existam alternativas tentadoras para o uso desta faca.

Na mesma hora, ela o encarou.

– É só uma piada – emendou ele logo em seguida.

Poppy não achou graça.

O capitão apenas deu de ombros, puxando a corda nos tornozelos dela.

– Minha vida seria muito mais simples se não estivesse aqui, Srta. Bridgerton.

– O senhor poderia ter me deixado em Charmouth – provocou ela.

– Não – respondeu ele –, não podia.

Ela pegou o pão e deu uma mordida voraz e nada feminina.

– Está realmente com fome – murmurou ele.

Ela lançou um olhar demonstrando que não tinha achado a menor graça daquele comentário tão óbvio.

Ele atirou outro pãozinho, que Poppy pegou no ar com uma das mãos. Conseguiu reprimir um sorriso após a façanha.

– Muito bem, Srta. Bridgerton – elogiou ele, admirado.

– Tenho quatro irmãos – disse ela, dando de ombros.

– Não diga...

Ela ergueu os olhos por um instante.

– Somos diabolicamente competitivos.

Ele puxou uma cadeira da mesa de jantar, que era surpreendentemente elegante. Sentou-se, então, acomodando o tornozelo no joelho oposto com elegância preguiçosa.

– Todos são bons em jogos?

Ela o encarou, sustentando seu olhar. Estava fazendo questão de se mostrar tão blasé quanto ele. E, se não conseguisse, morreria tentando.

– Alguns melhores, outros piores – respondeu ela, terminando de comer o primeiro pão.

Ele deu uma risada.

– Quer dizer, então, que a senhorita é a melhor?

Ela ergueu a sobrancelha.

– Não foi o que eu disse.

– Nem precisava.

– Eu gosto de ganhar.

– Todo mundo gosta.

Ela tinha toda a intenção de dar uma resposta atravessada e inteligente, mas ele se adiantou:

– Mas imagino que a senhorita goste mais de ganhar do que a maioria.

Os lábios dela se contraíram.

– Elogio?

Ele balançou a cabeça, ainda com um sorrisinho enervante.

– Não desta vez.

– E diz isso por medo de que eu supere o senhor?

– Por medo de que a senhorita infernize minha vida.

Poppy ficou boquiaberta. Não esperava aquela resposta. Olhou o segundo pãozinho e comeu um pedaço. Quando terminou de mastigar, disse:

– Há quem diga que esse linguajar não é apropriado para uso na presença de uma dama.

– Não estamos em um salão da alta sociedade – devolveu ele. – Além do mais, a senhorita mesma disse que tem quatro irmãos. Imagino que de vez em quando digam coisas ofensivas aos ouvidos mais sensíveis.

É claro que sim, e a própria Poppy cedia ao impulso de praguejar de vez em quando, de modo que era capaz de ouvir uma imprecação aqui e ali sem desmaiar. Tinha repreendido o capitão só para tentar irritá-lo, e suspeitava de que ele soubesse muito bem disso.

O que *a* irritava.

Decidiu mudar de assunto:

– Se bem me lembro, o senhor disse que havia manteiga.

Ele fez um gesto galante em direção ao pequeno ramequim em cima da mesa.

– Apesar de suas surpreendentes habilidades como apanhadora – disse ele –, imagino que a senhorita não vá querer que eu lhe atire a manteiga.

Poppy se levantou e foi até a mesa. Estava um pouco tonta, mas não sabia se era por causa do balanço do mar ou apenas o sangue lhe voltando aos pés.

– Sente-se – disse ele, mais um pedido do que uma ordem.

Ela hesitou; era mais desconcertante quando ele falava com educação do que o contrário.

– Eu não mordo – acrescentou ele, recostando-se.

Ela puxou a outra cadeira.

– A não ser, é claro, que a senhorita queira – murmurou ele.

– Capitão James!

– Ah, pelo amor de Deus, Srta. Bridgerton, não seja tão melindrosa. Sei muito bem que a senhorita é bem mais durona que isso.

– Não sei do que está falando – resmungou ela.

Ele deu um sorrisinho. Não que o sorrisinho tivesse sumido de seus lábios em algum momento; parecia que aquele sujeito insuportável estava sempre tramando alguma coisa.

– Se a senhorita tivesse mesmo alguma chance de me superar – disse ele, com leve zombaria –, não se deixaria abalar tanto pelo meu joguinho de palavras.

Ela se sentou à mesa e pegou a manteiga.

– Não vejo graça alguma em assuntos que digam respeito à minha vida ou à minha virtude, capitão James.

– Uma regra sábia – disse ele, relaxando –, mas eu definitivamente não preciso me ater a essas restrições.

Ela pegou a faca de manteiga e a examinou, pensativa.

– Teria que ser muito mais afiada para chegar a me ferir – disse ele, sorrindo.

– Sim. – Poppy suspirou, passando-a na manteiga. – Uma pena. – Espalhou manteiga no pãozinho e comeu. – Devo imaginar que vou ser mantida a pão e água?

– É claro que não – respondeu ele. – Afinal de contas, sou um cavalheiro. O jantar será servido em... – ele olhou o relógio – cinco minutos.

Por um instante, ela apenas o observou. Ele não parecia inclinado a ir a lugar algum.

– Pretende jantar aqui comigo?

– Bem, passar fome eu não pretendo.

– O senhor não pode ir comer com... com... – Ela fez um gesto com a mão, sem muito sucesso, sem saber ao certo a que estava aludindo.

– Meus homens? – terminou ele por ela. – Não. Somos um navio mais liberal do que a maioria, mas estamos longe de ser uma democracia. Sou o capitão. Faço minhas refeições aqui.

– Sozinho?

Um sorriso malicioso foi se espalhando pelos lábios dele.

– A não ser que eu tenha companhia.

Ela estreitou os lábios, recusando-se a morder a isca.

– Está gostando do pão? – perguntou ele, alegremente.

– Está delicioso.

– A fome é o melhor tempero.

– Pode ser, mas está muito saboroso – disse ela, sincera.

– Vou transmitir seus cumprimentos ao chef.

– Vocês têm um chef a bordo? – perguntou Poppy, surpresa.

Ele deu de ombros.

– Ele se diz francês. Mas tenho as minhas dúvidas se não nasceu em Leeds.

– Não há nada de errado em nascer em Leeds.

– A não ser que você se diga um chef francês.

Ela se surpreendeu com a leve risada que deu.

– Ora, mas veja só, Srta. Bridgerton – disse o capitão, enquanto ela terminava o segundo pão. – Não foi tão difícil, foi?

– O que não foi difícil, comer? – retrucou ela, bancando a inocente. – Sempre fui muito boa nisso. Pelo menos desde que meus dentes nasceram.

– Bem afiados, imagino.

Ela sorriu. Bem devagar.

– Praticamente presas.

– Não é lá uma imagem muito encantadora. E eu sei que a senhorita sabe que eu estava falando da nossa conversa. – Quando inclinou o rosto e a olhou de soslaio, seu sorriso pareceu ainda mais enviesado... e mais devastador. – Não é tão difícil assim encontrar um motivo para rir na minha companhia.

– A pergunta mais pertinente seria: por que isso tem importância?

– Por que é importante que a senhorita ria na minha companhia?

Ela assentiu.

Ele se inclinou para a frente.

– Será uma longa viagem até Portugal, Srta. Bridgerton, e, no fundo, os homens são criaturas preguiçosas. Durante duas semanas, no mínimo, serei obrigado a tê-la a bordo, e na minha cabine, ainda por cima. Vou gastar bem menos energia se a senhorita não passar esse tempo todo cuspindo fogo.

Poppy conseguiu produzir um meio sorriso tão enviesado quanto o dele.

– Capitão James, posso garantir-lhe que eu nunca cuspo.

Ele riu alto.

– *Touché*, Srta. Bridgerton.

Poppy ficou em silêncio por um momento. Tinha terminado os pãezinhos, mas o jantar ainda não havia chegado, deixando-a sem nada com que se ocupar. O silêncio foi ficando constrangedor, e ela detestou ter que encarar as mãos para evitar olhar para o capitão.

Era *difícil* olhar para ele. Não porque ele fosse muito bonito (embora fosse). E, por mais que Poppy se sentisse confortável na maioria das reuniões sociais, também era a primeira a admitir que havia certas pessoas que eram simplesmente bonitas *demais*. Convinha até desviar o olhar, para não acabar se atrapalhando e falando besteira.

Mas não era por isso que o capitão James fazia com que ela se sentisse tão inepta. Até que era bonita, mas estava acostumada a conviver com pessoas mais atraentes do que ela. Londres era cheia de damas e cavalheiros que passavam horas e horas se dedicando apenas à aparência. Poppy, por sua vez, mal conseguia suportar o tempo que a aia levava para arrumar seu cabelo.

O problema não era a beleza do capitão James, mas sua inteligência. Especificamente, o excesso dela.

Dava para ver nos olhos dele. Poppy passara a vida quase toda sendo a pessoa mais esperta do recinto. Não era presunção, era fato. Mas já não sabia se conseguiria superar aquele homem.

De repente, ela se levantou, foi até a janela e admirou o mar infinito. Ainda não tivera a oportunidade de explorar a cabine. Até ser desamarrada, passara o tempo todo deitada, olhando o teto. E, enquanto escrevia a carta para Elizabeth, estivera absorta demais na tarefa (e em não fazer feio diante do inteligente capitão) para examinar os arredores.

– Essas janelas são de ótima qualidade – observou ela.

Dava para ver que era um excelente vidro. Por mais que estivesse um pouco maltratado, não era distorcido nem ondulado.

– Obrigado.

Ela assentiu, embora não estivesse olhando para ele.

– Todas as cabines de capitão são confortáveis assim?

– Não fiz um estudo aprofundado, mas em todas em que já estive, sim. Principalmente nos navios militares.

Poppy se virou para ele.

– Já esteve a bordo de um navio militar?

Ele desviou o olhar, por uma fração de segundo, mas foi o suficiente para que Poppy notasse que ele não tivera a intenção de deixar escapar aquele detalhe.

– Aposto que o senhor já esteve na Marinha – disse ela.

– É mesmo?

– Ou isso, ou já esteve a bordo de um navio da Marinha como prisioneiro, e isso me parece pouco provável, o que é curioso, já que me sequestrou.

– Pouco provável por causa da minha impressionante fibra moral?

– Porque é inteligente demais para ser pego.

Ele soltou uma bela risada.

– Vou interpretar isso como o maior elogio, Srta. Bridgerton. Principalmente porque sei que é com certa má vontade que está enaltecendo minha sagacidade.

– Seria muito tolo da minha parte subestimar sua inteligência.

– De fato. E, se me permite retribuir o elogio, seria igualmente tolo da minha parte subestimar a sua.

O peito de Poppy foi tomado por uma ligeira euforia. Era tão raro um homem reconhecer a inteligência de uma mulher. E o fato de ser *ele*...

... não tinha nada a ver com isso, disse a si mesma, com firmeza. Ela foi até a escrivaninha que ficava na parede oposta. Assim como a mesa de jantar, era um móvel de altíssima qualidade. Pensando bem, tudo naquele cômodo evidenciava riqueza e privilégio. A prateleira abarrotada de livros pertencia a um homem educado, e Poppy tinha quase certeza de que o tapete era importado do Oriente.

Ou talvez ele mesmo tivesse trazido a peça de lá. Era finíssimo.

Sempre pensara que as cabines de navio fossem minúsculas e abarrotadas, mas aquela era bem espaçosa. Nada que se comparasse ao seu quarto em casa, é claro, mas, ainda assim, ela conseguia dar dez passos entre uma parede e outra, e olhe que tinha uma passada larga.

– A senhorita costuma ter enjoo no mar? – perguntou o capitão James.

Ela se virou de repente, surpresa por não ter pensado nisso ainda.

– Não sei.

Ele pareceu achar graça.

– Como está se sentindo agora?

– Estou bem... – respondeu Poppy, estendendo a frase enquanto avaliava suas entranhas; nenhum enjoo, nenhuma náusea. – Quase normal, acho.

Ele assentiu devagar.

– Bom sinal. Até mesmo aqui, nas águas calmas do canal, já vi homens serem reduzidos a inválidos.

– Isso é calmo? – perguntou Poppy.

O navio podia não estar guinando de um lado para o outro, mas, sem dúvida, havia instabilidade sob seus pés. Bem diferente das vezes em que ela passeara de canoa no lago.

– Relativamente – respondeu ele. – Verá por si mesma quando chegarmos ao Atlântico.

– Não estamos... – Ela não terminou a pergunta.

É claro que ainda não estavam no Atlântico. Ela conhecia bem a geografia. Só nunca tivera nenhum motivo para usar os conhecimentos até então.

Poppy controlou a expressão do rosto para recobrar a compostura – ou, pelo menos, tentou.

– Nunca estive no oceano – disse ela, desconfortável. – Acho que logo veremos como eu me saio.

Ele abriu a boca, mas, naquele momento, soou uma batida rápida à porta, e o que ia dizer acabou sendo substituído por:

– Deve ser o jantar.

Poppy saiu do caminho quando um menino muito loiro de uns 10 ou 12 anos entrou carregando uma bandeja com pratos cobertos e um decantador com vinho tinto.

– Obrigado, Billy – disse o capitão.

– Senhor – grunhiu Billy, colocando a bandeja pesada na mesa.

Poppy sorriu para o menino (não tinha a menor necessidade de ser rude com todo mundo), mas estava muito claro que ele tentava nem olhar na direção dela.

– Obrigada – disse ela, talvez um pouco alto demais.

O menino ruborizou e assentiu, sem jeito.

– Esta é a Srta. Poppy – falou o capitão, pousando a mão no ombro de Billy antes que o menino pudesse fugir. – Além de mim, você será o único autorizado a entrar nesta cabine para servi-la. Entendeu?

– Sim, senhor – disse Billy, ainda sem conseguir encará-la. Parecia extremamente infeliz. – Mais alguma coisa, senhor?

– Não, Billy, é só isso. Pode voltar daqui a 45 minutos para levar a bandeja.

Billy assentiu e saiu do quarto quase correndo.

– Ele está naquela idade – disse o capitão, erguendo as sobrancelhas como quem acha graça – em que nada é mais assustador do que uma mulher atraente.

– Bom saber que eu assusto alguém – resmungou Poppy.

O capitão soltou uma risada rouca.

– Ah, quanto a isso, não precisa se preocupar. Brown e Green morrem de medo da senhorita.

– E o senhor? – perguntou Poppy, sentando-se. – Eu o assusto?

Ela prendeu a respiração enquanto esperava a resposta. Não sabia que demônio a possuíra para que fizesse tal pergunta, mas, uma vez feita, sua pele estava toda arrepiada na expectativa da resposta.

Ele não se apressou nem um pouco para responder, mas Poppy não achou que estivesse fazendo de propósito, só para aumentar a inquietude dela. Enquanto levantava a tampa do prato principal, a expressão dele era pensativa.

– Coelho ao vinho – murmurou ele. – E não, a senhorita não me assusta. – Ele a encarou, alarmando-a com o azul intenso daqueles olhos.

Ela esperou que ele falasse mais, mas isso não aconteceu; em vez disso, pôs-se a servir duas tigelas do guisado muito cheiroso à sua frente.

– O que assusta o senhor? – perguntou ela, enfim.

Ele mastigou. Engoliu.

– Bem, não sou muito chegado a aranhas.

A resposta foi tão inesperada que ela deu uma risada curta.

– E alguém é?

– Imagino que alguém seja – respondeu ele, dando de ombros. – Não existem pessoas que estudam isso na universidade? Naturalistas e afins?

– Mas se o senhor fosse um naturalista, não preferiria estudar algo mais amável e fofinho?

Ele olhou para a tigela de guisado.

– Como coelhos?

Ela tentou não sorrir.

– Tem razão.

– Para ser sincero – disse ele, tirando a tampa de uma pequena travessa cheia de batatas com salsinha –, acho que nada do que estamos falando faz muito sentido.

Dessa vez, ela não conseguiu evitar e abriu um sorriso. Contudo, também revirou os olhos.

– Está vendo? – disse ele. – Não sou tão péssimo assim.

– Nem eu – devolveu ela na mesma hora.

Ele suspirou.

– O que quer dizer com isso? – perguntou ela, ressabiada.

– Isso o quê?

Ela estreitou os olhos.

– O senhor suspirou.

– E por acaso é proibido suspirar?

– Capitão James...

– Está bem – admitiu ele, suspirando de novo, e, pela primeira vez, traços de cansaço ficaram evidentes em seu rosto. – Eu disse a verdade. A senhorita não me assusta. Mas quer saber o que me assusta?

Ele hesitou. Poppy ficou se perguntando se era uma pausa dramática ou se ele estava, de fato, pensando no que iria dizer.

– Fico petrificado – disse ele, com lentidão deliberada – com tudo o que a senhorita representa.

Por um instante, Poppy só conseguiu encará-lo em silêncio.

– Como assim? – perguntou, enfim.

Achava que não havia soado na defensiva. Achava que não *estava* na defensiva. Mas estava curiosa. Depois de uma declaração daquelas, quem não estaria?

Ele inclinou-se para a frente, pousando os cotovelos na mesa e unindo as pontas dos dedos.

– A senhorita é uma dama da aristocracia. Imagino que já tenha percebido que eu tenho certa experiência com essa espécie em particular.

Ela concordou. Era muito claro que o capitão James nascera em berço privilegiado. Estava evidente em tudo o que fazia, em tudo o que dizia, em seus movimentos e modo de falar – Poppy se perguntava se uma pessoa era capaz de se livrar dos trejeitos do estilo de vida em que fora criada.

Perguntava-se, inclusive, se o capitão teria essa vontade.

– Em termos simples, Srta. Bridgerton – prosseguiu ele –, uma criatura como a senhorita não pertence a um ambiente como este navio.

Ela arqueou a sobrancelha.

– Se não me engano, eu mesma já afirmei que concordo com o senhor quanto a isso.

– De fato. Contudo, para consternação de nós dois, as circunstâncias me impediram de devolver a senhorita para terra firme.

– E que circunstâncias seriam essas?

Ele lhe lançou um sorriso bem ensaiado.

– Nada que deva preocupar sua linda cabecinha.

Dessa vez, Poppy teve bastante certeza de que ele estava tentando irritá-la. Mas a afirmação condescendente incomodava menos do que o fato de ele *saber* que ela ficaria incomodada.

Não gostava de ser decifrada com tanta facilidade.

E desgostava, em especial, de ser facilmente decifrada por *ele*.

Então ela abriu seu sorriso mais encantador e agradeceu por ele estar servindo batatas no prato dela. E quando flagrou a expressão curiosa com que era observada, como se ele estivesse confuso com sua falta de reação, Poppy se permitiu sentir uma pontinha de satisfação. Mas só uma pontinha mesmo, porque, se saboreasse claramente o triunfo, sabia que não conseguiria esconder.

Não queria nem pensar que dali em diante as vitórias seriam sempre assim.

– Vinho? – ofereceu o capitão.

– Por favor.

Ele encheu uma segunda taça, tudo muito civilizadamente. Comeram em silêncio, e Poppy estava satisfeita em poder ficar apenas com os próprios pensamentos, até que o capitão terminou a última garfada, engoliu e disse:

– É uma cama bem confortável. Isto é, quando não se está amarrado.

Ela ergueu o rosto no mesmo instante.

– Perdão?

– Minha cama – disse ele, apontando. – É muito confortável. Tem uma guarda... é só puxar para cima e ela se encaixa no lugar. Assim ninguém cai se o tempo ficar ruim.

Poppy arregalou os olhos e observou, chocada, a cama. Era maior do que esperava encontrar em um navio, mas certamente não era grande o bastante para dois. Ele não podia estar achando que... Não, ele jamais faria isso. Dormiria em outro lugar, certo? Afinal, já tinha dito que ela ficaria com o quarto dele.

– Relaxe. A senhorita ficará com a cama.

– Obrigada.

– Eu fico no chão.

Ela arquejou alto.

– Mas aqui?

– Em que outro lugar sugere que eu descanse?

Ela levou algum tempo para conseguir murmurar:

– Em qualquer outro lugar?

Ele deu de ombros.

– Não existe outro.

Ela balançava a cabeça, bem rápido, como se o próprio movimento fosse capaz de fazê-lo dizer, por fim, que sairia da cabine.

– Não pode ser.

– É claro, tem o convés – retrucou ele –, mas já me disseram que tenho o sono agitado. Temo acabar rolando e caindo da amurada.

– Por favor – implorou ela –, estou falando sério.

Ele olhou nos olhos dela, e mais uma vez Poppy lembrou-se de que o capitão James era um libertino inconsequente. O olhar dele, no entanto, não continha nenhum traço de brincadeira.

– Eu também estou falando sério – respondeu ele.

– Mas a minha reputação...

– Onde eu durmo ou deixo de dormir não terá o menor impacto na sua reputação. Se descobrirem sua ausência, sua reputação estará arruinada de qualquer forma. Se não descobrirem, ninguém saberá de nada.

– Seus homens saberão.

– Meus homens me conhecem. – O tom dele não deixava a menor margem para discordâncias. – Se eu disser a eles que a senhorita é uma dama honorável e que eu dormirei no chão perto da porta para protegê-la, eles acreditarão sem questionar.

Poppy levou a mão à boca, um gesto de nervosismo que reservava aos momentos de maior apreensão. Ou pelo menos era a desculpa que dava a si mesma, porque provavelmente era algo que fazia o tempo todo.

– Estou vendo que não acredita na minha palavra – falou o capitão.

– Para ser sincera, não sei em que devo ou não acreditar.

Ele passou um bom tempo encarando-a até, enfim, responder:

– Acho justo.

De certa forma, a resposta teve um quê de elogio.

Ele se levantou e foi à porta.

– Vou chamar Billy para vir recolher os pratos. Temo que o pobre garoto esteja encrencado. Prometi que ele nem lembraria que a senhorita está a bordo, mas agora ele será o encarregado de trazer todas as suas refeições.

– O senhor teve que assegurá-lo de que ele não precisaria me ver? Eu virei uma górgona agora, por acaso?

O capitão James sorriu, mas não parecia estar achando graça de verdade.

– Qualquer mulher a bordo de um navio seria considerada uma górgona. Dá um azar tremendo.

– O senhor acredita nisso?

Não podia ser. De jeito nenhum.

– Acredito que foi um azar tremendo que a senhorita tenha encontrado a minha caverna.

– Mas...

– Não – interrompeu ele, com firmeza. – Não acredito que as mulheres deem azar, nem em navio, nem em lugar algum. Mas meus homens acreditam, e não posso me dar ao luxo de ignorar isso. Enfim, agora preciso ir. Tenho trabalho a fazer. Passarei no mínimo umas três horas fora. Isso deve dar à senhorita tempo de sobra para se preparar para dormir.

Poppy ficou olhando, boquiaberta, enquanto ele se levantava e abria a porta. Já estava com meio corpo para fora quando, enfim, ela gritou:

– Espere!

CAPÍTULO 5

Andrew permitiu-se um longo suspiro antes de dar meia-volta. A Srta. Bridgerton estava de pé ao lado da cama, parecendo bastante aflita.

Não; aflita, não. Estava mais para desconfortável. Estava claro que queria dizer alguma coisa.

53

Mas nada saía de sua boca, o que já deveria ter sido um sinal de que havia motivo para preocupação.

– Sim? – encorajou ele, enfim.

Ela balançou a cabeça.

– Não. Não é nada.

Ele tinha experiência suficiente com mulheres para saber que não era verdade.

– Tem certeza?

Ela assentiu.

Muito bem, então. Se ela ia mesmo ficar quieta, então que assim fosse. Ele respondeu com um meneio de cabeça e voltou-se outra vez para a porta.

– É só que eu...

Maldição. Tinha chegado tão perto de escapar...

O capitão James virou-se outra vez, a própria epítome da paciência.

– Não tenho o que vestir – disse ela, baixinho.

Exasperado, ele teve que reprimir o impulso de fechar os olhos por um segundo. Ela não parecia ser uma mulher frívola, e haveria de concordar que não havia a menor necessidade de vestidos elegantes na viagem para Portugal.

Então ela acrescentou:

– Não tenho nada para dormir e, bem, nem para passar os dias.

– O que está vestindo não serve? – perguntou ele, gesticulando para indicar o vestido azul dela.

O corpete era de renda grossa e a saia, felizmente, era simples, sem aros ou anáguas, que complicariam ainda mais a convivência a bordo.

Ele achava que o vestido caía muito bem nela. Na verdade, antes de descobrir a identidade de Poppy, tinha chegado a flertar com a fantasia de tirar aquele vestido, camada por camada.

– É claro que serve – respondeu ela –, mas não posso passar duas semanas inteiras com o mesmo vestido.

– Meus homens geralmente passam.

Não que *ele* fizesse isso, mas a tripulação, sim.

– Em todo caso – disse ela, fazendo um esforço visível para não estremecer de nojo –, acho que o vestido não é a vestimenta mais prática para andar no convés.

Finalmente. Um problema com uma solução simples.

– A senhorita não subirá ao convés – informou ele.

54

– Nunca?

– Não é seguro – falou ele, apenas.

– Mas eu vou sufocar aqui dentro.

Ela abanou os braços, um gesto que pareceu menos uma alusão ao cômodo em que estavam e mais um trejeito de uma pessoa meio louca.

– Deixe de exagero – disse ele, repreendendo-se por ter que soar tão indiferente.

Ela não iria sufocar, é claro, mas ficaria muito infeliz. Dava para perceber que Poppy Bridgerton não lidava bem com o tédio.

Contudo, não podia permitir que ela ficasse zanzando pelo navio. Seria uma distração desnecessária para seus homens e, além disso, ela não sabia nada de segurança a bordo. Sem falar na superstição. Metade dos homens se benzeria toda vez que a visse por aí.

Do outro lado da cabine, a Srta. Bridgerton ainda estava angustiada.

– Mas... mas... – gaguejou ela.

Ele voltou a se encaminhar para a porta.

– Sinto muito, Srta. Bridgerton, mas é assim que tem que ser. É para sua própria segurança.

– Mas serão quinze dias! Eu vou ficar sem ver a luz do sol por quinze dias?

Ele ergueu a sobrancelha.

– Mais cedo, a senhorita estava elogiando a qualidade das minhas janelas.

– Não é a mesma coisa, e o senhor sabe muito bem disso.

Ele sabia, e estava com pena dela por tal situação. De verdade. Não conseguia nem imaginar como seria ter que passar duas semanas inteiras confinado a um único aposento, mesmo que fosse uma cabine confortável como a dele.

Ela respirou fundo, como se estivesse tomando coragem, e então disse:

– Capitão James. Como o cavalheiro que é, peço que considere meu pedido com carinho.

– Pois a senhorita está enganada, Srta. Bridgerton.

– Não seja dissimulado, capitão. Por mais que queira esconder sua origem... ou talvez *se* esconder de sua origem, sei que o senhor é um cavalheiro. O senhor praticamente confessou isso.

Ele cruzou os braços.

– Quando estou a bordo, não sou nem um pouco cavalheiro.

Ela imitou o gesto.

– Não acredito.

Então alguma coisa dentro dele explodiu. Simplesmente explodiu. Desde o momento que a vira, amarrada e amordaçada na cama, tinha passado cada minuto lidando com ela ou com os inúmeros problemas que a presença dela acarretava (e continuaria acarretando) durante uma missão muito delicada.

– Pelo amor de Deus, mulher! Onde está seu bom senso?

Poppy abriu a boca, mas ele não lhe deu oportunidade para que respondesse.

– A senhorita tem alguma noção do perigo em que se meteu? Não? Bem, permita-me explicar. A senhorita está sequestrada. Está presa em um navio, é a única mulher a bordo, e metade dos homens lá fora... – ele acenou violentamente na direção da porta – ... acredita que sua presença significa que um tufão está vindo nos pegar.

– Um tufão? – repetiu ela.

– Não há tufões nesta região – disse ele, os dentes trincados. – Espero que com isso a senhorita entenda o quanto meus homens não gostariam que estivesse a bordo. Então, não que a senhorita vá aceitá-lo, mas meu humilde conselho é que aja com um pouco mais de ponderação.

– Eu não queria estar aqui! – gritou ela.

– Sei muito bem disso – retrucou ele, no mesmo tom. – Para seu governo, mais uma vez, não me agrada nem um pouco ter a senhorita a bordo.

Ela estreitou os lábios, e, por um breve momento de pânico, ele achou que ela fosse começar a chorar.

– Por favor – insistiu Poppy. – Por favor, não me obrigue a ficar confinada aqui durante a viagem inteira. Estou implorando.

Ele suspirou. Maldita mulher. Era muito mais fácil ser indiferente ao sofrimento dela quando estavam gritando um com o outro.

– Srta. Bridgerton – disse ele, tentando manter a voz calma –, meu dever como cavalheiro é fazer de tudo para preservar sua segurança. Mesmo que isso lhe cause desconforto.

Ele meio que esperava que ela retrucasse "Então você admite que é um cavalheiro", mas ela o surpreendeu: ficou em silêncio, um silêncio longo e pesado, e por fim disse:

– Pois bem. Então até mais tarde, senhor.

Ele assentiu.

– O senhor disse que ficará fora por três horas, certo?

Poppy tinha assumido um tom formal, quase burocrático, e ele sentiu um desconforto peculiar, porque parecia que não estava mais falando com a Poppy Bridgerton que conhecia.

O que era ridículo, porque ele *não conhecia* Poppy Bridgerton. Até aquela tarde, sequer sabia da existência dela, ao menos não especificamente. Ela era apenas mais uma figura vaga e difusa, mais um dos muitos primos Bridgertons que não tinham nome e que eram, para ele, irrelevantes.

Ele não deveria saber a diferença de quando ela falava como outra pessoa.

E não deveria se importar.

– Estarei preparada quando o senhor retornar – disse Poppy, com um toque de brio arrogante que não combinava muito com ela.

Mas que, por outro lado, também não era totalmente descabido.

– Uma boa noite para a senhorita.

Ele fez uma curta mesura de despedida e saiu da cabine. Inferno. Precisava muito de um trago. Ou de uma boa noite de sono.

Voltou o olhar para a porta da cabine, agora fechada e trancada. Seriam quinze dias dormindo no chão. A boa noite de sono estava fora de questão.

Teria que se contentar com um trago. E não esperaria nem mais um segundo.

A Srta. Bridgerton ainda estava totalmente vestida quando Andrew voltou, três horas e meia depois, mas já tinha tirado os grampos do cabelo, que agora estava pronto para a noite, trançado e pendendo do ombro. Estava sentada na cama com as costas retas, o colo oculto sob o cobertor, e apoiada em um travesseiro encostado na parede.

O travesseiro dele.

Andrew notou que as cortinas ainda estavam abertas, então atravessou o espaço para fechá-las. A cabine ficava a bombordo, e ele desconfiava que ela não fosse gostar de acordar com a luz do nascer do sol. A pouco tempo do solstício, a aurora naquela época do ano vinha cedo e ofuscante.

– Pronta para dormir? – perguntou ele.

Era a mais banal das perguntas. Contudo, ele ficou surpreso por conseguir pronunciá-la em um tom de voz tão normal.

A Srta. Bridgerton ergueu os olhos do livro que estava lendo.

– Estou, como pode ver.

– Não vai ficar muito desconfortável nesse vestido? – perguntou ele.

Ela se virou lentamente e o encarou.

– Não vejo alternativa.

Andrew tinha alguma experiência na remoção de vestidos como aquele; sabia que ela usava por baixo algum tipo de combinação com a qual seria mais confortável dormir. Mas com certeza isso tiraria o conforto de ambos. Não que ele tivesse a *menor* intenção de dormir com ela.

Deus o livrasse de sequer beijar a garota. Se bem que, analisando de forma atraente, ela era muito bonita. Seus olhos tinham um tom encantador de verde, entre folha e musgo, e o cabelo era característico dos Bridgertons, grosso e lustroso, em um tom quente de castanho-avermelhado. O semblante não era plácido o bastante para ser considerado belo de acordo com os padrões tradicionais, mas Andrew nunca gostara de mulheres sem expressão. Na verdade, nem de homens sem expressão ele gostava, e Deus era testemunha de quantas pessoas assim ele conhecera na alta sociedade. Andrew nunca entendera por que fazer cara de tédio era considerado elegante.

Pessoas desinteressadas eram pessoas desinteressantes.

Após refletir por um momento, considerou uma ótima frase de efeito. Usaria com a família da próxima vez que fosse para casa. Provavelmente, todos revirariam os olhos, mas isso era mais ou menos o esperado. Família era assim.

Deus, como sentia saudade deles. Tinha, naquele momento, onze sobrinhos e sobrinhas, e ainda nem conhecia os dois mais novos. Dos cinco irmãos Rokesbys, só ele e o irmão caçula, Nicholas, ainda eram solteiros. Os outros três estavam na mais pura felicidade conjugal, reproduzindo-se como coelhos.

Não um com o outro, é claro. Com suas respectivas esposas. Estremeceu de vergonha, embora só ele mesmo estivesse a par de seus pensamentos embaralhados. A questão é que se sentia exausto. Tinha sido um dia infernal, e estava prestes a piorar. Ele não fazia ideia de como dormiria naquela noite. No chão e com a presença dela...

Era impossível ignorar Poppy. Talvez fosse mais fácil se ela fosse meiga e medrosa. Haveria lágrimas, mas pelo menos ele esqueceria sua existência assim que saísse de perto. Andrew foi até a cômoda embutida. Sua camisa de dormir estava lá, assim como o dentifrício e a escova de dentes. Billy costumava deixar na mesa uma bacia pequena com água, mas o garoto parecia estar morrendo de medo da Srta. Bridgerton. Andrew pegou a escova de dentes e ficou olhando para ela, lamentando a ausência do líquido necessário.

– Também não escovei os dentes.

Ele sorriu. Então ela o estava observando. Estava tentando parecer entretida com seu livro, mas Andrew tinha quase certeza de que desistiria da leitura assim que ele lhe desse as costas.

– De manhã, estaremos ambos com um hálito terrível – disse ele.

– Suposição bastante agradável.

Ele olhou por cima do ombro.

– Não pretendo beijar ninguém. E a senhorita?

Ela era esperta demais para morder uma isca tão óbvia, então ele pôs a escova na boca e escovou sem o pó dentifrício mesmo. Melhor do que nada.

– Imagino que não haja uma sobressalente a bordo – disse ela. – Uma escova de dentes, digo.

– Infelizmente, não, mas fique à vontade para usar meu pó e escovar com o dedo.

Ela suspirou, mas assentiu, e ele ficou curiosamente satisfeito com a falta de afetação dela.

– Teremos água pela manhã – disse ele. – Geralmente temos à noite também, mas acho que Billy ficou com medo de ver a senhorita de novo.

– Bem, ele veio recolher os pratos.

– Menos mau.

Andrew omitiu o fato de que precisara pegar o garoto pela gola e empurrá-lo na direção da cabine. Mas antes Billy do que qualquer outro dos que estavam a bordo. Brown e Green teriam sido alternativas aceitáveis – Andrew conhecia ambos havia tempo suficiente para saber que jamais seriam uma ameaça à segurança dela –, mas duvidava que qualquer um dos dois estivesse disposto a se aproximar de Poppy.

Andrew fez menção de pegar a camisa de dormir na gaveta, mas então se deteve. Inferno. Também teria que dormir vestido. Não poderia se trocar, a não ser que o fizesse depois de apagar as luzes, e seria um tanto injusto colocar roupas confortáveis com ela sendo forçada a dormir totalmente vestida.

– Pronta para dormir, agora? – perguntou ele.

– Eu gostaria de ler um pouco mais. Imagino que o senhor não vá se incomodar, mas peguei um livro emprestado.

– Nem um pouco. A senhorita ficaria louca sem ter nada para passar o tempo.

– Mas que opinião liberal de sua parte...

Ele revirou os olhos, mas nem se dignou a responder.

– A luz de uma lamparina não atrapalha. Só por favor não se esqueça de apagá-la antes de dormir.

– Mas é claro.

Ele sentiu a necessidade de reforçar:

– A bordo de um navio, não há desastre maior do que um incêndio.

– Entendo – respondeu ela.

Ele quase esperava que ela fosse se exasperar e dizer "Já falei que vou apagar a lamparina". Mas o fato de ela não ter dito isso...

Agradou-o de forma muitíssimo estranha.

– Agradeço o bom senso – disse ele.

Andrew percebeu que ela não tinha subido a guarda da cama, então decidiu cuidar disso.

– Capitão James! – exclamou ela, espremendo-se desesperadamente contra a parede oposta.

– Já falei que a senhorita não precisa ter medo – disse ele, com cansaço na voz. – Eu só queria fazer isto. – E puxou para cima a guarda, que se travou no lugar com um clique. Era de madeira maciça e tinha a função de manter a pessoa em cima da cama quando os mares estivessem bravios.

– Desculpe – disse ela. – Eu só... foi puro instinto, imagino. Estou à flor da pele.

Ele franziu a testa. Não era um pedido vazio de desculpas. Havia algo... certa tensão na voz dela. Andrew olhou para ela. Poppy continuava encolhida no canto e parecia tão pequena – não em tamanho, mas na maneira de se portar, se é que isso fazia sentido.

Não que alguma coisa naquele dia tivesse feito sentido.

Baixinho, ela disse:

– Sei muito bem que o senhor não me atacaria.

O fato de ela achar que lhe devia desculpas – pior, que precisava assegurá-lo de qualquer coisa... causou enjoo em Andrew.

– Eu jamais faria mal a uma mulher – disse ele.

– Eu... – Os lábios dela se entreabriram, e seu olhar ficou perdido, como se estivesse pensando. – Eu acredito em você.

Uma força dentro dele começou a se agitar.

– Eu jamais faria mal à senhorita.

– Mas já fez – sussurrou ela, e eles se entreolharam. – Não consigo ver como minha reputação poderá sair ilesa disso tudo.

Ele se amaldiçoou por só pensar em banalidades, mas ainda assim falou:

– Vamos lidar com esse problema quando chegar a hora, certo?

– Sim, mas eu não consigo parar de pensar nisso.

Ele sentiu um aperto no peito. Meu Deus, parecia que alguém estava espremendo seu coração. Desviou o olhar; sabia que estava sendo covarde, mas não encontrava as palavras, e suspeitava que não houvesse mesmo nada que pudesse dizer.

– Melhor arrumar minha cama.

Ele pegou cobertores sobressalentes no guarda-roupa e arrumou-os no tapete. Tinha dito que dormiria na frente da porta, mas parecia desnecessário, considerando a tranca resistente, além da liderança inquestionável que exercia sobre os homens. O tapete não era muito confortável, mas era melhor do que o chão de tábua corrida. Ele apagou uma lamparina, depois a outra, até que sobrou apenas a luz ao lado da cama, iluminando o livro aberto no colo de Popy.

– Pode ficar com o travesseiro – disse ela. – Não preciso dele.

– Não.

Ele suspirou. Sabia que aquele era seu calvário. Não a sequestrara de propósito, mas não conseguia fugir da verdade amarga: aquela situação era muito pior para ela do que para ele. Nem se incomodou em olhar para ela ao balançar a cabeça, dizendo:

– Pode ficar com...

Foi interrompido pelo próprio travesseiro, que aterrissou em cheio em seu peito.

Deu um sorriso torto. Ela era teimosa até nos momentos de generosidade.

– Obrigado – disse ele, deitando-se de costas, a posição menos desconfortável em uma superfície tão dura.

Mas de repente ouviu um farfalhar, e a escuridão tomou o quarto.

– Achei que a senhorita ia ler – disse ele.

– Mudei de ideia.

Muito bem. No escuro, seria mais fácil esquecer a presença dela.

Não foi. Ela adormeceu primeiro, e então ele ficou sozinho na escuridão da noite, ouvindo os movimentos que ela fazia no sono, ouvindo cada leve ressonar. Foi aí que lhe ocorreu: ele nunca passara a noite com uma mulher. Nunca uma noite inteira. Nunca tinha ouvido uma mulher dormir, nunca sequer imaginara a estranha intimidade disso.

Era estranhamente interessante ficar ali, deitado, na expectativa de cada som suave que percorria o ar. Andrew não conseguia se convencer a fechar os olhos, o que não fazia o menor sentido. Mesmo se a cabine ainda estivesse iluminada, ele não conseguiria vê-la por trás da guarda. Não sentia a menor necessidade de continuar alerta, mas não conseguiu se desligar.

O que ela dissera logo antes? Que estava à flor da pele?

Ele entendia completamente.

CAPÍTULO 6

Quando Poppy abriu os olhos pela manhã, o capitão James já tinha saído. Mordendo o lábio, ela avaliou a cama improvisada de cobertores. Ele certamente tivera uma péssima noite de sono. Ela lhe cedera o travesseiro, mas, tirando isso, só tivera o tapete como colchão.

Mas não. Não se sentiria culpada pelo desconforto dele. O sujeito estava levando sua vida normalmente. Era ela que corria o risco de ter um exército de pessoas no seu encalço, temendo encontrar seu cadáver encalhado em uma praia. E a família dela... céus, não queria nem começar a imaginar a preocupação de todos caso Elizabeth os tivesse alertado sobre seu desaparecimento.

Os pais dela já tinham perdido um filho, e isso quase os matara junto. Se achassem que Poppy tivera o mesmo destino...

– Por favor, Elizabeth – sussurrou ela.

A amiga estaria desesperada de preocupação, mas, se não desse com a língua nos dentes, pelo menos ela seria a única em aflição.

– Ele é um monstro – disse Poppy em voz alta, embora soubesse que não era verdade.

Havia muitos motivos para seu ódio pelo capitão James, e ela não acreditava nem um pouco que ele não tinha escolha exceto levá-la para Portugal – porque, sinceramente, como poderia uma coisa dessa? Mas o capitão a estava tratando com muito mais cuidado do que ela esperaria da maior parte dos homens na profissão dele, e ela sabia – porque era impossível não saber – que ele era um cavalheiro, e um homem honrado.

O que diabo ele estava fazendo em um navio pirata? Ela não conseguia nem imaginar.

Então notou uma bacia de água na mesa de jantar, e teve um momento de náusea ao imaginar Billy entrando na cabine enquanto ela dormia.

Reconfortou-se ao pensar que ele provavelmente tinha se sentido ainda pior.

Decidiu que também não se sentiria culpada por isso.

Precisou de algumas tentativas para descer a guarda da cama e, uma vez com os pés firmes no chão, levantou e abaixou a madeira maciça até entender como funcionava. Era um dispositivo muito engenhoso, e ela ficou curiosa para ver como funcionava por dentro – dobradiças e molas e tudo mais. Quando criança, um dos irmãos dela vivia caindo da cama; uma engenhoca dessas teria sido uma solução brilhante.

Depois de descer a guarda, foi lavar o rosto na tina de água. Não tinha alternativa a não ser encarar aquele dia. O cômodo estava pouco iluminado, só com um fino feixe de luz que passava pela borda da cortina. Olhou o relógio e viu que já eram oito e meia, então, tomando muito cuidado para não se desequilibrar (o capitão estava certo, navegar no Atlântico era bem mais agitado), cambaleou até a janela para abrir a cortina pesada.

– Ah!

O som lhe escapou sem querer. Não sabia muito bem o que esperava ver ali – bem, na verdade, esperava exatamente o que via: o oceano, quilômetros e quilômetros de água até a borda azul do horizonte. Ainda assim, não estava preparada para a mais pura beleza que estava testemunhando, para a imensidão de tudo aquilo.

Também não esperava se sentir tão minúscula.

Mas era lindo. Não, era mais do que lindo; era estupendo, a ponto de quase deixá-la feliz por todas as circunstâncias que a levaram àquele momento.

Encostou a testa no vidro gelado e ficou uns dez minutos admirando a brincadeira das ondas, as cristas esbranquiçadas como merengue. De vez em quando um pássaro passava, e Poppy se perguntava se já estariam muito longe da terra. Qual distância um pássaro conseguia voar antes de ter que pousar? E certamente havia pássaros que voavam mais longe do que outros – por quê? Seria o peso? A envergadura das asas?

Havia tantas coisas que ela não sabia, tantas coisas que nunca sequer haviam lhe ocorrido, e tinha que ficar ali, presa naquela cabine, em vez de ir ao convés, onde poderia ter uma visão mais ampla de todo aquele universo.

– Não é possível que eles sejam tão supersticiosos assim – murmurou ela, afastando-se da janela.

Francamente, já quase na virada do século, era ridículo que os marujos ainda se preocupassem com uma idiotice dessas. Seus olhos recaíram no pó dentifrício que o capitão deixara para ela. Ainda não havia usado. Seria bem feito para todos aqueles marinheiros se ela ignorasse a higiene e subisse ao convés para bafejar em todo mundo.

Esfregou a língua no céu da boca. Cruzes. O hálito estava péssimo.

Escovou os dentes, apreciando o sabor mentolado do pó, depois se jogou em uma cadeira à janela para ler o livro que começara na noite anterior. Era um tratado de navegação. Na verdade, ela não estava entendendo nem metade do que lia, mas estava muito claro que era um livro para iniciados.

Tinha avançado poucas páginas quando bateram à porta.

– Billy? – disse ela.

Enquanto ele entrava, ela se levantou.

O menino estava mais vermelho do que nunca e trazia uma bandeja de café da manhã.

– Bom dia. – Estava determinada a fazê-lo falar com ela. – Ora, mas isso é mesmo chá?

– Sim, senhorita – gaguejou ele.

– Que maravilha! Eu pensei que... bem, na verdade, eu *não* pensei.

Billy virou-se para ela com uma expressão perplexa. Quer dizer, não exatamente. Ainda parecia que ele queria estar em qualquer lugar que não ali, na companhia dela, mas também parecia achar que não tinha muita chance de escapar.

– Eu não pensei na possibilidade de haver ou não chá – explicou ela. – Mas se tivesse considerado, talvez não estivesse tão feliz agora.

Billy parecia extremamente confuso com aquelas frases meio sem sentido, então pousou a bandeja e começou a pôr a mesa.

– O capitão faz questão. Diz que isso ajuda a preservar nossa civilidade. Isso e conhaque.

– Que sorte a nossa.

Billy emitiu um som que poderia ter sido uma risadinha se ele se permitisse relaxar.

– O conhaque ele não compartilha. Mas é mão aberta com o chá.

Poppy ficou atônita com a quantidade de palavras que emergiram da boca do menino.

– Bem, ainda assim temos sorte – disse ela. – Gosto muito de chá.

Billy assentiu.

– A senhorita é uma dama de verdade.

Poppy abriu um sorriso sincero. Ele era, de fato, um menino muito doce.

– Quantos anos você tem, Billy?

Ele ergueu o rosto, surpreso.

– Treze, senhorita.

– Ah, tive a impressão de que você era mais novo.

Então Poppy se repreendeu; naquela idade, os meninos nunca gostavam de ser confundidos com crianças. Billy, contudo, apenas deu de ombros.

– Eu sei. Todo mundo acha que eu não tenho nem 12. Meu pai diz que só foi crescer quando tinha uns 16.

– Ora, então tenho certeza de que seu estirão de crescimento está para acontecer a qualquer momento. É improvável que aconteça logo que acabar a viagem, mas, se nos encontrarmos novamente, torço para que você esteja tão alto quanto o capitão.

Isso arrancou um sorriso dele.

– Até que a senhorita é legal.

– Obrigada.

Ela ficou tão contente com o elogio que chegava a ser ridículo.

– Nunca conheci uma dama de verdade antes. – Billy se remexia ligeiramente, um pouco sem jeito. – Não esperava que fosse ser tão gentil comigo.

– Tento ser gentil com todo mundo. – Poppy franziu a testa. – Exceto, talvez, com o capitão.

Billy ficou sem saber se deveria achar graça ou ficar nervoso.

– Não se preocupe – assegurou ela. – Estou só brincando. – Bem, pelo menos um pouco.

– O capitão é o melhor dos homens – declarou Billy, com fervor. – Posso garantir, a senhorita não conhecerá homem mais nobre. Sei que eu disse que ele não compartilha o conhaque, mas é generoso com todo o resto, e na verdade eu nem gosto de conhaque.

– Imagino que você tenha razão – disse ela, dando o que gostava de chamar de "sorriso de sala de visitas", o mesmo que usava quando não estava sendo falsa... mas também não tão sincera. – Só estou um pouco incomodada por estar aqui.

– A senhorita não é a única a se sentir assim. – Na mesma hora, Billy levou as mãos à boca. – Perdão, senhorita!

Mas Poppy gargalhava.

– Não há o que perdoar. Achei graça. Além do mais, pelo que ouvi, é verdade.

Billy torceu o nariz, condoído.

– Não é normal uma dama a bordo, Srta. Poppy. Já ouvi umas histórias muito assustadoras de desastres.

– Desastres causados pela mera presença de uma mulher?

Billy fez que sim com veemência levemente excessiva.

– Mas eu não acredito – disse ele. – Não mais. O capitão disse que não era verdade. E ele não mente pra gente.

– Nunca?

– Nunca.

Billy falou com tanta firmeza que Poppy quase esperou que ele fizesse uma saudação ao capitão.

– Bem – disse ela, de repente –, obrigada por trazer meu café. Estou com uma fome considerável.

– Sim, senhorita. Se quiser, pode deixar a bandeja do lado de fora quando acabar. Aí eu não preciso incomodar a senhorita quando vier recolher.

Poppy não conseguiu reunir forças para dizer que era muito provável que aquela conversa fosse ser o ponto mais alto do dia dela. Em vez disso, só o que disse foi:

– Não será incômodo algum. Além disso, acho que não tenho permissão de abrir a porta.

Billy franziu a testa.

– É sério? Nem mesmo abrir a porta?

Poppy deu de ombros e ergueu as mãos como quem diz "vai entender".

– Eu e o capitão ainda não negociamos os detalhes do meu confinamento.

– Não me parece muito razoável – disse Billy, coçando a cabeça. – E o capitão costuma ser razoável.

Poppy deu de ombros de novo, mas dessa vez inclinou o rosto para o lado como quem diz "nem sei o que dizer".

– Bem – disse ele, com uma pequena mesura –, espero que goste do café da manhã. Acho que o cozinheiro mandou bacon pra senhorita.

– Obrigada mais uma vez, Billy. Eu... – Quando ele abriu a porta, ela se interrompeu. – Ah, só uma coisinha!

Ele parou.

– Sim, senhorita.

– Posso dar uma olhadinha para fora?

– Como é?

Era ridículo ter que fazer aquele pedido.

– Posso dar uma olhadinha pela porta? Nem cheguei a ver o corredor.

– Como a senhorita veio parar aqui?

– Dentro de uma saca.

Billy ficou atônito.

– Mas a senhorita é uma dama!

– Não o tempo todo, ao que parece – murmurou ela, e correu à porta para enfiar a cabeça para fora.

– Não é lá grande coisa – lamentou-se Billy.

Ainda assim, ela achou interessante. Presumiu que estivesse vendo a parte mais apresentável do navio. Não havia lamparinas no corredor, mas um raio de sol que vinha das escadas iluminava o ambiente, e ela notou que as paredes de madeira estavam bem oleadas e polidas. Havia três outras portas, todas do outro lado do corredor, cada qual com uma maçaneta de metal de boa qualidade.

– Quem dorme nas outras cabines? – perguntou ela.

– Aquela é do navegador – falou Billy, indicando com a cabeça. – O Sr. Carroway. Ele não é de falar muito, só quando tá trabalhando.

– E as outras?

– Aquela é do Sr. Jenkins. O imediato. E a última – Billy apontou para a porta mais distante –, Brown e Green dividem.

– É mesmo? – Poppy pensou que eles dormissem na coberta, junto com os demais marinheiros.

Billy assentiu.

– São os que estão com o capitão há mais tempo. E o capitão diz que gosta de premiar a lealdade.

– Ah, céus! – exclamou Poppy, esticando o pescoço, embora não houvesse muita coisa para ver. – Que atitude mais revolucionária.

– Ele é um bom homem – falou Billy. – O melhor dos homens.

Tamanha devoção falava a favor do capitão James, mas Poppy achava meio exagerado.

– Volto em uma hora para pegar a bandeja – falou Billy, e, com um último cumprimento, disparou escada acima, para a liberdade.

Poppy olhou para o raio de sol com grande desejo. Se a luz chegava ao fundo das escadas, isso queria dizer que dava para ver o céu dali? Certamente não haveria mal algum se ela desse uma espiadinha. Ninguém ficaria sabendo. De acordo com Billy, só cinco homens tinham atribuições naquela parte do navio, e, àquela hora do dia, todos deviam estar em seus postos.

Com cuidado, puxou a porta até quase fechá-la, deixando-a encostada nos alizares. Pé ante pé, foi até a escada, sentindo-se meio tola, mas sabendo muito bem que, quando fosse dormir à noite, aquele teria sido o momento mais empolgante do dia. Ao chegar ao fim do corredor, encostou-se bem rente à parede, principalmente porque sentia que a ocasião demandava certo grau de subterfúgio. Então ergueu o rosto e inclinou-se em direção às escadas, decidindo que o menor fiapo de céu azul já contaria como uma vitória.

Só mais um pouquinho...

Então o navio deu uma guinada para o lado e ela caiu no chão com tudo. Poppy se levantou, esfregando o quadril e murmurando:

– Mas que diab...

Ficou paralisada. A porta...

A porta que ela deixara encostada com tanto cuidado...

O movimento do navio a fechara.

Sem ar, ela correu de volta à cabine e tentou abrir a porta, mas a maçaneta não se mexeu nem meio centímetro. Estava presa do lado de fora.

Não não não. Não podia ser verdade. Poppy se encostou na porta e foi escorregando até o chão. Billy dissera que voltaria em uma hora para buscar a bandeja. Era só esperar ali e ninguém iria saber.

Então se lembrou do chá. Quando conseguisse entrar de novo, estaria gelado e amargo como a morte.

Sabe-se lá como, essa parecia a pior parte da tragédia.

CAPÍTULO 7

Uma combinação estranha de exaustão, irritação e culpa foi a força que motivou Andrew a entregar o leme ao Sr. Jenkins e descer para ver como estava a Srta. Bridgerton. A exaustão era óbvia, já que ele não dormira nem três horas. Estava irritado consigo mesmo. Tinha passado a manhã inteira de mau humor, rosnando ordens e descontando sua frustração nos homens, mesmo que nenhum deles merecesse.

A culpa... bem, na verdade, era justamente ela a raiz de seu mau humor. Sabia que o melhor para a Srta. Bridgerton era ficar confinada à cabine, mas não conseguia se esquecer da dor no rosto dela ao implorar, na noite anterior, para ir ao convés. Ela estava sofrendo de verdade, e ele não conseguia deixar isso de lado porque sabia que, se estivesse no lugar dela, estaria sofrendo da mesmíssima forma.

A empatia inesperada o deixara irritado. Ele não tinha motivo algum para sentir remorso por deixá-la trancada; não era culpa sua que ela tivesse ido parar naquela maldita caverna. E por mais que também não fosse culpa dela que o secretário de relações internacionais o tivesse enviado para levar um malote diplomático para Lisboa, não fazia a menor diferença.

O lugar mais seguro para ela seria em seus aposentos. Era uma decisão acertada e racional; ele era o capitão e sua ordem não podia ser questionada.

Contudo, toda vez que tentava retomar o trabalho do dia, sua mente era invadida pela lembrança do rosto triste e trêmulo de Poppy Bridgerton. Andrew começou a escrever no registro do navio, mas a pena passou tanto tempo parada acima do papel que uma gota considerável de tinta escorregou pela ponta e manchou a página. Pensando que talvez estivesse precisando mesmo era de um bom trabalho braçal, decidiu subir o velame, então deixou a ponte, foi para o convés subir na gávea.

Mas quando estava prestes a subir, esqueceu por completo o motivo que o levara até ali. Então simplesmente ficou parado, com a mão no cordame, dividido entre pensar na Srta. Bridgerton e xingar a própria incapacidade de parar de pensar na Srta. Bridgerton. Por fim, afastou-se das cordas, soltando uma série de palavrões tão vulgares que um marujo se afastou discretamente, de olhos arregalados.

Andrew conseguira ferir a sensibilidade de um marinheiro calejado. Fosse qualquer outra circunstância, teria até sentido orgulho.

No fim das contas, cedeu à culpa e decidiu ir ver como ela estava. Morrendo de tédio, certamente. Ele notara o livro que ela estava lendo na noite anterior. *Métodos avançados de navegação marítima*. De vez em quando, ele mesmo dava uma lida no volume – sempre que estava com dificuldade para dormir. Nunca falhava: em menos de dez minutos o sono vinha.

Tinha encontrado algo muito melhor para ela: um romance que lera uns meses antes e depois emprestara ao Sr. Jenkins. A irmã dele tinha gostado muito. Na verdade, tinha sido um presente da própria, então ele achou que a Srta. Bridgerton poderia gostar.

Então desceu até a cabine, já imaginando o olhar de gratidão dela.

Só que...

– Mas que diab...

A Srta. Bridgerton estava sentada no chão com as pernas esticadas, encostada na porta da cabine. No corredor, lugar onde, claramente, ela não deveria estar.

– Foi sem querer – falou ela, na mesma hora.

– Levante-se daí – ralhou ele.

Ela obedeceu e imediatamente saiu da frente dele. Andrew enfiou a chave na porta.

– Não foi de propósito – protestou ela, levando um susto quando ele agarrou o pulso dela e puxou-a de volta para dentro. – Eu estava só dando uma olhadinha no corredor quando Billy foi embora e...

– Ah, ótimo, então agora você meteu o grumete na sua confusão.

– Não! Jamais faria isso. – De repente, a postura dela mudou, ficando mais contemplativa. – É um amor, na verdade.

– O quê?

– Perdão. O que eu quis dizer era que eu jamais me aproveitaria da bondade dele. É apenas um garoto.

Andrew não sabia por que deveria acreditar nela, mas acreditava. Contudo, isso não atenuava em nada sua ira.

– Eu só queria ver o que tinha do outro lado da porta – argumentou ela. – Se o senhor bem se lembra, cheguei aqui dentro de uma saca. E quando o navio se mexeu... bem, foi mais para uma guinada, bastante violenta, inclusive fui arremessada na parede oposta.

– E a porta se fechou – concluiu ele, desconfiado.

– Sim! – exclamou ela, sem perceber a dúvida no tom dele. – Foi exatamente o que aconteceu. E eu nem tive a oportunidade de tomar meu chá!

Ele a encarou, perplexo. Chá? Sério mesmo?

– Quase chorei – confessou ela. – Mas não chorei, sabe, apesar de tudo. Sorte do senhor que eu não sou do tipo de mulher que chora à toa. Mas quando me vi trancada aqui fora e percebi que meu chá estava esfriando, quase chorei de verdade.

Ela estava sendo tão sincera que ficou até difícil sustentar um nível apropriado de raiva, mas Andrew estava determinado.

– A senhorita me desobedeceu – disse ele, curto e grosso. – Fui muito claro quando a proibi de sair da cabine.

– Foi o navio que se mexeu!

– O que é mais do que esperado – resmungou ele. – Não sei se a senhorita notou, mas estamos no meio do oceano.

Ela contraiu os lábios em resposta ao sarcasmo dele.

– Não estou familiarizada com navios – retrucou, entre dentes. – Não esperava um tranco tão violento.

Ele se inclinou para cima dela de forma ameaçadora e falou no mesmo tom gélido:

– A senhorita não deveria estar com a porta aberta.

– Bem, se é assim, então me perdoe – grunhiu ela, no pedido de desculpas menos gracioso que ele já ouvira.

Estranhamente, ele achou que ela estava sendo sincera.

– Que isso não se repita – disse, ríspido.

Mas poupou sua convidada da indignidade de ter que responder e lhe deu as costas, seguindo para a escrivaninha. Enfiou na prateleira o livro que trouxera. Não queria lhe dar o gostinho de saber que ele havia descido só para tornar menos desagradável o confinamento dela. Aquilo era um navio, um lugar onde não se pode recompensar um mau comportamento. Ela desobedecera a instruções explícitas dele; se um dos homens tivesse feito o mesmo, seria obrigado a caçar ratos por uma semana. Ou seria açoitado, dependendo da gravidade da transgressão.

Ainda não tinha certeza se a Srta. Bridgerton havia aprendido a lição – conhecendo-a como conhecia, era muito provável que não –, mas achou que já tinha dito tudo que precisava sobre a questão. Assim, fingiu que estava procurando alguma coisa na escrivaninha. Não teria como manter a farsa por muito tempo, já que ela estava bem ali, observando-o, por isso, com uma rispidez um pouco além do necessário, disse:

– Vá tomar seu café da manhã.

Em seguida (por Deus, ele quase sentia a presença da mãe naquele momento, puxando sua orelha e gritando para que tivesse modos), ouviu-se pigarreando e acrescentando:

– Por favor.

⁓

Poppy ficou boquiaberta. Chegou a se sentir tonta com a velocidade com que o capitão James mudara de assunto.

– Eu... Tudo bem.

Ela o observou por um momento e então caminhou até a mesa com cuidado – não sabia exatamente o motivo, mas algo lhe dizia que convinha fazer tudo no maior silêncio possível. Então se sentou e levantou a tampa da travessa. Ovos, bacon e torrada. Gelados, é claro.

Mas a cavalo dado não se olha os dentes, e, tecnicamente, tinha sido culpa dela mesma ter se trancado do lado de fora. Decidiu comer em silêncio e sem reclamar. Os ovos estavam bem pouco apetitosos, mas a torrada e o bacon reagiram bem ao esfriamento.

Por sorte o cardápio do dia não era mingau.

A escrivaninha do capitão ficava do outro lado da cabine, então ela conseguia ver muito bem as costas dele enquanto procurava alguma coisa.

– Onde está aquele livro de navegação? – perguntou ele, enfim.

Ela terminou de mastigar e engoliu.

– O que eu estava lendo ontem à noite?

– Sim.

– Ainda está na cama. Precisa dele?

– O Sr. Carroway precisa – respondeu Andrew, de repente. – O navegador.

– Sim, eu sei – disse ela, levantando-se da mesa. – Billy falou sobre ele. Seu segundo em comando é o Sr. Jenkins, certo?

– Exato.

– Imagino que seja útil saber o nome dos oficiais, mesmo que seja extremamente improvável que eu interaja com eles.

Ele trincou o maxilar.

– A senhorita gosta mesmo de reforçar esse ponto, não?

– Um dos meus poucos prazeres atualmente – murmurou ela.

Ele apenas revirou os olhos. Poppy pegou o guia de navegação na cama e o entregou a ele.

– Vamos torcer para que o Sr. Carroway possua as habilidades descritas neste volume.

O capitão não demonstrou qualquer sinal de achar graça.

– Posso assegurá-la de que ele possui todas as habilidades necessárias.

E lá estava outra vez. Aquele diabinho ridículo que vivia no ombro dela, insistindo para que provasse ser tão inteligente quanto ele. Poppy sorriu e murmurou:

– E quanto ao senhor? Possui todas as habilidades necessárias?

Arrependeu-se imediatamente.

Ele, porém, parecia saborear o rumo que a conversa tomava, pois abriu um sorriso lânguido e ligeiramente condescendente, e o ar entre eles foi esquentando.

Ele se inclinou para a frente e, por um momento, Poppy achou que ele iria tocá-la. Desconfortável, ela não conseguiu reprimir o impulso de levar a mão à orelha para prender uma mecha de cabelo, como se o braço erguido fosse capaz de oferecer alguma barreira entre os dois.

– Ah, Srta. Bridgerton – ronronou ele –, tem certeza de que gostaria de seguir essa linha de argumentação?

Menina idiota. Totalmente idiota. O que ela estava pensando? Aquele era um jogo que ela não estava qualificada a jogar, ainda mais com ele. O capitão James era diferente de todo mundo que ela conhecia. Comportava--se e falava como um cavalheiro e era, de fato, um cavalheiro, mas sentia um prazer óbvio em forçar os limites dos bons modos. Era fato que não havia regras de etiqueta para a situação em que se encontravam, mas, de alguma maneira, Poppy achava que, se tivessem se conhecido em um salão da alta sociedade, ele teria se comportado da mesma forma.

Algumas pessoas quebravam as regras.

Outras apenas gostariam de quebrar.

Poppy não sabia muito bem em que categoria ela própria se encaixava. Talvez nenhuma das duas, e, por algum motivo, isso a deixou deprimida.

– Quantos anos tem, Srta. Bridgerton? – perguntou o capitão.

Poppy ficou imediatamente na defensiva.

– Por que a pergunta?

Ele não respondeu, é claro. Simplesmente ficou ali, olhando para ela com aquele olhar profundo.

– Só me faça essa gentileza, por favor.

– Está bem – disse ela quando não conseguiu mais pensar em um motivo razoável para não revelar a idade. – Eu tenho 22 anos.

– Então já tem idade para estar casada.

Havia ali alguma espécie de insulto, mesmo que ela não soubesse muito bem qual era.

– Não estou casada porque não quero – disse ela, com formalidade evidente.

Ele ainda estava perto demais, ambos a uma distância desconfortável da cama. Poppy passou por ele e se adiantou, tentando dar fim àquela conversa. Foi até a janela, mas ele a seguiu de perto.

A voz dele trazia medidas iguais de arrogância e divertimento ao perguntar:

– A senhorita não quer estar casada, ou não quer estar casada com um dos homens que já pediram sua mão?

Ela manteve o olhar firme naqueles olhos azuis e intensos ao responder:

– Não vejo como isso seria da sua conta.

– Estou perguntando – murmurou ele, aproximando-se aos poucos – para avaliar se a *senhorita* possui as habilidades necessárias.

Ela recuou, sem conseguir desviar os olhos dele.

– Queira desculpar?

– Suas habilidades na arte do flerte, Srta. Bridgerton. – Ele pôs a mão no coração. – Deus, a senhorita está chegando a conclusões precipitadas.

Poppy se esforçava para não trincar os dentes ao ponto de quebrar.

– Como o senhor demonstrou com tamanha maestria, nesse campo, minhas habilidades não se comparam às suas.

– Vou interpretar isso como um elogio, embora tenha bastante certeza de que essa não foi sua intenção.

Então se afastou, dando as costas para ela e voltando para a escrivaninha.

Contudo, Poppy não tinha conseguido nem soltar a respiração quando, de repente, ele se virou e novamente observou:

– Mas a senhorita há de concordar que o flerte é uma arte, e não uma ciência.

Ela já não fazia mais ideia de sobre o que eles estavam falando.

– Não hei de concordar com nada.

– Então acha que é uma ciência?

– Não! – quase gritou.

Ele a estava provocando, ambos sabiam muito bem disso, e ela odiava o fato de que ele estava vencendo aquela competição doentia. Mas sabia que precisava manter a calma, então fez uma pausa para se recompor. Na verdade, uma pausa que durou alguns segundos. Depois, respirou bem fundo. Por fim, reunindo o que julgava ser uma boa dose de dignidade, ergueu o queixo.

– Também não acho que seja uma ciência, mas o que sei é que esta não é uma conversa apropriada para dois indivíduos que não são casados.

– Hmmm. – Ele fingiu refletir. – Na verdade, acho que duas pessoas que não são casadas são exatamente as pessoas que deveriam estar envolvidas nesta conversa.

Chega. Estava farta.

Se quisesse continuar com aquilo, ele que falasse sozinho até perder a voz, mas ela estava se retirando da conversa. Voltou a atenção para o café da manhã e passou manteiga na torrada com tamanho fervor que a faca atravessou o pão e espetou a mão dela.

– Ai – reagiu ela, mais de surpresa do que de dor, pois era só uma faca de manteiga, incapaz de perfurar a pele.

– A senhorita se machucou?

Irritada, ela mordeu a torrada com força.

– Não fale comigo.

– Bem, isso vai ser muito difícil, já que estamos dividindo este aposento.

Com força impressionante, ela espalmou as duas mãos na mesa e se levantou.

– O senhor está tentando me torturar?

– Sabe – disse ele, pensativo –, até acho que estou.

Poppy ficou sem reação, e por um momento só conseguiu olhar para ele.

– Por quê?

Ele deu de ombros.

– Porque a senhorita me irrita.

– Pois é recíproco – disparou ela de volta.

Então ele deu uma risada. Riu como se não conseguisse evitar, como se aquela fosse a única reação possível às palavras dela.

– Ah, Srta. Bridgerton, faça-me o favor – disse ele, quando viu que ela o observava como se o considerasse louco –, até mesmo a senhorita precisa admitir que você e eu chegamos a um novo patamar de ridículo. – Ele riu um pouco mais, e depois acrescentou: – Parece até que estou de volta à infância, pois era o tipo de briguinha que eu tinha com meus irmãos.

Ela sentiu o gelo começando a derreter, mas só um pouco.

Ele abriu um sorriso cúmplice.

– Estou sentindo um impulso fortíssimo de puxar seus cabelos e dizer: "Você me irrita mais."

Ela trincou os lábios, porque não queria dizer o que estava morrendo de vontade de dizer: "Você me irrita *ainda mais*."

Ele olhou para ela. Ela olhou para ele.

Os dois estreitaram os olhos.

– Você sabe que quer falar – provocou ele.

– Não estou falando com você.

– Acabou de falar.

– Quantos anos você tem, 3?

– Parece bem claro que estamos agindo feito crianças.

– Que seja. Você me irrita ainda mais. Você me irrita mais do que todos os meus irmãos juntos. Você me irrita como uma verruga irrita o pé, como a chuva irrita a dona de uma festa no jardim, como todas as citações erradas de Shakespeare irritam o âmago da minha alma!

Ele a olhou com respeito renovado.

– Bem – murmurou ele –, nada virá do nada.

Ela o encarou com raiva.

– O que foi? Eu citei perfeitamente. *Rei Lear*, se não me engano. – Ele inclinou a cabeça para o lado. – A propósito, você tem verrugas?

Ela levantou os braços, exasperada.

– Ah, meu Deus!

– Porque, se você tem verrugas, seria educado me informar. Verrugas são muito contagiosas, sabe?

– Eu vou matar você. – A afirmação dela foi menos um desabafo e mais uma constatação meio incrédula. – Até o fim desta viagem, vou estrangular você. Tenho certeza.

Ele pegou um pedaço de bacon do prato dela e comeu.

– É mais difícil do que você acha, estrangular um homem.

Ela balançou a cabeça, incrédula, e disse:

– Que mal lhe pergunte, como sabe uma coisa dessas?

Ele bateu a mão no peito.

– Corsário – respondeu, como se fosse explicação suficiente. – Às vezes nos vemos em situações muito desagradáveis neste ramo de atuação. Não que eu já tenha estrangulado alguém, veja bem.

Andrew ofereceu essa informação de modo casual, como se estivesse discutindo uma fofoca no vilarejo ou uma mudança no clima. Poppy não sabia se estava chocada ou fascinada. Com certeza o assunto estava na lista de Coisas Que Não Se Mencionam No Café Da Manhã, mas ainda assim...

Ela não conseguiu resistir.

– Sei que eu não deveria perguntar, mas...

– Eu interferi – disse ele, levantando a tampa do bule para dar uma olhada no chá. Quando voltou a olhar para ela, havia um brilho diabólico naqueles olhos azuis. – Imagino que fosse isso que você ia perguntar.

Poppy achou perturbadora a facilidade com que ele tinha lido seus pensamentos, mas qualquer pessoa poderia ter feito a mesma pergunta.

– Era, sim – confirmou ela –, mas posso garantir que não estou interessada em saber os detalhes.

– Ah, por favor, Srta. Bridgerton. Você sabe que está curiosa. – Ele apoiou o quadril na borda da mesa e se inclinou na direção dela. – Mas não vou contar a história inteira. Terá que implorar.

Poppy balançou a cabeça, recusando-se a se deixar atrair para mais uma briga infantil. Naquele ritmo, ficariam presos em um ciclo infinito de birra até Portugal. Além do mais, ela já sentira na pele a habilidade dele com termos de duplo sentido, e preferiu não dar importância a uma frase contendo a palavra "implorar."

– Olhe, um pelicano! – disse ele, esticando os dedos para o prato assim que ela olhou pela janela.

Ela deu um tapa na mão dele.

– O bacon, não.

Então ele pegou o último triângulo de torrada.

– Valeu a tentativa.

– Capitão James, quantos irmãos você tem?

– Quatro. – Ele mordeu a torrada. – Três irmãos e uma irmã. Por que pergunta?

Ela olhou a torrada roubada, que, depois da dentada, tinha virado um losango disforme.

– Sabia que eram muitos.

Ele deu um sorriso presunçoso.

– Nossa, como você é observadora.

– Aposto que não é o mais velho.

– Bem, isso é bastante óbvio. Se eu fosse o herdeiro, não estaria aqui, singrando os mares, não é?

"Se eu fosse o herdeiro..."

– Interessante – murmurou ela.

– O quê?

– O senhor se refere ao irmão como o herdeiro. Isso indica uma origem bastante específica.

– Não necessariamente – disse ele, mas Poppy sabia que ele estava tentando disfarçar o deslize cometido.

Deixara escapar mais um detalhe sobre a origem dele, o que significava que ela já sabia duas coisas: ele servira na Marinha, e a família provavelmente fazia parte da nobreza fundiária.

Ele não confirmara nenhuma das duas, é claro, mas Poppy tinha certeza de que estava correta. Resolveu não insistir na questão, por ora. Era melhor guardar aquela carta na manga.

– Em todo caso, o senhor não age como se fosse o mais velho.

Ele assentiu de modo cortês, admitindo que Poppy tinha razão.

– Mas aposto... – ela levou o dedo aos lábios enquanto ponderava – ... que também não é o mais novo.

Ele pareceu achar graça.

– Mas...?

– Segundo mais novo. Com toda a certeza.

– Ora, Srta. Bridgerton, está correta. Posso perguntar como chegou a essa conclusão?

– O senhor não é mimado – disse ela, avaliando-o –, então imagino que não seja o mais novo.

– Não me considera mimado? Estou comovido.

Ela revirou os olhos.

– Contudo, como o senhor mesmo já demonstrou, é extremamente irritante. Tão irritante que combina com o segundo mais novo.

– Extremamente irritante? – Ele soltou uma risada rouca. – Vindo da senhorita, aceito isso como o mais alto elogio.

Ela assentiu de forma graciosa.

– Se isso lhe traz algum conforto, fique à vontade.

Ele se inclinou em direção a ela.

– Sempre quero mais conforto – murmurou, com a voz rouca.

Poppy ficou vermelha na hora. Mais um ponto para ele, desgraça.

O sorriso dele mostrava que o desconforto dela não passara despercebido, mas, talvez por pena, ele comeu o último pedaço de torrada e disse:

– Se me permite, qual é o lugar que a senhorita ocupa entre seus irmãos?

– Bem no meio – respondeu ela, aliviada por voltar ao tópico anterior. – Dois irmãos de um lado, dois do outro.

– Nenhuma irmã?

Ela balançou a cabeça.

– Bem, isso explica muita coisa.

Ela revirou os olhos. Outra vez.

Ele pareceu ligeiramente desapontado por ela não ter pedido para elaborar, mas, conhecendo-o, ele devia estar presumindo que ela também imploraria para saber mais sobre isso outra hora.

– Certo, então estou indo – falou ele. – Esta belezinha não vai se navegar sozinha.

– Imagino que o Sr. Jenkins ou o Sr. Carroway possam comandar.

– Podem, de fato – admitiu ele. – Mas gosto de estar sempre de olho no que acontece. Raramente fico aqui dentro durante o dia.

– Então por que desceu?

Ele a olhou confuso por um momento.

– Ah, sim, o livro. – Andrew pegou o volume, fazendo um pequeno gesto enfático no ar. – Preciso levá-lo para o Sr. Carroway.

– Eu mandaria meus cumprimentos, mas não o conheço.

Ele deu um meio-sorriso torto.

– Seu maior prazer – disse ela.

– Pelo menos por ora.

Ele reconheceu o mérito da piadinha.

– Muito bem, Srta. Bridgerton.

Então Andrew saiu, deixando-a sozinha com o café da manhã e com os próprios pensamentos, que infelizmente consistiam de uma parte de prazer pelo elogio e doze partes de irritação por se sentir assim.

Pensou que seria melhor se acostumar logo ao conflito interno. Seu palpite era de que a ambivalência perduraria até o fim da viagem.

CAPÍTULO 8

O resto do dia transcorreu sem maiores incidentes. Poppy reparou em um romance que não vira na noite anterior e resolveu lê-lo, mudando-se, ao sabor do tédio, da cama para a cadeira, para a outra cadeira e de volta para a cama. Quando começou a escurecer lá fora, ela foi à janela, mas o navio devia estar voltado para o leste porque o céu ia do azul ao azul-escuro sem um único traço de rosa ou coral.

Pensou ter visto uma pincelada de índigo, mas era mais provável que fosse sua imaginação.

Contudo, fazia sentido pensar que, se estava voltada para o leste no caminho para Portugal, na volta estaria voltada para o oeste. Consolou-se ao pensar que haveria pôr do sol de sobra para admirar durante o retorno. Pensou que poderia acordar mais cedo para ver o nascer do sol, mas, conhecendo seus hábitos, sabia que isso não iria acontecer. Pouco depois das oito, a batida tímida de Billy soou à porta. Embora soubesse que ele tinha a chave, Poppy se levantou para cumprimentá-lo. Parecia a coisa educada a se fazer, já que ele provavelmente estaria trazendo uma bandeja pesada.

– Boa noite, senhorita – disse ele.

Poppy saiu do caminho para deixá-lo passar.

– Pode entrar. O jantar está com um cheiro delicioso.

– Frango ao molho, senhorita. Comi mais cedo. Tava bem bom.

– Que tipo de molho?

Billy pôs a bandeja na mesa e franziu a testa.

– Não sei, não. Era meio marrom, acho.

– Molho marrom – falou ela, com um sorriso amistoso. – Um dos meus favoritos.

Billy devolveu o sorriso. Ela suspeitava que ele fosse passar o resto da vida chamando aquele prato de Frango ao Molho Marrom.

– O capitão virá jantar aqui hoje? – perguntou ela.

– Não sei, não, senhorita. Trouxe comida para dois, mas ele está bem ocupado lá no convés.

– Ocupado? Aconteceu alguma coisa?

– Ah, não, não – assegurou ele. – Ele sempre tem muito que fazer. Nós é que achamos que a senhorita poderia estar ficando com fome.

– Nós?

– Eu e o Brown e o Green – falou Billy, pegando um prato vazio na bandeja e começando a pôr a mesa para ela. – A gente tava falando de você.

– Será que eu vou querer saber o que vocês disseram?

– Bem, *eu* só disse coisas boas.

– É que Brown, Green e eu não começamos com o pé direito.

– Bom, não dá pra culpar a senhorita por ter ficado brava – falou Billy, leal.

– Isso é muito gent...

– E eles só tavam fazendo o trabalho deles.

Poppy resolveu não contrariar.

– De fato.

– O capitão disse que eles têm permissão de vir ver a senhorita. Quer dizer, se eu estiver ocupado. – Billy tinha uma expressão compassiva. – Mas ele disse que mais ninguém pode vir. E disse de uma maneira bem estranha.

– Como assim?

– Ele disse... – Billy franziu a testa, concentrando-se. – Eu provavelmente vou falar errado. Às vezes ele fala de um jeito bem chique.

– O que foi que ele disse, Billy?

– Ele falou... – Billy hesitou outra vez, e mexia a cabeça enquanto balbuciava as palavras para si antes de pronunciá-las em voz alta. – Ele disse que fazia gosto que nenhum dos outros homens viesse ter com a senhorita.

Poppy levou a mão à boca, mas não conseguiu abafar por completo uma risadinha.

– Acho que isso quer dizer que ele está interessado na senhorita – falou Billy.

– Ah, não – respondeu ela com veemência. – Posso garantir que não tem nada a ver com isso.

Billy deu de ombros.

– É que ele nunca falou de nenhuma outra moça antes.

– Imagino que tenha a ver com o fato de que eu sou a única que ele já calhou de receber a bordo – respondeu Poppy, com excessiva ironia.

– Bem, isso é verdade – confirmou Billy –, pelo menos até onde sei. – Billy voltou a arrumar o lugar dela à mesa, fazendo, em seguida, o mesmo para o capitão. – Caso ele venha jantar. Digo, se for jantar ele vai vir comer aqui. Ele tem que comer alguma hora, e sempre faz as refeições na cabine. Talvez só não seja sempre na mesma hora que a senhorita. – O garoto deu um passo para trás e então aludiu ao prato coberto no meio da mesa. – É um dos pratos preferidos dele. Frango ao molho marrom. Ele adora.

Poppy reprimiu um sorriso.

– Tenho certeza de que estará delicioso.

– Volto para buscar a louça suja em... Bem, na verdade, não – falou Billy, mais uma vez com a testa quase franzida. – Não sei quando volto, considerando que não sei quando o capitão virá jantar. – Ele parou por um momento, pensativo. – Não se preocupe, vou dar um jeito.

– Tenho fé nos seus poderes de dedução – falou Poppy, jovial.

– Não entendi nada – falou Billy, com grande entusiasmo –, mas parece ser coisa boa.

– É coisa muito boa – falou Poppy, rindo. – Juro.

Billy assentiu em tom amistoso e saiu. Poppy apenas sorriu, balançando a cabeça. Não dava para acreditar que aquele era o mesmo menino que, no dia anterior, não queria nem olhar para ela. Ela havia conseguido fazer com que conversassem, o que considerou uma vitória pessoal. Uma vitória muito bem-vinda, pois Billy era agora seu único amigo no navio.

– E você deveria estar satisfeita por ter *algum* amigo – repreendeu-se ela.

Porque podia ser muito pior. Ela passara a tarde inteira dizendo isso a si mesma. Na Inglaterra, talvez sua família já estivesse desesperada com o sumiço (só saberia ao certo ao voltar para casa), mas naquele momento Poppy estava bem de saúde e a salvo; além disso, pensou ela ao levantar a tampa da travessa e sentir o cheiro delicioso do jantar, estava sendo muito bem alimentada.

– Frango ao molho marrom – murmurou ela.

Não poderia haver descrição melhor. Serviu um pedaço acompanhado de um prato à base de arroz que não lhe era muito familiar, depois pôs as tampas no lugar para deixar a comida quente para o capitão.

Ao contrário dos ovos do café da manhã. E do chá.

Lembrou-se de que não tinha sido culpa dele. Havia um número aterrador de outras coisas que eram culpa dele, mas o desjejum gelado tinha sido culpa dela.

Comeu em silêncio, olhando pela janela o mar insondável. Devia haver uma lua no céu, porque dava para ver seu reflexo etéreo nas ondas, mas o brilho não bastava para iluminar a noite. O céu retinto era imenso, cravejado de estrelas. Em mar aberto, o firmamento era infinito, muito diferente do que se via de casa. Ou talvez a diferença estivesse nela mesma, porque naquele momento sentia-se muito mais sozinha.

Como aquela viagem teria sido diferente sob circunstâncias mais auspiciosas... Poppy tentou imaginar como seria singrar os mares na companhia da família. Jamais aconteceria, é claro; os pais não gostavam de viajar. Mas Poppy se permitiu imaginar assim mesmo – estar no convés com os irmãos, rindo do desequilíbrio de todos ao sabor das ondas. Algum deles sentiria enjoo? Richard, provavelmente. Incontáveis comidas lhe faziam mal. Na infância, ele vomitara mais do que os outros quatro juntos.

Poppy riu sozinha. Que coisa curiosa para se pensar. Se estivesse em casa, comentaria com a mãe, nem que fosse para ouvi-la reclamar. Anne Bridgerton tinha um ótimo senso de humor, mas ele não se estendia a fluidos corporais. Já Poppy, que fora influenciada demais pelos irmãos, não era tão melindrosa.

Roger sempre fora o pior de todos. E, é claro, também o melhor. Era seu protetor mais dedicado, mas ao mesmo tempo bem-humorado e brincalhão demais para ser duro com ela. Ele também era inteligente, tanto quanto ela, mas, sendo o mais velho, os anos a mais de experiência e educação tornavam impossível que os outros conseguissem acompanhar. Por exemplo, ele nunca deixava sapos na cama do irmão. Isso seria prosaico demais.

Não, quando Roger recorria a anfíbios, o objetivo era fazê-los cair do céu. Ou pelo menos do teto, uma chuva de sapos na cabeça de Richard. Poppy nunca entendeu de onde vinha tanta precisão.

E houvera aquele episódio que ele considerava sua obra-prima. Roger passara seis meses ensinando um vocabulário falso a Poppy. Ela aceitara tudo de forma muito obediente, escrevendo em sua cartilha coisas como:

TENTÃO, SUBSTANTIVO. A CASCA DELICIOSA DE AÇÚCAR QUEIMADO NO BOLO.

e

LOURIDO, ADJETIVO. PRONTO, TERMINADO.

Ele declarou que sua missão de vida estava completa no dia em que ela chegou para a mãe e perguntou: "O bolo de maçã já está lourido para sair da bazófia? Eu estrêmino quando ele fica com um tentão."

A mãe desmaiou ali, na mesma hora. Já o pai, ao ouvir a dedicação e engenhosidade que Roger dedicara à peça, pensou que não seria capaz de punir o filho por um plano tão bem elaborado. Chegou até a opinar que talvez tamanha diligência devesse ser premiada. De fato, Roger poderia até ter ganhado o florete novo que vinha namorando, não fosse pelo fato de a Sra. Bridgerton ter ouvido a conversa. Com uma força que ninguém imaginara que ela possuía, ela acertou o marido na nuca e disse:

– Não ouviu os disparates que sua filha anda dizendo? Ela tem falado com as aias sobre frascilência e tindragar!

– Ela tem um apreço muito especial por frascilência – disse Roger, com um sorriso traquina.

O Sr. Bridgerton virou-se para o filho, suspirando e resmungando.

– Você sabe que, agora, vou ser obrigado a castigá-lo, não sabe?

Poppy nunca soube qual foi a punição escolhida pelo pai, mas lembrava-se de que o irmão passara algumas semanas com fedor de galinheiro, e, provando que quem com ferro fere, com ferro pode ser ferido, a mãe dele o forçara a escrever mil vezes na cartilha "É errado tindragar minha irmã".

Mas ele só cumpriu novecentas vezes. Poppy o ajudou escondido, pegando a pena e escrevendo cem vezes por ele.

Era seu irmão preferido. Teria feito qualquer coisa por ele.

O que mais queria era ainda poder fazer qualquer coisa por ele. Mesmo passados cinco anos, ainda era difícil acreditar que Roger se fora.

Depois de vários suspiros, Poppy zanzou sem rumo pela cabine. O capitão James não dissera que horas costumava jantar, mas, depois de o relógio bater sete, oito, depois nove da noite, ela decidiu que não fazia o menor sentido esperá-lo para a sobremesa. Poppy escolheu o pedaço maior de torta e puxou a cadeira para perto da janela, para admirar o céu enquanto comia.

– Meus cumprimentos ao chef – murmurou ela, olhando de soslaio para o outro pedaço na mesa. – Se ele não voltar até...

Dez horas, decidiu. Se o capitão não voltasse até as dez, ela comeria a torta dele. Era justíssimo.

Nesse meio-tempo, comeria garfadas bem pequenininhas. Se fosse comedida, poderia fazer durar até...

Quando olhou para o próprio prato, viu que já estava vazio. É. Não seria naquele dia. Poppy nunca conseguira comer doces com parcimônia. Richard era o oposto, deleitando-se com cada pedacinho até a última garfada, que comia suspirando de prazer, não porque o pudim estivesse saborosíssimo (embora sempre estivesse; a cozinheira da família era uma confeiteira de mão cheia), mas simplesmente para torturar os irmãos menos pacientes. Um dia, Poppy afanou um biscoito dele, tanto por irritação quanto por fome, e, quando ele percebeu, deu um sopapo nela.

E então o pai deu um sopapo *nele*.

Mas valeu a pena totalmente. Mesmo depois de ouvir o tremendo sermão da mãe sobre aquele comportamento nada feminino. Para melhorar, só se a própria Poppy tivesse distribuído os sopapos.

– Sopapo – disse ela, em voz alta.

Adorava essa palavra. A pronúncia evocava o significado. Onomatopeia. Outra palavra que adorava. Curiosamente, a pronúncia de "onomatopeia" não evocava o significado. Deveria ser uma criaturinha rastejante com muitas pernas peludas, não uma figura de linguagem.

Olhou a louça em sua mão.

– Prato – disse ela.

Não, não evocava em nada o significado.

– E cumbuca?

Ela estava falando com a porcelana. Nunca se sentira tão entediada na vida.

Pelo amor de Deus! Estava em um navio, seguindo para um destino exótico. Não era para se sentir como se seu cérebro estivesse ressecando. Era para se sentir...

Bem, o que ela *deveria* estar sentindo era pavor, mas já tinha superado essa fase, então será que não merecia um pouco de animação? É claro que tinha feito por merecer.

– É claro que mereço – afirmou ela.

– Merece, é? – disse o capitão James, achando graça.

Poppy gritou de surpresa e deu um pulo de quase 30 centímetros. Não derrubou o prato de sobremesa por milagre.

– Como conseguiu entrar sem fazer nenhum barulho?

A frase soou mais como uma acusação.

O capitão apenas deu de ombros.

– Já comeu? – perguntou ele.

– Sim – respondeu Poppy, que ainda esperava a pulsação voltar ao normal, e apontou para a mesa. – Deixei comida para o senhor. Não sei se ainda está quente.

– Certamente não. – Seguindo direto para a mesa, ele não parecia nada preocupado com a temperatura da comida. – Aaah... – Ele suspirou, deliciado. – Frango ao molho marrom. Meu preferido.

Poppy virou o rosto na mesma hora.

Ele olhou para ela com curiosidade.

– Algum problema?

– Frango ao molho marrom? É assim que o senhor chama este prato?

– E de que outra forma chamaria?

Poppy abriu a boca, mas nada saiu durante uns dois segundos. Por fim, ela fez um gesto de indiferença com a mão.

– Esqueça.

O capitão deu de ombros, alheio aos meandros da conversa dela, e atacou a comida com toda a avidez de um homem que trabalhara duro o dia inteiro.

– Frango ao molho marrom... – murmurrou Poppy consigo mesma. – Quem diria...

O capitão hesitou, garfo no ar entre a boca e o prato.

– A senhorita tem alguma reclamação a respeito da comida?

– Não – disse ela. – Não. É só... – Ela balançou a cabeça. – Não é nada. É que passei o dia inteiro falando sozinha.

Ele deu uma garfada e assentiu.

– Ao contrário de falar com todas aquelas pessoas com as quais a senhorita nunca vai interagir?

Ela contraiu os lábios, tentando (provavelmente sem sucesso) parecer austera.

– Agora o senhor está acabando com toda a minha graça.

Ele sorriu, sem qualquer remorso.

– Vejo que a perspectiva o intriga.

– Srta. Bridgerton, a senhorita sempre me intriga.

Ela se permitiu erguer o queixo com orgulho.

– Então posso ir dormir sabendo que fiz meu trabalho.

O capitão bebeu um bom gole de vinho, depois encobriu um arroto com a mão.

– Isso aí.

Poppy tamborilou os dedos na coxa, tentando disfarçar o fato de que não tinha mais nada para fazer a não ser ficar olhando Andrew comer (embora ambos soubessem que ela não tinha mais nada para fazer a não ser ficar olhando Andrew comer). Como estava absurdamente desconfortável com isso, voltou-se para a janela e fingiu estar olhando lá para fora. Na verdade, ela estava mesmo olhando para fora, mas, como a paisagem não mudara nas duas últimas horas, estava olhando mais para o vidro, para ser sincera.

– O senhor chegou bem tarde – disse ela, enfim.

A voz que veio de trás dela respondeu em um tom quente, grave e terrivelmente provocante:

– Sentiu saudades?

– Claro que não. – Ela se virou para ele, tentando manter um ar de desinteresse. – Fiquei curiosa, só isso.

Ele sorriu, e foi devastador. Poppy já até imaginava dezenas de mocinhas suspirando por aquela visão.

– A senhorita está sempre curiosa, não?

Ela ficou imediatamente na defensiva.

– Seu tom não foi de insulto.

– Mas não foi um insulto. Se mais pessoas fossem curiosas, seríamos uma espécie muito mais avançada.

Sem nem se dar conta, ela deu um passo na direção dele.

– Como assim?

Pensativo, ele inclinou a cabeça para o lado, dizendo:

– É difícil explicar. Mas gosto de pensar que já poderíamos estar viajando pelo mundo em máquinas que voam.

Ora, aquela era a coisa mais ridícula que Poppy já ouvira. Então ela foi se sentar diante dele e disse:

– Essa é a coisa mais ridícula que eu já ouvi.

Ele deu uma risadinha.

– Claramente a senhorita não é curiosa o suficiente.

– Para seu governo...

Poppy estava prestes a responder, mas então sua imaginação foi tomada por uma engenhoca com asas e rodas, que poderia até soltar fogo. Foi o suficiente para distraí-la de sua reação inicial, que era a de se defender.

Tinha quatro irmãos. Desde criança, era sempre essa sua primeira reação.

– Acha mesmo que é possível? – perguntou ela, inclinando-se para a frente e cruzando os braços na mesa. – Máquinas que voam?

– Não vejo por que não. Pássaros voam.

– Pássaros têm asas.

Ele deu de ombros.

– Nós podemos construir asas.

– Então por que ainda não construímos?

– Alguns homens já tentaram.

Ela ficou surpresa.

– É mesmo?

Ele assentiu.

As pessoas estavam por aí, construindo asas e tentando voar, e ela não sabia? Que injustiça.

– Ninguém me conta nada – resmungou ela.

Ele deu uma risada.

– Acho muito difícil que isso seja verdade.

Ela estreitou os olhos pela décima vez naquela conversa.

– Por quê?

– Sua curiosidade, da qual tanto já falamos.

– Só porque eu pergunto não quer dizer que as pessoas me contem as coisas.

Ele ergueu a sobrancelha.

– A senhorita já perguntou a alguém se havia gente construindo asas por aí?

– É claro que não.

– Então não pode reclamar.

– Nunca nem me ocorreu perguntar algo do tipo – protestou ela, atropelando as palavras dele. – É necessário certa base de conhecimento para que se façam perguntas sensatas.

– Justo – murmurou Andrew.

– E eu não preciso nem dizer – prosseguiu Poppy, aplacada pela facilidade com que ele concordara – que nunca tive a oportunidade de estudar física.

– E a senhorita gostaria?

– De estudar física?

Ele fez um gesto educado com a mão.

– Não é essa a questão – respondeu ela.

– Bem, na verdade, é sim, já que esse é um problema de aerodinâmica.

– É exatamente disso que estou falando! – Ela apontou o dedo na cara dele de forma tão repentina que ele chegou a recuar a cabeça. – Eu nem sabia que essa palavra existia.

– É autoexplicativa – comentou ele. – Não é necessário saber...

– Não é essa a questão.

– De novo a senhorita com essas questões – disse ele, com um traço de admiração na voz.

Ela fez cara feia para ele.

– Quando o senhor disse a palavra, foi fácil deduzir o significado. Não é essa a... – Ela mordeu a língua.

– Questão? – sugeriu ele, solícito.

– As mulheres merecem receber a mesma educação que os homens. As que desejarem, é claro.

– Eu é que não vou me opor a isso – falou ele, pegando o pratinho com a torta. – Nossa, que pedacinho minúsculo... – murmurou ele.

– Mas está muito boa – disse ela.

– A torta aqui é sempre muito boa. – Ele deu uma mordida. – O seu pedaço era maior?

– É claro.

Ele assentiu de maneira aprovadora, como se não esperasse menos dela, e Poppy ficou em silêncio enquanto ele terminava de comer.

Quando ele terminou e se esticou na cadeira, ela perguntou:

– O senhor sempre janta tão tarde?

Ele ergueu o rosto, como se quase estivesse se esquecido da presença dela.

– Nem sempre.

– O que estava fazendo?

Ele pareceu achar graça na pergunta.

– Além de comandar este navio?

– Perguntei na esperança de que o senhor me contasse no que consiste o comando de um navio.

– Posso contar, sim – respondeu ele, surpreendendo-a. – Mas hoje, não.

Ele bocejou e se espreguiçou, movimentos que carregavam certo grau de intimidade. Nenhum dos cavalheiros que Poppy conhecia jamais faria tal coisa na presença dela, exceto, é claro, o pai e os irmãos.

– Queira desculpar – murmurou ele, piscando, como se tivesse acabado de se lembrar que não era mais o único ocupante da própria cabine.

Ela engoliu em seco e se levantou, desajeitada.

– Acho que vou me preparar para dormir.

Ele assentiu. De repente, seu rosto assumira um ar de intensa exaustão, e a pena que Poppy sentiu dele foi muito inconveniente.

– Dia particularmente cansativo? – Poppy acabou perguntando.

– Um pouco.

– Por minha causa?

Ele deu um sorriso sarcástico.

– Infelizmente não posso culpá-la por todas as mazelas, Srta. Bridgerton.

– Por mais que queira?

– Se a senhorita conseguisse encontrar uma forma de se responsabilizar por uma vela do joanete rasgada, um vento que não queria colaborar e três casos de intestino solto, eu teria o maior prazer em culpá-la.

Em um tom quase de desculpas, ela disse:

– Infelizmente, fazer o vento colaborar exigiria um talento sobrenatural que eu não tenho.

– Ao contrário da vela rasgada e dos intestinos soltos?

– Disso eu poderia cuidar, se tivesse um tempinho para planejar. – Ela fez um gesto vago e sarcástico. – E acesso ao convés.

– Então é lamentável que eu seja tão cruel.

Ela pousou os cotovelos na mesa, queixo apoiado nas mãos, pensativa.

– No entanto, acho que sua natureza não é essa.

– Ser cruel?

– Exato.

Ele sorriu, mas só um pouco, como se estivesse cansado demais para tentar abrir um sorriso inteiro.

– Um dia apenas, e a senhorita já me conhece tão bem.

– Na verdade, acho que mal arranhei a superfície.

Ele a olhou com curiosidade.

– Quase chego a acreditar, pelo seu tom de voz, que a senhorita gostaria de ir além.

As vozes estavam mais suaves, o tom beligerante da conversa finalmente vencido pelo cansaço. Ou talvez pelo respeito.

Poppy se levantou, perturbada com aquela percepção. Ela não respeitava o capitão James. Não *podia*. E definitivamente não deveria gostar dele, por mais agradável que ele resolvesse ser.

Ela estava cansada. Estava de guarda baixa.

– Está tarde – disse Poppy.

– Sim, está.

Enquanto ela seguia para a bacia de água que Billy trouxera em algum momento entre a entrada e a sobremesa, ela o ouviu se levantar. Mas ela precisava lavar o rosto, escovar os dentes e pentear o cabelo. Era isso o que fazia todas as noites, e estava determinada a manter a rotina no mar, por mais estranho que fosse fazer a higiene diante de um homem.

No entanto, era menos estranho do que deveria ser.

A necessidade faz o sapo pular, disse ela a si mesma, pegando o pó dentifrício. Ponto final. Se estava se acostumando à presença dele, era só porque precisava. Era uma mulher prática, nem um pouco chegada à histeria. E se orgulhava disso. Se ela se via forçada a escovar os dentes diante de um homem que mal acabara de conhecer, não iria se debulhar em lágrimas.

Olhou por cima do ombro, certa de que o capitão haveria de saber que ela estava pensando nele, mas ele parecia imerso nos próprios afazeres, remexendo uns papéis na escrivaninha.

Com um suspiro de resignação, Poppy olhou para o próprio dedo e salpicou pó mentolado. Será que convinha trocar de mão a cada escovação? O pó dentifrício podia acabar irritando a pele.

Limpou os dentes, lavou o rosto e, depois de se certificar de que o capitão não estava prestando atenção, tirou os grampos do cabelo e penteou-o com os dedos, fazendo o máximo para se aproximar da escova de pelo de javali que tinha em casa. Terminada a trança, só restava ir para a cama.

Virou-se, mas, de repente, lá estava ele, mais próximo do que ela esperava.

– Ah! – gemeu ela. – Sinto muito. Eu...

– Não, foi minha culpa. Não achei que a senhorita fosse se virar e...

Ela deu um passo para a esquerda. Ele, para a direita.

Ambos resmungaram, constrangidos.

– Desculpe – grunhiu ele.

Ele deu um passo para a esquerda. Ela, para a direita.

– Me concede esta dança? – brincou ele, e Poppy deveria ter respondido no mesmo tom, mas na mesma hora o navio subiu e desceu ao sabor de uma onda e ela tropeçou para o lado, salva apenas por duas mãos quentes que a seguraram pela cintura.

– Agora estamos mesmo... – ela olhou para ele, e esse foi seu erro – ... dançando – completou, em um sussurro.

Estavam imóveis, mudos. Poppy tinha suas dúvidas se um dos dois sequer respirava. Ele olhava fixamente para ela, e seus olhos eram tão intensos e de um azul tão impressionante que Poppy se sentiu atraída para a frente, como se puxada por um ímã. Ela não se moveu, nem um centímetro, mas sentiu a força.

– Gosta de dançar? – perguntou ele.

– Quando tem música, sim.

– Ué, não está ouvindo?

– Não...

Será que ele imaginava que aquele não era menos de "não estou escutando" e mais de "não deveria escutar"? Porque a música estava lá, ela sentia as notas reverberando na pele: a canção suave do vento e das ondas. Se ela fosse qualquer outra pessoa – não, se *ele* fosse qualquer outra pessoa –, aquele momento teria sido feito para o romance, um instante de expectativa.

Em outra vida, em outro mundo, ele se inclinaria na direção dela.

Ela ergueria o rosto. Um beijo aconteceria.

Seria ousado. Escandaloso. Engraçado pensar que, se estivesse em Londres, sua reputação seria arruinada por um singelo beijo. A ideia parecia trivial quando comparada com, hã, ser sequestrada por piratas.

E no entanto, perdida nos olhos do capitão, a coisa não era nada trivial.

Ela recuou, espantada com o rumo de seus pensamentos, mas as mãos dele, grandes e cálidas, ainda estavam na cintura dela, mantendo-a em equilíbrio.

Segura.

– O mar – disse ele, com a voz rouca. – Está bem revolto hoje.

Não estava, mas ela se sentiu grata pela mentira.

– Já recobrei o equilíbrio – disse ela, colocando a mão na mesa para deixar bem claro para ele.

Ou para ela mesma.

Ele a soltou e deu um passo para trás.

– Perdão – falou. – Não costumo ser tão desastrado.

Mais uma mentira. Mais uma gentileza. Ele não tinha sido desastrado. Muito pelo contrário, Poppy que tropeçara. Ela deveria ter observado esse fato, em retribuição à generosidade dele, mas tudo o que conseguiu dizer foi:

– Já acabei de usar o dentifrício.

Ele levou um momento a mais para responder, e quando o fez, foi com uma resposta distraída:

– É claro. – Ele deu um passo para o lado e ela, dessa vez, aguardou para ver para onde ele ia e não entrar no caminho. – Obrigado – acrescentou.

Os dois estavam sem jeito. O que, Poppy pensou, era de se esperar.

– Eu vou para a cama agora – disse ela.

Ele estava ocupado escovando os dentes, mas virou-se de costas para dar alguma privacidade a ela. Não havia muito sentido nisso, já que ambos sabiam que ela dormiria com aquelas mesmas roupas, mas era uma gentileza, mais um sinal da condição de cavalheiro bem nascido.

– Estou na cama – informou ela.

Ele terminou de escovar os dentes e se virou.

– Apagarei as lamparinas em breve.

– Obrigada.

Ela puxou as cobertas até o queixo para poder afrouxar a amarra do vestido sem que ele visse. Assim que chegasse em casa, iria queimá-lo. Talvez mandasse fazer um idêntico, porque gostava do tecido, mas aquele ali...

Iria direto para a fogueira.

Ela se virou para o lado e ficou encarando a parede, retribuindo a privacidade que ele lhe concedera. Contudo, ouvia cada movimento: ele arrumando a cama improvisada no chão, tirando as botas...

– Ah, o travesseiro! – Poppy arremessou-o por cima do ombro. – Aí vai!

Ela ouviu um baque suave, e depois um leve grunhido.

– Mira impecável – murmurou ele.

– Acertei o senhor?

– Em cheio.

Poppy sorriu.

– No rosto?

– Bem que você gostaria!

– Eu não estava vendo quando joguei!.

– No ombro – revelou ele, apagando a última lamparina. – Agora fique quieta e durma.

Por incrível que pareça, foi o que ela fez.

CAPÍTULO 9

O problema, percebeu Andrew pela manhã, enquanto virava o leme apenas o suficiente para manter as velas enfunadas, era que Poppy Bridgerton não era péssima.

Se fosse, ele poderia fechar a porta da cabine e esquecer que ela existia.

Se fosse, ele poderia até encontrar algum prazer vil no desconforto dela.

Mas ela não era péssima. Era uma tremenda de uma maldita aporrinhação – ou melhor, a presença dela, mas ela em si não era péssima.

E isso tornava a situação toda muito mais complicada.

Com certeza a segurança da dama valia o preço em tédio que ela estava pagando, mas isso não fazia com que ele se sentisse nem um pouco melhor por deixá-la trancada o dia inteiro, sem nada além de livros e a vista do oceano.

Já fazia horas que Andrew estava acordado; raramente dormia até depois do nascer do sol. Àquela altura, Billy devia estar levando o café da manhã para ela, então menos mal. Embora o menino não fosse o melhor dos interlocutores, uma vez superado seu pavor inicial da hóspede, com certeza ele lhe ofereceria alguns momentos de distração.

Pelo menos ela não teria que comer o café da manhã gelado. A Srta. Bridgerton não repetiria aquele erro. Não era do feitio dela reincidir.

Ainda assim, ele poderia ir dar uma olhada em Poppy, ver como ela estava. A boa educação assim mandava.

Ela era hóspede dele.

De certa forma.

Em todo caso, ele era, definitivamente, responsável pelo bem-estar dela. O que consistia em seu bem-estar físico *e* mental. Além disso, Andrew tinha pensado em algo que poderia diminuir um pouco a monotonia dela. Não sabia por que não tinha se lembrado disso antes – provavelmente por ainda estar abismado demais com a tribulação inesperada que haviam arranjado.

Ele tinha um passatempo de madeira, parecido com um daqueles mapas dissecados que eram a nova moda em Londres, só que muito mais intrincado. Ele levara algumas horas para completá-lo. Não era grande coisa, mas poderia ajudá-la a passar o tempo.

Andrew sabia que ela ia adorar. Não tinha como explicar de onde vinha toda essa certeza, exceto pelo fato de que ele mesmo adorava e de que ele e a Srta. Bridgerton pareciam ter a mesma mentalidade analítica, dada a resolver problemas. Ele suspeitava que poderiam ter se tornado bons amigos se ela não tivesse invadido a caverna dele e posto segredos nacionais em risco.

Ou se ele não a tivesse capturado. Tinha isso também.

– Jenkins, assuma o leme – ordenou ele, ignorando o olhar especulativo no rosto do imediato.

Andrew estava delegando o leme muito mais do que de costume. Mas não tinha lei nenhuma que especificasse quanto tempo um capitão deveria passar na...

– Ah, pelo amor de Deus – murmurou; não devia explicação a ninguém, muito menos a si mesmo.

Jenkins, felizmente, assumiu o comando sem dizer nada, e Andrew desceu a escada para o convés principal de dois em dois degraus, e de três em três na escada que levava para baixo das cobertas.

Deu uma batida rápida antes de pôr a chave na porta, entrando antes mesmo que a Srta. Bridgerton tivesse a chance de responder.

Ela estava sentada à mesa, com os cabelos castanho-avermelhados presos de forma meio desalinhada. Na bandeja diante dela havia os restos do café da manhã: três morangos e uma lasca de torrada.

– Não gosta de morango? – perguntou Andrew, pegando do prato o maior deles.

Ela ergueu os olhos do livro que estava lendo.

– Passo mal quando como.

– Interessante. – Deu uma mordida. – Minha cunhada tem o mesmo problema. Nunca vi com meus próprios olhos, mas Edward, meu irmão, diz que é uma coisa impressionante.

Ela marcou a página e fechou o livro – um pequeno guia de viagem de Lisboa, notou ele, uma leitura muito prática, embora ele jamais fosse permitir que ela pusesse nem um dedinho sequer em solo português.

– Por mais impressionante que seja, não deve ser uma visão muito agradável.

– De fato. – Ele estremeceu. – Se não me engano, mencionaram a palavra "apavorante", e meu irmão não é dado a exageros.

– Ao contrário do senhor?

Ele levou a mão ao coração.

– Eu só exagero quando é absolutamente necessário.

– Seu irmão deve ser encantador.

– Ele é casado – disse Andrew, imediatamente.

– E isso faz dele uma pessoa menos encantadora? – riu-se ela.

Ela estava se divertindo às custas dele, o que deveria tê-lo irritado, mas, em vez disso, ele se sentia... constrangido?

Acanhado?

Fazia muito tempo que sua língua afiada não o deixava na mão.

Contudo, por sorte, parecia que a Srta. Bridgerton não precisava de resposta. Em vez disso, ela empurrou o prato na direção dele.

– Se quiser, pode ficar com os morangos.

Andrew aceitou e comeu um morango inteiro, deixando apenas a tampinha folhosa, que devolveu ao prato. Então apoiou o quadril na beirada da mesa e perguntou:

– A senhorita se encaixa nessa descrição? Apavorante?

Surpresa, ela soltou uma risada.

– Na vida, ou só no sentido de passar mal com morangos?

Ele ergueu a sobrancelha, como se a parabenizasse pela resposta rápida.

– Não. – O resquício de humor deixava a voz dela deliciosamente acolhedora. – Mas fico com coceiras e meio sem ar. Duas coisas que sinceramente prefiro evitar, já que estou confinada a um cômodo.

– Vou avisar ao cozinheiro – falou Andrew, comendo o último morango. – Ele vai mandar outra fruta.

– Obrigada. Fico realmente agradecida.

Ele a olhou por um momento.

– É estranho como estamos agindo civilizadamente, não?

– Estranho é o fato de acharmos isso tão estranho – retorquiu ela.

– Um comentário com muitas camadas – disse ele, afastando-se da mesa –, mas infelizmente não tenho tempo para destrinchá-lo.

– No entanto, mesmo tão ocupado, o senhor encontrou alguns instantes para vir me ver – observou ela. – A que devo o prazer de sua companhia?

– Prazer? É mesmo? – murmurou ele enquanto ia ao guarda-roupa, sem dar chance que ela respondesse antes de acrescentar: – Não? Bem, então agora será.

– Não estou entendendo nada.

Ele saboreou o tom confuso dela, mas nem se incomodou em alimentar a conversa enquanto vasculhava seus pertences. Fazia algum tempo desde a última vez que pegara o passatempo, e encontrou-o bem no fundo do armário, atrás de um caleidoscópio quebrado e um par de meias. As peças de madeira ficavam guardadas em uma bolsa de veludo roxo com cordão dourado. Um brinquedo bem chique.

Pôs a bolsa na mesa.

– Achei que a senhorita pudesse gostar disto.

Ela olhou para a bolsa de veludo, depois para ele, parecendo confusa.

– É um mapa dissecado – informou ele.

– É o quê?

– Não conhece?

Ela fez que "não", então ele abriu a bolsa e derramou as pecinhas sobre a mesa de madeira.

– Era um desafio muito popular uns dez anos atrás – explicou ele. – Um cartógrafo chamado Spilsbury afixou um mapa em uma tábua de madeira e recortou tudo, usando as fronteiras entre os países e os mares como guia. Ele achava que poderia ajudar no ensino da geografia. Creio que os primeiros produzidos foram mandados para a própria família real.

– Ah, já sei do que o senhor está falando! – exclamou ela. – Mas os que eu vi não chegavam nem perto de ter tantas peças.

– Sim, é um brinquedo único. Eu mesmo mandei fazer. – Andrew sentou-se ao lado dela e espalhou algumas peças, virando o lado da ilustração para cima. – Em geral, os mapas dissecados são recortados nos limites geográficos... fronteiras nacionais, rios, litorais, esse tipo de coisa. Eu já conheço bem a geografia, mas como gosto de montar coisas, pedi para recortarem meu mapa em peças pequenas e formatos aleatórios.

Poppy entreabiu os lábios e, maravilhada, pegou uma das pecinhas.

– E aí precisamos unir as peças – disse ela, em um tom quase de reverência. – Brilhante! Quantas peças são no total?

– Quinhentas.

– Mentira!

– Mais ou menos isso – admitiu Andrew, com modéstia. – Nunca contei.

– Então pode deixar que eu conto – disse ela. – Não é como se eu não tivesse tempo.

O comentário não foi em tom de reclamação, então ele virou mais umas peças.

– A melhor maneira de começar é procurando as...

– Não, não me conte! – interrompeu ela. – Quero descobrir sozinha. – Ela pegou uma peça e a examinou.

– As letras são bem miúdas – disse ele.

– Meus olhos são jovens. – Ela olhou para ele com os ditos olhos transbordando de alegria. – Aqui diz IC. Não é muito útil. Mas é azul, então pode ser o Báltico. Ou o Atlântico.

– Ou o Pacífico – acrescentou ele.

Ela pareceu surpresa.

– Qual o tamanho deste mapa?

– Todo o mundo até então conhecido – respondeu ele, um pouco surpreso com o tom altivo.

Andrew estava orgulhoso do passatempo; até onde sabia, não havia nenhum outro mapa dissecado dividido em tantas peças. Mas não estava se gabando por possuir algo elaborado, nem pelo fato de que, pela primeira vez desde que a conhecera, Poppy estava verdadeiramente feliz. Era porque...

Deus do céu, era porque queria impressioná-la.

Andrew ficou de pé em um salto.

– Tenho que voltar.

– Está bem – disse ela distraidamente, mais interessada no desafio do que em qualquer coisa que ele tivesse a dizer. – Como o senhor bem sabe, estarei aqui.

Andrew foi em direção à porta sem tirar os olhos dela. Poppy não ergueu os olhos para ele nem uma única vez. Deveria ser motivo de alegria, para Andrew, ela não ter notado essa mudança abrupta de comportamento por parte dele.

– Billy trará seu almoço mais tarde – disse ele.

– Perfeito.

Ela estava examinando outra peça, então tomou um gole de chá, devolveu-a à mesa e começou a analisar outra.

Ele tocou a maçaneta.

– A senhorita tem preferências?

– Hmm?

– No que diz respeito à comida. Alguma preferência? Além de não comer morangos, é claro.

Ela ergueu os olhos para ele, piscando várias vezes, como se estivesse surpresa com o fato de que ele ainda não tinha ido embora.

– Já que o senhor pergunta, não sou muito chegada a aspargos.

– Acho difícil que a senhorita encontre algum a bordo – respondeu ele. – Tentamos manter um bom suprimento de frutas e vegetais, mas nunca nada tão caro.

Ela deu de ombros, voltando a prestar atenção no passatempo, e disse:

– Tenho certeza de que vou gostar da comida, seja qual for.

– Excelente. – Ele pigarreou. – Fico feliz em ver que a senhorita esteja lidando tão bem com esta situação, que, admito, não é ideal.

– Aham.

Ele inclinou a cabeça de lado e ficou olhando para ela, que estava voltando todas as peças com a face para cima.

– É uma pena que eu não tenha um segundo passatempo como este.

– Hmmm.

– Então eu já vou indo.

– Hm-hmmm.

O último grunhido veio com uma entonação ascendente e descendente, como se ela dissesse "a-deus".

– Bem... – falou ele, mal humorado. – Até logo.

Ela ergueu a mão, sem tirar a atenção das peças de madeira.

– Tchau!

Andrew saiu da cabine e trancou bem a porta. Ela ainda tinha como sair, é claro. Seria muito irresponsável da parte dele largar uma pessoa sem saída de emergência. O *Infinity* nunca tivera problemas, mas, no mar, todo cuidado era pouco.

Ele destrancou a porta e entrou, abruptamente.

– A senhorita já sabe que tem uma chave, não?

Isso chamou a atenção dela.

– Perdão, o que disse?

– Tem uma chave. Bem ali, na gaveta de cima. É extremamente improvável, mas, no caso de uma emergência, a senhorita não ficará trancada na cabine.

– O senhor não viria me buscar?

– Bem, eu tentaria... – De repente, ele ficou encabulado. Não era uma sensação agradável, nem familiar. – Ou então eu mandaria alguém. Mas é importante que a senhorita saiba que tem como sair em caso de emergência.

– Então o que o senhor está dizendo é que está me dando um voto de confiança de que eu não vou sair da cabine.

Ele não havia pensado dessa forma, mas...

– Sim – respondeu ele. – Creio que sim.

– Bom saber.

Ele a encarou, perplexo. O que diabo isso queria dizer?

– Obrigada pelo passatempo – disse ela, mudando de assunto com uma velocidade impressionante. – Acho que não cheguei a dizer com todas as palavras. Foi muito gentil da sua parte.

– Imagine – falou ele, e sentiu uma comichão percorrendo a cabeça e o ombro. O calor também lhe subiu às bochechas.

Ela abriu um sorriso – uma coisa linda e acolhedora que se espalhou pelo rosto até alcançar os olhos. Andrew começou a pensar que a cor daqueles olhos estava mais para musgo do que para folha, muito embora isso talvez pudesse ser uma impressão falsa causada pela luz que entrava pela janela...

– O senhor não disse que estava ocupado?

Ele piscou, atônito.

– Ah, sim, sim. É verdade. – Ele balançou a cabeça. – Meu pensamento foi longe por um instante.

Ela sorriu de novo, e desta vez havia um quê de divertimento em seus lábios. Ou talvez de impaciência. Estava claro que ela queria se livrar dele.

– Então, com sua licença...

Ele fez uma mesura rápida e foi em direção à porta.

– Ah, espere! – chamou ela.

Ele se virou. Sem afobação. Zero afobação.

– Sim?

Ela indicou a bandeja do café da manhã.

– O senhor poderia fazer a gentileza de levar? Acho que preciso de mais espaço para o passatempo, não acha?

– A bandeja – repetiu ele, feito um tolo.

Ela queria que ele levasse a bandeja. Ele, o maldito capitão daquele navio.

– Eu ficaria muito grata.

Ele pegou a bandeja.

– Até mais tarde, Srta. Bridgerton. Nos vemos à noite.

À noite. Com certeza. Ele não iria voltar, de jeito nenhum, para ver como ela estava. Definitivamente, não.

Poppy tinha terminado mais ou menos um quarto do passatempo quando ouviu uma única batida rápida na porta, seguida do som da chave virando.

– Capitão James – disse ela, surpresa.

Como sempre, ele estava tão bonito que chegava a ser ridículo. Homens e seus cabelos despenteados pelo vento – por que isso era sempre tão atraente? Para piorar, a camisa agora estava desabotoada no colarinho.

Na verdade ela não se incomodava, mas, por educação, desviou os olhos e voltou à peça em sua mão. Talvez pertencesse ao Canadá. Ou ao Japão.

– Pensou que fosse Billy? – perguntou ele.

– Não, ele nunca bateria à porta com tamanha autoridade. Mas o senhor não disse que só voltaria à noite?

Ele pigarreou e fez um gesto em direção à parede oposta.

– Só vim buscar uma coisa no meu guarda-roupa.

– Um lenço para o pescoço, talvez – murmurou ela.

Os únicos homens que Poppy vira despidos daquela maneira foram seus irmãos. Mas os irmãos dela não tinham aquela aparência. Ou, se tinham, ela nunca tinha reparado.

O capitão, por outro lado... Bem, Poppy já admitira para si mesma que ele era atraente. O que estava perfeitamente bem, desde que não admitisse para ele.

Ele levou a mão à garganta, e ela suspeitou que ele houvesse esquecido que tinha tirado o lenço.

– Costumamos dispensar as formalidades a bordo.

– Está muito quente lá fora?

– Fora da sombra, sim.

Devia ser por isso que o cabelo dele tinha mechas douradas. Poppy poderia apostar que os fios não eram tão radiantes quando ele passava o ano inteiro na Inglaterra.

"Fios radiantes?" Ela se repreendeu. Enquanto estivesse presa naquele navio, coisas assim não deveriam ter lugar na mente dela. Eram fantasias bobas e...

Ah, que se dane. Bobas e verdadeiras. Mas os piratas não deveriam ser imundos e grosseiros? O capitão James parecia estar sempre pronto para ir tomar chá com a rainha.

Desde que, é claro, pusesse o lenço no pescoço.

Ela ficou olhando enquanto ele remexia no armário (ele estava de costas e, portanto, ela não tinha nenhum motivo para não olhar). Após alguns instantes, ele tirou algo lá de dentro, mas, o que quer que fosse, enfiou no bolso antes que ela conseguisse ver. Ela voltou a atenção para o passatempo assim que ele fez menção de se virar.

– Como está indo? – perguntou ele.

– Muito bem, obrigada – falou ela, aliviada por não ter sido flagrada. – Comecei com as peças das bordas. – Ela admirou o próprio trabalho, orgulhosa da moldura retangular que produzira.

A voz dele veio bem de trás dela.

– Sempre uma boa ideia.

Ela se sobressaltou. Não havia reparado que ele estava tão próximo.

– Hã... agora estou tentando separar o resto das peças por cor. Só que está bem difícil. A maioria é bem clara e...

Por que ele estava tão quente? Não estava encostando nela, e mesmo assim dava para sentir o calor irradiando do corpo dele. Poppy não se atrevia a se virar, mas o quão próximo ele estaria?

Ela pigarreou.

– Está sendo particularmente difícil diferenciar o rosa dessa outra cor aqui.

Ela mostrou uma peça que continha tanto água quanto terra. Um dos cantos era azul-claro, e o restante, de um tom que lembrava pêssego.

– Essa aí, com certeza, é rosa – disse ele, bem próximo ao ouvido dela.

Então ele se inclinou para pegar uma peça triangular na mesa, e seu braço passou rente a Poppy. O linho da camisa passou de raspão em sua nuca, e por um momento Poppy esqueceu de respirar.

Sequer se lembrava se ainda sabia respirar.

Andrew pôs a peça na pilha do rosa e recolheu o braço, roçando mais uma vez no ombro dela.

Poppy sentiu a pele formigar.

Era o calor. Só podia ser. Àquela hora, o sol já estava bem alto no céu e já não invadia mais pelas janelas, mas a cabine passara a manhã inteira esquentando. Poppy tinha ficado tão distraída com o passatempo que nem percebera. Contudo, naquele instante, sentia aquele típico formigamento de quem precisa muito se refrescar com uma bebida gelada. E, da mesmíssima maneira com que nunca conseguia ignorar os soluços depois de ouvir de sua mãe "É só esquecer o soluço que ele passa", não conseguia deixar de prestar atenção naquela sensação incômoda.

E na presença dele, escandalosamente perto.

Andrew resolveu pegar outra peça, uma lilás, mas que estava bem mais distante. Quando Poppy deu por si, estava com o rosto a poucos centímetros do dele. Se ele se virasse... Se ela se virasse...

Um beijo.

– Pare! – gritou ela.

Ele se retesou na hora.

– Algum problema?

– Não – disse ela, completamente mortificada pelo rompante. – Não. Não.

Tentou fazer o último "não" soar bem-humorado, mas algo lhe dizia que tinha sido em vão. Então pigarreou, tentando ganhar alguns segundos para se recompor antes de dizer mais alguma coisa. Quando conseguiu falar, no entanto, precisou espalmar as mãos na mesa como se fossem estrelas-do-mar, para conseguir recuperar o equilíbrio.

– É só que eu gostaria de terminar sozinha – disse ela. – Sem ajuda.

Ele saiu de trás dela e, ao olhar para ele, Poppy ficou aliviada ao ver que sua expressão não transmitia o menor sinal de provocação ou gracejo. Ele sequer parecia ter entendido o que acontecera. Parecia um pouco encabulado, até.

– Desculpe – disse ele. – É que eu adoro passatempos assim.

– T-tudo bem – disse ela, odiando o fato de estar gaguejando. – É só... chega, por favor.

Quando ele se afastou, ela pensou que ele iria direto para a porta, mas, de repente, ele deu meia-volta e parou do outro lado da mesa, com as mãos no encosto da cadeira.

– Por que a senhorita está sendo tão gentil?

Ela ficou em silêncio por um instante, surpresa.

– Oi?

– Hoje a senhorita está agindo de modo surpreendentemente agradável. – Ele estreitou os olhos, mas não demonstrava suspeita.

– Isso se comparado a...

Ele ergueu a sobrancelha, como se ainda não tivesse pensado nisso.

– A quando a senhorita chegou, creio.

– O senhor se refere a quando cheguei aqui arrastada dentro de uma saca?

Ele ignorou o comentário.

– Foi o passatempo?

– Bem...

Poppy hesitou, sem saber muito bem como responder. Por que estava sendo gentil? Aquele homem extremamente irritante a levara contra sua vontade – mas não havia nada que ela de fato pudesse fazer ali, em alto--mar. Talvez agisse de forma diferente caso estivesse em uma hospedaria, ou em uma casa, ou em qualquer lugar onde houvesse a mais remota chance de escapar, mas presa naquele navio, viver às turras com o capitão não lhe traria nenhum benefício. Não quando teria que passar duas semanas em sua companhia.

Ela olhou para ele, torcendo para que a demora da resposta já o tivesse desinteressado, mas não: ele ainda a encarava com aquele olhar azul-intenso, aguardando com expectativa. Então, cautelosa, ela disse:

– Acho que simplesmente não tenho nenhum motivo para não agir assim. Não tenho o que fazer, nem para onde ir. Já está bem claro que não posso fugir, e eu precisaria ser muito idiota para tentar escapar quando chegarmos a Portugal e acreditar que eu conseguiria me virar melhor sozinha em uma terra estranha. Então, gostando ou não, estou presa aqui com o senhor.

Ele assentiu, devagar.

– E eu estou preso aqui com a senhorita.

– Ah – acrescentou ela, enfaticamente –, e eu *não* gosto.

Ele retesou o queixo, agravando o ar confuso em sua expressão.

– Eu acabei de dizer "gostando ou não" – explicou ela. – Então quero deixar bem claro que não. Digo, que não gosto.

– Entendido.

– Porém – prosseguiu ela, levantando-se –, o senhor tem me tratado com certo respeito, então estou empenhando esforços para fazer o mesmo.

Ele arqueou a sobrancelha.

– Só *certo* respeito?

Ela sustentou a expressão ligeiramente chateada dele.

– O senhor ainda está dormindo no mesmo quarto que eu, não está?

– Para sua proteção – lembrou ele.

– A porta tem tranca.

– Eu não vou dormir lá embaixo.

– Considerando que ainda não tive a oportunidade de ver um único centímetro deste navio a não ser este quarto e o corredor adjacente, não posso avaliar a qualidade das acomodações da coberta.

Ele abriu um sorriso condescendente.

– Pode ter certeza de que, mesmo que a senhorita pudesse perambular pelo *Infinity*, eu não permitiria que chegasse nem perto do quarto dos marinheiros.

Ela indicou a porta com a cabeça.

– Contei três outras cabines aqui neste mesmo convés.

– De fato existem. Mas são muito pequenas.

– Grandes o suficiente para duas pessoas. Brown e Green dividem uma cabine, ou estou enganada?

– Brown e Green não são o capitão deste navio.

– Então está me dizendo que o orgulho do senhor é tanto que o impede de dividir uma cabine.

– Estou dividindo com a senhorita.

– Decisão, inclusive, que eu não consigo compreender. – Ela deu uma risada seca. – O senhor percebe que, fosse qualquer outra circunstância, o senhor teria que se casar comigo?

Ele respondeu com um sorriso malicioso – um sorriso letal, diabólico. Inclinou-se em direção a ela e disse:

– Ora, Srta. Bridgerton, está pedindo minha mão em casamento?

– Não! – ela praticamente ganiu. – O senhor está distorcendo as minhas palavras.

– Eu sei – falou ele, quase com compaixão. – É que é tão fácil fazer isso com a senhorita.

Ela fez cara feia para ele.

– Retiro tudo o que eu disse sobre o senhor ser um cavalheiro.

Mas o sorriso dele nem vacilou. Aquele sujeito insuportável estava se divertindo. Na verdade, estava se divertindo às custas dela, o que era ainda pior.

– Pois saiba a senhorita que eu decidi dormir na cabine do navegador esta noite. De fato, o aposento dele tem duas camas.

– O senhor acabou de dizer...

Ele ergueu a mão, interrompendo-a.

– Um homem sábio não continua discutindo depois de conseguir o que quer. Imagino que o mesmo valha para uma mulher sábia.

Ele estava certo, o desgraçado. Ainda assim...

– O que provocou essa mudança de ideia tão repentina? – perguntou ela, desconfiada.

– Ora, vejamos... minhas costas doloridas, meu torcicolo e o fato de que eu quase dormi ao leme hoje de manhã.

– *Jura*?

– Não – respondeu ele, e então grunhiu: – Mas bem que eu queria.

Poppy tentou assumir uma expressão contrita. De verdade. Mas havia um quê de prazer em pensar que ele poderia ter caído no sono no meio do trabalho, e ela não conseguiria esconder o tom vitorioso.

Schadenfreude, teu nome é Poppy Bridgerton.

– Andei avaliando as inclinações da tripulação – prosseguiu Andrew –, e confio que a senhorita não será incomodada por ninguém.

Ela assentiu, com modéstia. Tinha vencido. Tinha realmente vencido! Mas conhecia muito bem os homens e sabia que o melhor era deixá-lo acreditar que a vitória era dele. Sendo assim, abriu um belo sorriso e disse:

– Muito obrigada.

Ele cruzou os braços.

– A senhorita deve, naturalmente, manter sempre a porta trancada.

– Como queira.

– E deve compreender que esta cabine ainda me pertence, de modo que virei aqui diversas vezes ao longo do dia.

– É claro, todos os seus pertences estão aqui – murmurou ela, muito gentil.

Contudo, é possível que Poppy tenha estragado tudo ao acrescentar:

– Está vendo só como eu posso ser agradável?

CAPÍTULO 10

Mui agradável, de fato. A garota estava tramando alguma coisa, isso era fato. Embora Andrew não conseguisse nem imaginar o que poderia ser. Acreditava quando ela dizia que não estava planejando uma fuga. Ela era inteligente demais para isso. Quando aportassem em solo britânico, aí sim ela poderia tentar alguma gracinha, mas não antes, disso ele tinha certeza.

Mas quando eles estivessem de volta... bem, ele iria querer se livrar dela, não é?

– Algo errado? – perguntou Poppy. – O senhor ficou com um olhar tão cético de repente...

Andrew olhou para ela. Cabelos castanhos, olhos verdes, vestido azul... tudo estava igual. Mas sentia como se alguma coisa estivesse diferente.

Não era nada nela. Ele sabia bem disso. É claro que a viagem estava sendo diferente de todas as outras graças à presença dela, mas não era isso que o deixava instável. Já fazia vários meses que ele vinha se sentindo estranho.

Algo dentro dele parecia fora de lugar.

Andrew se sentia inquieto.

Descompensado.

Essa sensação geralmente significava que estava na hora de zarpar. Andrew sabia que sua alma não era destinada a ficar presa a um único lugar.

Isso era um fato básico de sua existência, parte tão indelével quanto seu senso de humor atrevido, seus olhos azuis e seu fascínio por tudo que envolvia mecânica. Por isso havia implorado aos pais para não cursar o último ano em Eton para, enfim, se alistar na Marinha. E era por isso que eles haviam permitido, embora Andrew soubesse muito bem que preferiam que ele tivesse concluído os estudos.

Eles sequer tentaram sugerir que ele fosse para Cambridge, embora a paixão de Andrew pela engenharia e pela arquitetura merecesse chegar ao nível universitário.

Só que Andrew nunca teria sobrevivido aos três anos da universidade. Pelo menos não naquela época de sua vida, durante a qual mal conseguia passar algum tempo sentado. Palestras e seminários teriam sido simplesmente torturantes.

No entanto, a inquietude instalada em seu âmago nos últimos tempos era diferente. Um desejo de mudança, é claro, mas não de mudança constante. Visualizou novamente o chalé, uma imagem que já rondava seu subconsciente fazia um bom tempo. Sempre que pensava na casa, a imagem mudava um pouco... uma treliça aqui, uma silharia ali. E ele nunca conseguia decidir o tamanho exato. Seria melhor morar sozinho? Ou ter uma família?

Não poderia ser pequena demais, disso ele sabia. Mesmo se nunca viesse a casar e ter filhos, queria poder receber os sobrinhos e as sobrinhas com conforto. Crianças precisavam de espaço para correr livremente e explorar o mundo. Sua infância fora magnífica nesse aspecto. Os filhos dos Rokesbys e dos Bridgertons formaram sua tribo, e seu território era a imensidão das duas propriedades. Pescavam, escalavam, faziam todos os tipos de brincadeira de faz-de-conta cheias de príncipes e cavaleiros, piratas e reis. Incluindo, é claro, Joana d'Arc e a rainha Elizabeth, porque Billie Bridgerton sempre se recusara a fazer o papel de donzela em apuros.

Quando chovia, ficavam dentro de casa jogando ou construindo castelos de cartas; houvera, naturalmente, algumas aulas em meio a tudo isso, mas até as lições eram agradáveis graças à perícia dos pais na escolha dos tutores. Acreditavam que o aprendizado poderia ser divertido, que uma devoção cega à disciplina não traria nada de positivo, pelo menos em se tratando de crianças com idades que ainda nem haviam chegado aos dois dígitos.

Seus pais eram pessoas extremamente sábias. Era irônico (mas, ao mesmo tempo, lógico) que nenhum dos filhos tivesse compreendido aquela verdade antes de chegar à idade adulta.

Ele precisava muito voltar para casa e ver a família. Já fazia tempo demais.

– Capitão James?

A Srta. Bridgerton estava ao seu lado; ele nem havia reparado que ela se levantara.

– Capitão James? – repetiu ela. – Está tudo bem?

– Perdão. – Andrew deu uma espécie de chacoalhada na mente. – Eu estava só pensando... – Bem, para ser honesto, não havia motivo para não dizer a verdade. – Estava pensando na minha família.

– Ah, sim, seu irmão – disse ela, com um leve tom de desaforo no olhar. – Aquele que não exagera. Casado com a apavorante detratora de morangos.

Com isso, ele teve que rir.

– Posso garantir que ela não é nem um pouco apavorante. Na verdade, a senhorita iria gostar dela. Ela...

Ele se deteve. Estava prestes a contar a Poppy como Cecilia atravessara o oceano para procurar o irmão ferido, como fingira ser casada com um homem que perdera a memória só para poder continuar cuidando dos ferimentos dele. Cecilia não se considerava nada ousada ou indomável (e pensava o mesmo da forma como se comportara naquela ocasião), e sempre dizia que ficaria contente se nunca mais tivesse que se afastar mais de 100 quilômetros de casa. Contudo, quando precisara – ou melhor, quando *outras pessoas* precisaram dela –, tinha encontrado a força necessária.

Mas ele não podia revelar mais nada sobre sua família. Não deveria nem ter mencionado o nome de Edward, mas, sinceramente, que família não tinha um Edward em um dos galhos mais próximos da árvore genealógica? Ainda assim, se ele começasse a falar de George e Nicholas e Mary... A combinação de nomes se tornava bem mais distinta. E, considerando que o então mencionado George havia se casado com a prima de Poppy, Billie...

– Sente saudade deles? – perguntou ela.

– Da minha família? É claro. O tempo todo.

– E mesmo assim o senhor prefere viver no mar.

Ele deu de ombros.

– Também gosto do mar.

Ela passou um momento pensando.

– Pois eu não sinto muita saudade da minha. – Andrew olhou para ela sem disfarçar a surpresa, ao que Poppy retrucou: – Bem, é claro que sinto saudade. Mas, em todo caso, eu não estaria com minha família neste momento.

– Ah, sim – lembrou ele. – Estava visitando sua amiga em Charmouth. A sra. Armitage.

Ela fez uma expressão de surpresa.

– Então se lembra do nome dela?

– Bem, é para ela que vou devolver a senhorita, certo?

A boca de Poppy se abriu, mas, quando ele viu a expressão dela, percebeu que...

– Pelo amor de Deus, mulher, estava achando o quê? Que eu simplesmente a largaria no meio do porto?

Ela mordeu o lábio.

– Bem...

– Que tipo de homem acha que sou?

Andrew saiu caminhando pela cabine a passos largos, furioso com a ideia que ela fazia dele.

– Mas que inferno, não é a senhorita que vive insistindo em dizer que sou um cavalheiro? Como pôde pensar que eu não a entregaria sã e salva na porta da casa de sua amiga?

– Bem, o senhor me sequestrou... – observou ela, de forma quase educada.

– Lá vem de novo essa história de sequestro... – grunhiu ele.

Ela arregalou os olhos e emitiu um som que se traduzia claramente como: "Não estou acreditando que o senhor disse isso."

Ele pôs as mãos na cintura, exasperado.

– Já deixei muito claro que não tive escolha.

Ao que ela respondeu, dando de ombros:

– É o que o senhor diz.

Francamente, ela até tinha certa razão, mas não era como se Andrew pudesse dar explicações. Seus próprios pais não sabiam que ele tinha passado os últimos sete anos a serviço secreto da Coroa.

Ainda assim, ele se recusava a morder a isca e começar outra discussão acalorada sobre as circunstâncias que levaram à presença dela a bordo do *Infinity*.

– Em todo caso – disse ele, com firmeza –, não vou abandonar a senhorita nas docas como se fosse uma carga indesejada. Ainda não sei ao certo como vou fazer para deixá-la em casa, mas dou minha palavra de que assim será.

Ele a encarou, esperando uma resposta.

– Tecnicamente – disse ela, com a expressão cautelosa de quem está pisando em ovos –, eu *sou* uma carga indesejada.

Ele levou alguns instantes para digerir aquilo.

– É *assim* que vai fazer a objeção às minhas palavras?

– Bem, certamente não serei contra a ideia de que o senhor *não* me leve de volta a Briar House. Embora uma boa dose de cuidado seja recomendada. – Ela ergueu a sobrancelha, e Andrew se lembrou de todas as vezes que sua irmã (e sua cunhada, e sua outra cunhada) lhe deram conselhos desnecessários. – Elizabeth é muito mais inflexível do que eu no que diz respeito às regras. Ela pode muito bem ter convocado as autoridades.

Além de toda a família Bridgerton, pensou ele, amargo.

Ela voltou à mesa.

– Acho que não seria muito sábio de sua parte chegar perto da nossa residência.

Ele quase sorriu.

– Por quê? Tem medo de que eu seja preso?

Ela deu uma risada curta.

– Tenho plena confiança de que o senhor é capaz de driblar o cumprimento da lei.

Talvez fosse um elogio. Talvez não. E ele não sabia nem um pouco qual hipótese preferia. Pigarreou.

– Preciso voltar lá para cima. Tenho muito a fazer.

Ela assentiu distraidamente, inspecionando peças do passatempo.

– Imagino. Na verdade – disse ela –, fico surpresa que o senhor tenha passado tanto tempo aqui.

Não tão surpresa quanto ele.

– Saiba que eu ainda pretendo jantar aqui todas as noites – disse ele, olhando para a mesa –, embora pareça que a senhorita dominou este território com o quebra-cabeça.

Ela sorriu, sem o menor sinal de contrição.

– Lamento dizer que não vou pedir desculpas.

– Não que eu estivesse esperando por isso.

Ele olhou para a mesa e avistou a peça que era, sem sombra de dúvida, as Ilhas Órcades, então simplesmente a colocou no lugar.

Ela deu um tapinha na mão dele.

– Pare com isso! Você já conhece o passatempo!

– Eu sei, mas não tenho culpa se sou melhor do que a senhorita.

A tromba que ela fez foi tão maravilhosa que ele teve que repetir a façanha.

– A senhorita abriu a janela? – perguntou ele, fingindo inocência.

Ela se virou para trás na cadeira.

– Ela abre?

Aproveitando a distração, ele pegou outra peça e pôs no lugar, dizendo:

– Não.

Ele estava com um sorrisinho cretino quando ela se virou novamente.

– Desculpe. Não me contive.

– Claramente – resmungou ela.

– Foi a Noruega – disse ele, solícito.

– Percebi. – E então admitiu, com tanta má vontade que o esforço era digno de aplauso: – *Agora* percebi.

– Nunca visitei – disse ele, em seu tom mais coloquial (ou seja, em seu timbre de costume).

– A Noruega? – Ela tentou encaixar uma pecinha no extremo sul da África.

– Nem eu.

Ele sorriu, já que ambos sabiam que ela nunca tinha posto os pés fora da Inglaterra. Ao menos não em terra firme.

– Não vai caber – comentou ele, a diligência em pessoa. – Isso aí é a América do Sul.

A Srta. Bridgerton franziu a testa, examinando a peça que segurava. Tinha formato romboide, um triângulo verde de terra se precipitando em um dos lados menores. O resto era o azul-claro da água.

– Tem certeza? – perguntou ela, estreitando os olhos para ler as letras minúsculas. – Aqui tem um A, um B e um O. Achei que poderia ser o Cabo da Boa Esperança.

– Ou o cabo Horn – sugeriu ele.

– Poxa vida, mas que confuso. – Um tanto irritada, ela voltou a se sentar, estalando a língua em aborrecimento. – Seria de se imaginar que, a essa altura, os cartógrafos já tivessem aprendido a escolher nomes que não sejam totalmente iguais.

Ele abriu um sorriso. Não deu para evitar.

Ela segurava uma das pecinhas com a ponta do indicador, correndo-a pelo tampo da mesa em formato de oito. Então ela o deixou perplexo ao dizer:

– Eu menti há pouco.

Ele se virou para ela.

– Ah, é? Como? – perguntou ele, com suavidade.

Ela levou um instante para falar, e quando falou, havia em sua voz um tom solene até então inédito.

– Eu sinto, sim, saudade da minha família. Não da mesma maneira que o senhor. Eu... eu não me ausento com tanta frequência, muito menos durante tanto tempo. Mas sinto falta do meu irmão. O que morreu. Sinto falta dele o tempo inteiro.

Ela permitiu que Andrew tivesse um breve vislumbre da expressão em seu rosto antes de baixar a cabeça, mas, mesmo que ele não tivesse visto o pesar nos olhos de Poppy, seria impossível não perceber a dor que afundava os ombros dela, como se um pouquinho de vida tivesse sido drenada de seus braços e tronco.

– Sinto muitíssimo por sua perda – disse ele.

Ela assentiu, engolindo em seco. Tinha os olhos fixos nas peças, mas sem focar em nada.

– Ele era o meu preferido.

– Qual era o nome dele?

Ela olhou para ele, e por um instante Andrew entreviu um leve traço de gratidão por ele ter perguntado.

– Roger – respondeu Poppy. – O nome dele era Roger.

Andrew pensou nos próprios irmãos. Não tinha um preferido, ou pelo menos achava que não. Mas mesmo que todos ainda fossem vivos, ele conseguia imaginar muito bem a dor de Poppy. Seu irmão Edward fora oficial do Exército e passara algum tempo desaparecido na América, durante a guerra. Andrew tinha achado que ele estava morto. À época, não disse nada a ninguém; sua mãe, em particular, teria esfolado as orelhas dele ao menor sinal de que ele havia, de fato, perdido totalmente a esperança.

Contudo, lá no fundo, Andrew já tinha começado a sentir o luto.

Passara quase um ano achando que o irmão havia morrido, e gostaria muito de ter confortado Poppy com palavras, mas não conseguiu. A história de como o capitão Edward Rokesby havia voltado dos mortos era conhecida demais. De forma que tudo o que Andrew pôde fazer foi sentar-se ao lado dela e dizer:

– Sinto muitíssimo.

Ela aceitou as palavras dele em silêncio, assentindo. Mas então, passados apenas alguns instantes, ela contraiu os lábios de forma resoluta. Tamborilou várias vezes na mesa e pegou outra vez a pecinha que estava olhando antes.

– Permita-me observar – disse ela, deixando claro pelo tom de voz que estava mudando de assunto – que não se parece em nada com um chifre.

Andrew sorriu, pegando a pecinha da mão dela.

– Está se referindo a "horn", que significa chifre? Se não me engano, o nome na verdade vem de de Hoorn.

– Ahn?

Ele deu uma risadinha.

– Hoorn. Uma cidade na Holanda.

Ela não pareceu impressionada.

– Humpf. Também não conheço.

Ele se inclinou um pouco, só o suficiente para tocar o ombro no dela, como quem compartilha um segredo.

– Nem eu.

– Ora, mas que surpresa – disse Poppy, dando uma olhadela para ele. – Presumi que o senhor conhecesse o mundo inteiro. Exceto, ao que parece, a Noruega.

– Infelizmente, não. Minhas obrigações consistem em navegar por rotas já familiares.

Estava falando a verdade. Boa parte do tempo, Andrew transportava documentos para os mesmos três ou quatro países. Em geral, Espanha e Portugal.

– Como se soletra? – perguntou ela, de repente.

– Hoorn? H-O-O-R-N. Por quê?

– Estava só pensando nos nomes dos cabos... Será que existe, em algum lugar, um Cabo da Má Esperança?

Ao que ele riu.

– Se existir – disse ele –, eu preciso conhecer.

Mas as perguntas dela ainda não tinham terminado.

– Sabe dizer qual veio primeiro?

– Dentre os cabos todos? Acho que foi o próprio da Boa Esperança. Se me lembro bem, o nome foi cunhado por um rei português.

– Português, é? Então está decidido. Na volta de Lisboa, pararemos no Cabo da Má Esperança. – Pelo brilho em seus olhos, ela estava se divertindo. – Será que o Sr. Carroway conhece o caminho?

– Se ele leu aquele tenebroso guia de navegação inteiro, com certeza sabe.

Ela riu com vontade. Era um som encantador, cheio de humor e alegria. O tipo de som que Andrew não estava acostumado a ouvir no mar. Os marinheiros tinham suas piadas, mas eram sempre masculinas, grosseiras; nada tão inteligente quanto as tiradas espirituosas de Poppy Bridgerton.

Poppy. O nome combinava mesmo com ela. Que pena seria se esse nome tivesse sido desperdiçado em uma mulher enfadonha e carrancuda.

– Cabo da Má Esperança – disse ela ainda entre risadas, adotando um sotaque que certamente não existia em nenhum lugar além daquela cabine. – Da Péssima Esperança.

– Pare com isso – disse ele. – Não aguento mais.

– Vamos ao Cabo da Tenebrosa Esperança – disse ela, praticamente cantando. – O lugar mais desolador de Portugal.

– Sinceramente, talvez esse sotaque seja a coisa mais pavorosa que já ouvi na vida.

Ela o encarou, fazendo-se de ofendida.

– Mas não estou parecendo uma portuguesa?

– Nem um pouquinho.

Ela bufou, fingindo exasperação.

– Poxa, que decepção. Estava me esforçando tanto.

– Deu para perceber.

Ela deu uma cotovelada de leve em Andrew, depois voltou a se debruçar sobre as peças.

– Por acaso está vendo o Cabo da Boa Esperança no meio de toda essa bagunça?

Ele a olhou de esguelha.

– Achei que a senhorita não quisesse ajuda.

– Não sou contra receber ajuda, desde que eu tenha pedido.

– Ah, é uma pena, então, pois eu só gosto de ajudar quando a ajuda não é bem-vinda.

– Então também não está vendo a peça...

Ele deu um sorriso sem qualquer remorso.

– Não mesmo.

Ela riu outra vez, chegando mesmo a tombar a cabeça para trás com a gargalhada. Andrew estava enfeitiçado. Já a achava bonita, mas, naquele momento, ela transbordava algo muito, muito além da beleza. "Bonito" era algo tedioso, estático, algo que Poppy Bridgerton jamais refletiria.

– Ah, meu Deus – disse ela, enxugando os olhos. – Quando eu cheguei, se o senhor tivesse dito que hoje eu estaria gargalhando...

– Eu mesmo não teria acreditado.

– Bem...

Poppy parou de falar e ele notou o momento exato em que os pensamentos a trouxeram de volta a uma postura apropriada. Ela fechou a expressão, e na mesma hora a mágica se dissipou.

– Eu ainda preferiria estar em casa – concluiu.

– Eu sei. – Ele teve um impulso muito forte de tomar a mão dela.

Mas não fez isso.

Embora ela olhasse para ele, nunca mantinha por muito tempo o contato visual e logo desviava o foco para alguma coisa atrás de Andrew, acima de seu ombro. Então, pausadamente, as palavras saindo em ondas curtas, ela disse:

– Não quero que o senhor pense que... só porque eu sou capaz de rir de vez em quando... ou mesmo apreciar sua companhia...

– Sim, eu sei – disse ele.

Ela não precisava terminar a frase.

Ele não *queria* que ela terminasse a frase.

Mas ela concluiu mesmo assim:

– Não pense o senhor que está perdoado.

Ele também já sabia disso, mas, em se tratando de golpes, aquele foi certeiro.

Surpreendentemente profundo.

– Preciso ir – disse ele, ficando de pé.

Ela não disse nada até que ele chegou à porta. Contudo, a educação de Poppy prevaleceu, pois, antes que ele saísse, ela disse:

– Obrigada mais uma vez. Pelo passatempo.

– Não há de quê. Espero que esteja gostando.

– Sim. Eu... – ela engoliu em seco – estou gostando.

Ele fez uma mesura, inclinando o queixo de forma rígida e assim transmitindo cada grama de respeito que tinha a dar.

Então deu o fora daquela maldita cabine.

Andrew já tinha chegado ao convés quando enfim se permitiu parar para respirar fundo. Não tivera a intenção de deixar o cômodo tão repentinamente, mas a Srta. Bridgerton o deixara incomodado e...

Ah, que se dane. A quem ele estava tentando enganar? Sequer havia planejado descer até lá antes do jantar, mas, por algum motivo imbecil, acabara cedendo à vontade de ver como ela estava se saindo com o passatempo, e então precisou inventar uma desculpa para estar ali.

Na pressa, não sabia nem o que havia arrancado do guarda-roupa. Enfiou a mão no bolso e tirou...

Roupas de baixo.

Deus.

Por um momento, chegou a pensar em atirar a peça íntima por cima da amurada. A última cosia de que precisava era que um de seus homens o flagrasse com as ceroulas na mão como se fosse uma lavadeira maluca.

Mas não conseguia se convencer a descartar uma peça de roupa em perfeitas condições só porque *ela*...

Não, porque *ele*...

Com certeza não era porque *eles*...

Amassou a peça e enfiou-a no bolso. "Isso", pensou, "isso é a maldição sobre a qual os homens não param de falar por aí." Uma mulher a bordo não é capaz de fazer com que um raio atinja o mastro, muito menos de atrair uma praga de ratos e gafanhotos. Não – em vez disso, ela enlouquece os homens. Quando chegasse a Portugal, ele teria perdido metade da sanidade e, quando enfim retornassem a solo inglês, estaria completamente doido.

Lunático. Delirante...

– Algum problema, capitão?

Andrew ergueu o rosto para o homem, sem nem querer imaginar a expressão que devia ter assumido para que ele fizesse aquela pergunta. Quem perguntara era um jovem marujo chamado John Wilson, que estava a poucos metros, observando com curiosidade ou preocupação, Andrew já não sabia dizer.

– Nada – respondeu Andrew, ríspido.

As bochechas já coradas de Wilson assumiram um tom vivo de vermelho, e ele assentiu energicamente.

– Sim, senhor. Desculpe qualquer coisa, senhor.

Inferno, agora Andrew estava se sentindo o mais desprezível dos homens.

– Hã, qual é o seu trabalho do dia, marujo? – perguntou ele, torcendo para que a demonstração de interesse fosse capaz de amenizar a aspereza do comentário anterior.

Além disso, a pergunta não seria nada incomum vinda do capitão. Era mais do que normal que ele se interessasse pelo trabalho de seus homens.

Isto é, quando não havia uma peça de roupa íntima no bolso.

Porque ele não conseguia admitir que *queria* estar na presença de certa garota.

Céus, mal podia esperar para chegar ao final daquela viagem.

– Subi o velame – disse Wilson. – Tava conferindo as cordas.

Andrew pigarreou.

– E está tudo em ordem?

– Sim, senhor. Só uma delas precisava de reparo, e não era nada sério.

– Excelente. – Andrew pigarreou. – Bem. Não quero atrapalhar seu trabalho.

– Não atrapalha, não, senhor. Acabou de acabar o meu turno. Tava indo para a coberta. Minha vez de pegar uma rede.

Andrew assentiu. Como em muitos navios do mesmo tipo, as redes eram compartilhadas, porque os homens não dormiam todos ao mesmo tempo; não havia como. A ponte nunca podia ficar desguarnecida, portanto uma parte ínfima da tripulação tinha que trabalhar noite adentro. O vento não parava quando o sol se punha.

O alojamento já era apinhado demais. Arrumar uma rede para cada marinheiro seria apenas um desperdício de espaço. Andrew não sabia como funcionavam as regras do rodízio entre os homens, já que cada navio procedia de forma diferente, mas tinha falado seríssimo quando dissera a Poppy que se recusava a dormir no alojamento. Já cumprira seu quinhão de noites dormidas em rede logo que ingressara na Marinha.

Ele era o capitão do *Infinity*. Conquistara o direito de não dormir em uma rede impregnada com o suor de outro homem. Até o fim da viagem, a cama extra no quarto do Sr. Carroway teria que servir. Andrew não tinha medo do desconforto, mas por que dormir no chão quando havia uma cama perfeitamente boa do outro lado do corredor? Não seria tão confortável quanto a própria cama, mas, estando a mesma ocupada por Poppy Bridgerton...

A cama dele.

Poppy Bridgerton.

Sentiu uma fisgada. Alguma coisa perigosamente próxima do desejo.

– Não – disse ele, em voz alta. – Não.

– Capitão?

Que diabo, Wilson ainda estava por perto.

– Não é nada! – vociferou Andrew.

Dessa vez, nem se importou se seu tom tinha apavorado o pobre homem.

Wilson deu no pé, deixando Andrew sozinho. Com uma terrível sensação agourenta na boca do estômago.

E as ceroulas ainda no bolso.

CAPÍTULO 11

Os dias que se seguiram transcorreram sem maiores incidentes. Poppy terminou de montar o quebra-cabeça, desfez tudo e voltou a montar. A segunda vez não chegou nem perto da primeira em termos de satisfação, mas ainda era um passatempo melhor do que as outras opções, já que ela havia terminado de ler a única obra de ficção da prateleira, composta de preciosidades tais como *Métodos de engenharia do Império Otomano* e *Obras-primas da arquitetura rural de Kent*.

Ela não concebia um bom motivo para que o capitão de um navio precisasse de um guia para obras-primas da arquitetura rural de Kent, mas até que tivera alguns momentos de prazer ao ler a parte sobre Aubrey Hall, a propriedade rural onde o pai crescera e onde os primos ainda moravam.

Poppy visitara Aubrey Hall diversas vezes, mas não nos últimos tempos. As reuniões de família com os primos aristocratas costumavam ser em Londres. Fazia sentido, na opinião de Poppy. Lorde e lady Bridgerton de Kent tinham uma residência magnífica na capital, o que significava que o Sr. e a Sra. Bridgerton de Somerset não precisavam de um imóvel lá. O atual visconde, irmão mais velho do pai de Poppy, era um homem muito generoso e não admitiria a ideia de que seus sobrinhos e suas famílias ficassem em outro lugar na capital que não a sua casa.

Por sorte, havia espaço de sobra. Bridgerton House era uma mansão grandiosa e formidável, com um salão de baile de tamanho considerável e mais de doze alcovas, bem no coração de Mayfair.

O lugar em que Poppy morara durante suas duas temporadas sociais em Londres. Seus pais haviam ficado no campo, pois ambos eram pouco afeitos à vida urbana – o que certamente motivara ambos a aceitar a oferta de lady Bridgerton para supervisionar a apresentação e o *début* de Poppy na sociedade. Isso e o fato de que tia Alexandra era uma viscondessa, o que melhorava muito as perspectivas de qualquer jovem casamenteira que fosse apadrinhada por ela.

Contudo, parecia que a influência de Alexandra não era forte o suficiente, já que Poppy continuava sem marido após duas temporadas sociais. O que, sendo francos, não era culpa de tia Alexandra. Poppy recebera um pedido de noivado, mas embora o cavalheiro tivesse boa aparência e posses, também tinha um lado moralista que Poppy desconfiava que fosse piorar com a idade. Até mesmo tia Alexandra, que tanto queria vê-la bem casada, concordou com a decisão.

Vários outros cavalheiros haviam manifestado interesse, mas Poppy não encorajou nenhum (tia Alexandra não concordou muito com essa parte). Mas Poppy foi firme. Teria que passar o resto da vida na companhia de seu futuro marido. Era pedir demais que esse marido soubesse conversar? Que a fizesse rir? Parecia que as pessoas de Londres só faziam falar sobre as pessoas de Londres, e, embora Poppy não fosse inteiramente avessa a fofoca (novamente falando com franqueza, quem diz não gostar de fofoca está contando uma bela mentira), a vida era muito mais rica do que discussões sobre corridas de cavalos, dívidas de jogo e o tamanho do nariz de uma determinada jovem.

Ela logo aprendera a não fazer as perguntas que surgiam sem parar em sua cabeça. Parecia que as jovens que a tia selecionara como companhias apropriadas para Poppy não tinham o menor interesse em saber por que alguns animais tinham bigodes e outros, não. E certa vez, quando Poppy se perguntara em voz alta se todo mundo enxergava o mesmíssimo tom de azul no céu, três cavalheiros olharam para ela como se estivesse passando por algum surto de loucura.

Um deles chegou a sair de perto dela.

Sinceramente, Poppy não entendia como aquelas questões não intrigavam a *todo mundo*. Mas ela nunca poderia estar dentro da mente de alguém. Talvez, onde ela via azul, outra pessoa visse laranja.

Não havia meio de comprovar o contrário.

Por outro lado, Poppy não queria ser uma solteirona para o resto da vida. Assim, havia se resignado, e tinha planos de voltar a Londres para mais uma temporada, desde que tia Alexandra estivesse disposta a recebê-la outra vez.

Mas tudo havia mudado. Ou, mais precisamente, tudo *poderia* mudar. Como estaria a reputação dela quando o *Infinity* enfim retornasse à Inglaterra era um grande mistério. Talvez ainda conseguisse voltar para Briar House sem que ninguém soubesse (exceto Elizabeth), uma hipótese à qual Poppy se agarrava com unhas e dentes, embora soubesse o quão remota era.

Talvez devesse se considerar uma moça de sorte por ter caído nas mãos do único grupo de piratas com escrúpulos do mundo. Ou corsários, ou comerciantes, tanto fazia a forma como se intitulavam. Concluiu que tinha mesmo sorte, pois sua situação poderia ser muito pior. Poderia ter sido agredida. Poderia ter sido violada.

Poderia ter sido morta.

Mas não se sentiria grata. Recusava-se a sentir qualquer gratidão pelos homens que, muito provavelmente, haviam arruinado o resto de sua vida.

A pior parte – por ora, pelo menos – era a incerteza. Não era um caso de "Será que vou gostar da ópera, ou vou me entediar?". Estava mais para "Será que minha vida vai seguir normalmente ou vou me transformar para sempre em uma pária?"

Por mais estranho que fosse, Poppy tinha a impressão de que não estaria tão apreensiva se tivesse *certeza* de que Elizabeth havia mantido o desaparecimento dela em segredo; se soubesse que não haveria ninguém apontando para ela e dizendo: "Lá vem aquela moça indecorosa e desavergonhada que fugiu de casa para navegar com piratas" (porque seria exatamente isso que diriam, uma versão muito mais interessante do que a verdade, e, no que tangia à reputação, a mulher era sempre culpada). Se Poppy tivesse certeza de que poderia retomar a mesmíssima vida que deixara para trás...

Poderia até estar se divertindo.

Já fazia quase uma semana que não respirava ar puro. É claro que estava aborrecidíssima por ter que ficar presa naquela cabine e teria apreciado muito a oportunidade de explorar o resto do navio. Poppy duvidava muito que teria outra chance de fazer uma viagem daquela natureza e sempre fora muito curiosa a respeito do funcionamento de todas coisas. Um navio era um prato cheio. Por exemplo, como se içava uma vela? Era necessário mais de um homem? Mais de três? Como a comida era armazenada? Alguém havia pesquisado quais eram os métodos mais higiênicos de manter as provisões? Como era a distribuição do trabalho, e quem cuidava dos horários?

Ela fizera dezenas de perguntas ao capitão e, para crédito dele, ele respondera à maior parte delas. Poppy aprendera o que era biscoito da regra – e que deveria agradecer aos céus por não ter que comê-lo. Também havia aprendido que o sol se erguia e se punha mais rápido perto da linha do Equador e que uma onda imensa se chamava tsunami e ficara sabendo que não, o capitão James nunca testemunhara uma onda daquelas, mas conhecia alguém que havia passado por isso e só a descrição do ocorrido já lhe causava pesadelos.

Poppy adorava fazer perguntas sobre os marujos do *Infinity* – ainda mais depois que o capitão James contou que havia doze nacionalidades diferentes entre a tripulação, incluindo dois marinheiros do Império Etíope (que, agora, ela já encontrava com facilidade no mapa). O capitão James tentava descrevê-los para ela, explicando que tinham traços muito diferentes de pessoas vindas do lado oeste do continente, mas Poppy estava muito mais interessada em seus costumes do que na sua aparência.

Queria conversar com aqueles homens que haviam crescido em outro continente, perguntar sobre a vida e a família deles e também como pronunciar seus nomes (pois tinha bastante certeza de que o capitão James não o fazia corretamente). Nunca teria outra oportunidade como aquela. Londres era uma cidade cosmopolita e, embora tivesse visto muitas pessoas de raças e culturas diferentes durante o período das temporadas, nunca fora autorizada a falar com elas.

Por outro lado, até aquele momento nunca nem lhe ocorrera que ela poderia querer falar com essas pessoas. O que era... curioso. Curioso e desconfortável.

Não era uma sensação agradável, e fazia com que começasse a pensar em todas as coisas que poderiam não ter ocorrido a ela. A vida toda, Poppy havia se considerado uma pessoa curiosa e de mente aberta, mas estava começando a perceber como seu mundo era restrito.

Contudo, em vez da Etiópia, ela tinha que se contentar em aprender mais sobre Kent (*Métodos de engenharia do Império Otomano*, no fim das contas, era muito mais sobre engenharia do que sobre os otomanos, sendo, portanto, além de nada exótico, completamente indecifrável).

Assim, depois do jantar, Poppy estava examinando as ilustrações da *orangerie* de Aubrey Hall (pela décima segunda vez) quando o capitão James chegou, avisando-a de sua presença com uma batida rápida na porta, como sempre fazia.

– Boa noite – disse ela, erguendo os olhos para ele.

Estava sentada em uma cadeira que levara para perto da janela. A vista nunca mudava, mas era linda, e Poppy estava se apegando cada vez mais a ela.

O capitão não parecia tão cansado quanto nas noites anteriores. Dissera que os marinheiros tinham melhorado do intestino solto e estavam de volta ao trabalho, então talvez estivesse tudo bem agora. Ela imaginava que todos tinham que trabalhar muito mais quando havia três homens doentes.

– Boa noite – respondeu ele, educado. Foi direto à mesa, levantou a tampa de um dos pratos e inspirou fundo. – Guisado de carne. Obrigado, Senhor, obrigado.

Poppy não conseguiu reprimir uma risadinha.

– Sua comida preferida?

– É uma das especialidades do *monsieur* LeBaker – confirmou o capitão.

– O nome do cozinheiro é LeBaker?

O capitão se sentou e se pôs a devorar a refeição, dando duas garfadas bem generosas antes de dizer:

– Eu disse que ele era de Leeds, não disse? Acho que ele só colocou o "le" na frente do nome e pronto, francês.

– Que engenhoso.

O capitão olhou para ela por cima do ombro.

– Desde que continue cozinhando para mim, ele pode se chamar do que bem entender.

Poppy, sendo Poppy, na mesma hora começou a se perguntar do que o Sr. LeBaker *não* poderia se chamar se ainda quisesse manter seu emprego.

"Capitão", decerto. Não imaginava o capitão James tolerando tal coisa.

– Por que está rindo desse jeito? – perguntou ele.

Poppy balançou a cabeça. Era o tipo de pensamento bobo que não havia como explicar. Ele virou a cadeira para não ter que se torcer todo ao olhar para ela. Então se esticou para trás, com aquela elegância masculina fácil tão característica, as pernas longas estendidas e um sorriso insolente.

– Está planejando alguma coisa contra mim, senhorita?

– Sempre.

Quando ele abriu um sorriso, Poppy teve que lembrar a si mesma que não deveria se alegrar por fazê-lo sorrir.

– Mas ainda não tive sucesso – acrescentou ela, suspirando.

– Disso eu já duvido.

Ela deu de ombros e ele voltou a comer, sob o olhar dela. Depois de três garfadas de guisado, meio pãozinho e um gole de vinho, Poppy perguntou:

– Seus homens comem a mesma comida que o senhor?

– É claro. – Ele pareceu ofendido com a pergunta. – É servida de forma mais simples, mas não ofereço ração de segunda para meus homens.

– Porque um homem faminto não trabalha bem? – murmurou ela.

Já ouvira esse ditado antes e tinha certeza de que era verdade, já que ela mesma era imprestável quando estava com fome. Ainda assim, era uma frase terrível, como se a comida de um homem devesse ser apenas equivalente à qualidade e natureza do trabalho que ele era capaz de oferecer.

O capitão estreitou os olhos e, por um momento, pareceu julgar Poppy. Talvez, inclusive, de forma pouco favorável.

– Um homem faminto perde a disposição de espírito – devolveu ele, em voz baixa.

– Concordo – ela se apressou em responder.

Poppy não sentia necessidade de impressionar aquele homem (na verdade, *ele* é que deveria querer impressioná-la), mas ela não gostava da ideia de que ele pudesse julgá-la mal.

O que era absurdo. Ela não tinha motivo para se importar.

Contudo, parecia que se importava, sim, porque logo acrescentou:

– Não quis insinuar que a capacidade de trabalho de um homem deve ser a medida para que ele seja bem alimentado.

– Não? – murmurou ele.

– Não. – Poppy foi firme, porque o tom de Andrew foi vago demais e ela temia que ele não acreditasse nela. – Concordo que um homem com fome perde um pouco a disposição de espírito, mas existem muitos que não se importam com as condições de quem está em uma posição que considerem inferior.

Ele respondeu em tom ríspido e com enunciação impecável:

– Eu não sou assim.

– Eu sei – disse ela. – Jamais achei que fosse.

– Existem muitos motivos para dar comida decente aos meus homens – disse ele. – Para começar, o fato de que são todos seres humanos.

Poppy assentiu, impressionada com a ferocidade imperturbável na voz dele.

– Além disso – prosseguiu ele –, um navio não é igual a um moinho, uma loja ou uma fazenda. Se não trabalharmos juntos, se não confiarmos uns nos outros, morreremos todos. Simples assim.

– Por isso que disciplina e ordem são tão essenciais na Marinha, certo?

– Exatamente. A hierarquia é necessária, e é absolutamente essencial que haja apenas um homem no comando. Caso contrário, a anarquia se instaura.

– Motim.

– Isso.

Andrew cortou uma batata com o garfo, mas depois se distraiu no meio do processo. Estreitou os olhos, tamborilando na mesa com os dedos da mão livre.

Era o que ele sempre fazia quando estava pensativo. Poppy se perguntou se ele tinha noção disso, mas provavelmente não. As pessoas não costumam reconhecer os próprios maneirismos.

– Bem – disse ele, de forma tão repentina que ela até levou um susto –, mas não estamos na Marinha, e não posso exigir lealdade em nome do rei e da Coroa. Se quero homens que trabalhem duro, eles precisam se sentir respeitados e têm que saber que serão bem recompensados.

– Com boa comida? – perguntou ela, um tanto incrédula.

Ele pareceu achar graça da resposta.

– Eu estava pensando mais em uma pequena comissão sobre os lucros, mas, sim, boa comida sempre ajuda. Não quero ser o líder de um navio tripulado por pobres-diabos infelizes. Não há prazer nenhum nisso.

– Nem para o senhor, nem para os pobres-diabos – brincou ela.

– Exato. Quando o capitão trata bem seus homens, a recíproca é verdadeira.

– E foi por isso que o senhor me tratou bem até agora?

– Isso é o que a senhorita acha? – Ele se inclinou para a frente com um sorriso indolente no rosto. – Acha que foi bem tratada?

Poppy se forçou a não reagir à expressão dele. Ele tinha aquele jeito de olhar que fazia Poppy se sentir a única pessoa no mundo. Um olhar intenso e estimulante, do qual ela tivera que aprender a se defender, ainda mais por saber que não haveria de ser a única mulher a quem ele o concedia.

– Se o senhor me tratou bem? – repetiu ela. – Além do rapto em si, acho que sim, na medida do possível. Não posso dizer que estou sendo maltratada. Estou entediada até o último fio de cabelo, é verdade, mas só.

– Existe certa ironia nisso, não acha? – observou ele. – Aqui está a senhorita, vivendo talvez a maior aventura da sua vida, e está entediada.

– Muito gentil de sua parte fazer esta observação – comentou ela, secamente –, mas acontece que eu mesma já me dei conta disso. Duas vezes.

– Duas vezes?

– E isso só na hora presente – grunhiu ela. – Acontece duas vezes a cada maldita hora. No mínimo.

– Ora, não sabia que a senhorita blasfemava dessa forma.

– É um hábito relativamente novo.

Ele sorriu, a exibição de dentes brancos o próprio desaforo.

– Adquirido na última semana?

– Ora, ora, temos aqui um detetive.

– Se me permite fazer um elogio...

Ela inclinou o rosto de forma graciosa, um movimento ensaiado.

– De todos os meus adversários retóricos, a senhorita entra facilmente nos cinco melhores.

Ela ergueu a sobrancelha.

– Há quatro outras pessoas no mundo que acham o senhor tão irritante quanto eu?

– Eu sei – disse ele, balançando a cabeça com tristeza fingida –, é difícil de acreditar. Porém – acrescentou, erguendo o garfo, cenoura espetada e tudo –, a contrapartida é que existem quatro outras pessoas no mundo que me irritam tanto quanto a senhorita.

Ela ficou um momento em silêncio, pensativa.

– Ah, muito reconfortante saber.

– É mesmo?

– Quando eu estiver de volta em casa, tendo a sorte de nunca mais ter que ver o senhor outra vez... – ela levou as mãos ao coração e suspirou de modo dramático, como se estivesse se preparando para um discurso final. –... meu coração estará feliz por saber que, em algum lugar deste mundo imenso e cruel, o senhor estará sendo azucrinado por alguém.

Ele apenas a encarou por um instante, mudo de estupefação, e então caiu na gargalhada.

– Ah, Srta. Bridgerton – disse ele, assim que conseguiu falar outra vez –, a senhorita acabou de passar ao primeiríssimo lugar.

Ela o encarou de queixo erguido e com um sorriso astuto.

– Sempre me esforço para atingir a excelência em todas as minhas empreitadas.

Andrew ergueu a taça para ela.

– Disto eu não tenho a menor dúvida. – Ele bebeu, aparentemente à saúde dela, e acrescentou: – Também tenho certeza de que a senhorita sempre consegue.

Ela agradeceu com uma mesura muito nobre.

Ele bebeu mais um pouco e depois esticou o braço, observando o líquido vermelho-escuro enquanto girava a taça.

– Confesso – disse ele – que, apesar da minha postura igualitária, o vinho eu não compartilho.

– Mas compartilhou comigo.

– Ora, mas a senhorita é um caso especial.

– Não diga – resmungou Poppy.

– Compartilharia com a senhorita até meu conhaque – prosseguiu ele –, isto é, se ainda tivesse algum. – Ao ver o olhar questionador dela, ele prosseguiu: – Era isso que Brown e Green tinham ido buscar na caverna.

– E, em vez de conhaque, trouxeram a mim.

Poppy não tinha certeza, mas pensou tê-lo ouvido murmurar algo como "Que Deus nos ajude".

Ela deu uma risada curta. Não conseguiu disfarçar.

– Olhe os modos – disse ele, sem qualquer sinal de agressividade. – Eu poderia arrumar um pouco de grogue para a senhorita.

– O que é grogue?

Ela ouvira Billy mencionar a palavra; o garoto parecia gostar.

O capitão arrancou um naco do pão e comeu.

– É basicamente rum diluído em água.

– Basicamente?

– Tento não pensar no que mais pode haver ali dentro. Tomei a minha cota de grogue quando eu...

Ele se deteve.

– Quando o senhor o quê? – perguntou Poppy.

Ele fazia isso com certa frequência – começava a dizer algo e parava.

Ele baixou o garfo, dizendo:

– Nada.

O que ele sempre respondia quando ela desafiava essas interrupções.

Mas Poppy continuava perguntando. Não era como se tivesse algo melhor com que se ocupar.

O capitão James se levantou e foi à janela. Pôs as mãos na cintura enquanto olhava para o horizonte indistinguível.

– Hoje estamos sem luar.

– Sim. Eu estava pensando nisso mais cedo.

Ela passara horas sentada diante da janela e não vira um único raio de lua cintilando nas ondas, criando um cenário marítimo ligeiramente diferente das noites anteriores.

– Isso quer dizer que as estrelas lá fora estarão com um brilho impressionante.

– Muito generoso de sua parte me dar essa informação.

Ela tinha quase certeza de que ele a escutara, mas não reagiu. Em vez disso, sem se virar, perguntou:

– Que horas são?

Poppy balançou a cabeça. Era o cúmulo da preguiça, ele não querer nem virar o pescoço para olhar o relógio.

– São dez e meia, Vossa Alteza Real.

– Hmm.

Foi um "hmm" bem curto, que evidenciava que ele havia aceitado as palavras dela como verdade e que, por isso, estava pensando em algo. Ela não sabia como era capaz de interpretar os grunhidos dele daquela forma, mas era capaz de apostar um bom dinheiro de que estava certa.

– A essa hora, a maioria dos homens vai estar na coberta. – Ele se virou para ela, apoiando-se na parede logo ao lado da janela. – Eles trabalham em turnos. Todos têm oito horas de sono, porém mais da metade dorme à noite mesmo, das nove às cinco.

Era interessante saber disso, já que ela gostava daqueles detalhes sobre o funcionamento do navio, mas não estava entendendo o motivo para ele mencionar isso naquele momento.

– Acho – disse ele, torcendo o lábio devagar – que eu não causaria uma comoção muito grande se a levasse lá em cima para ver as estrelas.

Poppy ficou imóvel.

– O que foi que o senhor disse?

Quando ele a olhou, havia um traço de sorriso em seu rosto.

E de algo mais.

– Isso mesmo que a senhorita ouviu.

– Não, por favor, me diga – sussurrou ela. – Preciso que o senhor diga as palavras.

Ele deu um passinho para trás, só o suficiente para poder fazer uma mesura educada.

– Minha cara Srta. Bridgerton – murmurou ele –, gostaria de me acompanhar ao convés?

CAPÍTULO 12

Poppy largou o livro, sem nunca tirar os olhos do rosto do capitão. Tinha a estranha impressão de que, se rompesse o contato visual pelo mais ínfimo momento, o convite estouraria no ar como uma bolha de sabão.

Ela concordou com o mais leve dos acenos.

– Por gentileza – disse ele, estendendo o braço.

E mesmo que cada milímetro de razão e retidão dentro dela estivesse gritando que ela não deveria tocar naquele homem, que não deveria permitir que sua pele chegasse nem perto da dele...

Ela pegou a mão dele.

Ele ficou imóvel por um momento, olhando para suas mãos unidas como se não estivesse acreditando. Devagar, cerrou os dedos ao redor dos dela e, mãos devidamente entrelaçadas, acariciou a pele macia do pulso dela com o polegar.

A carícia repercutiu por todo o corpo dela.

– Venha – disse ele. – Vamos lá para cima.

Ela assentiu, aturdida, tentando entender a sensação peculiar que se espalhava pelo seu corpo. Estava aérea, como se os calcanhares pudessem se erguer do chão a qualquer momento, sem âncora, na ponta dos pés.

Seu sangue borbulhava sob a pele, e ela sentia comichões... não no ponto em que ele a tocava – a mão, que estava morna e segura, enredada na dele –, mas em todo o resto do corpo.

Em cada menor recôndito de seu ser. Ela queria...

Algo.

Talvez quisesse tudo.

Ou talvez soubesse muito bem o que queria, mas tivesse medo demais para sequer pensar no assunto.

– Srta. Bridgerton? – murmurou ele.

Poppy ergueu o rosto. Quanto tempo tinha passado olhando para suas mãos unidas?

– Está pronta?

– Devo levar um xale? – perguntou ela. Então se deu conta da irrelevância da pergunta. – Não que eu tenha um xale. Mas vou precisar?

– Não – respondeu ele, parecendo achar graça. – A temperatura está boa. A brisa está bem leve.

– Mas de sapatos eu vou precisar – disse ela, soltando a mão dele.

Ela hesitou por um instante, sem conseguir lembrar onde estavam as botinhas pretas. Não se calçara uma única vez desde que chegara. Por que se daria ao trabalho?

– No armário – disse o capitão. – No fundo.

– Ah, é claro.

Que tolice. Ela sabia onde estavam. Ele as guardara ali no segundo dia, depois de tropeçar nas botas pela terceira vez.

Ela pegou os calçados e se sentou para amarrá-los. Havia jurado a si mesma (fazia pouquíssimas horas, inclusive!) que jamais sentiria gratidão por nenhum dos homens naquele navio, por mais gentis que fossem, mas não conseguia reprimir o ímpeto traidor de abraçá-lo e agradecer e agradecer e agradecer, até...

Bem, talvez só duas vezes. Mais do que isso seria exagero.

Mas a questão era que...

Bem, não havia questão alguma ali. Ou, se havia, ela já não sabia mais qual era.

Às vezes o capitão lhe causava esse efeito. Confundia seus pensamentos, embaralhava suas palavras. Ela, que tanto se orgulhava de suas habilidades retóricas, de seu suprimento interminável de sarcasmo e astúcia, ficava sem fala. Sem nada inteligente para dizer, pelo menos, o que era muito pior.

Ele a transformava em uma pessoa que ela não conhecia – mas só às vezes, o que era ainda mais assustador. Às vezes ela era a Poppy Bridgerton de sempre, língua afiada, mente sagaz. Mas outras vezes – quando ele cravava aquele olhar azul penetrante ou quando se aproximava demais e ela sentia o calor que emanava da pele dele – Poppy simplesmente ficava sem ar. Perdia o bom senso.

Perdia a si mesma.

E naquele momento? Ele tinha desarmado suas defesas sendo apenas gentil, nada mais. Sabia que ela estava louca para sair daquela cabine. Talvez estivesse tentando melhorar um pouco a situação só para cometer alguma outra injustiça no futuro. Afinal, ele mesmo não dissera que sua vida seria muito mais fácil se ela não estivesse cuspindo raiva?

E a resposta dela foi dizer que nunca cuspia. *Aquela* era a verdadeira Poppy Bridgerton. Não essa desmiolada que não sabia nem onde estavam os próprios sapatos.

– Algum problema com os cadarços? – perguntou ele.

Então Poppy percebeu que havia parado de amarrar os sapatos no meio do pé esquerdo.

– Não, não – respondeu ela –, só me distraí um segundo. Apressada, terminou de amarrar e se levantou. – Pronto. Estou pronta.

E estava mesmo. De alguma maneira, calçada com seus sapatos bem firmes, ela reencontrou o equilíbrio. Chegou a dar um pulinho.

– Suas botas são muito práticas – observou o capitão, olhando-a com ares de riso e de curiosidade.

– Não tanto quanto as suas – respondeu ela, examinando as botas altas que certamente tinham sido feitas sob medida.

Calçados tão bem feitos não haveriam de ser baratos. Na verdade, todo o guarda-roupa do capitão era de altíssima qualidade. A profissão de corsário parecia ser muito mais lucrativa do que ela imaginara. Isso, ou o capitão James nascera *muito* rico.

Mas a ideia não era muito realista. Não havia dúvidas de que ele era bem-nascido, mas Poppy apostava que não vinha de uma família riquíssima. Se viesse, por que raios teria virado comerciante? E daquela forma, ainda por cima. Não havia nada de respeitável na profissão dele. Não conseguia nem imaginar a reação dos pais caso um dos seus irmãos anunciasse a intenção de segui-la.

A mãe morreria de desgosto. Não literalmente, é claro, mas anunciaria a morte por desgosto tantas vezes que Poppy chegaria a ficar com medo de ser, ela mesma, vitimada pela tortura auditiva. No entanto, olhando para o capitão, Poppy não via nenhum motivo que justificasse tamanha decepção. Era verdade que ela não conhecia a real natureza de seus negócios, mas via como ele tratava seus homens – pelo menos, Billy, Brown e Green. Via como ele tratava a ela própria, e não tinha como não pensar em todos os autoproclamados cavalheiros de Londres – aqueles a quem ela deveria adorar e admirar e querer como marido. Pensou em todos os comentários ofensivos, em toda a crueldade e mesquinhez com que tratavam seus empregados.

É claro que não eram todos, mas eram tantos que Poppy questionava as instituições e os padrões que julgavam quem era cavalheiro e quem era vagabundo.

– Srta. Bridgerton?

A voz do capitão foi se infiltrando nos pensamentos dela. Poppy piscou algumas vezes, tentando se lembrar do que estava falando.

– Está pronta?

Ela assentiu com vontade, deu um passo e depois sorriu de forma tão repentina que ela mesma se surpreendeu.

– Faz dias que eu não calço sapatos.

– No convés a senhorita certamente vai precisar deles. Vamos?

– Por favor.

Ele apontou a cabeça para a porta.

– Primeiro as damas.

Depois que deixaram a cabine, ela o seguiu pelo curto lance de escadas, e chegaram ao convés. Emergiram em uma área coberta, e mais uma vez o capitão pegou a mão dela para guiá-la.

Mas Poppy não era nada fácil de se conduzir.

– O que é isso? – perguntou ela, poucos passos depois.

Soltou a mão para tocar algo que parecia uma treliça de cordas – se fosse criança, certamente iria querer subir. Na verdade, ela gostaria de tentar escalar naquele exato momento, embora a coisa não parecesse ser feita para isso.

Ela se virou para o capitão James, que respondeu:

– Corda.

Ela lhe deu um tapa no ombro, não tão leve assim. Ele deu um sorriso insolente, deixando bem claro que só respondera aquilo para implicar com ela.

– É uma enxárcia – disse ele, rindo da impaciência dela.

Ela tocou as cordas, maravilhada com a força e o calibre das fibras.

– *Uma* enxárcia? – perguntou. – Não *a* enxárcia?

– Muito perspicaz – elogiou ele. – É uma dentre muitas. Enxárcias são parte do messame padrão, que serve para dar apoio ao mastro em ambos os lados.

Mais um termo náutico que ela não conhecia.

– Messame padrão?

– Messame padrão e aparelho móvel – explicou ele. – Messame padrão são as cordas que não se movem. As que se movem... ou melhor, aquelas em que *nós* mexemos, essas são o aparelho móvel.

– Entendi – murmurou ela, embora não tivesse entendido nada.

Poppy só vira uma fração ínfima do navio e já havia tantos mecanismos e engenhocas peculiares. Até os itens que achava que conhecia – cordas, por exemplo – eram usados de maneira diferente do esperado. Impossível imaginar quanto tempo deveria levar para dominar, de verdade, a arte da navegação. Ou seria a ciência da navegação? Não sabia.

Poppy prosseguiu, alguns passos à frente do capitão, a cabeça erguida para admirar a altura de um dos mastros. Era absurdamente alto, precipitando-se noite adentro de forma tão magistral que, para Poppy, parecia quase prestes a perfurar o céu.

– Deve ser por isso que os gregos e os romanos criavam lendas tão criativas sobre os deuses – murmurou ela. – Dá até para imaginar a ponta do mastro atravessando os céus.

Olhou para o capitão. Ele a observava com atenção, vidrado nas palavras dela, na expressão em seu rosto. Dessa vez, contudo, ela não se sentiu acanhada. Não sentia estranheza nem constrangimento. Tampouco sentia a necessidade de lembrar que, na arte do flerte, não era páreo para aquele homem.

Muito pelo contrário: Poppy se sentia leve. Talvez fosse o oceano em todas as direções, ou a brisa salgada em sua pele. Deveria estar se sentindo insignificante diante de um céu estrelado tão abismal, mas na verdade se sentia invencível.

Jubilosa.

Mais centrada em si mesma do que nunca.

– Imagine se o mastro rasgasse o céu – disse ela, gesticulando na direção do negrume noturno que os envolvia. – E se as estrelas caíssem pelo buraco. – Ela voltou a olhar para Andrew. – Se estivéssemos nos tempos antigos, sem a menor noção de astronomia e distâncias, poderíamos ter elaborado um mito como esse. Um deus, sem dúvida, seria capaz de criar um barco tão grande que os mastros chegassem ao céu.

– Uma teoria inteligente para explicar o surgimento das estrelas – comentou ele –, mas para mim ainda é um mistério que elas tenham se espalhado de forma tão regular.

Poppy parou ao lado dele, e, juntos, admiraram o céu. As estrelas não formavam um padrão perfeito, é claro, mas se espalhavam por cada pedacinho do firmamento.

– Não sei – falou Poppy, pensativa.

Ainda estava com os olhos vidrados nas estrelas, assimilando a grandiosidade de tudo aquilo. Então o cutucou com o cotovelo.

– Você vai ter que inventar essa parte da história. Não pode querer que eu faça todo o trabalho.

– Ou – argumentou ele – eu posso continuar comandando o navio.

Como resposta, ela só pode sorrir.

– Ou pode continuar comandando o navio.

Ele apontou para a proa, convidando-a a avançar, mas em vez disso Poppy segurou o mastro e girou ao redor, como se estivesse no festival do solstício de verão. Já quase de volta ao ponto de partida, ela o olhou e perguntou:

– É um pedaço inteiriço de madeira?

– Este é. Na verdade, todos os nossos são. Mas nosso navio não é tão grande. O mastro de muitas embarcações maiores acaba sendo construído com vários pedaços de madeira. Venha – chamou ele. – Este nem é nosso mastro mais alto.

– Não? – Ela arregalou os olhos.

– Não, é claro que não. Os maiores ficam no centro.

Ela avançou com avidez, mas ele era mais rápido, de modo que, quando Poppy chegou ao mastro mais alto, ele teve que se virar e estender a mão.

– Venha – disse ele. – Venha comigo. Eu lhe prometi estrelas.

Ela riu, não porque fosse engraçado, mas de felicidade.

– Prometeu mesmo – disse ela, e mais uma vez lhe deu a mão. Só tinham dado dois passos quando ela avistou mais um objeto interessante. – Ah, mas o que é isso?

O capitão nem se incomodou em olhar.

– Depois eu conto.

Poppy riu da impaciência dele e deixou que a puxasse para a frente, passando por mais um mastro sem nem diminuir o passo. Eles subiram um lance curto de escadas e avançaram ainda mais.

– A melhor vista fica para cá – disse ele.

O rosto dela já estava voltado para cima, mesmo enquanto o seguia aos tropeços.

– Não é igual em todo o navio?

– É melhor no castelo de proa.

– Onde?

– Apenas venha comigo – disse ele, puxando-a pela mão.

Ela riu outra vez, e foi maravilhoso.

– Por que um navio teria uma parte com o mesmo nome de uma residência em terra firme?

– Por que você tem nome de flor? – devolveu ele.

Ela ficou em silêncio por um momento, pensativa. De fato, *poppy* significava papoula em inglês.

– *Touché.*

– O castelo de proa é a parte mais anterior do convés – explicou ele, enquanto a puxava. – É um pouco mais baixo do que o restante. É onde os homens ficam quando trabalham nas bujarronas, que são as velas do gurupés.

"Bujarrona"? "Gurupés"?

– Agora você está inventando palavras – brincou ela.

– A vida no mar tem sua linguagem própria.

– Vejamos, vou chamar aquilo ali – ela não apontou propriamente para nada – de rotonilha. E aquilo ali adiante será uma azimbre de viés.

Ele se deteve só o suficiente para olhá-la com admiração.

– Até que não é um nome ruim para isso.

Como Poppy não se referira a nada em particular, não fazia ideia do que seria o "isso", mas perguntou mesmo assim:

– Qual? A rotonilha ou o azimbre de viés?

– A rotonilha, obviamente – disse ele, perfeitamente impassível.

Ela riu e deixou-se conduzir.

– O senhor deve saber mais do que eu.

– Nossa, por favor, preciso saborear essa frase. Duvido que eu volte a ouvi-la de seus lábios.

– Não mesmo! – Contudo, ela falou isso sorrindo; de tanta alegria, suas bochechas quase doíam. – Sou uma exímia criadora de palavras, sabia? É de família.

Ele franziu o cenho, com uma curiosidade bem-humorada.

– Não consigo nem imaginar o que a senhorita quer dizer.

Ela contou sobre a peça pregada pelo irmão, sobre tentão e tindragar e sobre entrar no quarto de Roger escondida para ajudá-lo a cumprir o castigo, mesmo que tivesse sido o alvo da travessura do irmão.

E o capitão morreu de rir. Gargalhou como se não conseguisse pensar em nada mais formidável, com tanto deleite que Poppy quase sentiu que ele também havia estado lá, como se houvesse testemunhado tudo e agora estivesse se lembrando com alegria em vez de ouvindo a história pela primeira vez.

Ela já havia contado das traquinagens de Roger a alguém? Era bem possível, provavelmente fazendo suas queixas bem-humoradas do irmão. Mas não tinha tocado no assunto com ninguém nos últimos tempos, desde que ele falecera.

– Acho que seu irmão e eu teríamos sido bons amigos – disse Andrew, depois de se recuperar da crise de riso.

– Sim – falou Poppy, muito ciente de que Roger tinha sido seu irmão preferido e que o capitão James poderia muito bem ter sido seu amigo mais formidável. – Acho que você teria gostado muito dele. E acho que ele sentiria o mesmo por você.

– Mesmo que eu tenha raptado a irmã dele?

A frase deveria ter cortado a conversa, corroendo a diversão e deixando apenas insidiosas cinzas no lugar, mas, de alguma forma, isso não aconteceu. Quando Poppy deu por si, já estava dizendo:

– Bem, ele simplesmente o obrigaria a se casar comigo.

Ela olhou para ele. Ele olhou para ela.

E então, de forma surpreendentemente indiferente, ela acrescentou:

– E se daria por satisfeito. Ele não era do tipo que guarda rancor.

Os dedos do capitão se contraíram ao redor dos dela.

– Você é?

– Não sei – falou Poppy. – Nunca sofri uma injustiça tão grande.

Ela não teve a intenção de magoá-lo, e não sentiu nenhuma satisfação ao ver que ele se encolheu. Mas era a verdade, e o momento não pedia menos.

– Queria que isso não tivesse acontecido – disse ele.

– Eu sei.

Ele a encarou.

– Queria que você acreditasse quando eu digo que não tive escolha.

– Eu...

Poppy engoliu em seco. Deveria acreditar? Nos dias anteriores, tinha conseguido conhecê-lo melhor; não como um conhecido de anos, mas definitivamente mais do que qualquer um dos cavalheiros que a cortejaram em Londres. Mais até mesmo do que o homem que a pedira em casamento.

Não achava que Andrew James fosse um mentiroso e não achava que ele fosse o tipo de homem cujo sucesso comercial ou conveniência causassem sofrimento a alguém.

– Eu acredito que você acredita que não teve escolha – disse ela, enfim.

Ele ficou em silêncio por um momento.

– Isso já é melhor do que nada.

Ela deu de ombros, indiferente.

– Não consigo entender o que você está escondendo.

Ele assentiu, muito resignado, mas não fez mais nenhum comentário sobre a questão. Em vez disso, gesticulou para a frente, convidando-a a avançar um pouco mais.

– Cuidado – murmurou ele.

Poppy olhou para baixo. De repente, o convés sumia diante de seus pés, dando lugar a uma plataforma bem mais baixa.

O capitão saltou para o nível abaixo.

– Eis o castelo de proa, *milady* – disse ele, apresentando com um gesto elegante o convés triangular que formava a ponta da proa do *Infinity*.

Ele ergueu os braços e a pegou pela cintura, ajudando-a a descer. Mas mesmo quando ela já estava com os pés no chão não a largou.

– Este é o ponto mais a vante a que se pode chegar no convés – informou ele.

Ela apontou para um lugar alguns metros adiante.

– Mas e aquele...

– O ponto mais a vante que se pode chegar *com segurança* no convés – corrigiu ele.

Ele parou atrás dela.

– Agora feche os olhos.

– Mas aí eu não verei as estrelas.

– Vai poder abri-los muito em breve.

Ela balançou a cabeça, como quem se dá por vencida, e obedeceu.

– Agora levante o rosto. Só um pouquinho.

Ela obedeceu; talvez fosse o balanço do navio, ou talvez fosse por estar de olhos fechados, mas Poppy se sentiu instável na mesma hora, como se algo muito maior do que o oceano tivesse roubado seu equilíbrio.

O capitão a segurou com mais firmeza.

– Agora me diga o que está sentindo – disse ele ao pé do ouvido dela.

– O vento.

– E o que mais?

Ela engoliu em seco. Umedeceu os lábios.

– O sal no ar.

– O que mais?

– O movimento, a velocidade.

A boca dele chegou ainda mais perto.

– E...?

Então ela disse a primeira coisa na qual havia pensado, aquilo que sentira de forma mais intensa desde o início.

– *Você*.

CAPÍTULO 13

Andrew não sabia qual fora o demônio que o convencera a levá-la ao convés.

Talvez apenas não conseguisse pensar em nenhum bom motivo para não fazer isso.

O mar estava calmo. O céu estava estrelado. A maior parte da tripulação dormia.

Quando desceu para jantar e a viu sentada diante da janela, algo lhe disse que já fazia horas que ela estava ali, na mesma posição, olhando o mar e o céu sem nunca poder sentir na pele que fazia parte de tudo aquilo.

Era um pecado.

Quando ele estendeu a mão, e ela aceitou...

Foi uma bênção.

E agora, ali, na ponta da proa, com o vento respingando água salgada em seus cabelos, ele se sentia renovado.

Sentia-se outro homem.

O mundo girava no próprio eixo em sua rotação eterna – Andrew sabia muito bem disso –, mas então por que ele sentia como se tudo girasse mais rápido? Como se a rotação fosse maior, ou a direção tivesse se invertido? O ar salgado estava mais intenso, as estrelas nunca mostraram um brilho tão nítido no firmamento. E só de senti-la – a curva suave de seu quadril, a calidez que irradiava de seu corpo...

Era como se ela fosse a primeira mulher que ele tocava na vida. Era estranho como se sentia satisfeito só de poder contemplar seu rosto. Poppy admirava o céu, ele a admirava, e tudo era perfeito.

Não. Perfeito, não. Perfeito significa completo. Finalizado.

Aquilo não era perfeito. Ele não queria que fosse.

No entanto, a sensação de viver aquele momento era perfeitamente maravilhosa.

"Você", fora a resposta dela quando ele perguntou o que ela sentia.

Os dedos dele deslizaram uns poucos centímetros para a frente, marcando a diferença entre o ato de estabilizar e algo que se aproximava de um abraço. Prontos para o passo seguinte de puxá-la para mais perto, se é que ele seria capaz de tal atrevimento.

"Você", tinha dito ela. Ele queria mais. "Você."

Andrew não era romântico – pelo menos não considerava que fosse. Contudo, o momento havia se transformado em um poema, versos sussurrados pelo vento na cadência das ondas que subiam e desciam em sua métrica misteriosa.

E se o mundo à volta se tornara um soneto, o objeto de louvor era *ela*.

Andrew a transformara em sua musa? Dificilmente. Poppy Bridgerton era muito irritante e inteligente demais, não combinava com aquela paz de espírito que ele sentia no momento. Era um inconveniente misturado com desastre iminente. No entanto, ele sorria sempre que pensava nela (o que, maldição, era o tempo inteiro).

Às vezes sentia o sorriso chegar aos olhos.

Dizia a si mesmo que ela era uma pedra em seu sapato, ou coisa muito pior (o equivalente a um furo no pé), mas era difícil sustentar as mentiras que contava a si mesmo quando, no fim do dia, tudo o que ele mais queria era se sentar para jantar, tomar uma taça de vinho e ver o que conseguiria aprontar para fazê-la flertar com ele.

Talvez tivesse sido por isso que ele enfim a levara ao convés.

Só queria vê-la sorrir.

E a missão, a façanha... tinha sido um sucesso absoluto.

Ela não parou de sorrir por um instante sequer desde o momento em que passou pela porta da cabine. Sorria tanto, e com tanta intensidade, que parecia a própria personificação de uma gargalhada.

Ele a tinha deixado feliz, e isso havia deixado *ele mesmo* feliz.

Mas também deveria tê-lo deixado apavorado.

– Quantas estrelas você acha que existem? – perguntou ela.

Poppy admirava o firmamento com tanta resolução que, por um instante, Andrew chegou a achar que ela tinha a intenção de contar.

– Um milhão? – disse ele. – Um bilhão? Muito mais do que os olhos podem contar, disso eu não tenho dúvida.

Ela emitiu um leve ruído, algo como um "hmm" – isto é, se um "hmm" pudesse ser atravessado por um suspiro e colorido por um sorriso.

– É tão imenso!

– O céu?

– Sim. Como alguma coisa pode ser tão imensurável assim? Não consigo nem mensurar o quão imensurável ele é.

– E não seria essa a própria definição da palavra?

Com o calcanhar, ela deu um chutinho de leve nele.

– Não seja estraga-prazeres.

– Você teria dito a mesmíssima coisa, sabe muito bem disso.

– Aqui, não. – O tom de voz dela era quase onírico. – E agora, não. Todo o meu sarcasmo está suspenso.

Ele não acreditou nem por um instante.

– Sei.

Ela suspirou.

– Sei que não é possível que seja sempre tão agradável e maravilhoso estar aqui no convés, mas será que, só desta vez, você pode mentir e dizer que é?

Ele não se segurou.

– E o que a faz pensar que eu não menti para você antes?

Ela lhe deu uma cotovelada leve nas costelas.

– É sempre agradável e maravilhoso aqui no convés – repetiu ele. – O mar nunca é revolto, o céu está sempre limpo.

– E seus homens sempre se comportam de forma discreta e apropriada?

– Naturalmente. – Ele fez uma leve pressão na cintura dela, virando-a um pouco para a esquerda. – Está vendo aquilo ali? – perguntou, indicando um buraco no convés adiante.

– Aquilo o quê?

Ela se virou para ele, mas Andrew repetiu o gesto, tomando o cuidado para que ela estivesse acompanhando o olhar dele.

– Aquela abertura redonda ali na frente – disse ele. – É uma latrina.

– O quê?

– Bem, nós chamamos de retrete – esclareceu ele. – Eu disse que tínhamos uma linguagem bem específica a bordo.

Ela se remexeu um pouco, mas não o suficiente para se soltar dele.

– Uma latrina? Bem aqui? A céu aberto?

– Tem mais uma do outro lado.

Ela soltou uma exclamação de nojo, fazendo com que Andrew se lembrasse de todas as vezes que torturara a irmã com a imagem de coisas assustadoras, asquerosas e repulsivas.

Ainda não tinha perdido a graça.

Ele levou a boca bem ao pé do ouvido de Poppy.

– Você não achou que todos a bordo pudessem se dar ao luxo de ter agradáveis e maravilhosos penicos nas cabines, achou?

Ele ficou muito contente por estar um pouco enviesado, de modo que via bem o rosto dela: os lábios de Poppy se abriram e se contraíram em uma incrível expressão de pavor higiênico, até que ela enfim disse:

– Está querendo me dizer que você se agacha ali e...

– Eu, não – interrompeu ele –, mas meus homens, sim. É uma instalação bem engenhosa, na verdade. O casco do navio se curva para dentro, é claro, então os dejetos caem direto no mar. Bem, a não ser que o vento esteja muito forte, mas ainda assim...

– Pare! – esganiçou-se ela. – Que nojo!

– Mas você é sempre tão curiosa, tão cheia de perguntas... – Ele era a inocência em pessoa. – Achei que gostaria de saber como o navio funciona.

– E quero, mas...

– Posso garantir que essas questões são cruciais para o bom funcionamento de um navio. Ninguém nunca quer falar sobre esses assuntos inglórios, mas saiba que esse é um dos maiores defeitos dos arquitetos e engenheiros. É muito fácil e agradável projetar as partes elegantes, mas são os aspectos invisíveis de uma estrutura que realmente fazem a diferença.

– Estou vendo... – disse ela, indicando a latrina com um gesto da cabeça.

Ele reprimiu uma risada.

– Bem, neste caso digamos que os fins justificam os meios. Os homens abrem mão de um pouco de dignidade para ter um navio muito mais limpo. Pode acreditar, durante uma viagem longa, o barco já fica fétido o suficiente.

Ela franziu um pouquinho a testa e inclinou um pouquinho a cabeça, no gesto típico de quem mudou de ideia e passou a aprovar algo. Ainda assim, disse:

– Mal posso acreditar que estou tendo esse tipo de conversa.

– Igualmente.

– *Você* quem começou.

– De fato. – Andrew tentou lembrar por quê. – Ah, sim. Foi porque você mencionou o comportamento educado de meus homens.

– E foi essa a sua maneira de refutar meu argumento?

– Funcionou bem, não?

Ela franziu a testa.

– Mas você disse que não...

– Mas já tive que usar – admitiu ele. – Não a bordo do *Infinity*, mas em outros navios, sim. Quando eu não era o capitão.

Ela estremeceu de leve.

– O rei da França senta-se na latrina diante da corte inteira – comentou Andrew, alegremente.

– Não pode ser!

– Juro que é verdade. Ou, pelo menos, assim fez o último rei.

Ela balançou a cabeça.

– Franceses...

Andrew caiu na gargalhada.

– O que é tão engraçado assim?

– Você é engraçada, ora.

Ela tentou fazer cara feia, mas não funcionou. Estava orgulhosa demais de si mesma. Aos olhos de Andrew, ela estava maravilhosa.

– Imagino que a França você já tenha visitado.

– De fato – confirmou ele.

– Conheceu o país inteiro ou foi só a Paris?

– Os portos também.

– Naturalmente. – Ele olhou ao redor, encabulado. – Mas não se pode chegar com um navio deste tamanho até Paris...

– No geral, não. Dá para chegar até Rouen. Às vezes vamos até lá, ou então atracamos no litoral. Geralmente em Le Havre.

Poppy ficou quieta por um instante, o suficiente para que o vento soltasse uma fina mecha de cabelo que estava presa atrás da orelha. Os fios fizeram cócegas na pele de Andrew e ele quase espirrou.

– O que você pretende fazer depois que já tiver feito de tudo? – perguntou ela, enfim.

Sua voz assumira um tom mais sério, pensativo e curioso.

Ele concluiu que ninguém nunca faria uma pergunta mais interessante que aquela.

– E por acaso é possível? – retrucou ele. – Fazer de tudo?

Ela franziu a testa enquanto pensava e, embora Andrew soubesse muito bem que as linhas que se formaram eram de concentração e não de preocupação, precisou conter a vontade de levar os dedos à testa dela e alisá-la.

– Acho que é possível fazer o suficiente – disse ela, enfim.

– O suficiente? – murmurou ele.

– Chegar até o ponto em que nada parece ser novidade.

As palavras dela reverberaram com tanta intensidade nos pensamentos que ele vinha nutrindo nos últimos tempos que Andrew quase perdeu o ar. Não que seu trabalho tivesse deixado de ser estimulante, ou que ele tivesse parado de fazer coisas novas. A questão era que estava começando a se sentir pronto para voltar para casa. Para estar com as pessoas que amava.

Pessoas que o amavam.

– Não sei – falou ele, porque a pergunta dela merecia uma resposta honesta, mesmo que incompleta. – Acho que ainda não cheguei lá. – Muito embora...

– Muito embora?

"Esteja chegando."

Mas isso ele guardou para si. Deixou o corpo chegar para a frente, só o bastante para brincar com a ideia de apoiar o queixo na cabeça dela. Lutou contra a ânsia de envolvê-la em seus braços, puxá-la para mais perto. Queria abraçá-la, ficar apenas ele e ela contra o vento.

– Pois eu gostaria de ir à Etiópia – disse ela, de repente.

– É mesmo?

Ele já sabia que Poppy Bridgerton era mais aventureira do que a maioria das pessoas, mas ficou surpreso mesmo assim.

– Não – admitiu ela. – Mas gosto de pensar que gostaria de ir.

– Gosta de pensar que... – Ele piscou, atônito. – Como é?

– Nos últimos dias, tenho passado tempo de sobra sozinha – disse ela. – Não tenho muitas coisas com que me ocupar, então fico imaginando coisas.

Andrew se considerava um homem inteligente, mas estava tendo muita dificuldade em acompanhar o raciocínio dela.

– Então você se imagina viajando para a Etiópia?

– Na verdade, não. Não sei nem como imaginar isso da maneira correta. Acho que o pouco que ouvi sobre a Etiópia não deve ser muito preciso. Na Inglaterra, as pessoas falam da África como se fosse um único lugar grande e alegre...

– Alegre? – Não era a palavra que ele teria usado para descrever o continente.

– Você entendeu. As pessoas falam como se a África fosse um território como a França ou a Espanha, quando, na verdade, é imenso.

Ele pensou no mapa dissecado, no tanto que ela se divertira desvendando o passatempo.

– É o que mostra o mapa – murmurou ele.

Ela assentiu, e então o deixou completamente confuso ao dizer:

– Fico imaginando que sou o tipo de pessoa que gostaria de ir à Etiópia.

– Existe alguma diferença?

– Acho que sim. Talvez o que eu queira dizer é que gostaria de ser o tipo de pessoa capaz de viver esse tipo de aventura. Acho que alguém assim deve ser um sucesso nas festas, não é mesmo?

Andrew tinha suas dúvidas.

– Então está me dizendo que gostaria de ser um sucesso nas festas.

– Não, é claro que não. Meu objetivo atual, inclusive, é evitar esses eventos a todo custo. Era por isso que eu estava em Charmouth, para seu governo.

– De fato, estava morrendo de curiosidade – murmurou ele consigo mesmo.

Ela lhe lançou um olhar meio irritado, meio indulgente, antes de continuar:

– O que estou tentando dizer é que, se eu fosse a um baile e conhecesse alguém que tivesse ido à Etiópia de propósito...

– De propósito?

– Imagino que não conte se a pessoa tiver sido coagida a ir.

Andrew a virou. Tinha que olhar para o rosto dela. De que outra forma conseguiria acompanhar aquele raciocínio? Perscrutou as expressões dela, procurando sabia-se lá o quê. Sinais de deboche? De loucura?

– Não estou entendendo uma palavra do que você está falando – admitiu ele, enfim.

Ela deu uma gargalhada... – e que gargalhada gloriosa.

– Perdão, não estou sendo clara. Mas a culpa é toda sua, por me deixar tanto tempo sozinha. Não tive nada para fazer além de pensar.

– E isso fez com que chegasse a conclusões arrebatadoras a respeito do colóquio social e do Império Etíope?

– Sem dúvida – retrucou Poppy, com pompa, dando um passo para trás como se isso fosse aumentar o tamanho do palco.

Não que houvesse mais alguém ali para ouvir; no caminho para a proa, eles tinham passado por dois tripulantes e ambos haviam sido sábios o suficiente para sair do caminho.

Não era sempre que viam o capitão de mãos dadas com uma dama, mesmo que fosse apenas para conduzi-la pelo convés.

Mas no passo para trás que Poppy deu, ele teve que soltar a cintura dela, o que foi uma grande lástima. Quando ela teve certeza de que toda a atenção dele estava focada nela, fez seu pronunciamento:

– Existem dois tipos de pessoa no mundo.

– Tem certeza?

– Para o propósito desta conversa, sim. Há aquelas que querem visitar a Etiópia, e as que não querem.

Andrew se esforçou muito para manter uma expressão neutra. Em vão.

– Pode rir à vontade – disse ela –, mas é verdade.

– Deve ser mesmo.

– Apenas me escute, está bem? Uns têm a alma aventureira e viajante. Outros, não.

– E você acha que a pessoa tem que desejar viajar para o leste africano para comprovar que tem sede de aventura?

– Não, é claro que não, mas seria um sinal de que...

– Você, Srta. Bridgerton, tem uma alma aventureira.

Ela se calou, um sorriso satisfeito no rosto.

– Você acha?

Ele abriu os braços para abranger o céu e o mar e o lugar em que estavam, na proa de um feito da engenharia em madeira que poderia levá-los de um continente para outro, atravessando profundezas líquidas que nenhum homem jamais poderia encarar sozinho.

– Isto não conta, já que fui trazida à força – lembrou ela.

Chega. Ele plantou as mãos nos ombros dela.

– Existem dois tipos de pessoa no mundo – disse ele. – Aquelas que passariam o tempo todo desta viagem inesperada encolhidas em um canto, chorando, e...

– Aquelas que não? – interrompeu ela.

Ele balançou a cabeça, sentindo um leve sorriso repuxando o canto da boca enquanto acariciava de leve o rosto dela.

– Eu ia dizer *você*.

– Isso quer dizer que sou eu contra o resto do mundo?

– Não.

Algo começava a crescer dentro dele. Andrew sentia como se não tivesse peso algum, algo como aquela vez em que caíra de uma árvore, a não ser pelo fato de que ali não havia nada abaixo dele, só uma vastidão de espaço vazio e ela.

– Não – repetiu ele. – Acho que eu estou do seu lado.

Ela arregalou os olhos de surpresa e, embora estivesse escuro demais para discernir a cor de suas íris, de alguma forma Andrew sentia que conseguia vê-las muito bem, os tons escuros de verde-musgo salpicados de tons mais claros e mais vivos, como grama nova nascendo nos campos.

Um sentimento leve e luminoso começou a se espalhar pelo corpo dele. Aquela sensação inebriante e estonteante de afeto, flerte e desejo.

Não, não era bem desejo. Não era *apenas* desejo. Era expectativa.

O momento anterior. Quando dava para sentir o coração palpitando em cada parte do corpo, quando cada respiração reverberava da cabeça até a ponta dos pés. Quando nada se comparava à curvatura perfeita dos lábios de uma mulher.

– Se eu a beijasse – sussurrou ele –, você permitiria?

Poppy pareceu achar graça, o que amansou o olhar dela.

Graça?

– Se você me beijasse – respondeu ela –, eu não teria a oportunidade de permitir ou não. Pois o ato já estaria feito.

Era a cara dela se ater a tecnicalidades naquele momento. Mas ele não deixaria que ela se esquivasse da pergunta com tanta facilidade.

– Se eu me inclinasse na sua direção, assim... – As palavras deram lugar à ação, diminuindo a distância que os separava. – E se meu olhar descesse aos seus lábios no sinal universal de alguém que está cogitando um beijo, o que você faria?

Ela umedeceu os lábios. Ele sabia que fora um ato involuntário.

– Não sei – sussurrou ela.

– Mas está acontecendo agora mesmo. Eu já estou aqui. – Ele tomou o rosto dela na mão. – Acariciando seu rosto.

De forma quase imperceptível, ela se aninhou na mão dele.

Andrew sentiu a rouquidão na própria voz antes mesmo de pronunciar as palavras:

– Não é mais uma questão do que você faria, mas do que *vai* fazer.

Ele chegou ainda mais perto, tão perto que o rosto dela saiu de foco. Tão perto que seu hálito tocava os lábios dele.

Mas ainda não era um beijo.

– O que vai fazer, Poppy?

Então ela se inclinou para a frente. Só um pouquinho, mas o movimento ínfimo foi o suficiente para que seus lábios roçassem de leve nos dele.

Foi o mais suave dos beijos. E atravessou o coração dele como um raio.

Ele segurou os ombros dela com mais força e, bem no fundo, sua mente sabia muito bem que o gesto não era para puxá-la, e sim para se impedir de continuar. Porque se a puxasse...

E só Deus sabia o quanto ele queria.

Céus, como queria... Ele a queria por inteiro.

Queria sentir o corpo dela contra o seu. Queria sentir a cintura dela sob a palma de suas mãos, sentir o calor que irradiava do corpo dela ao posicionar a perna entre as pernas dela.

Queria abraçá-la forte para que ela sentisse seu desejo, para que ela soubesse o quanto ele a queria, para que compreendesse muito bem o que estava fazendo com ele. Andrew queria tudo isso e muito mais, e foi exatamente por isso que soltou o ar e recuou.

Continuar teria sido divino. Continuar teria sido loucura.

Ele se virou, pois precisava de um momento para se recompor. Aquele beijo... tinha durado menos de um segundo, o suficiente para deixá-lo completamente desnorteado.

– Sinto muito – disse ele, sentindo a voz rouca arranhar a garganta.

Ela piscou várias vezes, aturdida.

– Sente?

Andrew voltou a olhar para ela. Poppy estava com a mão na boca e tocava os lábios com a pontinha dos dedos. Parecia atordoada, como se não conseguisse entender o que tinha acabado de acontecer.

"Somos dois."

– Eu não deveria ter feito isso – disse ele, pois era mais gentil do que dizer que não deveria ter acontecido.

O porquê, ele não sabia.

– Está... – Ela franzia a testa, parecendo muito concentrada.

Ou isso, ou ela estava tentando entender no que deveria estar pensando.

– Poppy.

Na mesma hora, os olhos dela focaram nos dele, como se algo dentro dela tivesse despertado.

– Está tudo bem – disse ela.

– Tudo bem?

Que resposta mais... sem graça.

– Não foi culpa sua – disse ela. – Eu o beijei.

– Não, por favor – disse ele, paciente –, nós dois sabemos muito bem que...

– Eu beijei você – afirmou ela, categórica. – Você me desafiou.

– Eu...

Mas ele não disse mais nada. Era verdade mesmo? Ele tinha feito isso? Ou será que ele quisera apenas ter certeza de que ela também desejava ser beijada? Porque o mais ínfimo dos beijos... poderia ser a ruína dela.

Ora, talvez a ruína *dele*.

– Foi isso o que aconteceu – disse ela. – Sim, exatamente isso, e não me arrependo.

– Não?

– Não. Não estávamos agora mesmo discutindo como era irônico que eu estivesse tão entediada enquanto vivo a maior aventura da minha vida? Você pode ser muitas coisas, capitão James, mas tedioso não é.

Ele ficou boquiaberto.

– Obrigado?

– Mas nunca mais tocaremos nesse assunto.

– Se é o que deseja... – Não era o que ele desejava, mas deveria ser, se tivesse algum juízo.

Ela o encarou com uma expressão curiosamente penetrante.

– Tem que ser assim, não acha?

Ele já não sabia mais o que achava ou deixava de achar, mas jamais confessaria isso.

– Bem, estou ao dispor do seu discernimento, Srta. Bridgerton.

Ela soltou um risinho curto, como se não acreditasse nem um pouco no que ele dizia. Pensando bem, quando fazia declarações daquele tipo, Andrew geralmente empregava uma pontinha de ironia, então ele até que merecia a desconfiança.

– Então está bem – disse ele. – Vamos fingir que nada aconteceu.

Ela abriu a boca como se fosse protestar. Na verdade, ele tinha quase certeza de que ela queria mesmo protestar; tinha visto aquela mesma expressão no rosto dela várias vezes e já sabia muito bem o que significava. Contudo, no fim das contas, ela não disse nada. Poppy fechou a boca e simplesmente assentiu.

A conversa parecia ter chegado ao fim, então Andrew se pôs a olhar o horizonte, que, naquela noite sem luar, mal se podia ver. Haviam feito um bom tempo de viagem; a não ser que ocorresse uma mudança inesperada nas condições climáticas, estariam em Lisboa pela manhã. O que significava que ele precisava dormir. Teria que desembarcar e ganhar a cidade o mais cedo possível.

– Sinto dizer, mas chegou a hora de levá-la de volta – falou ele.

Ela não conseguiu esconder a decepção, mas, ao mesmo tempo, estava claro que já esperava por isso.

– Pois bem – falou, com um suspiro.

Ele estendeu a mão.

Ela balançou a cabeça.

– Consigo me virar sozinha.

– Pelo menos me deixe ajudá-la a sair do castelo de proa.

Ela permitiu, mas, assim que seus pés tocaram o convés principal, soltou a mão dele. Andrew a levou de volta para a coberta, e num piscar de olhos já estavam à porta da cabine dele.

– Só preciso pegar algumas coisas antes de ir para a cabine do Sr. Carroway – disse ele.

– Naturalmente.

Assim que entraram, ela saiu do caminho dele. Era tudo muito educado e, estranhamente, nada constrangedor.

Era mesmo como se nada houvesse acontecido. Exatamente o que os dois queriam.

Certo?

CAPÍTULO 14

Poppy acordou no dia seguinte com uma sensação muito estranha. Era quase uma vertigem. Passou vários instantes agarrada à guarda da cama antes de perceber...

O navio estava parado.

O navio estava parado!

Saltou da cama e correu para a janela, inexplicavelmente trôpega com a imobilidade. Com a respiração acelerada, abriu as cortinas e viu...

O porto.

É claro.

Deveria ter imaginado que não veria o centro de Lisboa da janela do navio. O porto de Londres não ficava nem um pouco perto dos principais pontos da capital.

Ainda assim, era muito bom ter algo para olhar que não fossem as águas infinitas do Atlântico, e Poppy assimilava tudo com avidez. Via apenas uma nesga de algo que com certeza era um quadro muito maior, mas mesmo assim o cenário diante de si fervilhava de vida. Os homens – eram mesmo todos homens, não se via uma única mulher entre eles – circulavam por ali com força e eficiência, carregando caixas, puxando cordas, fazendo todo tipo de tarefas cujo propósito Poppy não conseguia deduzir.

E como eram estranhos e diferentes aqueles homens... ao mesmo tempo que não eram nada diferentes. Estavam fazendo as mesmas tarefas que, presumia ela, os portuários ingleses faziam, brincando e rindo e batendo boca daquela forma masculina, mas mesmo que ela não soubesse que estava em Portugal, teria notado na mesma hora que não eram ingleses.

Não era exatamente a aparência, embora, de fato, a maioria tivesse pele e cabelos mais escuros do que os compatriotas de Poppy. Era o jeito de se movimentarem, os gestos. Poppy sabia só de olhar que, quando falavam, as palavras eram em uma língua diferente. As bocas articulavam diferente. Eles usavam músculos diferentes. Faziam expressões faciais diferentes.

Era fascinante, e ela ficou se perguntando se teria atentado para esses detalhes se a voz deles não lhe chegasse aos ouvidos tão abafada. Se pudesse ouvi-los sem o bloqueio da parede e das janelas do navio – se pudesse escutar, de fato, a língua portuguesa –, será que seus olhos teriam notado tantas diferenças naqueles rostos?

Havia muito em que pensar. Muito para ver.

E lá estava ela, presa naquela cabine.

O capitão James deixara muito claro que ela não teria permissão de desembarcar em Lisboa. Segundo ele, era perigoso demais e o trabalho dele não era pajeá-la pela cidade, não estava ali a lazer e...

Ele era todo cheio dos motivos.

Por outro lado, ele também dissera que Poppy não deveria ir ao convés em hipótese alguma.

E, na noite anterior, havia mudado de ideia.

Poppy encostou a testa na janela, apreciando o contato do vidro gelado na pele. Na noite anterior, olhando para o teto e revivendo cada instante daquela aventura sob as estrelas, ela chegara a nutrir alguma esperança de que *talvez* ele cedesse e a levasse para ver a cidade.

Algo mudara na noite anterior, e nem era no beijo que ela estava pensando.

Quer dizer, sim, *claro* que ela estava pensando no beijo. Embora tivesse dito que eles nunca mais deveriam tocar no assunto, ficou pasma quando o capitão sugeriu que eles fingissem que o beijo nunca acontecera. Ela quase replicou que aquele era exatamente o tipo de coisa de que uma pessoa deveria se lembrar, nem que fosse para garantir que não se repetisse.

Só que, pensando bem, o comentário teria soado mesquinho, até cruel, então ela quase mencionou que tinha sido seu primeiro beijo e que uma moça só dá um primeiro beijo na vida e que ele estava delirando se achava que ela iria fingir que nada acontecera.

Mas esse era o típico comentário que deixava margem para um mal-entendido. Ela não queria que ele achasse que à noite, na cama, ficava pensando nele, mesmo que isso fosse verdade.

Por ora.

Não era como se ela planejasse passar o resto da vida pensando nele antes de dormir. Em menos de uma semana estaria de volta à Inglaterra, e então não teria que vê-lo nunca mais. Se Elizabeth ficasse de bico calado, a vida de Poppy seguiria seu curso normal, o que significava que, mais cedo ou mais tarde, ela se casaria com um cavalheiro agradável que fosse aprovado por sua família, e aí passaria o resto da vida pensando *neste cavalheiro* antes de dormir.

E se Elizabeth desse com a língua nos dentes e o status social de Poppy fosse reduzido a cinzas, ela perderia o sono pensando em problemas muito mais sérios do que o charme e a beleza devastadora do capitão Andrew James. Poppy olhou para o relógio, e nesse exato momento Billy bateu à porta. Não precisava ouvir a voz dele para saber que era Billy. O grumete e o capitão eram as duas únicas pessoas que iam até a cabine, e as batidas eram diferentes como água e vinho.

– Pode entrar! – gritou ela, porque, ao contrário do capitão, Billy sempre esperava sua permissão.

Poppy ainda estava com a trança que usava para dormir, mas àquela altura nem ligava mais. E já que dormia de roupas, não era como se alguém pudesse flagrá-la em trajes impróprios ao entrar.

– Trouxe o café da manhã da senhorita – disse ele, carregando a bandeja de sempre. – Não é nada chique. Só torrada, chá e maçãs. A maioria dos homens vai comer em terra hoje.

– É mesmo? – murmurou Poppy, lançando um olhar invejoso para a janela.

Billy aquiesceu e pôs a bandeja na mesa.

– Eles precisam terminar tudo a bordo antes, é claro, e não pode sair todo mundo ao mesmo tempo, mas o capitão sempre faz questão de que todo mundo tenha a chance de esticar as pernas.

– Todo mundo, é?

Billy não captou a insinuação nas palavras dela.

– Ah, sim, apesar de ser um lugar bem confuso para quem não conhece nada. Não é só a língua, embora seja bom conhecer uma palavrinha ou outra. Sim, não, essas coisas.

– Isso é mesmo bem útil – observou Poppy.

– Engraçado, em todo lugar que a gente vai, "não" é quase sempre igual – disse Billy, com um sorriso faceiro. – Escreve diferente, eu acho, mas o som é sempre parecido.

Poppy sentou-se à mesa no lugar de sempre e então acertou a posição para conseguir ter a melhor visão possível do porto.

– Em alemão, é "*nein*".

– Ah, é? – Billy coçou a cabeça. – Lá eu ainda não fui. Acho que nem litoral eles têm.

Poppy serviu uma xícara de chá.

– Hamburgo – disse ela, distraída.

– Oi?

Olhou para ele.

– Em Hamburgo eles falam alemão. É uma cidade portuária muito movimentada no mar Báltico. Eu mostraria a você no mapa, mas já desmontei tudo.

Billy assentiu; alguns dias antes, ele vira Poppy montando o mapa dissecado.

– Talvez eu pudesse tentar montar o mapa – falou ele. – Seria bem útil aprender um pouco mais de geografia. Eu sei ler, sabia? – disse ele, orgulhoso. – E sei somar melhor do que metade dos homens aqui no navio.

– Que maravilha! – disse Poppy.

Talvez eles pudessem montar o mapa juntos na viagem de volta. Seria a terceira vez para ela, mas com companhia seria bem mais divertido. Ela teria que pedir ao capitão James para liberar Billy de alguns serviços, mas se explicasse que era para a educação do garoto...

Ele diria sim. Poppy tinha certeza.

– Conte mais sobre Lisboa – pediu ela com um sorriso encorajador. – Quero ouvir tudo.

– Ah, é uma cidade muito vibrante, milady. Não dá pra ver daqui. – Ele se sentou na outra cadeira e gesticulou para a janela. – Isso aqui é só a orla. Desta vez nós atracamos bem perto, então até dá pra ver alguma coisa, mas não é a cidade de verdade. A cidade é imponente.

– Imponente? – murmurou Poppy.

Ela bebeu um golinho de chá. Ainda estava um pouco quente demais.

– Ah, sim, e é um lugar bem diferente. Nada a ver com a Inglaterra, e veja bem, eu adoro a Inglaterra. Mas é que... é bem interessante ver coisas diferentes.

– Imagino – murmurou Poppy, levando a xícara aos lábios para esconder o vestígio de sarcasmo que não conseguira ocultar.

– Tudo é diferente – prosseguiu Billy. – Quer dizer, quase tudo, e a comida também não é igual. Demora pra acostumar, mas é bem boa. Já é a sexta vez que eu venho aqui, então já sei me virar.

Poppy conseguiu dar um sorriso.

Billy se deteve, notando, enfim, a expressão no rosto dela.

– Eu poderia, hã... bom, eu poderia pedir para trazerem alguma coisa para a senhorita. Eles fazem um bom pudim de arroz. Se bem que vai ser meio difícil de carregar. E tem umas coisinhas tipo uns bolinhos que têm uma camada de açúcar por fora.

Ele revirou os olhos, revivendo o êxtase culinário.

– Se quiser, posso trazer um para a senhorita.

– Pela sua reação – respondeu Poppy –, acho que vou querer mais de um.

Billy deu uma risada.

– Os bolinhos são mais gostosos se a gente come logo depois de fritos, mas mesmo frios a senhorita vai gostar. E o cozinheiro também foi comprar mais provisões, então talvez ele faça alguma coisa mais aportuguesada na volta.

– É muito generoso da sua parte, Billy.

Ele abriu um sorriso compadecido.

– Sabe, não fique pensando mal do capitão por fazer a senhorita ficar a bordo. Não seria seguro sair sozinha. Não seria seguro nem se a gente estivesse ancorado em Londres. As moças que andam perto do porto... – Ele ruborizou violentamente e continuou, baixinho: – Nem todas elas são damas de verdade, se é que a senhorita me entende.

Poppy achou por bem não fazer mais perguntas sobre *esse* assunto.

– O que acha que aconteceria se o capitão James desembarcasse comigo? – perguntou ela. – Acho improvável que Lisboa seja uma cidade tão perigosa que ele não pudesse me proteger.

– Bem... – Billy ficou pensativo, com a boca torcida. – Acho que não faria mal se ele levasse a senhorita, passando direto pelo porto, para ver as partes mais nobres da cidade.

O humor de Poppy melhorou consideravelmente.

– Excelente! Eu...

– Mas ele não está.

Maldição.

– Não?

Billy balançou a cabeça.

– Foi o primeiro a desembarcar hoje de manhã. Tinha algum negócio a resolver. Sempre tem.

– E você sabe quando ele volta?

– Não sei, não – respondeu Billy, dando de ombros. – Sempre depende do que ele leva.

– Como assim? – perguntou Poppy.

– Às vezes é um pacote, às vezes são uns papéis. E também tem vezes que não é nada.

"Nada"? Poppy achou a informação curiosa, embora não soubesse bem o motivo. Devia ser só pelo fato de não ter nada melhor com que ocupar a mente. Ela já imaginara cada possível desdobramento quando retornasse à Inglaterra (noventa por cento dos quais envolviam sua ruína, e os outros dez, uma combinação improvável e espetacular de sorte). Pois bem. Iria, *sim*, ficar se perguntando por que o capitão às vezes levava pacotes e às vezes levava papéis e às vezes não levava nada. Faria o possível para pensar apenas em incógnitas como essa até o momento de colocar os pés de volta em casa, quando teria que lidar com assuntos muito mais sérios.

– É com muita frequência que ele leva papéis? – perguntou ela.

Billy se levantou, botando a cadeira no lugar.

– Às vezes. Na verdade, eu não sei. Ele nunca conta nada pra gente sobre os assuntos que não têm a ver com o navio.

– Ele lida com assuntos que não têm a ver com o navio?

Ele deu de ombros.

154

– Ele tem amigos nesse país. Com certeza. Já veio tantas vezes aqui...

Poppy sabia que só fazia nove meses que Billy trabalhava no *Infinity*; ele contara no segundo dia em que trouxera o café da manhã. Se já era a sexta vez que ele ia a Lisboa, Poppy nem imaginava quantas vezes o capitão James visitara a cidade ao longo dos anos.

De acordo com Billy (porque quase todas as coisas que ela sabia eram de acordo com Billy), o capitão assumira o navio em 1782.

Era uma quantidade absurda de viagens a Portugal, mas, por outro lado, ela não sabia nada sobre o ofício dos corsários. Talvez fizesse sentido cultivar uma rede de comerciantes leais, confiáveis.

E agora ela estava pensando como uma criminosa. Ah, céus.

Poppy bebeu o chá, que finalmente estava em temperatura suportável.

– Divirta-se na cidade – disse ela. – Presumi que você vá desembarcar.

– Ah, sim. Muito em breve, na verdade. Um dos marujos disse que vai me levar. – Billy dirigiu a ela um olhar encabulado. – O capitão também não me deixa ir sozinho.

Poppy estava começando a perceber que Andrew tinha um coração mais mole do que gostava de aparentar. Era difícil imaginar que o capitão de qualquer outro navio se preocupasse com o bem-estar de um garoto de 13 anos.

Não que ela tivesse alguma experiência com capitães, mas ainda assim.

– Eu tenho que ir agora – disse Billy. – Preciso terminar os meus afazeres antes de desembarcar, e acho que o Sr. Brown não vai me esperar se ele ficar pronto antes de mim.

Poppy se despediu de Billy. Terminou o café da manhã em dois tempos (afinal, o número de padrões com que se pode morder uma torrada é bem limitado), depois levou a xícara de chá para a janela e ficou observando o espetáculo lá fora.

Era bem parecido com o teatro. Nenhum dos que ela já frequentara, é claro, mas estava determinada a aproveitar o entretenimento. Primeiro, tentou assimilar o panorama inteiro, mas havia coisas demais acontecendo de uma vez, de modo que decidiu seguir a trajetória de um único homem, observando-o no desempenho de suas funções.

– Vou chamá-lo de José. – Era o nome de um rei recente de Portugal, então haveria de ser apropriado. – José da Boa Esperança. Você tem três filhos, quatro cachorros e um coelho.

Poppy franziu a testa. Um coelho que ele provavelmente comeria. Melhor não se apegar muito.

– O senhor é casado, Sr. Boa Esperança? Ou é viúvo? – Ela ficou observando o homem misterioso erguer um caixote de uma carroça e carregá-lo para um navio. – Viúvo – decidiu. – Muito mais dramático.

Shakespeare ficaria orgulhoso. Afinal, aquilo era uma peça.

– E suas pobres crianças órfãs de mãe. Você deve trabalhar tanto para botar comida na mesa... Eles estão tão famintos...

Parou e pensou.

– Mas não o suficiente para comer o coelho – afirmou, categórica.

A história era dela, e ela queria salvar o coelho. Um coelho branco e fofinho e inteiramente inexistente, mas essa era a beleza de se escrever a própria história. Podia fazer o que quisesse.

Ela sempre desejara ser uma déspota cruel.

Ou uma déspota gentil. Não tinha preferência, na realidade. Tanto fazia, desde que estivesse no comando.

José largou o caixote e voltou à carroça, secando a testa na manga da camisa. Pegou um segundo caixote, mais pesado do que o primeiro, a julgar pela postura dele. Depois de largá-lo, endireitou a coluna e alongou o pescoço algumas vezes.

Poppy o imitou. Ver alguém se alongando sempre lhe dava vontade de se alongar também.

Poppy já estava olhando para a frente outra vez quando José se virou para falar algo com alguém. Então segurou a barra da camisa e...

Tirou.

Poppy se inclinou para a frente. Isso, sim, era interessante. Será que os estivadores sempre cumpriam seus afazeres de rotina sem camisa? Seria um costume português? Ali era mais quente do que em Londres, sem dúvida, mas ela nunca visitara o porto de Londres. Talvez os homens também ficassem com o peito nu por lá.

E se assim fosse, por que ela nunca ficara sabendo disso?

– Ah, José – murmurou, deixando o chá na mesa. – Está fazendo bastante calor hoje, não?

Razão suficiente, pensou ela, para se levantar e chegar mais perto da janela. Talvez precisasse repensar a trama da história. Queria mesmo que José fosse viúvo? Não faria muito mais sentido se ele fosse um solteirão convicto?

Sem filhos. Mas talvez com um cachorro. E o coelho. O coelho podia ficar. Era tão fofinho e adorável. Quem não iria querer o coelho na história?

– Está cortejando alguém, José?

Ela mordeu o lábio enquanto observava os músculos dele, rijos com o esforço. Primeiro os braços, que faziam força para agarrar o caixote, mas então, uma vez que ele chegou ao lado do navio, ela teve uma visão privilegiada das costas.

Poppy não fazia ideia de que as costas de um homem podiam ser tão interessantes. Já tinha visto os irmãos sem camisa, mas não nos últimos tempos, e nenhum deles era tão torneado quanto José.

– Torneado – disse ela, em voz alta.

Mais uma palavra cuja sonoridade evocava bem o significado. Mas só no caso de obras construídas em meios maleáveis. Ela apertou o ar com as duas mãos, como se estivesse moldando argila. Esculpindo no torno. A palavra evocava os movimentos de apertar e amassar.

Balançou a cabeça. Estava se desviando totalmente da questão, e José estava logo ali, diante dela, no cais. Como aqueles músculos se chamavam? Aqueles no tórax masculino que deixavam o peito tão...

As mãos dela se retorciam no ar, ainda esculpindo. Tão... definido.

Poppy tinha feito aulas de desenho, é claro; todas as damas da sociedade faziam. O tutor havia mencionado os músculos do corpo, mas nunca os do peito de um homem. Como se chamavam?

Ela olhou para a estante de livros do capitão James. Duvidava muito que pudesse encontrar a resposta em *Obras-primas da arquitetura rural de Kent*.

Poppy se aproximou da janela. Achava que ninguém lá no porto conseguiria vê-la. Do lado de fora estava muito mais claro do que dentro do navio.

– Quantos anos você tem? – ponderou ela.

José estava fazendo uma pausa, sentado em um dos caixotes que acabara de transportar. Parecia não ser muito mais velho que ela. Certamente não tinha mais de 30 anos. E tinha tanto cabelo... Era escuro – mais escuro que os cabelos do capitão, é claro –, mas tão grosso quanto. Devia ser tão macio quanto os dele.

Havia tocado os cabelos do capitão alguns dias antes, quando, ao passar por uma onda, o barco dera uma guinada, fazendo Poppy perder o equilíbrio. Ela havia tombado para a frente e agarrado a primeira coisa que vira: a cabeça do capitão.

Tudo totalmente sem querer, é claro.

Os cabelos de José também eram ondulados. Poppy decidiu que gostava daquele tipo. Quando a brisa batia do jeito certo, as madeixas emolduravam a testa dele de forma irresistível. Em Londres havia um cavalheiro assim, e todas as damas viviam suspirando por ele. Uma das conhecidas de Poppy dizia que homens um pouco desalinhados eram dotados de um charme a mais, pois era sinal de grande vigor. Na ocasião do comentário, Poppy achou que não passava de uma besteira, mas agora, admirando José, o termo *vigor* assumia todo um novo significado.

Ela tinha a sensação de que José era *bastante* vigoroso.

Era muito belo, o seu José. Nada que chegasse perto do capitão, mas nem todo homem podia ser tão bonito assim.

– Mas, José – disse ela, em voz alta –, acho que você até que chega perto.

– Perto de quê?

Poppy tomou um susto tão grande que quase deixou cair a xícara. O capitão James estava à porta, observando-a com sobrancelhas arqueadas e uma expressão de divertimento.

– Você não bateu! – acusou ela.

– Bati, sim – contra-argumentou ele. – E quem é José?

Poppy o encarou, abobalhada, o que não era tão ruim assim, já que duvidava que teria sido capaz de dizer qualquer coisa que soasse inteligente ou suspeito. Não dava para acreditar que não tinha escutado as batidas.

Nem a porta se abrindo. Nem se fechando.

Ela pigarreou e deu bom-dia. Parecia o melhor a se fazer.

Mas o capitão James não se deixaria distrair com tanta facilidade.

– O que você está olhando aí na janela que a deixou tão arrebatada?

– Nada! – disse ela, alto demais. – Quer dizer, só o movimento no cais, é claro. Imagino que não seja nada interessante para você, mas é a primeira coisa diferente de água que tenho a chance de ver em muito tempo.

Ele tirou o chapéu tricorne.

– Sentiu saudade de mim?

– É claro que não.

Ele assentiu de forma ligeiramente irônica e foi se juntar a ela à janela. Poppy fez um esforço enorme para não estremecer quando ele olhou a cena lá fora.

– Pois para mim parece mais um dia normal de carga e descarga – disse ele.

Poppy resistiu ao impulso de concordar e acabar tagarelando mais do que deveria; assim, só grunhiu algo ininteligível e aquiesceu.

Do lado de fora, José tinha voltado ao trabalho, mas graças aos céus o capitão James estava olhando para o outro lado. Apontou para um navio próximo e disse:

– O *Marabella* zarpa amanhã para a América do Sul.

– É mesmo? Parece emocionante.

– Nunca fiz uma viagem tão longa assim.

– Imagino – respondeu Poppy, tentando manter o foco longe de José, que ainda trabalhava sem camisa.

– Acho que eu não gostaria de fazer, na verdade – prosseguiu o capitão, pensativo.

– Você veria o cabo Horn – observou Poppy.

Ele deu de ombros.

– Quase ninguém chega a um ponto tão ao sul. O *Marabella* vai para Salvador.

– Salvador? – perguntou Poppy.

José caminhava bem na direção deles.

– No Brasil – confirmou o capitão.

Poppy tentou lembrar se a cidade de Salvador estava identificada no mapa dissecado, mas então, com o canto dos olhos, notou que José estava se alongando de novo e...

– Ora, Srta. Bridgerton – zombou o capitão –, parece que está devorando com os olhos aquele homem nu.

– Ele não está nu – retrucou Poppy.

Em retrospecto, teria sido muito mais sábio negar a *outra* parte da pergunta.

O capitão James sorriu. Um sorriso amplo.

– Certo, então a parte de devorar com os olhos é verdade.

– Não estou devorando ninguém.

– É mesmo um espécime admirável – disse o capitão, coçando o queixo.

– Pare com isso.

– Muito musculoso.

Poppy sentiu o rosto queimar.

– Pare.

– Agora já entendi tudo – disse o capitão, sem nem tentar esconder o quanto estava se divertindo. – *Ele* é José!

– Não sei do que você está falando – murmurou Poppy.

– Escolheu bem, Srta. Bridgerton. Parece um rapaz trabalhador.

Poppy queria se enfiar debaixo da terra.

Ele deu duas palmadinhas no ombro dela.

– Muito eficiente, esse seu José.

– Como eu poderia saber o nome dele?

O capitão deu uma risada anasalada.

– Aposto que você já criou um nome, uma história familiar e um passado trágico para ele.

Poppy conseguiu não ficar boquiaberta, o que foi em si uma surpresa. Como aquele homem poderia conhecê-la tão bem após menos de uma semana juntos no mar?

O capitão James recostou-se na parede, satisfeitíssimo, e cruzou os braços. Havia uma energia intensamente masculina no olhar que ele dirigia a Poppy; na mesma hora, o pobre José voltou a ser um pai de família com um coelho.

– Por que está me olhando desse jeito? – perguntou ela, desconfiada.

– Essa situação está sendo a coisa mais divertida que me aconteceu hoje.

– Ainda são nove e meia – resmungou ela.

– Minha cara Srta. Bridgerton – prosseguiu ele –, por que não me disse que queria tanto ver um homem sem camisa? Eu teria feito sua vontade com o maior prazer.

Poppy estreitou os olhos, acusando:

– Você é um monstro.

– Um monstro adorável.

– Como sua família o suporta?

E lá veio outra vez aquele sorriso letal.

– Ainda não percebeu que meu charme é irresistível?

– Humpf.

– Pode perguntar a qualquer um.

Ela o olhou atravessado.

– Talvez eu até fizesse isso, mas a única pessoa com quem conversei a semana inteira foi Billy.

– E eu – observou ele alegremente.

– Você não é uma fonte imparcial para opinar sobre o assunto.

O mesmo, inclusive, valia para Billy.

O capitão riu outra vez e enfim saiu de perto. Cruzou a cabine e foi até a escrivaninha.

– Ah, Srta. Bridgerton... – disse ele. – Lamento muitíssimo que nossos caminhos tenham se cruzado nestas circunstâncias, mas, se estava mesmo no meu destino ter uma hóspede forçada a bordo, fico feliz que seja a senhorita.

Por um instante, ela só o encarou.

– Obrigada? – disse, hesitante.

– Foi um elogio – assegurou ele, enquanto mexia em algo na escrivaninha.

Usou uma chave para abrir a primeira gaveta, guardou ali alguma coisa que tirou do bolso do casaco e voltou a fechá-la. E trancou, é claro. Sempre trancava a gaveta.

Enquanto o observava, Poppy finalmente percebeu que ele vestia trajes mais formais do que os de costume. Estava de colete, para começar, e as botas pareciam recém-engraxadas. O lenço também estava amarrado no pescoço com uma precisão que não era comum.

– Billy disse que você saiu bem cedo hoje – disse ela.

– Sim, logo ao raiar do dia. Assim já resolvia depressa todos os meus assuntos.

Poppy pensou na gaveta trancada.

– E que assuntos seriam esses?

– Ora, Srta. Bridgerton, por que está me fazendo perguntas que sabe muito bem que eu não vou responder?

– Talvez eu estivesse tentando surpreender você em um momento de fraqueza.

– Creio que fui eu que a flagrei em um momento de fraqueza agora mesmo.

Ela piscou, confusa.

– Ora – disse ele –, não me diga que já esqueceu o José. Mulheres... tão inconstantes...

Poppy revirou os olhos à guisa de resposta.

Ele levou a mão ao coração e citou:

– "Não jures pela lua, que sua orbe circular a cada mês altera. Ai de mim se fosse o teu amor assim tão inconstante."

"Shakespeare? Sério?"

– *Romeu e Julieta* – disse ele, como se ela não tivesse reconhecido. – E citado *ipsis litteris,* com precisão.

Ah, mas ele não fazia ideia da adversária que tinha à frente. Ela ergueu minimamente o queixo.

– "Guarda teu pranto, ó bela dama, que homem é ser traiçoeiro. Um pé no mar, outro na cama, só na inconstância se revela inteiro."

Ele aquiesceu, elogiando o contragolpe, e disse:

– Nunca aleguei que os homens eram mais constantes que as mulheres. Acho que você está fazendo muito barulho por nada.

Mesmo a contragosto, Poppy estava impressionada.

– É, eu sei – disse ele, interpretando corretamente a expressão dela. – Sou muito bom nessa brincadeira.

Ele ergueu a sobrancelha.

– Assim como eu – disse ela.

– Sem sombra de dúvida.

Continuaram se encarando, em uma batalha silenciosa, até que o capitão disse:

– Não consigo pensar em mais nenhuma referência shakespeariana para inconstância. E você?

– Nem umazinha – admitiu ela.

Então os dois ficaram ali, tentando não rir. Por fim, o capitão cedeu:

– Ah, Srta. Bridgerton... – Ele estendeu o momento tanto quanto pôde, atravessando a cabine e parando diante dela com um sorriso satisfeitíssimo. – Acho que você vai ficar muito contente hoje.

A suspeita dela fez soar todos os alarmes em sua mente.

– O que está insinuando?

– O tempo está agradabilíssimo lá fora.

– Percebi. – Ela deu um sorriso verdadeiramente falso. – Pela janela.

– Mas pela janela não dá para ter uma noção verdadeira. É possível ver o sol, é claro, mas não dá para sentir a brisa, muito menos a temperatura.

Poppy decidiu entrar no jogo.

– Hoje tem brisa?

– Ah, sim, uma brisa bem fresca.

– E a temperatura?

– Como você já deve ter adivinhado, considerando o estado de nudez de José, está um calor agradável.

Poppy emitiu um grunhido.

Bendito seria o dia em que ele deixaria esse assunto para trás...

– Posso lhe dar um conselho? – murmurou ele, aproximando o rosto só o suficiente para que o ar que os separava se enchesse de tensão.

– Desde que não se ofenda se eu não o aceitar.

– Só esta tarde, seria bom se você deixasse de lado o sarcasmo. Somos amigos, de certa forma, não?

Em uma demonstração magnífica de resistência, ela conseguiu dizer:

– De certa forma.

– Já que é assim, Srta. Bridgerton, como seu amigo, de certa forma, eu estava me perguntando se você gostaria de me acompanhar em um passeio por Lisboa.

Ela ficou estática.

– O quê?

Ele sorriu.

– Quer que eu repita?

– Mas você disse...

– Mudei de ideia.

– Por quê?

– Importa?

Na verdade, para Poppy importava, sim, mas não o suficiente a ponto de ficar presa aos detalhes quando tinha a chance de finalmente sair daquele navio.

– Quero ver tudo – disse ela, sentando-se para se calçar.

– Isso é obviamente impossível.

Ela ergueu o olhar, mas só por um segundo. Queria amarrar logo os cadarços.

– Então quero ver tudo o que for possível.

– Tudo o que for possível. – Ele abriu um leve sorriso. – Prometo.

CAPÍTULO 15

– Não olhe agora – sussurrou Andrew no ouvido de Poppy –, mas José está olhando para você.

Por isso, foi recompensado com uma cotovelada na costela. O que fez com que acrescentasse:

– Ele ainda não vestiu a camisa.

– Pffft!

Poppy meio que revirou os olhos. Uma demonstração até bastante impressionante de indiferença, mas Andrew não se deixou enganar.

– A pergunta que não quer calar é... – observou ele.

Poppy resistiu por um instante, mas acabou mordendo a isca.

– Qual é a pergunta que não quer calar?

– Por que ele ainda não vestiu a camisa? Não está mais tão quente assim. Ele não tinha certeza, mas pensou tê-la ouvido grunhir. E não foi de aprovação.

– Quer saber o que eu acho? – perguntou ele.

– Mesmo que eu diga não, já sei que você vai dizer de qualquer forma.

– Que bom que você está interessada – disse ele alegremente. Então chegou ainda mais perto, a poucos centímetros do ouvido dela. – Acho que José sabe que você está olhando para ele.

Exasperada, ela fez um gesto com a mão livre, como se quisesse sinalizar que estava concentrada no caminho.

– Não estou olhando para ele.

– Agora, não.

– Nem antes.

– Ah, Srta. Bridgerton, por favor, eu ficaria surpreso se você *não* olhasse para o homem seminu. Sinceramente, ficaria decepcionado, até.

Dessa vez, ela revirou *mesmo* os olhos.

– Não se pode culpar o sujeito – prosseguiu ele, guiando-a pela zona portuária até um ponto onde vários cocheiros aguardavam por clientes em suas seges. – Não é todo dia que uma dama em trajes tão refinados desembarca de um navio mercante.

Poppy olhou para o vestido, franzindo o nariz.

– Já não é mais tão refinado assim.

– Você está encantadora – disse ele.

Não era mentira. Poppy estava mesmo encantadora, muito embora o mesmo já não se pudesse dizer do vestido. Até que ele aguentara bem, considerando as circunstâncias, mas não fora feito para ser usado todos os dias e todas as noites durante uma semana inteira. O tecido azul estava todo amarrotado e, como Poppy vivia descalça na cabine, uma demão opaca de poeira tingia a barra. Também havia uma mancha meio gordurosa na lateral da saia que ele suspeitava ser de manteiga, mas se ela mesma ainda não tivesse notado, não seria ele quem chamaria a atenção para o fato.

– José está mesmo olhando para mim?

Ela estava levando a sério o conselho de "não olhe agora"; a própria frase fora dita de soslaio, com o cantinho da boca. Não desviava os olhos do caminho à frente nem mesmo para olhar para Andrew.

De modo que, naturalmente, ele respondeu:

– Todos estão olhando para você.

Ela deu um passo em falso.

– Sério?

– Tão sério quanto escorbuto – disse ele alegremente.

Isso fez com que ela se detivesse.

– É impressão minha ou você disse "tão sério quanto escorbuto?"

– Em um navio, poucos assuntos são mais sérios do que esses. Exaustão, dor... E isso mencionando só o lado de dentro. Logo as gengivas começam a se retrair e aí todos os dentes caem da boca. – Ele aproximou-se dela e acrescentou, em tom de confidência: – Isto é, todos os dentes que ainda restam na boca. Uma boa higiene bucal não costuma ser um hábito dos marujos, infelizmente.

Poppy ficou pensativa.

– Hmmm.

Uma resposta surpreendentemente distraída.

– Hmmm?

Porque ele era mesmo um cavalheiro muito articulado e sagaz.

Estava, contudo, surpreso com a tranquilidade dela; na presença das mulheres da família, Andrew se divertia enumerando todos os tipos de coisas nojentas. E histórias sobre gengivas sangrentas e dentes podres costumavam suscitar reações mais acaloradas.

– Você já teve escorbuto? – perguntou ela.

Ele abriu um sorriso bem largo, mostrando os dentes. Todos estavam presentes, o que era um feito e tanto. Porque ele era um marinheiro, não era? Devia frequentar toda sorte de tavernas portuárias. O que, por si só, já indicava uma predisposição a levar alguns socos de vez em quando.

Poppy, contudo, não se impressionou com aquela demonstração de proeza dentária.

– Isso não garante que você nunca tenha tido. Não sei se todas as pessoas com escorbuto acabam perdendo os dentes.

– Bem observado – respondeu ele –, mas os meus compõem um sorriso bastante encantador, não acha?

Ele sorriu outra vez, para comprovar seu argumento.

– Capitão James...

– Vou relevar seu tom de voz de quem está sendo coagida – provocou ele – e responder à sua pergunta: não, nunca tive escorbuto. Seria muito atípico. Nunca fiz uma viagem excepcionalmente longa.

– Quer dizer então que o escorbuto é mais comum em viagens longas?

– Com certeza. O *Infinity* não costuma sair das águas europeias, e quase nunca temos casos dessa doença.

Ela parou por um momento, pensativa.

– Qual jornada você consideraria excepcionalmente longa?

– Índia, que pode levar uns quatro meses. O mesmo vale para a América do Sul.

Ela estremeceu.

– Parece péssimo.

– Concordo.

Andrew era muito grato ao Criador (ou, mais frequentemente, ao rei) por nunca ter sido enviado em uma missão fora da Europa. Amava o mar, mas também amava o momento de voltar a terra firme. E, apesar de sua admiração pela imensa extensão do planeta que era coberta de água, sabia muito bem que nunca havia sentido na pele a verdadeira infinitude do oceano.

O que era irônico, considerando que seu navio se chamava *Infinity*.

– É muito comum que os navios façam várias paradas no caminho – explicou ele –, mas nem sempre. Ouvi falar de uma viagem à Índia que durou 23 semanas.

Poppy ficou horrorizada.

– Sem uma única parada?

– Foi o que me disseram. Em todo caso, eu insisto que sempre estoquemos frutas, mesmo em viagens mais curtas, como esta.

– Frutas?

– Ao que tudo indica, elas previnem a doença.

– Por quê?

– Não faço ideia – admitiu ele. – Para ser sincero, acho que ninguém sabe. Mas eu é que não vou discutir com as evidências.

– Frutas – murmurou ela. – Fascinante. Fico me perguntando como descobriram isso.

– Observação pura e simples, eu diria.

Ela assentiu, distraída, como sempre fazia quando estava perdida em pensamentos.

Andrew gostava de observá-la; às vezes, podia jurar que dava para ver os pensamentos se formando em sua cabeça.

Ele nunca dera muita atenção ao fato de que as mulheres não podiam receber educação superior, mas era um crime que Poppy Bridgerton não pudesse frequentar a universidade. Ela tinha uma curiosidade incansável. Fazia perguntas sobre tudo, e ele tinha certeza de que ela arquivava todas as respostas com esmero, para usar depois.

Ou para continuar refletindo. Não era raro ele flagrá-la pensando. Ela era uma interlocutora inteligente e vivaz, mas também passava um bom tempo pensando nas grandes questões filosóficas.

Pelo menos ele torcia para que fossem grandes questões filosóficas. Havia certa possibilidade de que estivesse era tramando a morte dele.

– Por que está sorrindo desse jeito? – perguntou ela, desconfiada.

– Porque não tenho escorbuto? – brincou ele.

Ela lhe deu uma cotovelada. Algo, aliás, que também fazia com frequência.

– Se quer mesmo saber – disse ele –, eu estava ponderando que você parecia estar perdida em pensamentos, o que fez com que eu me perguntasse no que estaria pensando. O que, por sua vez, fez com que eu me perguntasse se não estaria planejando dar cabo de mim.

– Ah, não, já faz dias que eu não penso nisso – respondeu ela, em tom jovial.

– De fato, com o tempo eu só melhoro.

Ela meio bufou, meio riu.

– Vou interpretar isso como um sinal de concordância – disse Andrew. – Mas, se me permite perguntar, no que você estava pensando de forma tão compenetrada?

– No escorbuto.

– Ainda?

Ela deu de ombros.

– Há muito em que pensar sobre o assunto. Você tem no navio algum livro que fale do assunto? Assim eu poderia ler na volta. Seria muito mais interessante do que a engenharia otomana.

Pessoalmente, Andrew considerava a engenharia otomana fascinante, mas sabia muito bem que não eram muitos os que compartilhavam dessa sua paixão.

– Acho que não – respondeu ele –, embora, agora que você mencionou, eu ache que seria prudente investir em um compêndio de medicina.

O *Infinity* era um navio pequeno demais para necessitar de um médico de bordo, de modo que um guia para doenças mais comuns poderia vir a calhar da próxima vez que alguém adoecesse.

– É possível encontrar livros em inglês em Lisboa? – perguntou ela.

– Talvez, mas duvido que encontremos algo tão específico quanto um compêndio de medicina.

Ela deu de ombros, como se dissesse que valia a tentativa, e depois se calou, a expressão pensativa enrugando as sobrancelhas mais uma vez.

Pensando de novo. Ou ainda. Andrew sorriu. Se ele chegasse bem perto, será que ouviria os motores e engrenagens girando na mente dela?

– Fico me perguntando... – começou ela, devagar.

Ele aguardou. Ela não completou o pensamento.

– Você fica se perguntando...? – indagou ele, enfim.

Ela reagiu com surpresa, como se tivesse esquecido que ele estava ouvindo.

– Imagino que existam duas raízes possíveis para o problema: ou a doença é causada pela ausência de algum nutriente essencial para o corpo, muito provavelmente algo que não se consegue obter em longas viagens mas que existe nas frutas, ou é contagiosa e algo nas frutas funciona como cura.

– Na verdade – contou ele –, a fruta parece servir como prevenção *e* cura.

– É mesmo? – Poppy pareceu quase desapontada. – Que lástima. Digo, é claro que a dupla ação benéfica é uma coisa boa, mas, sob o ponto de vista investigativo, seria muito mais fácil chegar à raiz da questão se fosse apenas de um jeito ou de outro.

– Não necessariamente. Se a doença for causada pela ausência de certo nutriente que esteja presente nas frutas, consumir o alimento poderia ser considerado tanto prevenção quanto cura.

– Ah, é claro! – Ela ficou radiante. – Você é brilhante!

– Nem acredito que consegui finalmente convencê-la disso.

Ela ignorou o comentário.

– Qual será o nutriente na fruta que tem esse efeito? E será que é qualquer fruta? E os legumes, e as verduras? Será que um suco da fruta teria o mesmo efeito?

– Acho que sim. Alguns navios põem suco de limão no grogue.

Isso chamou a atenção dela.

– O gosto fica melhor?

– Não – respondeu ele, dando uma risadinha e conduzindo-os para a rua que saía do porto.

Mais adiante já se viam várias seges, e ele mencionou que pretendia contratar uma.

– Não podemos caminhar? – perguntou Poppy. – Está um dia tão agradável, e me sinto tão feliz por estar ao ar livre.

– Até que não é longe para ir andando – admitiu ele –, o problema é que precisaremos passar por algumas áreas um tanto suspeitas.

Ela estreitou os olhos, pensativa.

– Um tanto suspeitas ou... *suspeitas*?

– Faz diferença?

– Imagino que bastante.

Era a cara dela se ater a detalhes técnicos.

– Bem – admitiu ele –, só um pouquinho suspeitas.

Andrew pensara em contratar uma sege para economizar tempo, mas Poppy tinha razão. O dia estava bonito demais para ficar confinado em uma carruagem empoeirada, mesmo que por apenas dez minutos.

Rumaram para a Baixa, que, explicou ele, era como os portugueses chamavam o bairro central de Lisboa. Não havia nada de muito interessante no caminho, mas Poppy estava fascinada com tudo que via.

– Billy disse que as comidas são imperdíveis – disse ela. – Especialmente os doces. Ele mencionou que gosta muito de uma espécie de bolinho frito.

– Malassada – confirmou Andrew. – É divino.

– Divino? – provocou ela. – Não imaginei que você fosse o tipo de homem que adota termos tão espirituais para falar de comida.

– Falando em espiritual, é costume fazer malassada logo antes da Páscoa, embora eu não saiba bem o porquê. Deve ter algo a ver com a quaresma católica. Mas sei que vamos conseguir arrumar algumas para você.

De fato, na esquina seguinte avistaram um vendedor diante de uma mesa com uma tina de óleo quente e uma grande tigela de massa.

– Sua malassada a aguarda – anunciou Andrew, fazendo uma mesura muito cortês.

Poppy estava radiante ao chegar perto do sujeito, que logo começou a anunciar seus produtos em um português aceleradíssimo.

Ela se desculpou em inglês, murmurando que não falava a língua dele, e virou-se para Andrew com olhos arregalados que diziam, "Socorro".

Ele se adiantou e falou em português com o homem:

– Duas malassadas, por favor.

– Só duas?

O homem pareceu escandalizado. Levou a mão ao coração de modo teatral e continuou sua arenga acelerada no idioma local, indicando com os dedos o tamanho das malassadas.

– O que ele está dizendo? – perguntou Poppy.

– Ele está falando rápido demais para mim – admitiu Andrew –, mas tenho certeza de que está tentando nos convencer de que as malassadas são pequenas demais para que cada um de nós coma apenas uma.

O homem compreendeu as palavras que Andrew dizia em inglês e disse, em português:

– Pois são pequenas. Muito pequenas.

– Quatro, então – disse Andrew ao sujeito, sinalizando também com os dedos.

O homem suspirou de modo dramático e devolveu o gesto, mostrando seis dedos.

– Seis – disse ele.

– Eu poderia comer três – disse Poppy, alegremente. – Poderia comer até seis.

Ele lançou um olhar para ela.

– Você nem sabe o tamanho das malassadas.

– Não importa. Sei que posso comer seis.

Ele então se voltou para o vendedor e fez sinal de "seis" com as mãos, derrotado. Depois, perguntou a Poppy:

– Quer que venha com cobertura de açúcar?

Ela o olhou pasma, como se a pergunta fosse estapafúrdia.

– Mas é claro.

– Perdão. – Andrew nem tentou fingir que não estava achando graça. – Foi uma pergunta imbecil.

– Bastante.

Foi difícil conter uma gargalhada, mas Andrew conseguiu se controlar e apenas sorriu. Ficou observando Poppy observar o português pegar bolinhos de massa na tigela e moldar esferas de tamanhos idênticos. Uma por uma (mas mesmo assim com bastante agilidade), ele as largou no óleo, gesticulando para que Poppy e Andrew se afastassem para evitar respingos.

– A massa é muito amarela – disse Poppy a Andrew, ficando na ponta dos pés para olhar dentro da tigela. – Deve levar muitos ovos.

Andrew deu de ombros. Não fazia ideia dos ingredientes que se usava para fazer as malassadas. Só sabia que gostava de comê-las.

– Será que você conseguiria perguntar a ele o que vai na receita?

– Infelizmente, não. Meu vocabulário é bem reduzido.

– Achei que você precisasse falar e entender a língua local para conduzir seus negócios aqui.

Pela primeira vez, ele não achou que ela estivesse tentando descobrir mais sobre o trabalho dele.

– Na verdade não é preciso que eu saiba tanto assim – afirmou ele. – E ingredientes de bolinhas quase nunca entram nas minhas conversas.

– O cheiro está tão bom – disse Poppy, com um suspiro quase sensual. – Quanto tempo será que ainda leva para fritar?

– Não muito, presumo – disse Andrew, tentando ignorar o jorro de eletricidade que o suspiro dela havia provocado em seu corpo.

– Aaah... mal posso esperar.

Poppy estava quase saltitando de animação, balançando-se na ponta dos pés.

– Quem a visse assim até poderia pensar que você passou fome no *Infinity*.

– Bem, vocês nunca me deram *aquilo* ali. – Poppy esticou o pescoço para olhar dentro da tina. – Acho que estão quase prontas.

De fato, o vendedor tirou a primeira malassada do óleo com um longo pegador. Ele ergueu a iguaria dourada na direção de Andrew e perguntou, em português:

– Queres açúcar?

Se ele recusasse o açúcar, Poppy provavelmente começaria uma rebelião, portanto Andrew aceitou. Então o sujeito pôs o bolinho em uma bandeja cheia de açúcar e canela, fazendo o mesmo com os outros cinco. Usando o pegador, rolou todos na bandeja até que estivessem com a cobertura uniforme.

Andrew pôs a mão no bolso para pegar algumas moedas enquanto olhava para Poppy. Ela vibrava de expectativa. Estava com as mãos junto ao peito, apertando os polegares com os outros dedos como se estivesse tentando se controlar para não agarrar logo um dos bolinhos.

– Pode pegar – disse ele, sem conseguir disfarçar que estava achando graça. – Vamos, pegue uma.

– Será que não estão muito quentes?

– Só tem um jeito de saber.

Com um sorriso empolgado, ela pegou uma malassada na travessa. Levou o bolinho à boca e deu uma mordidinha hesitante.

– Não está muito quente – anunciou, e então deu uma mordida de verdade. – Hum – arquejou ela.

– Gostou?

– Hum!

– Isso é um "sim", certo?

– Hummmmmm...

De repente, Andrew se sentiu compelido a afrouxar o lenço no pescoço. E talvez as amarras da calça. Meu Deus, ele já tinha visto mulheres chegando ao clímax com menos paixão.

– Muito bem! – disse ele, um pouco afoito demais. – Temos que ir agora. – Ele entregou algumas moedas ao vendedor, provavelmente mais do que o necessário, pegou os outros bolinhos e empurrou Poppy de leve em direção ao centro da cidade. – Não podemos nos atrasar.

– Para o quê?

Ele lhe entregou duas malassadas.

– Eu disse que mostraria a você tudo o que fosse possível, não disse? Se eu quiser cumprir minha promessa, temos que ir logo.

Ela deu de ombros e sorriu, comendo mais um bolinho.

– Eu jamais poderia morar aqui – disse ela, lançando um olhar comprido e já saudoso para o último bolinho. – Comeria umas catorze malassadas por dia e ficaria gorda como um elefante.

– Catorze?

– Ou mais. – Ela lambeu o açúcar dos dedos. – Provavelmente mais.

Perplexo, Andrew ficou olhando Poppy lamber o açúcar. Estava boquiaberto, quase paralisado pela vontade de beijar aqueles lábios com uma fina camada branca. Tinha que ficar imóvel, pois se ele se mexesse um único centímetro que fosse...

Não sabia do que seria capaz. Acabaria fazendo algo que não deveria. Não ali. Não com ela.

Mas ela estava tão desgraçadamente linda ali parada sob o sol...

Não. Não estava linda. Estava radiante. O que quer que fosse aquela energia que o deixava tão hipnotizado, vinha de dentro dela. Poppy estava tão alegre, tão absorta na felicidade e no prazer daquele momento que resplandecia, fazendo com que tudo girasse em sua órbita.

Era impossível estar perto dela e não sentir o mesmo.

– Está olhando o quê? – perguntou ela, ainda sorrindo.

– Você está cheia de açúcar no rosto – mentiu ele.

Percebeu, tarde demais, que tinha sido uma péssima resposta, já que na mesma hora ela levou a mão ao rosto.

– Onde? Aqui?

– Hã, não, está bem... hã... – Ele fez um gesto vago que não informava absolutamente nada.

– Aqui? – insistiu ela, hesitante, chegando perto da orelha.

– Sim! – falou, com um pouco mais de entusiasmo do que a ocasião requeria, mas é que dessa vez não estava mentindo, já que, na tentativa de encontrar os farelos que não existiam, Poppy acabara se sujando um pouco.

Ela se limpou.

– Saiu?

"Não."

– Sim – respondeu Andrew.

Estaria melhor apenas quando ele a arrastasse para um cantinho reservado e a beijasse.

O que *não* iria acontecer.

Pelo menos isso era o que ele não parava de repetir para si mesmo.

CAPÍTULO 16

Poppy estava no paraíso.

Ou talvez fosse Lisboa.

"Que se dane", decidiu ela. Que o céu voltasse a ser o que fosse, com anjos e harpas e afins, no dia seguinte. Por ora, o paraíso era Lisboa, Portugal, e ninguém seria capaz de convencê-la do contrário.

Ainda não conseguia acreditar que o capitão James mudara de ideia e a levara para conhecer a cidade. Estava quase pensando em quebrar o juramento sobre gratidão.

Quase. Ou...

Ela observou seus arredores: o céu muito azul, as ruínas de um castelo magnífico no alto de uma colina, os grãozinhos de açúcar e canela ainda presos debaixo de suas unhas.

Talvez pudesse reconsiderar seu voto só por um dia. Por ora – enquanto o paraíso permanecesse realocado para uma cidade portuguesa –, Poppy Bridgerton se sentiria grata ao capitão James por trazê-la.

No dia seguinte, voltaria à tarefa permanente de tentar não pensar no que aconteceria quando voltasse para casa.

Falando nisso... ela não fazia ideia de quanto tempo ele planejava ficar em Lisboa.

– Zarparemos amanhã? – perguntou ela. – Já concluiu seus negócios?

– Sim. Normalmente ficaríamos ainda alguns dias, mas, considerando a situação atual... – O capitão concluiu a frase com um aceno cansado de cabeça na direção dela. – Acho melhor voltarmos o mais rápido possível, não?

– É claro – respondeu Poppy, com sinceridade.

Cada dia a mais no navio aumentava a probabilidade de que Elizabeth reportasse a ausência dela. De que Poppy se visse sob a perspectiva de passar o resto da vida envolvida em uma nuvem de escândalo.

Não podia, contudo, deixar de pensar que adoraria passar mais um dia ali. Estava se divertindo muito, e não era só porque conseguira, enfim, se livrar do confinamento (bastante confortável, diga-se de passagem) da cabine do capitão.

Ia muito além. Caminhando pelas ruas cheias de vida da capital portuguesa, Poppy se deu conta de que não era apenas a primeira vez que pisava em terras estrangeiras: era a primeira vez que se via em um lugar totalmente diferente.

O que não era a mesma coisa.

Poppy já tinha ido a vários lugares na Inglaterra, mas mesmo nas cidades a que ia pela primeira vez, nunca havia experimentado essa sensação de desconhecido. A língua que ouvia era a que falara desde sempre; as lojas e igrejas que via eram parecidíssimas com as lojas e igrejas de seu próprio vilarejo. Assim, as poucas novidades que surgiam logo eram assimiladas sem grande dificuldade.

Mas ali, em Lisboa, era como se alguém tivesse colocado o mundo em uma bandeja rotatória sobre a mesa e o feito girar, largando Poppy em um lugar onde nada era parecido com o mundo que ela conhecia.

Não conseguia ler as placas; quer dizer, *ler* ela conseguia, é claro, já que português e inglês usavam praticamente o mesmo alfabeto, mas dificilmente entendia o que estava escrito.

Era estranho – e empolgante – ouvir nas ruas o burburinho em uma língua estrangeira, perceber que centenas de pessoas travavam conversas corriqueiras sem que ela fizesse a menor ideia do que estavam falando. Pensou nas vezes em que passeava com a tia pelas ruas de Londres (o único lugar mais movimentado que Lisboa que conhecia) e entreouvia os diálogos dos passantes. Não que quisesse bisbilhotar a conversa alheia, mas era impossível não ouvir trechos aqui e ali: duas mulheres discutindo o preço da lã, uma criança implorando por um doce.

Ali, porém, só lhe restava tentar adivinhar o que diziam com base nas expressões faciais e no tom de voz. Do outro lado da rua, um homem e uma mulher discutiam – nada muito enérgico, mas na mente de Poppy eles eram casados e a mulher estava irritada porque o homem tinha chegado muito tarde na noite anterior.

Pela expressão constrangida do sujeito, Poppy presumia que ele não tivesse uma desculpa muito boa.

Mais adiante, duas jovens conversavam animadamente à porta de uma chapelaria muito chique. Estava bem claro que eram ricas; à direita delas via-se uma senhora mais velha com uma expressão do mais puro tédio – certamente a acompanhante de uma das duas.

A princípio, Poppy pensou que as moças estariam conversando sobre os chapéus que tinham acabado de comprar, mas logo reconsiderou. Ambas pareciam radiantes; a loira, em especial, parecia prestes a explodir de alegria.

Estava apaixonada. Poppy tinha certeza. Só podiam estar falando de um cavalheiro, ponderando se ele pediria a loira em casamento.

Pelas risadinhas animadas, Poppy achava que sim.

As pessoas e a língua não eram os únicos elementos exóticos para ela. A cidade tinha uma energia que Londres jamais seria capaz de reproduzir. Talvez fosse a claridade do céu límpido, ou os telhados vermelhos dos prédios.

Ou talvez as quatro malassadas que tinha comido uma hora antes.

Poppy estava em transe.

O capitão James, por sua vez, revelava-se um guia muito encantador e informativo. Não reclamava que ela parasse de vitrine em vitrine para admirar as lojas, nem quando ela insistiu para entrar em uma igreja e observar cada vitral. Na verdade, parecia contente com a felicidade dela.

– Ah, olhe só isso! – vibrou Poppy.

Ela sabia que só nos cinco minutos anteriores já tinha dito essa mesma frase umas dez vezes, porque a cada loja ou barraquinha encontrava algo interessante.

Naquele momento, o alvo de sua admiração era um rolo lindíssimo de linho branco, com belos bordados. Poppy ficou pensando que poderia mandar fazer um vestido com aquela fazenda, aproveitando os detalhes intrincados na barra, ou talvez uma toalha de mesa, embora fosse passar a vida com medo de que alguém derrubasse vinho nela. Nunca tinha visto bordados daquele estilo, e Poppy conhecia muito bem as modistas mais elegantes de Londres.

– Compre – disse o capitão.

Ela lançou um olhar incrédulo para ele.

– Não trouxe nenhum dinheiro. Além disso, como eu explicaria a existência deste tecido quando voltasse para casa?

Ele deu de ombros.

– Você poderia dizer que comprou na Cornualha.

– Na Cornualha? – Mas que ideia era aquela? – E por acaso fazem tecidos assim na Cornualha?

– Não faço ideia. Mas essa é a beleza da coisa. Aposto que ninguém faz ideia também.

Poppy balançou a cabeça.

– Não posso sair por aí dizendo que passei duas semanas na Cornualha. É quase tão improvável quanto Portugal.

– Quase? – repetiu ele, em um tom levemente zombeteiro.

– Seria tão inexplicável quanto – falou Poppy, mas, como ele pareceu não se dar por convencido, acrescentou: – Você não faz a menor ideia daquilo que me espera quando eu chegar à Inglaterra. – Sinceramente, ela estava um pouco aborrecida com a leviandade com que ele tratava o assunto.

– Você também não faz ideia do que a espera – retrucou ele.

Embora ele tivesse razão, e embora não houvesse qualquer nota de maldade ou questionamento no tom dele, ela sentiu que as palavras carregavam certa falta de compreensão a respeito da situação.

Não, não era bem isso. Ele entendia a situação perfeitamente. O que não reconhecia era como era difícil para Poppy ter que esperar sua sentença às cegas.

Talvez o capitão James fosse o tipo de pessoa que esperava ter todas as informações para só então começar a fazer planos, mas ela não era assim. E se tivesse que criar uma dezena de planos para cada hipótese possível, que assim fosse.

A saber:

Ela já havia considerado a (maravilhosa) hipótese de que Elizabeth não tivesse contado a ninguém sobre seu sumiço.

Já havia considerado a hipótese de que Elizabeth houvesse contado à família dela e a mais ninguém.

Mas e se o marido de Elizabeth tivesse voltado para casa mais cedo naquele dia?

E se a aia de Elizabeth tivesse prometido segredo, mas tivesse acabado comentando com a irmã?

E se a aia não tivesse irmã? E se fosse sozinha no mundo exceto por uma queridíssima amiga de infância com quem sempre se correspondia e que calhasse de morar em Londres, a serviço da duquesa de Wyndham?

Poppy só se encontrara uma única vez com a duquesa de Wyndham e tivera a impressão de que a honorável dama não gostara muito dela. Certamente não o suficiente para guardar aquele tipo de segredo.

Mas e se a duquesa tivesse dívidas de jogo e não quisesse que o marido soubesse? Poppy nunca ouvira nenhum rumor daquela natureza, mas com certeza era possível, e se a duquesa tivesse mesmo dívidas, talvez pudesse começar a considerar a ideia de extorquir Poppy em troca de guardar o segredo.

As hipóteses tiravam... bem, não chegavam a tirar o sono de Poppy. Na verdade, ela estava dormindo como um bebê; parecia que as ondas do mar a ninavam. Mas passava o dia inteiro obcecada com essas perguntas. Com o olhar perdido no oceano, pensava e pensava e pensava.

Contudo, não queria discutir isso com ele, ainda mais naquele dia, de modo que fez um grande esforço para não deixar a raiva transparecer quando disse:

– Tem razão, não sei ao certo o que me espera. Posso até chegar e descobrir que cada coisinha que poderia dar certo deu. Seria esplêndido, não? Mas isso não me impede de ficar imaginando cada cenário possível e de tentar criar estratégias para saber o que fazer em cada um deles.

Ele a mirou com um olhar sincero e penetrante.

– Conte-me – pediu.

– Perdão?

– Um dos seus planos.

– Agora?

Ele deu de ombros, como quem diz: "Por que não?"

Estavam no meio da loja e ela olhou ao redor, surpresa. Parecia um lugar improvável para uma conversa tão delicada.

– Ninguém vai entender o que estamos dizendo – disse ele. – E mesmo se entendessem, você não conhece ninguém.

– Depois – disse ela.

Estava feliz por ele ter perguntado, mas, definitivamente, não estava pronta para discutir os detalhes de seu futuro em uma loja de tecidos portuguesa. Quase achava graça que ele tivesse proposto aquilo bem ali. Típico dos homens.

– Então no jantar – disse ele. – Voltaremos a falar disso.

Ela concordou.

– Vamos jantar no navio mesmo?

– Eu jamais faria isso com você – disse ele, alegremente. – É seu único dia em Lisboa. Iremos a uma taverna de que eu gosto muito. Acho que você também vai gostar. Agora – disse ele, referindo-se ao rolo de linho –, gostaria que eu comprasse isto para você?

Sob circunstâncias normais, Poppy nem cogitaria aceitar que um cavalheiro lhe comprasse um presente daqueles. Contudo, mesmo que as circunstâncias não fossem nada normais, ela ainda precisava recusar.

– Não posso aceitar – disse, com pesar. – Mas vou tentar me lembrar dos detalhes. Talvez consiga aprender a replicar esse tipo de ponto.

– Você borda?

Ela não sabia por que ele parecia tão surpreso, já que a maioria das mulheres fazia algum tipo de bordado.

– Não muito bem – respondeu Poppy, correndo os dedos de leve pelos pontos elegantes do linho. – Mas adoro bordar. Sinto que me acalma. Ajuda a tranquilizar a mente.

Agora quem parecia surpreso era ele.

– Peço que me desculpe, mas é muito difícil acreditar que sua mente fique tranquila em algum momento.

Ora, mas que comentário peculiar... Se tivesse sido dito em qualquer outro tom de voz, Poppy poderia tê-lo achado ofensivo.

– Como assim?

– Você está sempre pensando – respondeu ele.

– E essa não é uma das principais características do ser humano?

– Mas você é diferente – disse ele, e de certa forma ela ficou um tanto contente que ele pensasse assim.

– Você faz algo parecido quando precisa relaxar? – perguntou ela.

– Algo que se faça com as mãos para aquietar a mente?

Ele a fitou com um olhar curiosamente intenso, e ela ficou sem saber ao certo se ele havia entendido a pergunta.

– O tipo de coisa que você pode fazer enquanto conversa, se necessário, e que... acalme. – Ela deu de ombros. – Não consigo explicar muito bem...

– Tudo bem, eu entendi – disse ele.

Andrew hesitou por um momento, ou talvez estivesse apenas escolhendo as palavras com muito cuidado. Mas então estendeu a mão e tocou o desenho do bordado de que ela tanto gostara.

– Gosto de construir castelos de cartas – respondeu enfim.

Ela ficou sem fala por um instante.

– Como é?

– Nunca construiu um castelo de cartas? Basta pegar um baralho comum e juntar as duas primeiras cartas em um formato de T. – Ele ia demonstrando com as mãos, como se estivesse segurando cartas de verdade. – Depois, pegamos uma terceira carta e fazemos um H. É a melhor maneira de começar. Bem, a não ser começando direto com triângulos, mas isso já é avançado demais. Não recomendo.

Poppy ficou apenas observando o capitão. Jamais esperou que ele levasse algo assim tão a sério.

Jamais esperaria que *alguém* levasse algo assim tão a sério. Mas achou muito encantador.

– Uma vez construída uma base estável – prosseguiu ele –, você pode continuar erguendo o castelo como seu coração mandar. – Deteve-se. – Ou até um de seus irmãos aparecer e derrubar tudo.

Poppy deu uma risadinha; era fácil imaginar uma cena como aquela em sua casa.

– Nunca fiz isso – disse ela. – Na verdade, nunca nem me ocorreu que se pudesse construir um castelo com cartas de baralho.

– É preciso mais de um baralho – falou ele, cheio de razão. – Isto é, se quiser tornar as coisas mais interessantes.

– Bem, ultimamente não têm faltado coisas interessantes em minha vida.

Ele respondeu com uma risada.

– Talvez eu consiga encontrar um ou dois baralhos aqui em Lisboa, então amanhã posso lhe ensinar.

– No navio?

– Ah, é verdade. – Ele deu um risinho tímido. – Nunca daria certo.

Saíram da loja, voltando às ruas tumultuadas da Baixa. Era tudo encantador, mas então Poppy se deu conta de algo.

– Por que esta parte da cidade parece tão nova?

– Ah. – Ele parou de andar e voltou-se para ela com um ar quase professoral. – Uns trinta anos atrás, houve um terremoto devastador. A maior parte da cidade antiga foi destruída.

Na mesma hora, Poppy olhou para um lado e para o outro, como se esperasse ver sinais do terremoto mesmo três décadas depois.

– Toda esta área foi reconstruída do zero.

– As avenidas são tão largas – murmurou Poppy, percorrendo com os olhos o caminho inteiro até a orla. – Tão retas.

Ela duvidava que houvesse uma rua assim tão reta e comprida em toda a Inglaterra.

– A cidade nova foi projetada em um padrão quadricular. – Ele fez um gesto amplo com os braços, desenhando um arco horizontal no ar. – Repare na quantidade de luz que entra. A qualidade do ar também é melhor, já que, em vez de ficar estagnado em bolsões, ele circula.

Poppy não tinha se dado conta, mas havia mesmo uma leve brisa soprando. Tentou lembrar se já sentira algo assim em Londres. *Não*.

– É impressionante – disse ela, admirando a larga avenida de uma extremidade à outra.

Havia algo muito harmonioso no conjunto de construções. Eram todas *quase* iguais, com quatro ou cinco andares e, no térreo, lojas com portas em arco. As janelas eram uniformes: todas do mesmo tamanho e na mesma altura em todos os prédios, com a mesma distância entre uma e outra.

O resultado poderia ser monótono, mas não era o caso. Não mesmo. Cada prédio tinha personalidade, com diferenças minúsculas que conferiam aquele ar tão alegre à rua. Alguns estavam pintados, outros, não. Havia um, inclusive, revestido de azulejos. A maior parte das construções tinha varandas acima das lojas, algumas tinham fachadas planas e outras, ainda, tinham varandas em todas as janelas até o último andar. E nem todas tinham a mesma largura. Alguns dos prédios maiores tinham seis ou oito janelas na largura, enquanto muitos outros tinham apenas três.

Apesar de todas as diferenças, o conjunto era harmonioso. Como se aqueles prédios não pudessem ter sido construídos em nenhum outro lugar do mundo.

– É lindo. Muito moderno.

Poppy notou que o capitão James a observava com grande curiosidade, como se realmente se importasse com a opinião dela sobre a arquitetura da cidade. O que era um disparate. Por que ele se importaria? Ele não morava ali, nada tinha a ver com aquelas construções.

No entanto, sob aquele olhar inquisitivo de um azul tão intenso, parecia importantíssimo que ela expressasse todos os seus pensamentos.

– O que eu acho mais interessante – disse Poppy, voltando-se outra vez para a rua – é que não há um único elemento aqui que não seja familiar. As janelas, os arcos... Tudo isso é estilo neoclássico, certo? – Ele assentiu e ela continuou: – Mas juntando tudo isso, há algo inteiramente novo. Acho que nunca vi nada parecido com esta cidade.

– Concordo – disse ele. – É mesmo bastante original. Tento vir a esta área sempre que estou em Lisboa, embora nem sempre seja possível. Às vezes não consigo nem passar da zona portuária, e a cidade velha também tem seu charme. Mas isto aqui... – Ele abriu o braço outra vez, como se para evidenciar a modernidade. – Isto é o futuro.

De repente, Poppy se deu conta de que não entendia por que ele havia escolhido aquela vida. Ele nunca falava do mar com tamanho entusiasmo. Não que parecesse infeliz – na verdade, ela suspeitava que havia muitos aspectos da vida de capitão que ele amava. Mas aquilo ali, os prédios, a arquitetura... *aquela* era a paixão verdadeira dele.

Ela ficou se perguntando se ele mesmo notava isso.

– Mas este nem é o aspecto mais notável desta área – declarou ele, de repente. – Venha, venha!

Andrew pegou a mão de Poppy e foi puxando a moça pelas ruas pavimentadas. Sempre que se voltava para trás para olhá-la, ficava claro que seus olhos estavam ainda mais radiantes. Ela não conseguia imaginar que outro detalhe poderia deixá-lo tão entusiasmado, mas então ele a arrastou para dentro de um dos edifícios novos e elegantes.

– Olhe. Não é incrível?

– Não sei se entendo do que você está falando – disse ela, devagar.

Estavam em uma espécie de prédio público, novo e elegante, mas nada tão excepcional assim.

– Não, não é algo que dê para ver – disse ele, indicando com um gesto uma... parede? Uma porta?

– Mas você acabou de me dizer para olhar – comentou ela.

Ele abriu um sorriso.

– Desculpe. O revolucionário é o que está *dentro* das paredes. Cada edifício foi construído por cima de uma gaiola pombalina.

– Uma gaiola o quê?

– Pombalina. O nome... bem, não importa o nome. É uma técnica completamente inovadora de construção cujo objetivo é tornar os prédios mais seguros em caso de terremoto. Começa-se com uma gaiola de madeira...

– Uma gaiola?

– Não como as de animais – disse ele, rindo da reação dela. – Imagine como se fosse uma moldura. Uma treliça em três dimensões. A gaiola é embutida nas paredes e depois revestida com outros materiais. Assim, se a terra tremer, a estrutura vai ajudar a distribuir a força.

– Força?

– Do terremoto. Se essa força puder ser espalhada... – ele gesticulou como Moisés abrindo o mar Vermelho – ... menores são os riscos de danos severos.

– Faz sentido. – Ela franziu a testa, tentando entender o conceito.

Estava claro, contudo, que o capitão fazia questão que ela entendesse muito bem.

– Pense assim. Se eu puxar seu cabelo...

Ela deu um salto para trás, exclamando:

– O quê?

– Calma, calma. Só quero demonstrar uma questão de física. Não foi você mesma que recentemente reclamou da sua falta de conhecimento na área?

Ela revirou os olhos. Era a cara dele se lembrar daquilo.

– Muito bem. Então vamos logo com isso.

– Certo! O segredo está na distribuição da força. Se eu puxar só uma pequena mecha de cabelo, vai doer bastante.

Ele soltou uma fina mecha dos cabelos dela. O que foi muito simples, porque Poppy os havia prendido de qualquer jeito pela manhã.

– Espere aí, você vai mesmo puxar meu cabelo?

– Não vou puxar mais forte do que seus irmãos puxavam quando vocês eram crianças.

Ela se lembrou da infância.

– Não me tranquiliza em nada.

O rosto do capitão se aproximou um pouquinho do dela.

– Não vou machucar você, Poppy. Prometo.

Ela engoliu em seco. Talvez fosse a honestidade estampada nos olhos dele, ou talvez fosse o fato de tê-la chamado pelo primeiro nome, o que tinha acontecido apenas uma vez até então, mas o fato era que ela acreditava nele.

– Prossiga.

Ele deu um pequeno puxão, não a ponto de causar dor, mas com força suficiente para que ela soubesse que teria sentido se ele puxasse mais forte.

– Agora – disse ele –, imagine que eu estou agarrando um bom pedaço do seu cabelo. – A mão dele foi chegando perto, cerrando-se no ar como uma garra, como se estivesse simulando a quantidade de cabelo a que se referia.

– Ah, não! – Não haveria penteado que resistisse.

– Não vou fazer de verdade, não se preocupe – respondeu ele, demonstrando o primeiro grama de sensibilidade da tarde inteira. – Mas imagine que eu estou puxando uma mecha bem grossa do seu cabelo. Não doeria.

Ele estava certo. Não doeria mesmo.

– É porque a força se distribuiria por uma área maior do seu couro cabeludo. Portanto, cada ponto afetado receberia uma fração menor do puxão e, consequentemente, menos dor.

– Então, pelo que você está dizendo, se quisesse causar a mesma dor ao puxar uma quantidade muito maior de cabelo, teria que empregar muito mais força.

– Exatamente! Muito bem.

Ela ficou satisfeitíssima com o elogio dele, o que era ridículo, ainda mais considerando que, como resultado do experimento, teria que sair por aí com uma mecha de cabelo rebelde e solta perto da orelha.

– Agora – continuou ele, alheio às tentativas de Poppy de prender o cabelo –, não se pode apenas erguer uma estrutura de madeira e esperar que funcione. Não me entenda mal, sei que alguma proteção é sempre melhor do que nada, mas, se aplicarmos as leis da física corretamente, é possível criar uma estrutura incrivelmente forte.

Poppy ficou apenas observando, hipnotizada, enquanto ele falava sobre cruz de Santo André e enxaimel e treliça e um tal de Fibonacci que ela achava que devia estar morto, mas o capitão estava tão absorto na explicação que ela nem cogitou interrompê-lo para perguntar.

Enquanto prestava atenção nele – e a verdade era que ela estava observando muito mais do que ouvindo, pois se perdera na parte em que ele citou uma tal proporção áurea –, Poppy percebeu que ele havia se transformado em outra pessoa bem diante dos olhos dela. Toda a sua postura havia mudado. Ela já o vira no papel de capitão, portando-se com total confiança e autoridade, e já o vira no papel de conquistador barato, todo movimentos fluidos e fala suave.

Mas aquele era um terceiro: ele movimentava os braços pelo ar como se rabiscassem desenhos e plantas, e quase chegava a dar pulinhos para ilustrar sua tela invisível e criar equações em pleno ar. Poppy não estava entendendo nada do que ele falava. Sinceramente, não conseguia juntar duas palavras.

Mas observá-lo era magnífico.

Ele não era o capitão e não era o conquistador. Era só Andrew. Era esse o primeiro nome dele, não era? Ele dissera lá no primeiro dia, quando se apresentara. "Capitão Andrew James, ao seu dispor", ou algo assim. Desde então, ela não pensara nisso uma única vez, e nem pensara nele como qualquer coisa que não fosse capitão James ou "o capitão".

– Consegue ver agora? – perguntou ele, e Poppy notou que era realmente importante para ele que ela enxergasse.

– Eu... Não – admitiu ela –, acho que não tenho imaginação suficiente para criar imagens na mente. Se eu visse no papel, talvez conseguisse.

– É claro – disse ele, um tanto frustrado.

– Mas acho tudo isso muito interessante – apressou-se em dizer ela. – Revolucionário, até. Você disse que ninguém fez nada assim antes. Pense em quantas vidas poderão ser salvas.

– Serão salvas – disse ele. – Ainda não houve outro terremoto da mesma intensidade, e Deus queira que não, mas, caso aconteça, os prédios vão aguentar. Os engenheiros testaram.

– Como assim testaram? Não é como se eles pudessem estalar os dedos e invocar um terremoto, é?

– Soldados. – Os olhos de Andrew se arregalaram, tamanha sua empolgação. – Mandaram vir centenas e centenas de soldados para ficar marchando a passos firmes pela área.

Poppy sentiu o queixo cair.

– Você está de brincadeira.

– Nem um pouquinho.

– Eles mandaram soldados marcharem e isso fez o chão sacodir tanto que chegou a se aproximar de um terremoto?

– Sacodiu o suficiente para que considerassem o projeto um sucesso.

– Isto, sim, é uma coisa que eu amo – disse Poppy. – Pegar um problema sem a menor chance de solução e resolvê-lo usando a criatividade. Para mim, isso é a verdadeira genialidade.

– E isso não é tudo – disse ele, levando-a de volta para a ampla rua de pedestres. – Veja a fachada dos prédios. Você pode achar que são sem graça...

– Não acho, não – interrompeu Poppy, afoita. – Acho muito elegantes.

– Eu também – concordou ele, parecendo contente com a afirmação dela. – Mas o que eu ia dizer era que a maior parte desses prédios, ou melhor, a maior parte de *partes* desses prédios foi montada em outro lugar.

Poppy olhou para uma das construções às costas de Andrew.

– Acho que não entendi.

Ele apontou para uma fachada próxima.

– Quase todas as partes desses prédios foram construídas em outro lugar, com muito mais espaço, onde os carpinteiros e pedreiros podiam trabalhar em um tipo de peça por vez. Lá era possível, por exemplo, fazer todas as janelas ao mesmo tempo, o que resulta em uma grande economia tanto de tempo quanto de dinheiro.

Poppy olhou a rua de um lado ao outro, tentando imaginar um campo vasto em algum lugar, cheio de molduras de janela e paredes conectadas a nada.

– E depois todas as peças foram trazidas até aqui? – perguntou ela. – Em carroças?

– Imagino que sim. Mais provavelmente de barcaça.

– Nunca ouvi falar de nada parecido.

– Não é algo que se faça com muita frequência. Chamam isso de pré--fabricação.

– Que fascinante.

Poppy balançou a cabeça devagar, admirada, assimilando tudo: a arquitetura, o fato de que estava em Lisboa, as pessoas falando outra língua, e...

– O que foi? – perguntou ela, pois Andrew a olhava com uma expressão estranha.

– Nada – respondeu ele, baixinho. – Nada mesmo. É só que a maioria das pessoas não acha interessante.

– Eu acho – disse ela, dando de ombros. – Se bem que sou muito curiosa a respeito de todas as coisas.

– Foi isso que meteu você nesta confusão – disse ele, com certo sarcasmo.

– Verdade. Eu deveria ter caminhado para o lado oposto daquela praia...

Ele concordou, mas então pegou Poppy completamente de surpresa ao dizer:

– No entanto, neste momento... só nesta tarde, veja bem... estou feliz por você não ter feito isso.

Poppy não conseguiu pensar em mais nada durante toda a tarde.

CAPÍTULO 17

Andrew a levou a uma pequena taberna perto do porto. Já comera ali diversas vezes, assim como a maior parte da tripulação; na Inglaterra, ele jamais teria levado uma dama a um estabelecimento daquela categoria, mas ali, em Portugal, certas regras pareciam não valer.

Além do mais, a esposa do taberneiro era uma cozinheira de mão cheia e ele não conseguia pensar em nenhum lugar melhor para mostrar a Poppy a verdadeira culinária portuguesa.

– Não é exatamente o tipo de estabelecimento que você está acostumada a frequentar – advertiu ele enquanto abria a porta.

Os olhos dela se iluminaram.

– Ótimo.

– Os clientes costumam ser um tanto grosseiros.

– Eu não sou tão sensível assim.

Andrew abriu a porta com pompa e circunstância.

– Então, por favor, primeiro a senhorita.

Foram cumprimentados no mesmo instante, em inglês.

– Capitão!

O proprietário do estabelecimento, um homem de meia-idade chamado Sr. Farias, logo veio recebê-los. Tinha aprendido a falar a língua deles ao longo dos anos, e seu inglês era muito melhor do que o português de Andrew.

– Muito bom ver você. Ouvi dizer que seu navio tinha chegado e estava me perguntando por que ainda não tinha vindo aqui.

Andrew deu um sorriso. Era sempre uma alegria ser cumprimentado como um velho amigo.

– Sr. Farias, o prazer é todo meu. Como vai a família?

– Bem, muito bem. A minha Maria se casou, sabia? Em breve serei avô!

– Parabéns, meu amigo! A Sra. Farias deve estar muito feliz.

– Sim! Ela está mesmo muito feliz. Ela ama bebês. E quem é a moçoila?

O Sr. Farias havia, enfim, percebido a presença de Poppy, um pouco atrás de Andrew. Pegou a mão dela e a beijou.

– É sua esposa? Você se casou? Parabéns, capitão! Muitas felicidades!

Andrew olhou Poppy de soslaio. Ela enrubescera violentamente, mas não parecia estar com vergonha.

– É minha prima – disse Andrew, pois lhe pareceu a mentira mais segura de se contar. Se os homens dele ainda não tivessem vindo comer na Taberna da Torre, logo viriam, e sem dúvida contariam que havia uma mulher a bordo do *Infinity*. – Ela é minha convidada nesta viagem.

– Então também é muito bem-vinda na minha taberna – disse o Sr. Farias, conduzindo-a à mesa. – Vou trazer somente nossa melhor comida.

– Está querendo dizer que às vezes o senhor traz a pior comida? – brincou Andrew.

– Jamais – disse o Sr. Farias, com convicção. – Quando minha esposa cozinha, não tem pior. Tudo é maravilhoso. Sendo assim, vou trazer tudo para sua prima.

Poppy abriu a boca, e por um momento parecia que ela ia recusar, mas o que disse foi:

– Seria *incrível*.

O Sr. Farias pôs as mãos na cintura.

– Ora, o capitão não está alimentando a senhorita?

– A comida no *Infinity* é muito boa – falou Poppy, permitindo que o Sr. Farias tomasse seu braço. – Mas nunca experimentei comida portuguesa... bem, exceto pelas malassadas... e estou muito curiosa.

– Ela é uma moça *muito* curiosa – acrescentou Andrew, indo atrás deles.

Ela o olhou atravessado.

– Isso pode ser interpretado de várias maneiras.

– E todas são precisas.

Ela torceu a boca de um jeito curioso que devia ser o equivalente a um revirar de olhos e continuou seguindo o taberneiro alegremente para a melhor mesa da casa.

– Vamos, sente-se, sente-se – disse ele, olhando para Poppy e depois para Andrew. – Vou trazer o vinho.

– Que sujeito encantador! – derreteu-se Poppy assim que se sentaram.

– Algo me dizia que você iria gostar dele.

– Os portugueses são sempre tão amistosos assim?

– A maioria, mas não tanto quanto ele.

– E ele vai ser avô! – Poppy bateu palmas discretamente e abriu um sorriso que iluminou o salão inteiro. – Estou tão feliz por ele, e olhe que nem o conheço.

– Minha mãe costuma dizer que uma pessoa boa de verdade é aquela capaz de se sentir feliz por alguém que não conhece.

Poppy franziu a testa.

– Que engraçado. Minha tia diz a mesma coisa.

Andrew mordeu o interior da boca. Maldição. É claro que Lady Bridgerton dizia a mesma coisa. Ela e a mãe dele eram amicíssimas.

– É uma frase bem comum – disse ele.

Provavelmente uma mentira, mas talvez não. Até onde sabia, era bem provável que todas as damas do grupinho da mãe dele dissessem a mesma coisa.

– É mesmo? Nunca ouvi mais ninguém dizer isso, mas, pensando bem, meu círculo social não é muito amplo.

Se Andrew temia ter causado suspeitas com o comentário, o sentimento se amenizou quando ela se inclinou para a frente com uma expressão animada e disse:

– Mal posso esperar para ver o que o Sr. Farias vai trazer. Estou faminta.

– Somos dois. Duas malassadas só não fazem verão.

Ela apontou o dedo para ele.

– A decisão de me deixar ficar com quatro foi toda sua.

– Três também não teriam sido suficientes. E, aparentemente – disse ele, apontando também o dedo para ela –, nem mesmo quatro.

Poppy deu uma risada e sorriu para o Sr. Farias, que chegava com o vinho. Quando o taberneiro se afastou, ela se debruçou na mesa com um brilho nos olhos.

– Quero experimentar tudo.

Andrew ergueu a taça.

– Um brinde a tudo!

Ela abriu um sorriso enorme, como quem acaba de ouvir o brinde mais encantador da vida.

– A tudo! – respondeu ela.

Andrew se esticou no encosto da cadeira e ficou olhando Poppy com certo orgulho. Fazia muito tempo que não mostrava uma cidade (qualquer cidade) a uma pessoa nova. Estava quase sempre sozinho quando a trabalho, fosse ou não para o governo. E quando arrumava uma oportunidade de ir à cidade com os homens da tripulação, não era a mesma coisa. Eram amigos, mas não estavam em posição de igualdade, e isso sempre seria um fator de distanciamento. Mas, com Poppy, cada momento era um deleite.

E ele estava começando a pensar que talvez a presença dela a bordo do *Infinity* não fosse uma tragédia tão grande quanto havia imaginado.

Desde o início ele sabia que talvez tivesse que se casar com ela depois de tudo, mas começava a se perguntar se de fato seria um fardo tão grande assim. Onde mais ele encontraria uma mulher que achasse gaiolas pombalinas um assunto interessante? Que conseguisse pegar cada comentário sarcástico que ele fazia, torcê-los, virá-los do avesso e devolvê-los de forma ainda mais sagaz?

Era muito esperta, essa moça dele.

E ela o beijara. Ela o beijara, tinha tocado os lábios dele no beijo mais leve que ele já sentira. Mas tinha sido muito mais do que isso.

Poppy Bridgerton o beijara, e fora um beijo monumental.

Ele sentira no sangue, na pele do corpo todo. E depois, na mesma noite, quando finalmente conseguira dormir, o beijo se infiltrara em seus sonhos. Ele acordara rijo e dolorido, muito diferente da costumeira ereção matinal. E nem pudera fazer nada a respeito, já que estava na cabine do navegador, junto com ele.

Carroway era um camarada e tanto, mas a amizade dos dois tinha limites.

Pensando bem, toda amizade tinha *aquele* limite. E se não tivesse, maldição, então deveria ter.

– No que está pensando? – perguntou Poppy.

Não havia a menor possibilidade de contar a verdade.

– Estava me perguntando se não deveríamos levar uma refeição para o José. Afinal, ele estava trabalhando com tanto afinco esta manhã...

Ela simplesmente olhou para ele, exasperada.

– Você é terrível.

– Você vive dizendo isso, mas ainda não estou convencido.

– Não consigo acreditar que sou a primeira a tentar – disse ela, com um riso curto.

– É claro que não. Mas já faz muito tempo que minha família desistiu de tentar me ensinar alguma noção de decoro.

A expressão no rosto dela era astuta quando disse:

– Tanta pompa só para dizer que você se comporta muito mal...

– De fato. E talvez seja exatamente por isso que consigo me safar de maneira tão majestosa. – Ele se inclinou na direção dela. – Culpa da minha lábia, dentre outras coisas.

– Dentre outras coisas, sei.

Ele estava achando graça do tom levemente indignado dela.

– Já contei a você que sou detentor do recorde de suspensões em Eton?

– Você estudou em Eton?

– Estudei.

Ele se deu conta de que não se sentia incomodado de revelar um fato tão distinto de sua história de vida. Poppy o encarou por um momento, e a curiosidade que faiscava em seus olhos os deixava com um tom quase esmeralda.

– *Quem* é você?

Não era a primeira vez que ela fazia aquela pergunta.

Não era nem a primeira vez que o fazia com tanta incredulidade na voz. Mas era a primeira vez que a resposta dele ia além de um sorriso fugaz ou uma risadinha condescendente.

Era a primeira vez que ele sentia a necessidade de responder com o coração.

– Sei que é curioso – disse ele, distinguindo na própria voz que as palavras vinham de algum canto pouco explorado de sua alma –, mas acho que você já me conhece melhor do que qualquer pessoa.

Ela ficou imóvel e, quando olhou para ele, sua expressão era impressionantemente objetiva.

– Não conheço você nem um pouco.

– Acha mesmo? – murmurou ele.

Ela não tinha certeza do nome verdadeiro dele, não conhecia seu passado, muito menos sabia que crescera com os primos dela em Kent. Não sabia que ele era filho de um conde, nem que trabalhava para a Coroa de modo secreto. Desconhecia todos esses detalhes, mas, com certeza, Poppy o conhecia bem. Andrew teve a sensação aterradora de que talvez ela fosse a única pessoa no mundo que o conhecia daquela forma.

Contudo, de repente ele entendeu que a sensação não era nada aterradora, embora devesse ser; era, na verdade...

Muito agradável.

A família dele sempre o vira como um piadista, e ele, por sua vez, não fizera muito esforço para provar o contrário. De fato tinha sido suspenso de Eton várias vezes, nunca, contudo, por conta de um fracasso acadêmico. Quando garoto, era agitado demais para tirar as melhores notas, mas sempre conseguira se sair razoavelmente bem nos estudos.

Suas transgressões eram sempre relativas a comportamento. Uma peça que deveria ser pregada em um amigo e que, de alguma maneira, acabava indo parar à porta de um tutor. Uma peça que deveria ser pregada em um tutor e que, de alguma maneira, acabava indo parar à porta do diretor da escola. Risadas inoportunas no salão de jantar. Risadas inoportunas na igreja. Para falar a verdade, risadas inoportunas em toda parte.

Então, se a família o via como uma pessoa boba (ou, ao menos, uma pessoa nada séria), ele até achava que tinha feito por merecer.

Mas ele era muito mais do que isso. Fazia coisas importantes. Coisas importantes sobre as quais ninguém sabia, mas não havia o que fazer a respeito disso.

Isso não o incomodava.

Bem, não o incomodava *muito*.

Olhou para Poppy do outro lado da mesa, impressionado com a quantidade de pensamentos que haviam cruzado sua mente em menos de um segundo.

– E você? Acha que *me* conhece? – perguntou ela.

– Acho. – Nem precisou pensar para responder.

Ela soltou um risinho seco.

– Mas que disparate.

– Sei que você gosta de enigmas – disse ele.

– Todo mundo gosta...

– Não, não é verdade. Não como você e eu gostamos.

Ela pareceu surpresa com a veemência dele.

– Sei também – disse ele – que, quando coloca uma tarefa diante de si, você não descansa até concluí-la. – Ao ver a expressão *blasé* no rosto dela, acrescentou: – E, de novo, nem todo mundo é assim. Nem mesmo aqueles que gostam de enigmas.

– Você também é assim – disse ela, um pouco na defensiva.

– Sei muito bem disso. – Ele deu de ombros. – E isso não me incomoda.

Ela ergueu o queixo de leve.

– A mim também não.

Ele achou graça.

– Não estou acusando você de nada hediondo. A meu ver, é um elogio.

– Ah. – Ela ruborizou de leve; parecia em conflito consigo mesma, como se não conseguisse assimilar o que ele lhe dizia sobre sua personalidade. – E o que mais você acha de mim?

Ele sentiu um sorriso começando a se espalhar pelo rosto.

– Está tentando arrancar mais elogios?

– É óbvio que não – desdenhou ela. – Não tenho o menor motivo para achar que suas respostas serão sempre assim.

– Muito bem. – Ele pensou por um momento. – Sei que você não é de esconder a inteligência que tem.

– E pode, por acaso, me dizer quando me viu fazendo isso?

– É exatamente esse meu argumento. Você não precisou esconder. Mas eu conheço o suficiente da alta sociedade para saber que, em Londres, você fica constrita a estruturas muito diferentes do que no *Infinity*.

– Eu não diria que estou constrita a nenhuma estrutura – disse ela, ousada –, exceto pela que me confina à sua cabine.

– Diz a dama que está jantando em um restaurante lisboeta.

– *Touché* – admitiu ela, dando a impressão de estar reprimindo um sorriso.

Andrew inclinou-se na direção dela, só um pouco.

– Sei que você não fala francês, que não fica enjoada no mar e que sente muita saudade de seu irmão Roger.

Ela ergueu o rosto, com certo pesar nos olhos.

– Sei que mesmo que ele a torturasse, como todo bom irmão mais velho faz, você o idolatrava. E sei que ele a amava muito mais do que você poderia imaginar.

– Você não tem como saber disso – sussurrou ela.

– Claro que tenho. – Ele ergueu a sobrancelha. – Eu também tenho uma irmã.

Ela entreabriu os lábios, mas parecia não saber o que dizer.

– Sei que você é leal – disse ele.

– Como pode saber disso?

Ele deu de ombros.

– Eu sei e ponto final.

– Mas você...

– ... passei boa parte da última semana em sua companhia. Não preciso testemunhar uma demonstração escancarada de lealdade para saber que é uma das suas características.

Ela piscou várias vezes, o olhar perdido por trás dos cílios que se abriam e fechavam. Parecia fitar um ponto qualquer na parede, mas estava claro que tudo o que via eram os próprios pensamentos. Por fim, quando ele estava prestes a dizer alguma coisa, ela se endireitou e o encarou.

– Eu sei bem como você é – disse ela.

Ele decidiu não observar que ela tinha acabado de dizer o oposto. Estava curioso demais para ouvir o que ela tinha a dizer.

Contudo, antes de conseguir perguntar, o Sr. Farias veio à mesa com uma travessa de quitutes.

– Bolinho de bacalhau! – anunciou ele. – Mas tem que esperar. Estão muito quentes.

– Meu Deus, estão pelando! – exclamou Poppy.

O Sr. Farias já estava a caminho da cozinha e nem se virou ao estalar os dedos e gritar para eles:

– Muito quente, cuidado!

Poppy sorriu, e Andrew sabia que deveria deixar a conversa dar lugar à gloriosa refeição que tinham pela frente. O problema é que ela ia dizer algo importante, e ele não conseguiria deixar o assunto de lado.

– Você disse que sabe como eu sou – lembrou ele.

– Sim? – A mão dela estava indo distraidamente em direção ao bolinho.

– Cuidado! – gritou o Sr. Farias.

Poppy se empertigou na mesma hora, olhando de um lado para o outro à procura do taberneiro.

– Meu Deus. Como ele viu isso? – espantou-se ela. – Ele nem está aqui.

– Poppy.

– Será que já dá para comer?

Andrew falou mais uma vez:

– Poppy.

Ela finalmente ergueu os olhos para ele, dando um sorriso agradável.

– Antes de o Sr. Farias chegar com os bolinhos – disse Andrew. – Você disse que sabe como eu sou.

– Ah, sim, verdade. Disse mesmo.

Ele gesticulou, fazendo sua costumeira representação visual de "E então?"

– Muito bem. – Ela endireitou as costas, quase como se fosse uma professora se preparando para uma palestra. – Sei que você não é tão durão quanto quer aparentar.

– Você acha?

Ela arqueou a sobrancelha.

– Billy me contou que você não deixa que ele saia sozinho em Lisboa.

– Ele é uma criança!

– Uma criança que saiu de casa e mora em um navio – retrucou ela. – Vai me dizer que todos os meninos na situação dele têm essa mesma restrição?

– Não – admitiu Andrew –, mas ele não fala outra língua e é pequeno demais para sua idade.

Ela estava com um sorriso enviesado e triunfante.

– E você se importa com ele.

Andrew afrouxou um pouco o lenço, que parecia apertado no pescoço. Era ridículo ficar constrangido por causa disso. Ele só estava protegendo um garotinho, um comportamento que deveria ser imitado por todos.

– Você também trata seus homens muito bem – disse ela.

– Já tivemos essa conversa. Não passam de boas práticas comerciais.

Ela deu uma risada. Bem na cara dele.

– Ora, faça-me o favor. Você disse muito claramente que o principal motivo para oferecer comida decente a um homem não são as boas práticas comerciais, e sim o fato de que se trata de um ser humano.

– Ah, você lembra... – resmungou ele.

– Eu me lembro de tudo.

O que não surpreendia Andrew nem um pouco. Contudo, ele estava estranhamente desconfortável com o elogio – ou, pelo menos, um elogio daquela natureza. O que era loucura. Só fazia o melhor pela tripulação. Mas os homens aprendiam que deveriam se orgulhar de sua força e seu poder, não de suas boas ações, e ele não conseguia dizer "Obrigado".

– Acho que agora já dá para comer – falou, indicando os bolinhos.

Poppy, que havia pouco estivera tão ansiosa que quase queimara o dedo, deu de ombros.

– Perdeu a vontade?

Ele sabia que não. Poppy estava apenas tentando provar que tinha razão, de uma forma complexa e sem a menor importância.

Ele apontou outra vez para a comida na mesa.

– Estamos perdendo tempo.

– Acha mesmo? – murmurou ela, imitando de maneira tão precisa o tom de Andrew quando ele mesmo dissera aquelas palavras, poucos minutos antes, que não tinha como ser coincidência. Não em se tratando dela.

Ele espetou um bolinho com o garfo.

– Achei que devêssemos comer com as mãos – disse ela.

– Estou só sendo cuidadoso caso...

– Agora já esfriaram! – gritou o Sr. Farias.

Andrew ergueu o rosto, rindo.

– Então vamos com as mãos mesmo.

Poppy pegou um bolinho e mordeu, arregalando os olhos de surpresa.

– Meu Deus, imaginei algo totalmente diferente!

Ele riu, percebendo que talvez ela não tivesse entendido direito o sotaque do Sr. Farias.

– É feito com lascas de bacalhau e batata – explicou ele. – É uma das iguarias preferidas aqui da região, e dizem que os portugueses têm tantos usos para o peixe que daria para fazer uma receita diferente por dia durante um ano inteiro sem repetir nenhuma. Mas o bolinho é uma das maneiras mais comuns de se usar bacalhau por aqui.

– Parece um pouco... – Poppy apurou o paladar, ainda segurando meio bolinho. – Ah, deixe para lá, não sei o que parece. Mas... Ah, veja só! – Ela apontou para a porta com a mão livre. – É o Billy!

Ela sorriu, chamando-o à mesa.

– Srta. Poppy! O capitão te deixou sair! – Billy arregalou os olhos, horrorizado, ao se dar conta de que tinha falado demais bem na frente do chefe.

– Com todo o respeito, senhor, eu não... quer dizer...

Billy engoliu em seco, seu pequeno pomo-de-adão subindo e descendo na garganta.

– Eu venho dizendo à moça que você não é tão mau assim, senhor. Na verdade, disse que o senhor é o melhor dos homens. Juro de pé junto.

Andrew deu uma olhada em Billy, erguendo uma sobrancelha, depois a outra, em uma tentativa exagerada de fingir que estava julgando a fala do garoto.

– O que me diz, Srta. Bridgerton? Nosso mestre Suggs está falando a verdade?

– É esse seu sobrenome? – perguntou Poppy ao menino. – Acho que eu ainda não sabia.

Billy assentiu, nervoso, e Andrew ficou com pena dele.

– Não precisa se desculpar, Billy. De fato, eu a "deixei sair".

Poppy inclinou-se para a frente, como se fosse contar um segredo.

– Mas pode ter certeza de que ele vai me "prender de novo" na volta para casa.

Billy ficou boquiaberto e arregalou os olhos de forma cômica.

– É brincadeira, Billy – disse Poppy. – Quer dizer, não totalmente, para falar a verdade, já que isso vai mesmo acontecer, mas meu tom era de brincadeira.

– Hã...

Billy olhou para Andrew como quem pede ajuda, mas o capitão apenas deu de ombros. Era melhor que ele aprendesse logo que as mulheres podiam ser duras na queda durante uma conversa.

– Você veio sozinho? – perguntou Poppy. – Eu tinha acabado de cumprimentar o capitão James por ter proibido que você saísse do navio sem um adulto.

Billy balançou a cabeça com veemência.

– Brown me deixou aqui antes de ir pra cidade. Disse que vinha me buscar mais tarde.

Poppy parecia perplexa.

– Você queria vir sozinho para cá?

– É porque o Sr. Farias me deixa dar comida para o gato dele – explicou Billy, com um sorriso. – O nome dele é Senhor Bigodes. Pelo menos, é assim que eu o chamo. O Farias chama de outra coisa, mas eu nunca consigo entender muito bem. O bichinho é muito legal. Deixa fazer carinho na barriga e tudo.

197

Com isso, Billy correu para a porta lateral da taberna, e Andrew comentou com Poppy:

– Sempre que atracamos em Lisboa ele vem aqui. Fica horas brincando com o gatinho.

– No fundo, ele ainda é só um menino – murmurou ela. – Às vezes eu esqueço... Imagino que ele tenha tido que crescer muito mais rápido que eu.

Andrew concordou. Quando tinha a idade dele, ainda vivia correndo pelos campos com os irmãos e os vizinhos. Sua maior preocupação era se a água estaria gelada quando o irmão mais velho o empurrasse no lago.

– Vocês não têm gato no navio? – perguntou Poppy.

Ele se virou para ela, prestes a explicar que o gato do navio era um bicho desagradável e malvado, quando um movimento repentino à sua esquerda chamou sua atenção. Olhou de soslaio por cima do ombro, e tudo que viu foi o Sr. Farias. Só que...

Estranho.

O jovial taberneiro estava parado. Imóvel demais.

E o Sr. Farias nunca ficava parado. Cumprimentava clientes, servia vinho, mas nunca ficava sem fazer alguma coisa. Definitivamente não daquele jeito: ombros duros encostados na parede, olhos correndo de um lado a outro.

Havia alguma coisa errada.

– Poppy – disse ele, bem baixo –, temos que ir.

– O quê? Não, eu ainda não a...

Ele deu um chute nela por baixo da mesa.

– Agora.

Ela arregalou os olhos e assentiu. Andrew fez contato visual com o Sr. Farias.

Andrew, então, olhou para a porta, sinalizando que iria embora. O Sr. Farias deu uma olhada rápida para um trio de homens mal-encarados que estavam diante da janela oposta, indicando qual era a raiz do problema.

Andrew se levantou, mas não muito rápido, para não chamar atenção.

– Obrigado – disse ele bem alto, pegando a mão de Poppy com firmeza. – Nos vemos da próxima vez que eu vier a Lisboa, sim?

Então puxou Poppy para que ela ficasse de pé. O Sr. Farias aquiesceu e, talvez com um entusiasmo um pouco excessivo, disse:

– Sim, sim.

– Obrigada, senhor – disse Poppy, apressada, tentando acompanhar o passo de Andrew.

O taberneiro deu um sorriso tenso, e eles quase conseguiram. *Quase*. Mas então, a poucos passos da porta, de repente Poppy puxou a mão com força, soltando-se de Andrew, e exclamou:

– Billy!

Andrew saltou à frente para pegar a mão dela outra vez, mas ela já corria para a porta lateral.

– Poppy! – chamou ele, controlando-se para não transparecer apreensão. – Podemos vir buscá-lo depois.

Ela balançou a cabeça, recusando-se a deixar o menino em um lugar onde pudesse haver algum tipo de perigo. Ela disse alguma coisa, talvez comentando que Billy estava logo ali, do lado de fora, mas Andrew não entendeu muito bem; então ela enfiou a cabeça pela porta lateral.

Maldição! Billy corria muito menos risco onde estava. Aqueles homens estavam procurando alguma coisa – ou alguém –, mas certamente não um garoto de 13 anos de Portsmouth. Contudo, isso não queria dizer que estava fora de perigo. Se Billy cruzasse o caminho deles, acabariam com ele sem pensar duas vezes.

Andrew correu atrás de Poppy. Seria melhor se saíssem pelos fundos. Levaria um pouco mais de tempo para chegar à relativa segurança das ruas movimentadas, mas não tinha outro jeito.

– Ah! – ele ouviu Poppy exclamar. – Com sua licença.

Mas havia algo errado na voz dela, e quando Andrew enfim chegou à porta, o sangue gelou em suas veias. Havia dois outros homens no beco. Um estava com a mão no ombro de Billy.

E o outro segurava Poppy.

Até o último dia de sua vida, Andrew se lembraria daquele momento: foi como se o tempo tivesse desacelerado. Mas, mesmo que cada segundo demorasse quatro vezes mais a passar, a lembrança não traria de volta nenhum pensamento. Palavras, idioma... tudo havia desaparecido, substituído por um cenário tingido de uma ira rubra.

Jogando Poppy para o lado, Andrew deu um salto na direção do homem e agarrou seu pescoço. Mesmo assim, em segundos estava cercado e só conseguiu acertar dois chutes no sujeito antes de ser prensado contra a parede da taberna, os braços imobilizados por dois dos homens suspeitos que vira dentro da taberna.

Ele olhava ao redor com urgência, tentando analisar a situação. Estava claro que os três homens eram parte de um grupo maior. Andrew não sabia quantos eram no total. Havia quatro no beco, mas, a julgar pelos sons que vinham da porta aberta, devia haver pelo menos mais quatro lá dentro.

Os homens falavam em um português rápido demais para que Andrew conseguisse acompanhar, e então o brutamontes que segurava Poppy pelo pulso mudou de posição, colocando-se atrás dela e imobilizando-a com um mata-leão.

– Solte-a – rugiu Andrew, mas o maldito homem apenas riu, e Poppy emitiu um grito estrangulado ao ser puxada para ainda mais perto do corpo dele.

– Seu filho da...

Andrew foi interrompido quando um dos bandidos o empurrou com força contra a parede de pedra.

O homem que segurava Poppy riu com ainda mais vontade. Enrolou o dedo em uma mecha de cabelo dela e lhe fez cócegas embaixo do queixo.

Ele seria o primeiro a morrer.

Andrew não fazia a menor ideia de como conseguiria essa proeza, mas Deus era testemunha de que estriparia aquele maldito.

– Larga ela!

Era Billy. Céus, ele se esquecera do menino. E aparentemente os bandidos também, porque não havia ninguém segurando o garoto, de modo que ele conseguiu se lançar sobre o homem que prendia Poppy e chutá-lo na canela.

– Billy, não! – gritou Andrew, pois qualquer um via que o menino não teria a menor chance.

Mas o malandrinho de uma região barra-pesada de Portsmouth tinha um coração de cavalheiro e jamais permitiria que a honra de sua dama fosse conspurcada.

– Larga ela! – gritou Billy outra vez.

Então – meu Deus, eles iriam acabar com a raça dele por causa disso! – Billy cravou os dentes no braço do gigante.

O uivo de dor foi de arrepiar os ossos. Andrew jamais saberia se foi por vingança ou reflexo, mas o punho do homem abalroou a cabeça de Billy como uma marreta.

O menino caiu feito uma pedra.

– Billy! – gritou Poppy.

Então, bem diante dos olhos horrorizados e perplexos de Andrew, Poppy se descontrolou.

– Seu covarde! – rosnou ela, e desferiu um golpe duplo: cravou o calcanhar no peito do pé do sujeito, ao mesmo tempo que metia o cotovelo na barriga dele.

O pisão não causou efeito algum, mas a cotovelada atordoou o homem o suficiente para que ele a soltasse. Na mesma hora, Poppy atirou-se ao lado de Billy, pegando a cabeça do menino e tentando acordá-lo.

– Ele é só uma criança! – sibilou ela, em inglês.

O homem protestou alguma coisa em português, balançando o braço machucado bem diante do rosto dela.

Poppy só ergueu os olhos o suficiente para ver o braço ferido, e então ralhou:

– Ora, a porcaria da culpa foi toda sua!

Os outros bandidos estavam rindo, o que só aumentou a raiva do grandalhão, que soltou uma série de palavrões.

Curioso, mas os xingamentos Andrew conseguiu entender.

– Billy – dizia Poppy, tirando os cabelos do rosto dele com delicadeza. – Acorde, por favor. Está me ouvindo?

Billy não se mexeu.

Irada, Poppy virou-se para o bandido e disse em um rugido agourento:

– Tomara que essa mordida infeccione. – Parecia não ligar muito se o homem a entendia ou não. – Tomara que seu braço fique preto e caia. Tomara que seu pênis fique...

– Poppy! – rosnou Andrew.

Ele desconfiava que nenhum daqueles homens entendia uma palavra do que diziam, mas, se entendessem alguma coisa, uma palavra como "pênis" seria uma das primeiras a reconhecerem.

– Algum de vocês fala inglês? – perguntou ele. – *Inglês?*

Todos grunhiram negativas, e um deles enfiou a cabeça pela porta da taberna e gritou algo em português. Em seguida, um dos homens que Andrew vira dentro do estabelecimento trouxe o Sr. Farias à porta.

Com uma faca encostada na garganta.

CAPÍTULO 18

— Billy? – murmurou Poppy, acariciando de leve o rosto dele. – Billy, acorde, por favor.

Mas o menino não despertava. Não parecia pálido nem doente, tampouco apresentava algum dos sintomas que Poppy imaginou decorrerem de um golpe tão forte na cabeça. Poppy achava que ele parecia quase em paz, como se dormisse um sono natural e só precisasse de um leve cutucão para abrir os olhos.

Água, pensou ela. Talvez um pouco de água no rosto pudesse ajudar. Era uma palavra que ela conhecia na língua local. Havia aprendido algumas horas antes.

– Água – implorou ela, olhando de um bandido a outro. – Água.

Mas a palavra sem jeito não foi ouvida por ninguém. Naquele momento, começava uma comoção dentro da taberna: gritos, seguidos do som de madeira quebrada e mesas viradas. O homem que batera em Billy correu para dentro.

A conversa rápida e ríspida entre os bandidos continuava, suas palavras completamente incompreensíveis para os ouvidos da moça inglesa.

Poppy se sentia miseravelmente indefesa.

Algumas horas antes, a melodia da língua portuguesa que cercava seus ouvidos parecera tão encantadora. Tinha sido tão divertido adivinhar o que estavam falando, maravilhando-se ao pensar como o mundo era vasto...

Naquele momento, no entanto, sentia-se ignorante. E perdida. Vulnerável como uma criancinha, já que não conseguia compreender nada do que acontecia à sua volta.

Olhou para Andrew, mas não tinha a menor esperança de que ele estivesse entendendo o falatório acelerado dos bandidos. Tendo passado o dia inteiro com ele, tinha alguma ideia das limitações de seu português: melhor que o da maioria dos estrangeiros, mas ainda longe de ser fluente.

– Andrew – sussurrou ela, mesmo achando que ele não ouviria. Os dois brutamontes mais fortes o imprensavam contra a parede, e só de ver a cena, Poppy sentia um aperto na garganta. Um homem pressionava o cotovelo na barriga de Andrew e o outro segurava o pescoço dele com muita, muita força. Ambos usavam todo o peso do corpo para controlá-lo.

"Andrew." Dessa vez, ela só pensou. Mas não tinha como chamar sua atenção, porque o olhar dele estava cravado na porta e seu rosto era uma máscara imutável, um vácuo de expressão.

Vácuo. Mais um termo cuja sonoridade evocava seu significado.

Vácuo. Vazio. Era horrível.

Além disso, era uma palavra que jamais deveria ser usada para descrever o capitão Andrew James. Ele era pleno. Era repleto. Era cheio de vida.

Talvez mais do que qualquer pessoa que ela já conhecera, e...

E...

Piscou algumas vezes, recobrando o foco. Andrew continuava olhando para outro ponto, mas não importava mais. Ela não precisava ver os olhos dele, porque sabia que eram de um azul mais intenso que o do mar. Não precisava ouvir sua voz, pois sabia que o som logo a envolveria como o calor do sol.

Aquilo que ele dissera mais cedo... Andrew estava certo.

Ela o conhecia.

Andrew James não apenas existia. Ele estava vivo. E estar com ele a fazia desejar a mesma coisa.

Poppy ficou perplexa ao se dar conta disso. Sempre se achara uma garota esperta, aventureira e sagaz, e talvez fosse mesmo, mas quando estava com Andrew, ela era muito mais. Era mais do que sempre tinha sido, e mais do que todas as outras coisas que poderia ser – coisas que nem sequer imaginara.

Não era que Andrew tivesse mudado quem ela era: as sementes de tudo aquilo sempre estiveram dentro de si.

Mas com ele, Poppy crescia.

– Poppy.

Era a voz de Andrew. Baixa e tensa, com um leve tom de alerta. Os barulhos vindos da taberna mudaram. Passos. Alguém vinha na direção deles.

– Sr. Farias – sussurrou Poppy.

O taberneiro surgiu primeiro à porta, empurrado por um homem que imobilizava seu tórax com um braço corpulento.

E a faca em sua garganta.

Um terceiro homem saltou da soleira e se aproximou deles – Poppy deduziu que era o líder do bando. Disse algumas palavras em um tom de voz apavorante, ao que o Sr. Farias retrucou, em inglês:

– Não resista, capitão! Eles são muitos e estão armados.

– O que eles querem? – perguntou Andrew.

– Dinheiro. Eles dizem que querem dinheiro. Sabem que o senhor é inglês, que é rico.

Poppy corria os olhos de um homem ao outro, sem parar de acariciar o rosto de Billy. Por que aqueles homens achariam que eles eram ricos? Dava para ver que tinham uma condição boa, é claro; era óbvio que não eram trabalhadores braçais. Mas não havia como aqueles homens saberem que ela era parente de um visconde riquíssimo, que tinha uma família capaz de pagar um resgate digno de realeza para que ela voltasse para casa sã e salva.

Não que os pais dela possuíssem tal quantia.

Mas seu tio... ele pagaria.

Isto é, se soubesse que ela fora raptada.

Mas ele não sabia que ela estava em Lisboa. Ninguém sabia. Absolutamente nenhuma pessoa com quem ela se importava sabia do seu real paradeiro. Curioso que até então ela nunca houvesse pensado dessa forma.

Cômico.

Talvez trágico.

Mas não os dois, provavelmente.

Ela olhou para Billy outra vez. Percebeu, então, que se importava com ele. E com Andrew também. Mas se ela desaparecesse nas ruelas escuras de Lisboa, eles também desapareceriam, e sua família jamais saberia de seu destino.

– Tenho algum dinheiro no casaco – disse Andrew, com a voz deliberadamente lenta e controlada. – Ele fez um sinal na direção do peito. – É só olhar no meu bolso.

O Sr. Farias traduziu, mas Poppy nem precisava falar português para saber o que o líder da gangue achou da sugestão de Andrew. Sua resposta foi ríspida, e a expressão em seu rosto era cruel.

O Sr. Farias estava lívido de medo.

– Ele diz que não é o suficiente – traduziu o taberneiro. – Perguntei como ele sabe disso, e ele falou que sabe quem o senhor é. Diz que sabe que é o capitão do *Infinity*. Disse que sua carga e suas mercadorias não cabem no bolso.

Um músculo se mexeu involuntariamente no rosto de Andrew; Poppy percebeu o esforço que ele fez para se controlar quando respondeu:

– Diga que, se nos libertarem, serão amplamente recompensados.

A boca do Sr. Farias estremeceu e o homem que o segurava pressionou ainda mais a faca em sua garganta.

– Eu não... não consegui entender...

– Eu vou pagar a eles – vociferou Andrew, grunhindo de dor ao levar uma cotovelada na barriga. – Se nos soltarem, eu vou pagar.

O Sr. Farias traduziu, e o sangue gelou nas veias de Poppy quando o líder atirou a cabeça para trás e começou a gargalhar. Depois de enxugar os olhos, ele disse algumas palavras, e o Sr. Farias falou outra vez com Andrew:

– Ele disse que vai levar você. Que assim vai conseguir mais dinheiro.

– Só se ele soltar...

O chefe o atropelou com algumas palavras rosnadas. O Sr. Farias engoliu em seco convulsivamente.

– O que ele disse? – exigiu saber Andrew.

A voz do taberneiro saiu entrecortada, quase um sussurro:

– Ele disse que... disse que também vai levar a moça.

O rosto de Andrew foi tomado por uma expressão bestial.

– Nem por cima do meu...

– Não! – gritou Poppy.

Andrew não tirou os olhos do rosto do líder quando disse:

– Poppy, fique fora disso.

– Impossível, eu *já estou* nisso. E, realmente, de muito vai me adiantar se eles tiverem que passar por cima do seu cadáver – disse, com sarcasmo.

Andrew a encarou com um olhar fulminante. Ela fez o mesmo.

– Capitão?

O Sr. Farias estava engasgado de pânico, e quando Poppy olhou para ele, viu um filete de sangue escorrendo por seu pescoço.

A resposta de Andrew foi irredutível:

– Solte-a. Agora.

– Capitão, acho que eles não vão concordar...

– Chega! – interrompeu o líder do bando, que meteu a mão no bolso, tirou uma arma e apontou-a para a cabeça de Billy.

– Não!

Poppy atirou-se sobre o menino. É claro que ela não queria morrer – *Deus, por favor, por favor* –, ela não queria morrer. Mas não podia deixar que ele atirasse em Billy. O menino só tentara protegê-la. E ele era tão pequenininho...

Só tinha ido até ali para brincar com o gato.

O chefe deu uma risada desdenhosa, cuspiu algumas palavras na direção de Farias e se afastou.

– O que ele disse? – sussurrou Poppy.

Os lábios do taberneiro tremiam. Ele balançou a cabeça.

– Você conhece esses homens? – perguntou Poppy.

Ele fez que sim com a cabeça.

– Todos os meses eu preciso dar dinheiro para eles. Para ter proteção.

– Contra quem?

O taberneiro emitiu uma espécie de soluço, um som amargo e engasgado, e respondeu:

– Contra eles mesmos. Todo mundo tem que fazer isso. Todo o pessoal aqui nas redondezas. Todo mundo paga. Mas eles nunca fizeram nada assim, como hoje. Já agrediram outras pessoas, mas não pessoas como vocês.

Infelizmente, Poppy não se sentiu muito reconfortada pelas palavras do Sr. Farias. Embora não achasse que ele estivesse tentando tranquilizá-la.

– Senhor.

Todos se viraram para Andrew, ainda imobilizado contra a parede, o queixo virado numa posição desconfortável pelo homem que segurava seu maxilar. Contudo, sua voz saiu firme ao perguntar:

– O que ele disse?

Com os lábios trêmulos, o Sr. Farias olhou Poppy, depois para Andrew outra vez.

– Ele quer levar os três. Você, a moça e o garoto.

– O quê? Não! O Billy... – Poppy não terminou a frase.

– Ou eles levam os três – acrescentou o Sr. Farias –, ou matam dois. Dois de vocês... e eu também.

E de repente o mundo ficou em silêncio. Talvez as pessoas ainda estivessem falando, talvez o barulho continuasse na rua mais próxima, mas

Poppy não ouvia mais nada. A atmosfera ficou densa, como se ela estivesse submersa e ouvisse vozes vindas da superfície.

Devagar, ela se levantou. Olhou para Andrew. Não disse nada. Não precisava.

Ele assentiu uma única vez. Ele entendera.

O medo é uma criatura peculiar. Quando Poppy era criança, ela e os irmãos gostavam de brincar criando situações hipotéticas.

"O que você faria se estivesse sendo perseguido por um javali?"

"Como você reagiria se alguém apontasse uma arma para a sua cabeça?"

Todas as crianças brincavam assim, certo? Adultos também.

Ela se lembrava de um dia em específico com os quatro irmãos... Por algum motivo, o jogo se transformara em "O que Poppy faria se estivesse sendo perseguida por um javali?", e "Como Poppy reagiria se alguém apontasse uma arma para a cabeça dela?"

Ela até havia tentado sair por cima, provocando: "Qual de vocês iria me socorrer?", mas logo foi informada que, de acordo com as regras oficiais do jogo, não valia. Depois de discutir longamente sobre a questão da arma, Richard e Reginald decidiram que ela gritaria. Não que fosse algo inesperado; Poppy quase nunca gritava, mas quando gritava, fazia isso *excepcionalmente* bem.

Ronald disse que ela desmaiaria. Quando Poppy observou que nunca havia desmaiado, nem uma única vez na vida, ele rebatera que ela também nunca estivera na mira de uma arma.

Poppy teve que admitir que era um bom argumento, por mais que não concordasse com a conclusão.

O jogo morreu logo depois, quando Richard começou a farejar o ar, alegando sentir cheiro de tortinhas de maçã. Só que mais tarde Poppy perguntou a Roger por que ele não dera uma opinião.

– Não sei, Pops – respondeu ele, com uma seriedade que não lhe era usual. – Não sei nem como eu mesmo reagiria em uma situação dessas. Acho que ninguém tem como saber até que aconteça.

Estava acontecendo naquele instante.

E o medo era mesmo uma criatura peculiar, porque, de todas as coisas que Poppy pensou que seria capaz de fazer, de todas as reações que pensou que surgiriam diante de uma situação extrema, nada daquilo estava acontecendo.

Era quase como se não estivesse ali de verdade. Sentia-se anestesiada. Distante.

Seus movimentos eram lentos e cuidadosos, mas nada parecia deliberado. Ela não estava pensando "Vou me mexer bem devagar para não assustar ninguém".

Apenas agiu. E ficou esperando pacientemente que os bandidos fizessem o que quer que tivessem em mente.

Andrew foi dominado primeiro. Juntaram as mãos dele às costas e as amarraram com uma corda.

– Não a machuquem – avisou ele, no instante em que o encapuzaram com um saco de juta.

O pavor tomou o corpo de Poppy como se ela tivesse sido possuída por um espectro. Era aterrorizante não enxergar. Era aterrorizante que *ele* não enxergasse. Se Andrew não a visse, não teria como ajudá-la, e, céus, ela não queria enfrentar aquela situação sozinha.

Abriu a boca, mas não soube o que dizer; percebeu que, mesmo se soubesse, não seria capaz de emitir um único som. Então um dos homens a pegou pelo pulso muito bruscamente, apertando com tanta força que ela chegou a emitir um pequeno soluço.

– Poppy? – Andrew começou a se debater, lutando contra as amarras. – O que vocês...

O captor cuspiu algumas palavras incompreensíveis e o atirou na parede.

– Está tudo bem! – gritou Poppy. – Eu estou bem. Juro. Só fui pega de surpresa, só isso.

Ela encarou o homem que segurava Andrew.

– Por favor, não o machuque.

O sujeito a olhou como se ela fosse idiota. E provavelmente era mesmo. Sabia muito bem que ele não entendia nada do que ela dizia.

Mas precisava tentar.

– O garoto – disse ela, dirigindo-se ao homem que parecia menos cruel. – Por favor, seja gentil com ele.

O Sr. Farias disse algo, provavelmente a tradução do que ela dissera.

Poppy engoliu em seco ao ver o homem amarrar as mãos do menino inconsciente.

– Eles têm mesmo que fazer isso? – perguntou ela ao Sr. Farias. – Já vão levar o capitão e a mim. Ele é só uma criança.

O Sr. Farias olhou para ela com uma expressão condoída.

– Aposto que ele não vai nem se lembrar de nada disso – continuou Poppy.

O Sr. Farias soltou um suspiro trêmulo e disse algo ao homem que estava no chão com Billy. Poppy olhava de um para o outro enquanto eles conversavam em um tom urgente. Por fim, o Sr. Farias virou-se para ela.

– Ele disse que o garoto vai dar trabalho demais. Vão deixá-lo aqui comigo.

Poppy quase sorriu. Quase gargalhou de tanto alívio.

– Mas a senhorita não pode resistir – alertou o taberneiro. – Não pode causar problemas. O senhor também, capitão – falou. – Eles vão levar vocês, e vocês precisam cooperar, senão vão mandar alguém aqui e...

Ele fez um gesto de garganta cortada.

Poppy se encolheu. Olhou para Andrew, que não estava vendo nada, e se deu conta de que teria que traduzir o gesto. Engoliu em seco, forçando-se a pronunciar as palavras.

– Eles virão matá-lo. Vão cortar a garganta do Billy se causarmos problemas.

– Mas vão deixar que ele volte para o navio se colaborarmos? – perguntou Andrew, sua voz saindo abafada.

– Sim.

– Eu vou colaborar – disse ela.

O taberneiro aquiesceu, e essa foi a última coisa que Poppy viu antes de ser encapuzada também. Sem imaginar que a escuridão viria tão de repente, ficou paralisada. O calor era intenso. Tentou respirar, mas no mesmo instante, o ar ficou denso. Quando exalou, o hálito quente voltou na mesma hora à boca e ao nariz. Ela não conseguia respirar. Na verdade, conseguia, sim; ou ao menos achava que conseguia, mesmo que o ar não chegasse aos pulmões.

Mas se não havia ninguém a estrangulando por que estava tão difícil de respirar?

Poppy ouvia a própria respiração; sentia o peito subindo e descendo com força, mas nada adiantava. Começou a sentir-se tonta, desorientada. Sem enxergar o chão, de repente não conseguia nem se manter de pé.

Tinha que se segurar em alguma coisa.

– Poppy? Poppy, está tudo bem? – perguntou Andrew. – Poppy!

Ele parecia tão distante...

– Eu preciso segurar a mão dele – disse ela. Quando ninguém fez nada, ela gritou: – Eu preciso segurar a mão dele!

Havia um burburinho de movimento, vozes alteradas, dentre elas a do Sr. Farias. E então, milagrosamente, ela sentiu a mão ser levada à de Andrew.

Era desconfortável. Como ele estava com as mãos amarradas às costas, Poppy mal conseguiu dar o dedo a ele.

Mas era uma segurança poder tocá-lo.

– Vai ficar tudo bem, Poppy – afirmou ele. – Juro.

– Não consigo respirar.

– Consegue, sim.

– Não consigo, não.

– Está muito claro para mim que consegue.

Havia certo tom de bom humor e gentileza na voz dele, quase suficiente para perfurar o pânico que ela sentia. Ele apertou os dedos dela.

– Preciso que você seja forte.

– Mas eu não sou forte.

– É a pessoa mais forte que eu conheço.

– Não sou. Não sou mesmo. – Poppy não estava entendendo por que sua voz saía em tom de súplica.

Ele apertou os dedos dela outra vez e deu uma risadinha.

– Não é a primeira vez que você é raptada.

– Não é a mesma coisa – ralhou ela, virando o rosto para onde achava que ele estava. – Francamente, capitão. Esta foi a comparação mais absurda do mundo.

– E você que disse que não é forte... – murmurou ele.

– Você...

Ela se deteve quando sentiu os dedos dele enlaçados nos dela.

– Poppy?

Ela levou alguns instantes para entender o que ele tinha feito.

– E agora, está conseguindo respirar?

Ela assentiu, mas quando lembrou que ele não a via, disse:

– Consigo. Obrigada.

– Nós vamos sair dessa – disse ele.

– Acha mesmo?

Ele fez uma pausa um pouquinho mais longa do que o normal antes de dizer que sim.

Mas Poppy ao menos tinha voltado a respirar.

CAPÍTULO 19

Andrew não fazia ideia de onde estavam.

Na saída da taberna, ele e Poppy haviam sido atirados sem qualquer cerimônia em uma carroça. Viajaram por mais de uma hora, mas, com o capuz e um cobertor pesado em cima de ambos, não foi possível se orientar muito durante o percurso.

Sua única certeza era que tinham subido um bocado, o que não era de muita ajuda. Partindo do nível do mar, não era de se esperar que tivessem subido.

Foram levados para dentro de um prédio, subiram um lance de escadas e entraram em um cômodo nos fundos. Uma porta se fechou, foi trancada, e então alguém atrás de Andrew puxou o capuz dele com força, fazendo a juta áspera arranhar seu rosto. Achou que seria ofuscado pela claridade, mas o ambiente era escuro e pesado. O cômodo tinha uma única janela coberta por fora, provavelmente por tábuas pregadas. Ele se virou bem na hora em que um dos homens arrancava o capuz de Poppy. Ela respirou muito fundo no momento em que se viu livre e, embora um pouco assustada, parecia bem. Estava muito quente e úmido embaixo do cobertor, e, depois da reação de Poppy ao ser encapuzada, ele passara a viagem inteira temendo outra crise pela dificuldade de respirar. Tentou conversar com ela ao longo do trajeto, já que a abordagem tinha funcionado no momento do capuz, mas fora recompensado com um tapa na cabeça dado pelo homem que os escoltava. O cobertor absorveu grande parte do impacto, mas serviu como advertência. Andrew ficou quieto pelo restante do caminho e não tentou mais nada.

Não tinha escolha.

O que era irritante.

Lembrou-se de quando perguntara a Poppy por que ela estava sendo tão gentil – no primeiro ou segundo dia a bordo do *Infinity*, talvez. E ela respondera que não tinha nenhum bom motivo para não ser. Afinal, não conseguiria escapar enquanto estivessem no mar.

Na ocasião, Andrew tinha achado a resposta sensata.

Ainda achava, na verdade.

Mas havia acabado de perceber que tinha ignorado completamente a questão mais importante: a terrível sensação de impotência ao ser forçada a aceitar seu destino de forma tão mansa. Não havia nenhuma satisfação em escolher a melhor opção quando todas as demais eram péssimas.

Ele não poderia tê-la deixado na Inglaterra – não com ordens explícitas de levar com urgência aquele pacote diplomático para Portugal *e* de manter segredo sobre a caverna até que o emissário do primeiro-ministro fosse até lá buscar os documentos que Andrew trouxera da Espanha. Era verdade que ele não tivera escolha, mas bem que poderia ter sido mais compreensivo.

Mais... empático?

Mais qualquer coisa. Poderia ter sido *mais*.

Mais honesto, talvez. Ela nem sabia seu nome verdadeiro.

Andrew tentou falar com os olhos, pois não se atrevia a emitir um único som. Poppy pareceu entender, porque abriu mais os olhos, e os cantos da boca se curvaram bem de leve. Os dois homens que os levaram até ali ainda estavam à porta, conversando em um português rápido.

Enquanto eles falavam, Andrew avaliou os arredores. Estavam em um cômodo – nada amplo nem luxuoso, mas, até onde dava para ver, limpo e arrumado. Como a mobília era um pouco melhor do que a que se encontraria em uma estalagem, estava claro que o dono da casa tinha uma boa condição financeira.

Andrew conseguiu distinguir algumas palavras da conversa: dinheiro, homem, mulher. Teve a impressão de ter ouvido também a palavra "sete", embora não conseguisse entender o contexto. E talvez não tivesse nada a ver. Talvez só tivesse conseguido reconhecer "homem", "mulher" e "dinheiro" porque já esperava ouvir aquelas palavras.

Amanhã.

Idiota.

Casa.

Mais algumas palavras que ele pensou ter ouvido.

De repente, os homens agiram. Um apontou para eles e deu uma ordem para que se mexessem. Andrew empurrou Poppy com o ombro e ambos foram recuando até sentir a cama na parte de trás da perna.

Poppy o encarou com olhos arregalados e apreensivos, então balançou a cabeça bem de leve. "Não faça perguntas. Ainda não."

Falando entre si, os homens começaram a ficar mais alterados, e Andrew viu o brilho de uma faca.

Ele nem pensou.

Não teve tempo. Apenas saltou na frente de Poppy, tentando protegê-la com o próprio corpo. Só que, com as mãos amarradas, seus movimentos eram desengonçados, sem o menor equilíbrio. Poppy grunhiu ao cair de costas na cama e Andrew foi direto ao chão, sentindo-se ridículo. O homem da faca se aproximou e chegou a revirar os olhos, então pegou os pulsos de Poppy e cortou as amarras dela.

Olhou para Andrew no chão e o chamou de idiota.

Aquela palavra ele conhecia.

Então os dois captores se foram. Andrew fechou os olhos. Precisava de um momento para se recuperar.

Na verdade, precisava mesmo de um momento para fingir que não estava jogado no chão com as mãos atadas às costas, em algum lugar nos arredores de Lisboa.

Devia ter mordido a língua, porque de repente sentiu gosto de sangue.

– Capitão? – chamou Poppy.

Ele suspirou.

– Capitão?

A segunda vez soou um pouco desesperada, então ele se forçou a abrir os olhos. O rosto dela pairava sobre o dele, a testa franzida de preocupação.

– Estou bem – disse ele.

Ela se abaixou para ajudá-lo a se levantar.

– Posso tentar desamarrar você.

Ele balançou a cabeça. Quem quer que tivesse dado aquele nó, era um trabalho de dar inveja ao mais experiente dos marinheiros.

Que irônico. Maldição.

– Eles deveriam ao menos ter soltado você e refeito o nó com seus braços voltados para a frente – repreendeu ela, ajudando-o a ficar de pé.

– Ou – falou ele, com certa aspereza – não deveriam ter nos sequestrado.

– Bem... sim. – Ela deu um riso nervoso.

– Como você está? – perguntou ele.

Isso deveria ter sido a primeira coisa a dizer. Deveria ter sido seu primeiro pensamento, não aquela bobagem de ficar sentindo pena de si mesmo e querer fechar os olhos por alguns momentos.

– Eu... – Ela precisou de um tempo para escolher bem a resposta. – Eu estou bem. Não sei o que me deu no momento em que me encapuzaram. Nunca tinha vivido nada parecido. Passei metade do tempo do trajeto tentando me lembrar de respirar e a outra metade tentando lembrar *como* respirar.

– Sinto muito – disse ele, condoído, sem saber por que estava se desculpando; a lista de transgressões das quais era culpado era longa.

Mas Poppy pareceu alheia à intensidade na voz dele.

– Foi tão estranho. Tudo aconteceu tão rápido... Eu não conseguia respirar, mas *estava* respirando. Só achava que não. Eu sei, não faz muito sentido.

– Coisas dessa natureza raramente fazem sentido. – Ele pigarreou. – Já vi algo assim antes. O que aconteceu com você. Um dos meus homens não consegue dar um único passo dentro da caverna.

– Sério? – Poppy parecia surpresa. – Não tive nenhuma dificuldade na caverna.

Ele apenas deu de ombros, já que as mãos atadas impediam que gesticulasse como de costume.

– Imagino que varie de pessoa para pessoa. Até onde eu sei, ele poderia passar dias e dias sentado alegremente com um saco na cabeça.

Poppy entreabriu os lábios, pensativa.

– Acho que você tem razão. É tolice esperar lógica de algo completamente ilógico.

Exausto, Andrew sentou-se na cama. Agora que o perigo imediato havia passado – todas as facas e armas, bem como todos os bandidos portando as facas e as armas, estavam do outro lado da porta –, sentia como se toda a energia tivesse sido drenada de seu corpo.

Ou arrancada. Porque "drenar" lhe parecia um processo lento, e o desânimo fora instantâneo. Em um momento ele estava a postos, pronto para lutar, e, no momento seguinte não era ninguém.

Por um instante, Poppy pareceu prestes a se sentar ao lado dele, mas acabou se virando para o outro lado, abraçando o próprio corpo de forma desconfortável.

– Você ajudou muito – disse ela pausadamente. – Quando conversou comigo naquele momento. Eu fiquei bem mais calma. Obrigada.

– Não me agradeça – respondeu ele com rispidez.

Andrew não queria a gratidão dela. Não suportaria.

Se saíssem vivos daquele cômodo, se ele fosse a pessoa que conseguisse tal proeza, aí, sim, ela poderia agradecer. Até lá, no entanto, ele seria apenas o homem que pusera a vida dela em risco.

– Você sabe onde estamos? – perguntou ela, por fim.

– Não.

– Eu... – Ela engoliu em seco, olhando para a janela tapada. – Quanto tempo acha que passamos naquela carroça? Uma hora? Imagino que estejamos bem longe do centro da cidade.

– Ou eles deram umas seis voltas no quarteirão e nós estamos bem ao lado da taberna.

Ela arregalou os olhos.

– Acha mesmo?

– Não – admitiu ele. – Não exatamente ao lado da taberna. Mas talvez muito mais perto do que a duração da viagem daria a entender.

Poppy foi à janela e colou a orelha ao vidro.

– Está ouvindo alguma coisa? – perguntou Andrew.

Ela assentiu; só uma vez, um gesto muito discreto que servia tanto para responder quanto para pedir que ele ficasse quieto.

– Não consigo discernir quase nada – disse ela –, mas ouço alguns barulhos. Não estamos em um lugar isolado.

Andrew conseguiu se levantar e foi até a janela, onde encostou a orelha no vidro, ao lado dela. Frente a frente, ficaram escutando. Ela tinha razão: não estava silencioso do lado de fora. Havia... vida. Coisas acontecendo.

Era a descrição menos específica que ele podia imaginar ("coisas acontecendo"), mas cheia de significado.

– Acho que ainda estamos na cidade – disse ele, devagar. – Ou, pelo menos, não estamos longe.

Poppy murmurou, concordando, e pressionou o rosto ainda mais contra o vidro.

– Ouço vozes de mulher – disse ela.

Andrew ergueu a sobrancelha.

– Acho muito improvável que esses sujeitos tenham uma divisão feminina na quadrilha.

– Então devem ter nos trazido para um lugar bem comum na cidade. Ou perto da cidade.

– Uma ótima notícia. Quanto menos remota a área em que estivermos, melhor.

– Maiores as chances de que alguém nos encontre?

– Maiores nossas chances de escapar. – Vendo a pergunta no olhar dela, ele acrescentou: – É muito mais fácil se esconder em uma cidade.

Ela assentiu, afastando-se da janela e dando alguns passos.

– Acho que vou me sentar um pouco.

– Boa ideia.

Ela fez menção de caminhar até a cama, mas então se deteve e virou-se outra vez para ele.

– Existe alguma coisa que eu possa fazer por você?

– Imagino que você não tenha uma faca escondida aí nesse seu vestido... – murmurou ele.

– Nem uma pistola. – Só pelo olhar dela, Andrew compreendeu a alusão à frase que ele mesmo dissera no dia em que ela chegara ao *Infinity*. – Muito menos uma algibeira cheia de ouro. Uma pena.

– Uma pena – concordou ele.

Maldição.

Duas horas depois

Não havia o que fazer, apenas ficar encarando a porta.

Poucos minutos antes, um homem viera buscar Andrew. Ele fora carregado e empurrado porta afora, e ela não o vira mais. Poppy também não ouvira nada, o que talvez fosse um bom sinal. Tiros eram, por definição, sempre altos, e se tentassem machucá-lo de alguma outra forma – bem, certamente faria um bom barulho.

Certo?

Poppy vasculhara o quarto em busca de algo que pudesse ser usado como arma, mas os únicos objetos de peso móveis eram as cadeiras.

– A necessidade faz o sapo pular – resmungou ela, puxando uma cadeira para perto da porta.

Se fosse necessário, poderia erguê-la bem alto e atingir a cabeça de alguém. Talvez até conseguisse deixar esse alguém inconsciente.

Desde que esse alguém não fosse Andrew, é claro.

Perdeu a conta de quanto tempo ficou ali esperando, tentando ouvir alguma coisa. Dez minutos? Vinte? Definitivamente, não trinta. Nunca fora muito boa em estimar a passagem do tempo.

Até que, enfim...

O som de passos. Ela segurou firme o encosto da cadeira. Não fazia ideia de como iria saber se deveria atacar ou não. E se ouvisse a voz de Andrew? E se *não* ouvisse a voz de Andrew?

Não tinha jeito. Teria que esperar a porta se abrir e ver quem entraria.

Os sons se aproximaram.

Ela levantou a cadeira. Bem acima da cabeça. Barulho de chave girando na fechadura.

Prendeu a respiração. A porta se abriu. E Andrew entrou aos tropeços.

Poppy se conteve no meio do golpe, detendo-se a poucos centímetros da cabeça dele.

– Aaaah!

Ele gritou.

Ela gritou.

Ambos gritaram, e também gritou a pessoa que estava no corredor, provavelmente mandando que calassem a boca.

– Pelo amor de Deus! – gritou Andrew, erguendo as mãos para se defender.

– Eles desamarraram suas mãos! – exclamou Poppy.

Com o empurrão forte e o susto, ele tinha caído no chão, e Poppy de primeira não se deu conta que ele estava livre.

– Abaixe essa cadeira – grunhiu ele.

– Ah, perdão.

A ponta de uma das pernas estava a centímetros do olho dele.

– Você está bem? – perguntou ela, colocando o objeto no chão. – O que aconteceu? Está tudo bem?

Ele assentiu.

– Primeiro, me deixe levantar.

– Ah, sim, é claro. – Poppy ofereceu a mão. – O qu... – Ela mordeu a língua; quase perguntara outra vez o que acontecera.

Depois de sacodir a poeira das roupas, ele contou:

– Eles trouxeram um sujeito que falava inglês.

– E?

– E o sujeito fingiu estar do meu lado. Disse que estava horrorizado com o tratamento que nos deram, insistiu para que soltassem minhas mãos.

Poppy ficou se perguntando por que havia tanta acidez na voz dele.

– Mas isso é... bom? Não é?

217

– Provavelmente, não. É uma tática muito conhecida para lidar com prisioneiros. Uma pessoa vem e os trata com gentileza. Tenta conquistar a confiança deles.

– Ah – fez Poppy, pensativa. – Ainda assim, acho que é melhor do que ter uma pessoa nos tratando mal, certo?

Ele parou para refletir.

– Talvez. A maior parte dos métodos de interrogação envolve uma quantidade desagradável de sangue, então, sim, é melhor assim.

Ela franziu os lábios e conteve a vontade de brigar com ele pelo comentário insolente.

– Eles falaram o que queriam? Quer dizer, sabemos que é dinheiro, mas disseram quanto?

– Mais do que o valor de que eu disponho no momento.

Poppy ficou boquiaberta. Não sabia por quê, mas a possibilidade de que não conseguissem providenciar a quantia de resgate não lhe havia passado pela cabeça.

– Eu tenho dinheiro – disse ela, lentamente.

– Aqui em Portugal? – A resposta dele foi sarcástica, quase debochada.

– Claro que não. Mas e se disséssemos...

– Não seja ingênua.

Ela trincou os dentes.

– Só estou tentando ajudar.

– Eu sei. – Ele passou os dedos pelos cabelos. – Eu sei.

Poppy o perscrutava com atenção. O segundo "eu sei" tinha sido mais alto que o primeiro, mas, enfático.

Raivoso, até.

Ela esperou um instante e então perguntou:

– Você vai me contar o que aconteceu?

– Estou tentando.

Ela balançou a cabeça.

– Não estou perguntando o que aconteceu. Estou perguntando se você vai me *contar*. Porque, se pretende não dizer tudo, se pretende deixar algum detalhe de fora por achar que é para o meu próprio bem, saiba que eu gostaria de saber.

Ele a encarou, perplexo, como se ela tivesse acabado de falar alemão. Ou chinês.

– Do que diabo você está falando?

– Você é cheio de segredos – declarou ela.

– Tem só uma semana que nos conhecemos. É claro que sou cheio de segredos.

– Não é uma crítica. Só estou dizendo que quero saber.

– Ah, Poppy, pelo amor de Deus.

– Ah, capitão, pelo amor de Deus – imitou ela, com uma voz irritante.

Ele devolveu um olhar de extrema irritação.

– Sério mesmo, Poppy? É assim que vai ser?

– O que mais eu posso fazer? Você não quer me contar nada!

– Eu estava tentando – grunhiu ele. – Você não para de resmungar, reclamando dos meus segredos.

– Eu nunca, jamais resmungo. E também nunca disse que você não deveria guardar segredo! Só quero saber *se* está fazendo isso.

Ela esperou a resposta, porque ele sempre tinha uma. As coisas entre eles eram *sempre* assim. Mas, em vez disso, ele apenas emitiu um som, algo estranho, rascante, nada familiar, que saiu bem do âmago de seu ser. Foi e não foi um rosnado; sob o olhar apreensivo porém fascinado de Poppy, ele se virou para o outro lado de forma brusca.

Plantou as mãos na parede bem acima da cabeça, inclinando-se para a frente, e soltou uma espécie de grunhido. Havia um quê de selvagem nele, algo que deveria tê-la aterrorizado.

Ela deveria ficar assustada. Mas não ficou.

Suas mãos formigavam. Como se tivesse a obrigação de encostar nele. Como se fosse morrer se não fizesse isso.

Poppy sentia uma estranheza no corpo inteiro. Como se ele estivesse faminto. E, embora ela fosse uma moça inocente, sabia muito bem que o que estava sentindo era desejo. Impróprio e inoportuno, mas ainda assim desejo, destroçando-a por dentro como um monstro faminto.

Ela deu um passo para trás por pura autopreservação. Não adiantou.

Por que se sentia assim justamente naquele momento, quando Andrew estava agindo do modo menos civilizado até então?

No navio, ela já havia sentido alguns indícios. Passara horas se perguntando o que teria acontecido se tivesse chegado mais perto quando se beijaram no convés. Havia sonhado com a pele dele, o pedacinho que ficava exposto quando ele tirava o lenço.

Não era apenas o lenço. Ele também enrolava as mangas, e aqueles braços, o movimento dos músculos sob a pele, era hipnotizante. A maior parte dos homens que ela conhecia não trabalhava. Eles cavalgavam, esgrimiam, caminhavam por suas propriedades, mas não trabalhavam. Os músculos de Andrew, contudo, provocavam curiosidade. Seriam fortes? O que aqueles braços seriam capazes de fazer?

E o calor que emanava dele nunca passava despercebido. O ar ao redor do corpo dele estava sempre alguns graus acima do ambiente. Fazia com que ela quisesse chegar mais perto, mais perto, até estar quase colada a ele, para ver o quão quente estaria.

Ela sabia que aqueles pensamentos eram escandalosos. Que beiravam o obsceno, até. Mas tudo o que havia pensado antes... não, *nada* do que havia pensado a deixara na condição em que se encontrava naquele momento.

Ela ainda o observava quando ele respirou fundo, o corpo tenso como se resistisse a amarras invisíveis. Suas mãos eram garras, a ponta dos dedos pressionando a parede acima da cabeça.

– Capitão James? – sussurrou ela.

Ela não sabia se ele havia escutado. Ele estava perto o suficiente; o quarto era tão pequeno que até mesmo o murmúrio mais suave era impossível de se ignorar. Qualquer que fosse o pensamento que estivesse passando pela cabeça dele... falava muito alto. Falava alto, era primitivo e o deixava no limiar de algum estado muito intenso.

– Capit...

Ele deu um passo para trás. Fechou os olhos, respirou fundo. E então, com uma compostura que era contida e imperturbável demais, virou-se para ela.

– Queira desculpar – falou ele.

Ela nem soube o que dizer.

– Onde estávamos?

Ela não fazia ideia.

– Certo – prosseguiu ele, como se ela não o estivesse encarando como uma lunática. – Talvez eu os tenha convencido a deixar que você leve o bilhete de resgate para o *Infinity*.

Poppy ficou incrédula. Por que ele não dissera nada?

Ele mais uma vez passou os dedos pelos cabelos, caminhando ao outro lado do quarto. Eram poucos passos e ele parecia um gato enjaulado.

– Foi o melhor que consegui fazer – disse ele.

– Mas... – Poppy tentava encontrar as palavras. Tudo em que conseguiu pensar foi: – Eu?

– Seria um sinal de boa-fé.

– Não sabia que eles tinham boa-fé.

– E prova de vida – acrescentou ele, em um tom mais áspero.

– Prova de... Ah... – disse ela, entendendo, de repente, a expressão. – Que frase terrível.

Ele revirou os olhos por conta da ingenuidade dela.

– O homem com quem conversei tinha que consultar outra pessoa. Só teremos uma resposta amanhã de manhã.

Poppy olhou para a janela. Mais cedo, havia um estreito feixe de luz passando entre as persianas de madeira.

– Anoiteceu – confirmou Andrew.

– É de se imaginar que sujeitos desse feitio prefiram agir na calada da noite.

Mais uma vez, ele revirou os olhos. E mais uma vez, não havia nenhuma leveza, nada que indicasse que estavam juntos naquela situação.

– Eu não saberia informar como funciona a mente deles – falou ele.

Poppy conseguiu se segurar por alguns segundos, mas não mais do que isso.

– Por que você está sendo tão grosso?

Um olhar de incompreensão impaciente varreu o rosto dele.

– Como?

– Estou só dizendo que você poderia ser um pouco mais gentil.

– Por q... – Andrew balançou a cabeça, aparentemente incapaz de completar a frase.

– Desde que o trouxeram de volta, você só faz rosnar e me atacar.

Ele ficou boquiaberto, como se não estivesse acreditando na empáfia dela.

– Fomos sequestrados, somos reféns de Deus sabe quem, e você está reclamando que eu não estou sendo gentil?

– Não, é claro que não... Bem, sim. Estou, sim. Toda vez que eu tento dar uma sugestão...

– Você não tem experiência em situações como esta – cortou ele. – Por que deveria ouvi-la?

– Porque eu não sou idiota, e, se me ouvisse, a pior coisa que poderia acontecer seria você discordar do que tenho a dizer.

Andrew apertou a ponte do nariz.

– Poppy – disse ele, em um misto de rosnado e suspiro. – Eu não consigo...

– Um segundo – interrompeu ela, pensando no que ele acabara de dizer. – Então quer dizer que você *tem* alguma experiência em situações como esta.

– Um pouco – admitiu ele.

– O que isso quer dizer?

– Quer dizer que não é a primeira vez que sou obrigado a lidar com figuras desagradáveis.

– É a primeira vez que você é raptado?

– Sim.

– É a primeira vez que é amarrado?

Ele hesitou.

Ela ficou sem ar, indignada.

– Capitão Ja...

– Desta maneira, sim – ele apressou-se em dizer, alto e com ênfase, como se interromper as perguntas dela fosse tão vital quanto, por exemplo, ar.

Ela estreitou os olhos.

– O que isso quer dizer?

– Não me faça essa pergunta.

Talvez fosse a primeira vez que ela o via ruborizar *de verdade*, o que era mais que suficiente para fazê-la querer arrancar uma resposta. Contudo, dadas as circunstâncias, decidiu deixar passar. Mais ou menos.

Lançou um olhar astuto para ele.

– Posso voltar a fazer essa pergunta depois?

– Não, por favor.

– Tem certeza?

Às vezes as pessoas fazem esse som que é algo entre um riso e um soluço e que sempre soa como sarcasmo. Foi exatamente esse o barulho que Andrew fez, logo antes de dizer:

– Nem um pouquinho.

Poppy deu um passo para trás. Parecia a coisa certa a se fazer. Após alguns instantes de silêncio cauteloso, ela perguntou:

– Como vamos fazer esta noite?

Ele pareceu estar quase aliviado com a pergunta, embora seu tom de voz tenha sido brusco ao dizer:

– Agora que estou com as mãos livres, vou inspecionar o quarto com mais cuidado, mas não tenho muita esperança de encontrar uma forma de escapar.

– Então só o que podemos fazer é esperar?

Ele assentiu, soturno.

– Contei no mínimo seis homens lá embaixo, mais dois do outro lado do corredor. Não gosto da ideia de não fazer nada, mas gosto menos ainda da ideia de suicídio.

Então aquele som que ele fizera havia pouco...

Foi a vez de Poppy fazê-lo.

CAPÍTULO 20

Muitas horas depois – depois de Andrew e Poppy terem comido o pão e o queijo que os captores largaram dentro do quarto, depois que a inspeção cuidadosa do ambiente não deu em nada, depois que um longo período de silêncio os acalmou e os levou a um estado de trégua tácita –, Andrew se sentou no chão. Apoiou as costas na parede, esticou as pernas e suspirou.

– Não prefere sentar na cadeira? – perguntou Poppy.

Ela estava na cama. Alguns minutos antes, quando ele dissera que ela podia ficar com a cama, ela abriu a boca para protestar, mas ele ergueu a mão com uma expressão tão intensa de "Não discuta" que ela simplesmente não disse mais nada.

Ele balançou a cabeça.

– Algo me diz que ela vai ser mais desconfortável do que o chão.

Ela olhou a cadeira e então respondeu:

– É, acho que você tem razão.

Ele deu um sorriso irônico.

– A cama não é... bem, não é desconfortável, mas não é excelente.

Em resposta, ele chegou mesmo a rir.

– Você é uma péssima mentirosa.

– Não tem a ver com mentira exatamente. Mas em como elaboramos a frase.

Andrew riu mais uma vez, com sarcasmo.

– É o que dizem todos os políticos de Londres.

Isso arrancou um sorriso dela, o que proporcionou a ele um momento tão absurdo de alegria que ele foi levado a crer que causar essa reação em circunstâncias tão adversas só poderia ser encarado como um triunfo e tanto.

– Aqui, fique com o travesseiro.

Ela o atirou para ele, e Andrew decidiu não tentar pegá-lo; havia certa satisfação em deixá-lo cortar o ar e acertá-lo bem no ombro.

– Como nos velhos tempos – murmurou ele.

– Quem me dera.

Ele ergueu os olhos para ela. Poppy estava sentada na cama. O vestido cobria suas pernas cruzadas e os joelhos esticavam o tecido do vestido para os lados, formando uma espécie de triângulo. Ele tentou se lembrar da última vez que se sentara daquela forma. Também nunca a vira daquela maneira.

Fazia muito sentido. Ninguém se sentava assim em público. Era uma posição que só se fazia em casa. Em momentos de intimidade.

– Desculpe. – Ele falou bem devagar, não porque relutasse em pedir desculpas, mas pelo tanto que sentia devê-las. – Por ter perdido o controle mais cedo.

Ela ficou imóvel, assimilando a mudança repentina de assunto.

– Está tudo bem – respondeu.

– Não está, não.

– Está, sim. Tudo isso... – Poppy olhou para o teto, balançando a cabeça, como se não conseguisse acreditar na situação em que se encontrava. – Qualquer um perderia o controle. Na verdade, é um milagre que eu mesma ainda não tenha esganado você.

Ele sorriu.

– Não é nada fácil estrangular um homem, sabia?

Ela voltou a baixar a cabeça, rindo, e encostou o queixo no peito. Então olhou para ele outra vez e disse:

– Foi o que aprendi recentemente.

– É mesmo? Pois onde uma senhorita da sua estirpe poderia ter aprendido tal coisa?

– Bem. – Ela se inclinou para a frente, apoiando os cotovelos nos joelhos e o queixo nas mãos. – Comecei a andar com um bando de piratas barra-pesada.

Ele arquejou, em uma demonstração de espanto digna de teatro.

– Ora, mas não diga!

Ela respondeu no mesmo nível, arregalando os olhos e levando a mão ao coração de forma dramática.

– Acho que minha honra foi arruinada.

Nesse momento, algo dentro dele pareceu voltar ao normal, porque Andrew deu um sorriso torto e disse:

– Ainda não.

Uma semana antes, ela teria se ofendido com a resposta atrevida, mas dessa vez nem tentou fingir. Apenas revirou os olhos e balançou a cabeça.

– Pena que eu não tenho outro travesseiro para jogar em você.

– De fato. – Ele olhou o chão ao redor de maneira teatral. – Se tivesse, eu estaria vivendo no luxo.

Andrew estava ajeitando o travesseiro nas costas quando ela perguntou:

– Você fazia guerras de travesseiro com seus irmãos?

– Precisa mesmo perguntar?

Ela deu uma risadinha.

– É, realmente.

– Você fazia? – perguntou ele.

– É claro.

Ele parou e ficou olhando para ela.

– O que foi? – perguntou ela.

– Eu estava esperando você dizer que sempre ganhava.

– Para a minha vergonha, isso seria uma mentira.

– Será que meus ouvidos estão me pregando uma peça? Será possível que houve mesmo alguma disputa na casa dos Bridgertons que Poppy Bridgerton não venceu?

– Poppy Louise Bridgerton – falou ela, pomposa. – Se vai caçoar de mim, pelo menos use meu nome corretamente.

– Queira perdoar. Poppy Louise. Mas me diga, quem saía vitorioso?

– Meus dois irmãos mais velhos, é claro. Richard, quase sempre. Roger dizia que eu nem valia o esforço.

– Ele vencia você com muita facilidade?

– Ele era uma cabeça mais alto que eu – queixou-se ela. – Não teria como ser uma luta justa.

– Então era mais do que correto que ele se retirasse da disputa com você.

Ela deu um sorriso irritadiço.

– Ele estava longe de ser tão galante. Dizia que havia maneiras mais interessantes de me torturar.

– Ah, sim. – Andrew deu um risinho. – Foi esse irmão que ensinou a língua inventada, não foi?

– Ele mesmo. E é bom que você ande na linha, senão vou tindragar você.

Ele caiu na risada.

– Queria ter conhecido seu irmão. Eu teria me ajoelhado aos pés dele em adoração.

– Eu gostaria que você o tivesse conhecido.

Poppy deu um sorriso triste, e ele entendeu o real significado das palavras dela: o que ela gostaria era que Roger ainda estivesse vivo, fazendo novos amigos e, sim, encontrando novas maneiras de torturar a irmã caçula.

– Como ele morreu? – perguntou Andrew.

Ela nunca havia contado e, até aquele momento, Andrew sentira que a pergunta seria intrusiva demais.

– Infecção – respondeu ela, com tamanha resignação que era como se tudo de mais trágico já tivesse se abatido sobre o mundo e se conformar fosse a única alternativa.

– Sinto muito.

Ele já vira mais de um homem sucumbir à infecção. Sempre começava com algo muito simples. Um arranhão, um machucado... O irmão dele conhecera um homem que tinha um par de botas que não calçava bem e que findou morrendo por causa de uma bolha purulenta.

– Mordida de cachorro – esclareceu Poppy. – E nem foi tão feia assim. Quer dizer, eu já fui mordida. E você?

Ele assentiu, embora não fosse verdade.

– A ferida não sarou como deveria. Mas pareceu que ia sarar. Durante alguns dias, tudo estava bem, o local só estava um pouco avermelhado. Inchado. E então... – Ela engoliu em seco e desviou o olhar.

– Não precisa terminar – disse ele, baixinho.

Mas ela queria terminar. Dava para ver em seu rosto.

– Ele ficou com febre – prosseguiu ela. – Da noite para o dia. Quando foi dormir, ele parecia bem. Eu posso dizer com certeza, porque fui eu que levei uma caneca de sidra quente para ele.

Ela abraçou o próprio corpo, fechando os olhos e respirando fundo.

– Mas no dia seguinte ele estava quente, e isso não era normal. A pele parecia até papel. E a pior parte é que não foi rápido. Levou cinco dias. Sabe quanto tempo cinco dias podem durar?

Era apenas um dia a menos do que o tempo que ela passara a bordo do *Infinity*. De repente, cinco dias não eram nada.

– Às vezes ele ficava inconsciente, mas não era sempre, e ele sabia... ele *sabia* que ia morrer.

– Ele disse isso?

Ela balançou a cabeça.

– Não, ele jamais faria isso. Só o que ele dizia era "Eu vou ficar bem, Pops. Não fique com essa cara tão preocupada".

– Pops? – Andrew tentou não sorrir, mas havia certo charme irresistível naquele apelido.

– Ele me chamava assim. Mas só às vezes. – Poppy parecia não ter pensado no assunto antes; inclinou a cabeça, olhou para cima e para a esquerda como se tentasse avistar as lembranças. – Quando estava falando sério mas queria fazer parecer que não estava.

Ela voltou-se para Andrew e ele notou, aliviado, que sua expressão já não parecia mais tão pesarosa.

– Ele quase nunca falava sério – disse ela. – Ou, pelo menos, essa era a imagem que tentava passar. Mas era muito observador, e eu acho que as pessoas baixavam a guarda quando estavam com ele justamente por acharem que ele era um bobão.

– Eu tenho certa experiência com essa dicotomia. Exatamente essa – disse ele, secamente.

– Não me surpreende.

– O que aconteceu depois? – perguntou Andrew.

– Ele não resistiu – concluiu Poppy, dando de ombros de forma resignada. – Tentou até o último segundo fingir que não ia acontecer, mas ele nunca conseguia mentir sobre coisas importantes.

Andrew, por sua vez, *só* mentia sobre coisas importantes, mas tentou não pensar nisso.

Poppy suspirou e deu uma risadinha melancólica.

– No dia em que Roger morreu, ele chegou a dizer, se vangloriando, até, que iria me massacrar na corrida do ovo no próximo festival de verão, mas eu via em seus olhos de forma muito clara... Ele sabia que não iria sobreviver.

– Massacrar? – Andrew gostou da escolha de palavras de Roger.

Ela sorriu, mesmo de olhos marejados.

– Me derrotar nunca era o suficiente para ele.

– Imagino.

– Eu sabia que ele estava mentindo. E ele sabia que eu sabia. E eu só me perguntava... por quê? Por que o esforço de sustentar aquela mentira mesmo sabendo que não estava me enganando?

– Talvez ele achasse que estava fazendo algo para o seu bem.

Ela deu de ombros.

– Pode ser...

Poppy parecia ter esgotado o assunto, e Andrew voltou a tentar se acomodar, às voltas com o travesseiro. Era fino demais, encaroçado demais, impossível de se ajeitar na posição certa. Ele tentou amassar, empurrar, dobrar... Nada funcionou.

– Você parece muito desconfortável – observou Poppy.

Ele nem se incomodou em erguer os olhos.

– Estou bem.

– Vai fazer como Roger? Vai mentir para mim?

Isso chamou a atenção dele na mesma hora.

– Por que está dizendo isso?

– Pare com isso e venha se sentar na cama – disse ela, exasperada. – Não é como se um de nós fosse conseguir dormir esta noite, e se eu tiver que ver você lutando com esse travesseiro mais uma vez, juro que vou enlouquecer.

– Eu não estava...

– Estava, sim.

Eles se encararam por um momento, testas franzidas, olhos semicerrados.

Poppy venceu a batalha.

– Tudo bem, então. – Ele se levantou. – Vou me sentar do outro lado.

Ele foi até a cama e se sentou na beirada, na extremidade oposta à dela. Ela estava certa. Não era uma cama muito boa. Ainda assim, era mil vezes melhor do que o chão.

Depois que ele se acomodou, ela disse:

– Você não acha estranho que estejamos tendo uma conversa tão corriqueira?

Ele a olhou de soslaio.

– Trocando farpas a respeito de onde eu devo me sentar?

– Ora, sim. E conversando sobre brincadeiras de infância, e sobre a morte do meu irmão. É um assunto bem triste, é claro, mas, sem sombra de dúvida, é corriqueiro. Não é como se estivéssemos tendo grandes debates filosóficos sobre o sentido da...

– Vida? – sugeriu ele.

Poppy deu de ombros.

Andrew se virou para poder olhá-la no rosto sem ter que ficar com o pescoço dobrado.

– E por acaso você quer passar a noite tendo grandes debates filosóficos?

– Nem um pouco, mas, dada nossa situação precária, não acha que é o que devemos fazer?

Ele apoiou as costas na cabeceira da cama e deixou o silêncio se estender o suficiente para conferir ares de pronunciamento ao dizer:

– Quando eu estava na escola, fui obrigado a ler um livro.

Curiosa com a mudança brusca de assunto, Poppy virou o corpo todo na direção dele.

– Foi horrível – disse ele.

– Qual era o livro?

Ele parou e pensou.

– Foi tão horrível que eu não consigo nem me lembrar.

– Por que obrigaram você a ler?

Ele deu de ombros.

– Alguém em algum momento decidiu que era importante.

– Quem tem o poder de determinar algo assim? – perguntou-se ela.

– De determinar quais livros são importantes? Não faço ideia, mas nesse caso, eles cometeram um erro absurdo. Acredite, cada palavra era uma tortura.

– Mas mesmo assim você leu? O livro inteiro?

– Li e odiei cada página. Fui até o fim só porque sabia que seria cobrado na avaliação e não queria desapontar meu pai. – Ele a olhou com uma expressão árida. – É um motivo péssimo para se ler um maldito livro, não acha?

– Realmente.

– Um livro deve ser lido apenas quando desperta interesse. – Andrew falou com tamanha paixão que dava a falsa impressão de que nunca havia pensado no assunto... pelo menos, não daquela maneira. – Só quando aplaca uma sede de conhecimento que vem de dentro do próprio leitor, e não de um sujeito que foi uma autoridade qualquer há uns duzentos anos.

Ela o olhou por um momento, e então perguntou:

– Por que motivo estamos falando deste assunto específico?

– Porque não precisamos perder tempo falando sobre a possibilidade de o universo caber dentro da alma humana se não quisermos.

– E eu não quero – admitiu ela, com olhos arregalados. – Não *mesmo*.

– Ótimo.

Ele voltou à posição anterior, e ficaram algum tempo em silêncio. Tudo muito tranquilo e banal, até que ela disse:

– Talvez matem a gente.

– O quê? – Tudo nele ficou tenso: a voz, o pescoço, o rosto. – Não fale assim.

– Não estou dizendo que vamos morrer. Mas é possível que aconteça. Não minta para mim.

– Somos valiosos demais – disse Andrew. – Não vão nos matar.

Mas será que aqueles homens tinham noção da importância verdadeira de seus cativos? Até o momento, tudo apontava para um sequestro normal – se é que se pode dizer que um sequestro, de qualquer natureza, seja normal. Não era inconcebível que a gangue portuguesa tivesse visto dois estrangeiros obviamente de boa condição e pensado que haveria quem pagasse um bom resgate por eles.

Por outro lado, era possível que alguém tivesse descoberto o papel que ele desempenhava para o governo. Se fosse o caso, e se os sequestradores tivessem motivações políticas, isso tornaria Andrew um refém de natureza totalmente diferente.

(E só Deus sabia *qual* era a política que poderia estar por trás dos bandidos; no mundo inteiro havia grupos de rebeldes que detestavam os ingleses.)

O capitão Andrew James não era exatamente uma figura anônima em Lisboa. Naquela mesma manhã, havia se encontrado com Robert Walpole, o diplomata que era representante inglês em Portugal. E, para tanto, não tinha usado nenhum tipo de subterfúgio; já fazia algum tempo que ele havia aprendido que, naquele tipo de missão, o mais efetivo era se esconder bem diante dos olhos de todos. Tinha vestido suas melhores roupas e ido direto à casa do Sr. Walpole, andando e falando como um aristocrata.

– Não vão nos matar – falou ele mais uma vez, sem saber muito bem se acreditava nisso.

– Não sei se acredito muito – disse Poppy.

Andrew ficou confuso.

– No quê?

– No que você disse antes. Sobre sermos valiosos demais. Só somos valiosos para quem sabe que somos valiosos.

– Eles sabem que eu tenho um navio no porto.

Por outro lado, se soubessem que ele entregava mensagens secretas para a Coroa, talvez achassem que eliminá-lo fosse mais valioso do que qualquer resgate.

– Não saberemos de nada até amanhã de manhã, certo? – perguntou ela.

Ele suspirou.

– Não. Mas, como eu disse, acho que posso tê-los convencido a deixar você ir.

Ela assentiu.

– E não me venha insistir para ficar aqui comigo – acrescentou ele.

– Eu jamais faria tal coisa.

Andrew parou e olhou para ela.

– Não?

– É claro que não. Como posso ajudar você se estiver aqui dentro desta prisão? Se me deixarem sair, quem sabe não consigo fazer alguma coisa para tirá-lo daqui?

– Exatamente.

Andrew ficou aliviado que ela tivesse compreendido tão bem a situação e, ao mesmo tempo, ligeiramente incomodado com a rapidez com que ela concordara em partir. Ainda assim, se ele conseguisse fazer com que Poppy fosse liberada, ela *jamais* deveria voltar para resgatá-lo. Ele tinha contatos em Lisboa que poderiam levá-la de volta à Inglaterra; só precisava levá-la até eles.

Ou, no caso, fazer com que ela mesma fosse até eles.

Andrew pensou em todas as causas pelas quais daria a própria vida. E concluiu que nenhuma delas chegava nem perto da vida daquela mulher.

Será que isso era amor? Será? Só o que ele sabia era que não conseguia imaginar um futuro sem ela.

Ela era o riso.

Era a euforia.

E estava correndo risco de morrer porque ele fora egoísta e não a deixara no maldito navio.

Ele sabia que era mais seguro mantê-la a bordo.

Soubera o tempo todo, mas, ainda assim, tinha levado Poppy para ver a cidade.

Porque queria vê-la sorrir. Não, o egoísmo dele era muito maior. O que ele queria mesmo era ser o herói dela. Queria ver a admiração irrestrita em seu olhar, queria que ela achasse que ele era como o sol em um dia nublado.

Fechou os olhos. Precisava se redimir com ela.

Precisava protegê-la.

É claro que não tinha obrigação nenhuma, porque ela não era sua esposa. Considerando as circunstâncias, talvez nunca viesse a ser, mas ainda assim ele a protegeria.

Nem que fosse a última coisa que ele fizesse.

⁓

Andrew não sabia quanto tempo ficaram ali em silêncio, lado a lado, sentados à cabeceira da cama. De vez em quando, Poppy parecia prestes a dizer alguma coisa – fazia um daqueles movimentos súbitos, sutis, mas agudos, como se estivesse prestes a abrir a boca. Por fim, quando ele achou que estavam conformados em permanecer em silêncio madrugada adentro, ela falou:

– Você lembra o que eu disse ontem à noite... sobre aquele ter sido meu primeiro beijo?

Ele congelou. Como poderia esquecer?

– Capitão...

– Andrew – corrigiu ele.

Se aquela fosse mesmo a última noite deles, ele fazia questão de passá-la com alguém que o chamasse pelo nome, e que se danasse todo o resto.

– Andrew – repetiu ela, como se estivesse testando o nome na boca. – Combina com você.

Era uma coisa curiosa de se dizer.

– Você já sabia que esse era meu nome – comentou ele.

– Sim, já sabia, mas é diferente dizê-lo em voz alta.

Ele não entendeu muito bem o que ela quis dizer com isso. Parecia que ela mesma também não. Mas era importante. Sabe-se lá como, os dois sabiam disso.

– Você estava falando do beijo – disse ele, baixinho.

Ela assentiu e engoliu em seco. Dava para sentir a tensão na garganta dela. Estava nervosa; como não estaria? Ele mesmo estava apavorado. Não era a primeira vez que Andrew se encontrava em uma situação de perigo. Não era nem a primeira vez que achava que poderia morrer.

Mas era a primeira vez que lidava com a possibilidade de levar uma alma inocente junto consigo.

– Foi meu primeiro beijo – disse ela –, e foi muito bom. Mas eu sei que tem mais.

– Mais? – ecoou ele, lançando um olhar ressabiado para ela.

– Não mais *mais*. Eu sei um pouco sobre essas coisas.

– Você sabe um pouco sobre... quais coisas?

– Eu não sei *sei*...

– Deus do céu – murmurou ele.

– Eu sei o que se passa entre marido e mulher – disse ela, quase como se quisesse tranquilizá-lo.

Por um instante, ele só a encarou. Então disse:

– Não acredito no que estou prestes a dizer, mas você está tentando dizer que sabe *sabe*?

– Claro que não!

Ela ficou visivelmente vermelha, mesmo à luz tênue da única vela que iluminava o quarto.

– Imagino que você entenda minha confusão neste momento – disse Andrew.

– Francamente – murmurou ela, e ele não soube dizer se ela estava envergonhada ou decepcionada.

Ele suspirou fundo. Sem dúvida, aquele seria o fim da conversa. Ele não era nenhum santo, mas nunca fizera nada para merecer *aquela* situação.

Mas não. Poppy contraiu os lábios e, com uma voz atipicamente obsequiosa, disse:

– Já me contaram tudo.

Ele pigarreou.

– Já lhe contaram tudo...

Ela apenas o olhou, exasperada.

– Por que você fica repetindo tudo o que eu digo?

Porque ele sentia que estava ficando louco...

– Imagino que seja um sinal do quanto eu não gostaria de estar tendo esta conversa.

Ela ignorou o comentário.

– Quando Billie se casou, contou-me várias coisas...

Ele teve que reprimir a gargalhada amarga e inoportuna que ameaçou explodir na garganta. Conhecia Billie Bridgerton muito bem – Billie Rokesby, na verdade. Era cunhada dele e uma de suas amigas mais antigas.

– Billie é uma mulher, e é minha prima – disse Poppy, interpretando errado o horror no rosto de Andrew. – É um apelido muito incomum, eu sei. Mas combina bem com ela. O nome dela é Sybilla.

– Claro – resmungou ele.

Ela olhou para ele com uma expressão estranha. Ou melhor, ela olhou para ele como se *ele* estivesse com uma expressão estranha. O que, sem dúvida, devia ser verdade. Para ser sincero, Andrew estava um pouco enjoado. Poppy estava falando de Billie, e, se havia algum momento oportuno para que ele confessasse quem era, era exatamente aquele.

Só que ele não podia fazer isso. Ou podia?

Revelar sua identidade poderia contribuir para a segurança dela? Será que poderia ser uma ferramenta útil para que ela conseguisse voltar para casa? Ou o oposto seria melhor? Talvez fosse preferível que ela continuasse na ignorância.

– Andrew. Andrew!

Ele piscou, atônito.

– Você não está prestando atenção. O que estou falando é importante.

Naquela situação, absolutamente tudo era importante. Cada momento.

– Me desculpe – disse ele. – Estou com a cabeça a mil.

– Eu também!

Ele precisou de um momento para se recompor, mas ainda assim não funcionou. Respirou fundo uma, duas vezes, e então assumiu uma expressão neutra ao olhá-la nos olhos.

– Como posso ajudá-la? – perguntou.

Ela ficou sem ação diante da extrema gentileza. Mas só por um momento. Então Andrew testemunhou a própria perdição personificada no rosto dela.

Não era possível que ele tivesse chegado a achar que amava vê-la pensando. Ele era um idiota, obviamente.

Os lábios dela se abriram, depois se fecharam. Poppy olhou para cima e para a direita, um hábito característico. Virou a cabeça de lado – virou mesmo, porque foi mais do que uma mera inclinação. Andrew já vira todos aqueles trejeitos. Achava todos encantadores. Contudo, naquele instante, quando ela o encarou mais uma vez com aqueles olhos verdes por trás dos cílios muito escuros, Andrew soube que sua vida estava prestes a mudar para sempre.

– Me beije – disse ela.

Ele ficou paralisado.

– Por favor – acrescentou ela, como se aquele fosse o motivo para a falta de resposta. – Sei que um beijo de verdade pode ser muito mais do que o beijo que trocamos.

As palavras dela ficaram no ar. Foi como um daqueles momentos em que cessa o burburinho ao redor de uma pessoa em pleno discurso e, no silêncio, tem-se a impressão de que a pessoa gritou.

Só que Poppy não estava gritando.

– Não? – perguntou ela.

Ele não se mexeu. Não conseguiu nem assentir.

– Porque, se eu vou morrer, quero saber como é um beijo de verdade.

Andrew finalmente conseguiu reunir forças para dizer:

– Poppy, eu...

Ela o olhou, cheia de expectativa. Que Deus tivesse piedade dele, mas o olhar de Andrew desceu para os lábios dela.

O sinal universal.

Tudo o que ele mais queria era beijá-la.

Mas ainda assim ele conseguiu dizer:

– Acho que não é uma boa ideia.

– Claro que não é. Mas mesmo assim eu quero.

Ele também queria. Mas não podia.

Um dos dois tinha enlouquecido. Com certeza. Agora, qual dos dois, ele não sabia.

– Você não quer me beijar? – perguntou ela.

Ele quase soltou uma gargalhada. Se ele não queria beijá-la? Naquele momento, beijá-la era mais urgente do que respirar.

– Eu quero... mas que inferno, Poppy, eu quero...

Ele praguejou outra vez, de forma tão veemente que precisou desviar o olhar. Olhou por cima do ombro, para as tábuas do assoalho. Quando encontrou as palavras, sentiu como se as tivesse arrancando da própria alma.

– É que já desonrei você de tantas maneiras...

– Ah, *agora* você resolveu ser um cavalheiro?

– Sim. – Ele praticamente rosnou. – E por Deus, Poppy, você está dificultando e muito o meu trabalho.

Ela sorriu.

– Não faça isso – advertiu ele.

– É só um beijo.

– Ah, essa é a sua tática agora? – Ele imitou o tom dela: – *É só um beijo.*

Ela murchou.

– Desculpe. Não sei o que dizer. Nunca tentei convencer um homem a me beijar.

Andrew fechou os olhos, grunhindo. Durante todos aqueles dias, ele conseguira manter em fogo baixo o desejo ardente que sentia por ela, uma chama constante que ele sabia que era capaz de controlar.

Até aquele momento.

Se estivessem no navio, talvez tivesse conseguido resistir. Ou se o bruxulear da vela não fizesse as sombras dançarem pelo colo dela de forma tão sedutora.

Ele teria conseguido se manter firme se não estivessem sentados na mesma cama, por Deus; se ela não tivesse se virado para ele com aqueles lábios perfeitos e aquele verde infinito no olhar, pedindo um beijo.

Uma chama queimando baixinho... tão discreta e constante que ele quase se acostumara com ela...

Agora a chama rugia.

– Se eu beijar você – disse ele, cada palavra uma tortura –, tenho medo de não conseguir parar.

– É claro que vai conseguir – declarou ela, quase entusiasmada.

Por um instante, ele só a encarou. Ela estava tentando tranquilizá-lo?

– Você é um cavalheiro – prosseguiu ela, como se fosse explicação mais do que suficiente. – Vai parar no momento em que eu pedir.

Ele soltou uma risada grave, sem a menor alegria.

– É isso mesmo que você acha? – disse Andrew.

– É isso que eu sei.

Ele levou um instante para perceber que, do alto de sua descrença, ele mesmo balançava a cabeça.

– Você não sabe o que está dizendo – disse ele, com a voz rouca.

Diabo, nem ele sabia ao certo o que estava dizendo. Mal conseguia se orientar nos próprios pensamentos.

Mas Poppy estava irredutível.

– Conheço perfeitamente bem a verdade das minhas palavras, e conheço você.

– Poppy...

– Hoje mais cedo, você mesmo disse que eu o conheço tão bem quanto qualquer outra pessoa que já estivesse na sua vida. Tenho certeza de que você vai parar no instante em que eu pedir. – E então, antes que ele pudesse formular uma resposta, ela prosseguiu: – Inclusive, acho que você iria parar antes mesmo que eu pedisse.

– Jesus Cristo – vociferou ele, praticamente saltando da cama. – Você não tem ideia. Inferno, você não tem a menor ideia. Você não sabe nada a respeito de como é ser homem?

– Eu posso morrer – sussurrou ela.

– E isso não é motivo para se desfazer da sua inocência.

Ela saiu da cama e parou diante dele.

– Eu só quero um beijo.

Ele a segurou. Puxou-a para perto.

– Não vai ser só um beijo, Poppy. Entre você e eu, jamais seria só um beijo.

Então – *que Deus tenha piedade* – ela sussurrou:

– Eu sei.

CAPÍTULO 21

Poppy não fechou os olhos.

Não queria perder nada. Não *iria* perder, de jeito nenhum. E, de fato, ela notou o exato momento em que Andrew cedeu, a fração de segundo em que ele percebeu que não poderia continuar ignorando aquele pedido.

E os próprios desejos.

Mas, embora tenha visto aquele momento, não conseguiu acompanhar o que aconteceu no seguinte. Ele agiu tão rápido que a deixou literalmente sem ar. Em um instante ela estava admirando a faísca de desejo que incendiou o olhar dele, e no segundo seguinte ele a tomou nos braços e a beijou, com força e com fome.

Como quem morre de fome.

Se comparado ao outro – sob as estrelas, no convés do *Infinity* –, aquele beijo era de uma espécie completamente diferente.

Enquanto o primeiro tinha sido mágico, o segundo estava mais para selvagem. Poppy se sentiu envolvida, assoberbada, quase sobrepujada.

Ele a beijava com um homem possuído – talvez como um homem sem mais nada a perder.

Os lábios eram exigentes, implacáveis. Com a pouca sanidade que ainda lhe restava, Poppy se perguntou se ele a estaria punindo por tê-lo tirado dos eixos.

Ela deveria estar assustada. Enfim liberto, o desejo dele era uma coisa primitiva, perigosa.

Mas também estava se sentindo perigosa. Inconsequente.

Nunca se sentira melhor na vida.

Então ela correspondeu. Não tinha ideia do que fazer, mas se deixou guiar pelo instinto. Só o que sabia era que queria mais. Mais do toque dele, mais do calor dele. Mais *dele.*

Então, quando a língua de Andrew começou a explorar a boca dela, Poppy fez o mesmo. Quando ele mordiscou o lábio inferior dela, ela mordiscou o lábio superior dele. E quando as mãos dele foram descendo pelas costas até, enfim, pousarem no traseiro dela, Poppy fez o mesmo com ele.

O rosto dele recuou, quase sorrindo.

– Está me imitando?

– Não devo?

Ele apertou, de leve. Ela também.

Ele envolveu nos dedos uma mecha dos cabelos dela.

Ela enterrou as duas mãos na juba indomável dele, puxando-o para si e beijando-o outra vez.

– Você aprende rápido – murmurou ele, contra os lábios dela.

Ela riu, amando a sensação da risada abafada entre a pele de ambos.

– Você diz isso como se me conhecesse há mais de uma semana.

– Faz só isso que nos conhecemos? – Ele foi manobrando os corpos entrelaçados até que Poppy estivesse de costas para a cama. – Porque eu sinto que a conheço desde sempre.

Aquelas palavras reverberaram dentro dela, libertando uma sensação que ela própria tivera medo de examinar durante todo aquele tempo. Parecia mesmo que se conheciam desde sempre, como se houvesse coisas que ela podia dizer só para ele e mais ninguém.

Se fizesse uma pergunta boba, talvez ele até risse, mas nunca dela. Andrew ria porque a curiosidade dela o alegrava.

Ele tinha segredos, não restava a menor dúvida, mas ela o conhecia bem. Conhecia o homem que ele era por dentro.

– Como você fez isso? – murmurou ele.

Ela não sabia muito bem do que ele estava falando, mas não importava. Voltou e subiu os braços pelas costas dele até enlaçar a nuca, e o movimento fez com que aproximasse o quadril dele e sentisse aquelas coxas fortes.

– Poppy – gemeu ele. – Meu Deus, Poppy.

– Andrew – sussurrou ela.

Ela dissera aquele nome tão poucas vezes que cada letra era uma carícia nos próprios lábios.

– Eu amo o seu cabelo – disse ele, segurando-o e virando o rosto dela para si. – Toda noite era uma tortura ter que ver você o soltando e trançando para dormir.

– Eu tentava arrumar quando você não estava prestando atenção.

– "Tentava" – disse ele, quase como um pedido de desculpas. – Mas eu sou um filho da mãe sorrateiro. Só que nunca decidi como gostava mais. Solto dá para ver a luz brincando em cada mecha... – Ele soltou a onda, deixando-a cair de volta para as costas dela. – Preso, eu imaginava como seria se eu mesmo o soltasse, grampo por grampo.

– E a trança?

– Ah, eu adorava também. Você não faz ideia do quanto eu queria poder puxá-la.

– Para enfiar a ponta em um tinteiro? – brincou ela, lembrando-se de algo que os irmãos adoravam fazer.

– Nunca. Isso seria um verdadeiro crime – murmurou ele. – Não acabei de dizer que amo observar cada detalhe desses fios?

Ele correu os dedos pelos cabelos dela. Poppy não conseguia imaginar o que ele achava tão interessante, mas estava claro que ele adorava e... Deus, como isso fazia com que se sentisse bonita...

– No início – disse ele, levando a mecha aos lábios e beijando-a –, eu queria puxar sua trança porque você era irritante... muito... muito irritante.

– E agora?

Ele a envolveu com mais força.

– Agora você me tira do sério de uma maneira completamente diferente.

Poppy sentiu o corpo arquear e buscar, por puro instinto, o calor dele. O corpo de Andrew era rijo e forte (cada pedacinho), e dava para perceber o sinal claro do desejo dele pulsando, enrijecido, contra a barriga dela.

Ela até entendia, por alto, a mecânica da relação. E, como Andrew tanto gostava de dizer, ela tinha curiosidade a respeito de tudo. Quando Billie contara um pouco do que acontecera depois do casamento, Poppy ficou tão confusa que pediu mais detalhes. Sinceramente, a primeira explicação não tinha feito muito sentido.

Mas então, com muito menos vergonha do que Poppy previra, Billie explicou que, quando excitado, o membro masculino mudava de aspecto. Ficava maior, mais duro. E, depois, voltava ao normal.

Esse era o detalhe que Poppy considerara o mais peculiar de todos. Ficara imaginando como seria se uma parte do corpo dela mudasse de forma quando ela sentisse desejo. Caíra no riso ao pensar nas orelhas ficando pontudas de uma hora para outra, ou nos cabelos encolhendo e formando cachos volumosos. Billie também reagira, mas com um tipo diferente de risada – não cruel, apenas diferente. Então disse a Poppy que algumas coisas não podiam ser explicadas, que precisavam ser vividas.

Na ocasião, Poppy a olhara com descrença, mas ali, com Andrew, tudo quase fazia sentido. Estava se sentindo tão diferente por dentro que era impossível acreditar que sua aparência não houvesse mudado em nada. Seus seios pareciam mais pesados – e, sim, maiores. Os mamilos estavam enrijecidos, como quando fazia frio, mas ao menor toque da mão dele por cima do corpete, sem sequer encostar na pele, Poppy sentiu o jorro de eletricidade se espalhando dos mamilos para o corpo inteiro.

Isso não acontecia quando ela ficava com frio.

Estava faminta... uma fome que vinha do âmago. Queria envolver o corpo dele com as pernas, puxá-lo ainda mais. Queria sentir na pele o membro enrijecido dele. Precisava do contato. Precisava da pressão.

Precisava dele.

Como se lesse a mente dela, Andrew correu as mãos pela parte de trás das coxas dela, pegando-a no colo e atirando-a na cama. E em menos de um segundo já estava em cima dela. Seus movimentos eram felinos, de um predador elegante.

E seus olhos a devoravam.

– Poppy – grunhiu ele, e o coração dela ficou radiante ao ouvir o próprio nome daquela forma.

Não importava que ele já tivesse dito o nome dela tantas outras vezes; naquele momento era diferente, como se as duas simples sílabas fizessem parte da própria estrutura dos beijos que estava dando.

O corpo de Andrew pesava sobre o dela, prendendo-a ao colchão; mas mesmo que ele estivesse por cima, era ela quem se sentia poderosa. Era muito excitante pensar que o levara àquele ponto. Que ela era a razão para aquele homem inabalável estar quase fora de controle.

E esse poder causou... causou uma transformação dentro dela. Poppy se sentia ousada. Faminta.

Sentia urgência por aquele toque, por aquela força que emanava dele.

Queria ser tão audaciosa quanto Andrew, queria esticar a mão e pegar o que tanto desejava. Mas não sabia – não tinha como saber – como começar.

Ela queria aprender.

Então olhou bem dentro dos olhos dele e disse:

– Eu quero tocar em você.

– Pois faça – exigiu ele.

Já fazia tempo que ele havia tirado o lenço, então ela tocou a pele quente de seu pescoço, correndo os dedos pelos músculos fortes que desciam até o ombro.

Ele estremeceu.

– Gosta? – murmurou ela.

Ele gemeu.

– Demais.

Ela mordeu o próprio lábio, maravilhada com a reação dele. Quando os dedos dela se enterraram por baixo da gola da camisa, o corpo de Andrew se retesou. Ela fez menção de tirar a mão, mas na mesma hora ele a segurou no lugar.

Seus olhos se encontraram. "Não pare", era o que ele dizia com o olhar.

Devagar, ele soltou a mão dela, e Poppy continuou sua exploração, riscando círculos e desenhos na pele dele. Teria passado a noite inteira fazendo isso, mas ele emitiu um grunhido rouco e recuou.

Então se sentou sobre ela, com uma perna de cada lado, enquanto arrancava a camisa pela cabeça.

Poppy simplesmente parou de respirar. Ele era lindo.

Tinha a constituição de um homem que usava o corpo, um homem que trabalhava – e muito. Seus músculos eram muito bem torneados, e ela ficou imaginando quais movimentos teriam definido cada um deles.

– No que você está pensando? – sussurrou ele.

Ela ergueu o rosto, percebendo, só então, que estava com o olhar perdido no corpo dele.

– Eu estava me perguntando como isso aconteceu.

Ela cobriu o peito dele com a mão, encantada com a curva rija do músculo. Ele suspirou.

– Meu Deus, Poppy...

– Que tipo de movimento construiu cada um desses músculos.

Ela alisou o braço dele. Os músculos protuberantes se flexionaram, mudando de forma sob os dedos dela.

Encararam-se mais uma vez. "Continue", era o que ele parecia dizer.

Ela continuou deslizando a mão, descendo pelo cotovelo até encontrar a pele macia da parte interna do antebraço dele.

– Como se fortalece esse tipo de músculo? – perguntou-se ela, deslizando a mão até depois do cotovelo. – Levantando caixas?

– Manejando o leme.

Ela ergueu os olhos quando ouviu a voz dele sair entrecortada. Tudo por causa dela. Mais uma vez, sentiu-se poderosa.

Ela era o próprio poder.

– O que você usa para levantar um caixote?

– As costas – murmurou ele. – E as pernas. E isto aqui. – Ele tocou o braço dela, e seus dedos longos quase conseguiam se fechar ao redor do bíceps de Poppy.

Ela ficou fascinada com o contraste entre as peles. Ele passava horas ao sol, e seu tom bronzeado era quase dourado. A textura também evocava as longas horas passadas ao ar livre – ao vento, na água. Era uma pele áspera e calejada. E belíssima.

– Gosto das suas mãos – disse ela, de repente, tomando a mão dele.

– Minhas mãos?

Ele sorriu, criando pequenos vincos nos cantos dos olhos.

– São perfeitas – disse ela. – Grandes e quadradas.

– Quadradas? – Ele parecia estar achando graça, mas de maneira alegre e sincera.

– E competentes. – Ela levou a mão dele ao peito, ao coração. – São mãos que me fazem me sentir segura.

Andrew suspirou, ofegante, e seu toque começou a pesar mais na pele dela. Ele virou a palma contra o peito dela e foi descendo até o seio. Quando apertou de leve, Poppy gemeu de surpresa e prazer.

Ele a olhou nos olhos.

– Está me pedindo para parar?

"Não."

– Ainda não – sussurrou ela.

Mais cedo, numa tentativa de ficar menos desconfortável, ela afrouxara os cordões do vestido; assim, quando ele deslizou os dedos pela borda superior do corpete, o tecido desceu pelos ombros dela com facilidade.

– Você é tão linda – sussurrou ele.

– Você ta...

– Ssssh. – Ele levou o dedo aos lábios dela. – Não me contradiga. Quero dizer que você é linda e não quero ser interrompido.

– Mas...

– Psst.

– Eu...

A boca dele encontrou a dela mais uma vez, faminta e maliciosa. Enquanto mordiscava o lábio dela, ele murmurou:

– Há muitas formas de silenciar você, mas nenhuma delas é tão prazerosa quanto esta.

Poppy só queria dizer que ele também era lindo, mas ele foi descendo, beijando do pescoço até a borda do vestido, e logo a vontade de falar já não era mais tão urgente. E quando sentiu que ele puxava ainda mais o tecido, que estava quase desnudando seus seios, ela não conseguiu fazer nada além de arquear as costas para ajudar.

Ele a encarou, com olhos ardentes porém lúcidos.

– Quer que eu pare?

"Não."

– Ainda não – sussurrou ela.

Então ele a tomou nos lábios, beijando o mamilo de uma forma tão íntima que ela jamais seria capaz de imaginar. Poppy ofegou, disse o nome dele e arqueou ainda mais as costas, sem conseguir entender a eletricidade que ele fazia surgir dentro dela.

Ele beijava e acariciava e lambia, e Poppy se via impotente contra a investida. Andrew sabia exatamente onde beijar e como tocar – com firmeza, com delicadeza, com os dentes. Cada movimento era prazeroso – mas era um prazer agonizante, porque ela precisava de mais.

Algo crescia dentro dela.

– O que você está fazendo comigo? – disse ela, ofegante.

Ele parou na mesma hora. Ergueu o olhar.

– Quer que eu pare?

"Não."

– Ainda não – sussurrou ela.

Então ele pôs a mão entre as pernas dela; um local onde ela mesma nunca se tocara de uma forma tão íntima.

Estava molhada, estranhamente molhada – ou ao menos foi o que pensou na hora. Constrangida pela umidade que encharcava a área entre suas pernas, ela estava prestes a recolhê-las e se afastar, mas então ele gemeu, dizendo:

– Você está tão molhada... tão pronta para mim...

Assim, ela percebeu que talvez o fenômeno não fosse tão aleatório assim. Talvez fosse exatamente isso que seu corpo precisava fazer.

Andrew deslizou os dedos para dentro dela. Poppy ficou sem ar porque sabia que ali era o ponto em que ele a penetraria, mas ainda assim foi uma surpresa. Ela se sentiu retesada, estimulada, e era um tanto bizarro que alguém pudesse tocar seu corpo por dentro. Bizarro, porém... perfeito.

– Está gostando? – sussurrou ele.

– Acho que sim.

Ele parou de mexer os dedos, mas não tirou.

– Acha?

– Só é muito estranho – admitiu ela.

Ele colou a testa à dela e, embora ela não conseguisse ver a expressão dele de tão perto, sabia que ele sorria.

– Isso pode ser interpretado de várias maneiras – disse ele.

– Não, eu... É bom... Só é... – Ela nunca se sentira menos eloquente na vida; por outro lado, nunca tivera tanto motivo para perder a fala. – Parece que tudo está avançando, mas eu não sei como. Nem para onde.

Ele sorriu mais uma vez. Ela sentiu.

– Eu sei para onde – disse ele.

As palavras de Andrew pareciam penetrá-la, excitá-la de dentro para fora.

– E eu sei como. – Ele sussurrava ao pé do ouvido dela. – Você confia em mim?

Àquela altura, ele já devia saber que ela confiava, mas ainda assim ela se sentiu grata pela pergunta. Poppy assentiu e, como não sabia se ele tinha visto, respondeu:

– Confio.

Ele a beijou uma vez, bem de leve, na boca, e voltou a mexer os dedos. E aquilo era muito, era tudo, e ao mesmo tempo era pouco. Quando ela começou a ofegar, ele redobrou os esforços, levando-a cada vez mais perto...

E mais perto...

– Andrew?

Uma nota de pânico transpareceu. Ela não queria parecer tão apavorada, mas não entendia o que estava acontecendo. Estava perdendo o controle do próprio corpo.

– Deixe acontecer – murmurou ele.

– Mas...

– Só deixe acontecer, Poppy.

E ela deixou. Algo dentro dela se contraiu e logo depois explodiu; ela não fazia ideia do que estava acontecendo, mas, no ímpeto, chegou a erguer o corpo da cama com tamanha força que o levou junto.

Não conseguia falar. Não conseguia respirar.

Sentiu-se suspensa... transformada. E então se desmanchou.

Ainda não conseguia falar, mas pelo menos estava respirando de novo. Seus olhos levaram alguns instantes para conseguir recuperar o foco, e a primeira coisa que viu foi Andrew olhando para ela com um sorriso presunçoso.

Parecia deveras orgulhoso de si mesmo.

– Eu vi estrelas.

Ele respondeu com uma risadinha.

– Estrelas de verdade. Por trás das pálpebras, mas eram estrelas. – Ela fechou os olhos outra vez. – Mas agora sumiram.

A risada dele foi aumentando e Andrew se largou na cama ao lado dela, rindo tanto que fazia o colchão balançar. Poppy ficou ali deitada, sentindo que não tinha um único osso no corpo. Não tinha palavras para descrever o que acabara de acontecer, embora, pensando bem, "Eu vi estrelas" até que chegava perto.

– Nada mau para um primeiro beijo – disse Andrew.

– Segundo beijo – murmurou ela.

Ele riu ainda mais. Ela adorava fazê-lo rir, e se virou para poder olhá-lo. O belo peitoral estava iluminado pela luz da vela, e ele a admirava com tanta ternura no olhar que fez com que ela ansiasse por algo mais.

Ela queria tempo.

Queria mais tempo naquela noite, mas, acima de tudo, queria a garantia de que haveria um amanhã.

Ela levou a mão ao ombro dele, e no mesmo instante ele ofegou.

– Machuquei você? – perguntou ela, confusa.

– Não, eu só estou... um pouco... – ele se ajeitou na cama. – Um pouco desconfortável.

Poppy franziu a testa ao ouvir essas palavras em código, quando...

Ela engoliu em seco, desconfortável. Como fora egoísta.

– Mas você não...

Não conseguiu terminar a frase, mas sabia que ele tinha entendido.

– Tudo bem – disse ele.

Ela, contudo, não tinha tanta certeza. Se aquela era a última noite deles na terra, não era justo que ele tivesse o mesmo prazer?

– Você... – Ela não fazia ideia de como dizer, muito menos se queria mesmo dizer o que estava tentando dizer. – Talvez eu...

– Poppy.

O tom diferente na voz dele a fez se calar.

– Existe uma chance de que você consiga se salvar e eu não – disse ele.

– Não diga isso – sussurrou ela, endireitando o vestido.

Ela se sentou. Aquele tipo de conversa exigia uma postura ereta e séria.

– Nós dois vamos sair daqui, está bem?

"Ou nenhum dos dois", pensou ela, mas não daria voz àquele pensamento. Não naquele momento.

– Sei que você está certa. – O tom dele deixava claro que queria apenas tranquilizá-la. – Mas não quero correr o risco de deixar você com um filho ilegítimo.

Poppy engoliu em seco e assentiu, perguntando-se por que sentia um vazio tão grande no peito se ele tinha feito exatamente o que ela esperava dele. Andrew estava mostrando muito mais autocontrole e parcimônia do que ela. Exatamente como ela havia previsto, ele havia parado antes que ela pedisse. Mesmo que Poppy não soubesse, ele sabia muito bem que, se tivesse ido em frente, ela não o teria rejeitado.

Teria aceitado tudo de bom grado, e que se danassem as consequências.

Ela não conseguia mais negar a verdade que explodia em seu coração. Amava aquele homem. E mesmo agora, sabendo que poderia voltar à segurança sem ele, um cantinho muito irresponsável de seu coração queria muito levar consigo um pedaço dele.

Ela levou a mão ao ventre, ao lugar onde com certeza não haveria bebê algum.

– No fim das contas, você estava certa ao meu respeito – disse Andrew.

Seus lábios se curvaram em um sorriso breve, mas havia tristeza em sua voz. Tristeza e sarcasmo.

Pesar.

– Eu sou um cavalheiro – prosseguiu ele. – E não vou comprometer sua honra se não puder estender a você a proteção do meu nome.

Poppy James. Ela poderia ser Poppy James.

Era estranho aos ouvidos, mas, ao mesmo tempo, adorável. Talvez não fosse impossível.

Embora fosse improvável.

– Poppy, escute bem – disse Andrew, com uma nota repentina de urgência na voz. – Vou dizer um endereço que você precisa decorar.

Poppy assentiu. Isso ela podia fazer.

– É da casa do representante diplomático britânico.

– O representante diplom...

– Por favor – interrompeu ele. – Me deixe terminar. O nome dele é Sr. Walpole. Você deve ir até ele sozinha e dizer que fui eu que a enviei.

Ela o encarou, perplexa.

– Você conhece o representante britânico em Portugal?

Ele assentiu, apenas uma vez.

Poppy estava pasma, e o silêncio foi pesando entre eles.

– Você não é um mero capitão de navio mercante, é?

Os olhos deles se encontraram.

– Não.

Ela tinha cem perguntas. E mil teorias. Mas não sabia muito bem se estava com raiva; e, se estava, não sabia se tinha esse direito. Afinal de contas, por que ele lhe contaria qualquer coisa sobre a vida secreta que levava? Ela viera a bordo como prisioneira. Até bem pouco antes, ele não tinha o menor motivo para confiar nela.

Ainda assim, estava incomodada.

Então por um momento ela esperou, segurou o ímpeto de falar, dando a ele a chance de dar mais detalhes. Mas ele não disse mais nada.

Quando ela finalmente falou, havia certa severidade no tom:

– O que mais devo dizer a ele?

– Conte tudo o que aconteceu desde que atracamos. Conte cada detalhe do que aconteceu na Taberna da Torre. Comigo, com você, com o Sr. Farias e Billy. Tudo.

Ela assentiu.

Ele saiu da cama e vestiu a camisa.

– Diga também quem você é.

– O quê? Não! Eu não quero que ninguém saiba...

– Seu nome tem muito peso – cortou ele, bruscamente. – Se existe algum momento na sua vida em que usar seu nome se faz necessário, esse momento é agora.

Ela saiu da cama também; era estranho ficar largada ali tão indolente enquanto ele andava de um lado para o outro no quarto.

– Não basta que eu seja uma dama da nobreza?

– Provavelmente, sim. Mas o nome Bridgerton vai dar ainda mais urgência à questão.

– Pois bem.

Talvez tudo aquilo terminasse mal, mas se isso aumentasse as chances de Andrew ser resgatado, ela diria ao representante britânico quem era.

– Ótimo – disse Andrew, às pressas. – Agora escute, tem mais uma coisa que você precisa dizer.

Ela o olhava com expectativa.

– Diga a ele que dias melhores virão.

– Dias melhores virão? – Poppy franziu a testa, desconfiada. – Por quê?

Andrew a encarou com seriedade.

– O que você precisa dizer a ele?

– Isso é uma espécie de código? Só pode ser.

Ele se aproximou dela, e pôs as mãos pesadas em seu ombro forçando-a a encará-lo.

– O que você vai dizer a ele? – insistiu Andrew.

– Pare com isso! Está bem. Vou dizer que dias melhores virão.

Ele assentiu, devagar, e havia certo alívio em seu semblante.

– Mas o que isso quer dizer? – insistiu ela.

Ele não respondeu.

– Andrew, você não pode esperar que eu entregue uma mensagem se não souber o verdadeiro significado por trás dela.

Ele começou a enfiar a camisa para dentro da calça.

– Eu faço isso o tempo todo.

– O quê?

Ele olhou para ela por cima do ombro.

– Acha que eu sei o que havia no malote de papéis que entreguei ao diplomata britânico ontem?

Ela ficou boquiaberta.

– É isso que você...

– Você acha que eu fico sabendo de alguma coisa?

Ele começou a calçar as botas e Poppy só o encarava, perplexa. Como ele podia agir como se aquilo fosse normal?

– Com que frequência você faz isso? – perguntou ela.

– Com bastante frequência.

– E não fica curioso?

Ele estava amarrando o lenço com dedos hábeis e experientes. Contudo, ao ouvir a pergunta, simplesmente congelou.

– O meu trabalho... não, o meu *dever* é transportar documentos e levar mensagens – declarou ele. – Por que você acha que não pude atrasar nossa partida para Portugal? Não foi por minha causa. Não mesmo.

Ele tinha uma mensagem a entregar. Trabalhava para o governo. O cérebro de Poppy não parava de girar. Tudo começava a fazer sentido.

– É assim que sirvo ao meu país – disse ele. – E você vai ter que fazer o mesmo.

– Você está dizendo que eu estarei prestando um serviço à Coroa quando disser para um homem que nunca conheci que dias melhores virão?

Ele olhou no fundo dos olhos dela.

– Sim.

– Eu...

Ela olhou para baixo e viu que retorcia as mãos. Não havia nem percebido.

– Poppy?

– Vou fazer exatamente o que você me pediu, mas devo advertir que não sei se vou ser capaz de guiar o diplomata até aqui. Com certeza estarei vendada quando me levarem de volta ao navio.

– Você não vai precisar fazer isso. Quando soltarem você, essa gente vai mandar algum tipo de mensagem. Basta entregá-la ao Sr. Walpole e ele saberá o que fazer.

– E então o que *eu* vou fazer depois disso?

– Ficar a salvo.

Poppy trincou os dentes com força. Não era de sua natureza ficar sentada quando poderia ser útil. Naquela situação, contudo, cabia o questionamento: será que *poderia* ser útil? Ou só atrapalharia?

– Poppy, não faça nenhuma besteira – advertiu ele. – Juro por Deus que...

– Mal consigo disparar um rifle – interrompeu ela, irritadiça. – Eu teria que estar louca para achar que sou capaz de vir toda coquete até aqui e salvar você com as minhas próprias mãos.

Ele abriu um sorrisinho.

– O que foi?

– Estou só imaginando você toda coquete. Não sei muito bem o que isso quer dizer.

Ela o olhou de cara feia.

– Veja bem – disse ele, pegando a mão dela. – Não tenho nem palavras para agradecer sua preocupação. E sem você... se você não estivesse aqui para ir avisar o diplomata... minha situação seria muito pior. Mas faça apenas o que eu pedi, nada mais.

– Eu sei – murmurou ela. – Eu só atrapalharia.

Ele não a contradisse. Ela ainda tinha alguma esperança de que ele o fizesse.

– Poppy – disse ele, com urgência na voz –, eu...

Ambos ficaram paralisados ao ouvir passos pesados na escada. Os bandidos estavam voltando mais cedo que o esperado.

Andrew largou a mão dela e deu um passo para trás. Toda a postura dele mudou, como se cada músculo estivesse em alerta. Seus olhos correram para a porta, e então para Poppy, depois fizeram uma rápida varredura do quarto antes de se fixar nas botinhas dela, que estavam onde ela as largara horas antes, ao lado da mesa. Ele as pegou e entregou a ela.

– Calce.

Ela obedeceu com rapidez.

Os passos se aproximaram, seguidos do som de uma chave sendo inserida na tranca.

Poppy se virou para Andrew. Estava apavorada. Muito mais do que estivera durante toda aquela situação.

– Eu vou sair daqui – jurou ele, enquanto a maçaneta se abria de modo agourento. – E vou encontrar você.

E então só restou a Poppy rezar.

No fim, tudo foi muito simples. Aterrorizante, mas simples. Minutos após a volta dos bandidos, Poppy foi vendada e levada de volta ao *Infinity*. A viagem não levou mais do que um quarto de hora; parecia que Andrew estivera correto sobre a rota circular do dia anterior.

Ainda estava escuro quando Poppy chegou ao navio, mas o convés já estava apinhado de marinheiros, muito mais do que Poppy esperava para aquela hora da manhã. Só que não era uma manhã comum. O capitão deles estava preso em algum lugar e a tripulação tinha que estar pronta para qualquer coisa.

A primeira pessoa que ela viu foi Green, o que foi uma sorte, já que ele era uma das únicas três pessoas que ela conhecia. Ele e Brown insistiram em escoltá-la ao endereço que Andrew dera. Depois de dar uma olhada rápida em Billy, que ainda estava um pouco grogue mas ia se recuperando, Poppy voltou à cidade.

– Será que estão vigiando a gente? – perguntou Brown, franzindo as sobrancelhas bastas enquanto olhava de um lado para o outro na rua.

O sol ainda estava nascendo, e uma luz rosada tingia a cidade com seu ar de mistério.

– Provavelmente – respondeu Poppy. – O capitão James disse a eles que eu teria que encontrar uma pessoa que providenciaria a quantia do resgate. Então eles sabem que preciso desembarcar.

– Não estou gostando nada disso – resmungou Brown.

Poppy concordava com ele, mas não havia muita escolha.

– Foi o que o capitão mandou ela fazer – disse Green. – Se ele falou que era pra ela fazer isso, deve ter um motivo.

– Ele afirmou que o cavalheiro com quem estou indo me encontrar vai nos ajudar – disse Poppy.

Green olhou para Brown com a sobrancelha erguida e uma expressão que claramente dizia "Viu só?".

– Não estou gostando nada disso – repetiu Brown.

– E por acaso eu disse que gosto? – rebateu Green.

– Ora, mas pareceu até que você...

– Nenhum de nós está gostando disso, está bem? – disse Poppy, perdendo a paciência com eles, e ambos se viraram para ela na mesma hora.

Ela cravou as mãos na cintura.

– Estou errada?

– Hã, não – murmurou um deles, enquanto o outro dizia:

– Não, não, muito pelo contrário.

– Quer que eu faça um trajeto maluco? – perguntou Green. – Fazer eles andarem em círculos pra tentar despistar, coisa e tal?

– Talvez – disse Poppy. – Não sei. Talvez o mais importante seja entregar a mensagem o mais rápido possível. – Pensou em Andrew, ainda sob a guarda daqueles homens horríveis, cheios de pistolas, facas e má vontade. – Vamos direto – decidiu ela. – O mais rápido possível.

Quinze minutos depois, Poppy se via diante de uma construção de pedra cinzenta em uma parte calma e elegante da cidade.

– Aqui estamos – disse ela.

Já tinha deixado muito claro para Brown e Green que eles não poderiam entrar.

– Até logo, então – disse ela, depois de agradecer mais uma vez pela ajuda.

Ela respirou fundo. "Você consegue", pensou.

– Hã... Srta. Poppy! – gritou Brown.

Ela se deteve a caminho da porta e se virou.

– Boa sorte – disse ele. – Se tem alguém que pode salvar ele, esse alguém é a senhorita.

Ela ficou surpresa com o elogio.

252

– A senhorita é dura na queda – disse ele. – Hã, de uma maneira boa.

– O Farias contou pra gente o que a senhorita fez pelo Billy – falou Green. – Foi... hã... A senhorita...

Brown bufou, exasperado, e disse:

– Ele tá tentando dizer obrigado.

Green assentiu, dizendo:

– Que Deus proteja a senhorita. A senhorita agiu muito bem.

– E a gente queria pedir desculpa por ter enfiado a senhorita na saca – acrescentou Brown. – E, hã... – ele apontou para a própria boca – aquele troço. Sabe, que a gente usou pra...

Ela deu um sorriso sardônico.

– Para me deixar inconsciente?

As bochechas já coradas dele ruborizaram ainda mais, e ele balbuciou:

– É, isso.

– São águas passadas – disse ela.

O que não era bem verdade, mas, considerando tudo o que acontecera depois, o incidente parecia muito desimportante.

– Agora podem ir. Quando eu bater à porta, vocês não podem ser vistos perambulando aqui pela rua.

Eles se afastaram com certa relutância, e então Poppy se viu sozinha. A porta se abriu meros segundos depois da batida na aldrava de metal, e na mesma hora ela foi levada para uma saleta de visitas pequena, mas confortável. Após alguns minutos, apareceu um cavalheiro.

Ela se levantou na mesma hora.

– Sr. Walpole?

Ele a olhou com certo ar distraído.

– Sou eu.

– Meu nome é Poppy Bridgerton. Venho falar com o senhor em nome do capitão Andrew James.

Ele não reagiu à menção de nenhum dos nomes – nem o dela, nem o de Andrew; na verdade, parecia quase entediado enquanto ia ao aparador servir um copo de conhaque.

Poppy não fez qualquer observação sobre ainda ser quase madrugada. Se ele gostava de tomar um conhaquezinho antes do café da manhã, quem era ela para dizer alguma coisa?

Ele estendeu um copo vazio na direção dela.

– Não, obrigada – disse ela, com impaciência. – É da mais suma importância que...

– Então a senhorita falou com o capitão James – disse ele sem grande entusiasmo, mas num tom agradável.

– Sim – respondeu ela. – Ele precisa da sua ajuda.

Poppy contou tudo. A postura dele não incentivava em nada tamanha franqueza, mas Andrew lhe dissera para confiar nele.

E ela confiava em Andrew.

Ao fim da história, ela entregou ao Sr. Walpole o bilhete que os bandidos lhe deram.

– Está em português – disse ela.

Ele ergueu a sobrancelha.

– A senhorita abriu?

– Ninguém me disse para não abrir. – Ao ver o olhar de censura no rosto do Sr. Walpole, ela resmungou: – Não estava selado nem nada...

O Sr. Walpole contraiu os lábios em reprovação, mas não disse mais nada. Poppy ficou observando o diplomata ler a carta, correndo os olhos da esquerda para a direita seis vezes antes de chegar ao fim.

– O senhor poderá ajudá-lo? – perguntou ela.

Ele dobrou a carta outra vez, com muito mais precisão do que as dobras originais.

– Sr. Walpole...

Ela não sabia mais quanto tempo seria capaz de tolerar aquela situação. O sujeito estava ignorando-a por completo. Foi quando ela se lembrou da instrução mais urgente de Andrew.

Ela pigarreou.

– Disseram-me para dizer ao senhor que dias melhores virão.

O diplomata ergueu os olhos na mesma hora.

– Foi ele quem disse isso?

Poppy assentiu.

– Exatamente nestas palavras?

– Sim. Ele me pediu para repetir algumas vezes.

O Sr. Walpole praguejou baixinho. Poppy piscou, atônita. Ele não parecia o tipo de homem que xingava. Então olhou para ela outra vez como se tivesse acabado de se dar conta.

– E a senhorita disse que se chama Bridgerton?

– Ora, mas o senhor então estava ouvindo o que eu disse?

– A senhorita é parente do visconde?

– Sou sobrinha dele.

O Sr. Walpole xingou de novo, e desta vez, nem se deu ao trabalho de tentar abafar. Ressabiada, Poppy só observava o homem resmungar consigo mesmo, como se estivesse tentando conceber a solução para um problema.

Por fim, logo quando ela ia dizer alguma coisa, ele foi à porta, abriu-a com força e gritou:

– Martin!

O mordomo apareceu na mesma hora.

– Escolte a Srta. Bridgerton ao quarto amarelo. Tranque a porta. Ela não deve sair em hipótese alguma.

– O quê? – Poppy não sabia o que esperar do diplomata britânico, mas com certeza não era aquilo.

O Sr. Walpole olhou muito brevemente para ela antes de seguir para a porta.

– É para o seu próprio bem, Srta. Bridgerton.

– Não! Vocês não podem... Pare com isso! – rosnou ela, quando o mordomo a pegou pelo braço.

Ele suspirou.

– Senhorita, não tenho a menor intenção de machucá-la.

Ela lançou um olhar beligerante ao homem.

– Mas talvez faça isso mesmo assim?

– Apenas se necessário.

Poppy fechou os olhos, derrotada. Estava exausta. Não tinha a menor energia para lutar, e mesmo se tivesse, ele era muito mais pesado.

– É um bom quarto, senhorita – disse o mordomo. – Muito confortável.

– Todas as minhas prisões são confortáveis – resmungou Poppy.

Mas nem por isso deixavam de ser prisões.

CAPÍTULO 22

Algumas semanas depois

Era estranho, pensou Poppy, como tanta coisa podia mudar em um mês. No entanto, nada havia mudado.

Ela havia mudado. Já não era a mesma pessoa que ia a *soirées* em Londres e explorava cavernas no litoral de Dorset. Jamais voltaria a ser aquela garota.

Contudo, para o resto do mundo, ela era a mesma de sempre. Era a Srta. Poppy Bridgerton, sobrinha do influente casal de visconde e viscondessa. Uma jovem muitíssimo bem-nascida; talvez não a mais cobiçada (já que o título pertencia ao tio e não ao pai dela, e já que seu dote nunca fora vultoso), mas ainda era um bom partido para qualquer jovem ambicioso, pronto para deixar sua marca no mundo.

Ninguém estava sabendo que ela fora a Portugal.

Ninguém estava sabendo que ela fora raptada por piratas.

E por uma gangue de bandidos portugueses.

E muito menos pelo representante britânico em Portugal.

Ninguém sabia que ela conhecera um capitão de navio arrebatador que deveria ter sido arquiteto, nem que ele provavelmente salvara a vida dela sacrificando a própria.

Maldito governo inglês. O Sr. Walpole deixara muito claro que ela deveria ficar de bico calado quando voltasse à Inglaterra. Dissera que perguntas indiscretas poderiam atrapalhar os esforços empenhados no resgate do capitão James.

Poppy perguntou como isso seria possível, já que o capitão James estava em Portugal e ela estaria na Inglaterra. O Sr. Walpole achou a curiosidade dela nada louvável. Na verdade, ele disse com todas as palavras:

– Acho a curiosidade da senhorita nada louvável.

Ao que Poppy respondeu:

– Nem sei o que o senhor quer dizer com isso.

– Apenas fique de boca calada, certo? – ordenou ele. – Centenas de vidas dependem disso.

Poppy suspeitava que fosse um exagero, uma mentira deslavada, até. Mas era um risco que ela não podia correr.

Pois a vida de *Andrew* talvez dependesse disso.

Quando batera à porta do Sr. Walpole, Poppy jamais esperava que fosse levada de volta à Inglaterra antes de descobrir qual seria o destino de Andrew. O representante, contudo, tinha se apressado em tirá-la de Portugal. Ele a pusera em um navio logo no dia seguinte, e, cinco dias depois, lá estava Poppy no estaleiro da Marinha Real em Chatham, com dinheiro suficiente para alugar uma carruagem que a levasse à casa de lorde e lady Bridgerton, em Kent. Até pensara em seguir direto para Somerset, mas Aubrey Hall ficava a apenas duas horas dali, e Poppy estava totalmente despreparada para pernoitar em alguma estalagem na viagem de mais de um dia que a levaria para casa – e desacompanhada, ainda por cima.

Era quase cômico pensar que estava preocupada com *isso* quando havia passado seis dias sendo a única mulher em um navio a caminho de Lisboa.

E uma noite sozinha com o capitão James.

"Andrew." Àquela altura, ele era apenas Andrew para ela. Se é que ainda estava vivo.

Poppy precisara de alguns dias (e bem mais que algumas mentiras) para esclarecer os detalhes – ou melhor, a *falta* de detalhes – a respeito das duas semanas de ausência, mas conseguira convencer os tios de que estava com Elizabeth; Elizabeth, por sua vez, acreditava que ela estivesse com os tios, e seus pais receberam uma carta bastante ambígua informando-os de que ela aceitara um convite de tia Alexandra e ficaria em Kent por tempo indeterminado.

E se havia quem duvidasse dela, pelo menos não tinha feito perguntas. Ainda não.

Graças aos céus, a prima havia sido discreta, mas logo a curiosidade falaria mais alto. Afinal, Poppy chegara...

Inesperadamente.

Sem bagagem.

E com um vestido todo amarrotado que lhe caía bem mal.

Considerando tudo o que acontecera, Poppy deveria se sentir grata por ter roupas, por pior que fosse o caimento. Quando chegara à casa do Sr. Walpole, o vestido azul estava em petição de miséria, e o diplomata mandara uma criada comprar um substituto *prêt-à-porter*.

Poppy jamais teria escolhido tal peça, mas pelo menos estava limpa – algo que, na ocasião, ela não pudera dizer sobre si mesma.

– Ah, aí está você!

Poppy logo avistou a prima Georgiana do outro lado do jardim. Georgie era apenas um ano mais nova, mas, de alguma maneira, tinha conseguido evitar as temporadas sociais de Londres. Tia Alexandra dizia que era devido à saúde delicada, mas, tirando a pele pálida, Poppy nunca vira nada de frágil na aparência de Georgie.

Naquele instante, inclusive, Georgie atravessava o gramado a passos enérgicos. Estava radiante. Poppy suspirou. A última coisa que desejava no momento era ter que se sentar e jogar conversa fora com uma pessoa tão alegre.

A última coisa que desejava, na verdade, era ter que conversar com qualquer pessoa.

– Há quanto tempo você está aqui fora? – perguntou Georgie, sentando-se ao lado de Poppy.

Ela deu de ombros.

– Não muito. Uns vinte minutos, talvez. Ou um pouco mais.

– Fomos convidadas para jantar em Crake.

Poppy assentiu, distraída. Crake House era a casa do conde de Manston. Ficava a poucos quilômetros dali. Era lá que sua prima Billie (irmã mais velha de Georgie) morava, já que era casada com o herdeiro do conde.

– Lady Manston acaba de voltar de Londres – explicou Georgie. – E trouxe Nicholas.

Poppy assentiu só para mostrar que estava ouvindo. Nicholas era o Rokesby mais novo. Poppy não se lembrava de tê-lo conhecido. Na verdade, não conhecera nenhum dos filhos do conde de Manston a não ser o marido de Billie, George. Achava que eram quatro filhos. Ou cinco.

Não estava com a menor vontade de sair para jantar, mesmo que fosse gostar de ver Billie. Preferia mil vezes receber a comida no quarto. Além disso...

– Não tenho nada para vestir – disse ela a Georgie.

Os olhos azuis de Georgie se estreitaram. Quando chegara a Aubrey, Poppy tecera uma história e tanto para explicar sua falta de bagagem, mas algo lhe dizia que a prima tinha achado tudo muito suspeito.

Georgiana Bridgerton era muito mais sagaz do que a família parecia achar. Dava muito bem para imaginá-la em seu quarto, perscrutando cada centímetro da história contada por Poppy só para encontrar brechas.

Não que Georgie fosse maldosa. Era apenas curiosa.

Um mal de que a própria Poppy sofria.

– Você não acha que, a essa altura, seu baú já deveria ter chegado? – perguntou Georgie.

– Certamente. – Poppy arregalou os olhos, tentando passar sinceridade. – Na verdade, estou chocada com o atraso.

– Talvez você devesse ter pegado o baú da outra senhora.

– Não seria justo. Não acho que ela tenha levado o meu de propósito. Em todo caso – Poppy se aproximou, em tom de confidência –, as peças eram feias. O gosto dela era péssimo.

Georgie a olhou com ceticismo.

– Bem, melhor assim – comentou Poppy, despreocupada. – A companhia de carruagens disse que iria encontrá-la para fazer a troca.

Ela não fazia ideia se a companhia agiria com tamanha generosidade; era mais provável que a culpassem por não perceber que alguém levara seu baú. Mas Poppy não tinha que convencer a companhia, só a prima.

– Para minha sorte, temos o tamanho parecido – disse ela a Georgie.

Na verdade, Poppy era cerca de 2 centímetros mais alta, mas desde que não socializassem com ninguém, ela não teria que recorrer ao truque de acrescentar rendas à barra dos vestidos de Georgie.

– Espero que você não se incomode... – disse Poppy.

– Mas é claro que não. Só acho estranho.

– Ah, mas é mesmo. É muito estranho.

O semblante de Georgie ficou pensativo.

– Você não está se sentindo um tanto... desaprumada?

– Desaprumada?

Poppy tinha certeza de que era apenas uma pergunta inocente, mas estava muito cansada, exaurida pelo esforço de sustentar tantas mentiras. E Georgie não era dada a rompantes filosóficos, pelo menos não com Poppy.

– Não sei – disse Georgie. – Não que uma pessoa deva ser definida por suas posses, mas não posso deixar de pensar que me sentiria muito desorientada sem meus pertences.

– Sim – falou Poppy, devagar. – Tem razão.

No entanto, ela daria tudo para estar de volta no *Infinity*, onde não tinha nada além da roupa do corpo.

E Andrew. Por um breve momento, ela também o tivera.

– Poppy? – Georgie parecia alarmada. – Você está chorando?

– Claro que não – disse Poppy, fungando.

– Se estiver, não tem problema algum.

– Eu sei. – Poppy virou-se para o lado, limpando algo que *não* eram lágrimas na bochecha. – Mas não importa, porque não estou.

– Hã...

Georgie parecia não saber o que fazer diante de uma mulher chorando. "E como poderia saber?", pensou Poppy. Sua única irmã era a indomável Billie Rokesby, a mulher que andara a cavalo de costas. Poppy tinha bastante certeza de que Billie jamais havia derramado uma única lágrima.

Quanto a Poppy, ela mesma não sabia a última vez que tinha chorado. A bordo do *Infinity*, sentira-se muito orgulhosa de si por não ter vertido ela também uma única lágrima. A princípio, achou que fosse por causa da raiva – estava tão irada que o sentimento sobrepujava todo o resto. Depois, fora mais uma questão de se recusar a demostrar fraqueza na frente de Andrew.

Ela apontara o dedo na cara dele e dissera que ele tinha que agradecer aos céus por ela não ser do tipo que chorava à toa. Sentia vontade de rir só de lembrar. Porque, naquele momento, tudo o que queria fazer era deixar o choro vir.

No entanto, ele nunca vinha.

Toda a sua essência parecia ter sido arrancada de dentro dela e largada em algum lugar muito, muito longe. Talvez em Portugal, talvez no meio do Atlântico, atirada pela amurada do navio durante a infeliz viagem de volta para casa. Só sabia que ali, na Inglaterra, estava em estupor.

– Vazia – sussurrou ela.

Ao seu lado, Georgie se empertigou.

– O que você disse?

– Nada.

Como explicar? Se contasse a Georgie o que estava sentindo, teria que explicar o motivo. Estava muito claro que Georgie não acreditava no bem--estar da prima naquele momento, mas, em vez de insistir no assunto, disse:

– Bem, se você decidir que está, de fato, chorando, pode contar comigo para fazer... tudo o que estiver ao meu alcance... para ajudar.

Poppy sorriu, grata pela tentativa canhestra da prima de consolá-la. Segurou a mão de Georgie.

– Obrigada.

Georgie assentiu, aceitando que Poppy não queria falar sobre o assunto – ainda não, pelo menos. Olhou para o céu, protegendo os olhos com as mãos, embora estivesse nublado.

– Acho melhor entrar. Daqui a pouco deve chover.

– Quero aproveitar o ar fresco – disse Poppy.

Na viagem de volta à Inglaterra, ela também ficara confinada na cabine. Na pressa de mandá-la para casa, o Sr. Walpole não se dera ao trabalho de encontrar uma acompanhante que falasse inglês, de modo que ela viajara com a mesma criada portuguesa que escolhera o vestido. *E* a irmã dela, já que a criada não poderia voltar sozinha para Lisboa.

Em todo caso, ambas se recusaram a pôr o pé para fora da cabine. O que significava que Poppy também tinha ficado trancada. O Sr. Walpole assegurou que o capitão era de confiança, mas depois de tudo o que tinha acontecido, ela não queria arriscar seu bem-estar e sua honra.

Para piorar, a comida também não era tão boa quanto a do *Infinity*.

E ela não sabia o que havia acontecido com Andrew. O Sr. Walpole dissera que ela não teria como saber.

– Quando tudo se desenrolar, a senhorita já vai estar a meio caminho da Inglaterra, Srta. Bridgerton. Imagino que ele ainda vá demorar um pouco a voltar.

"Se é que vai voltar." Essa parte não chegou a ser incluída, mas ficou pesando no ar entre eles.

– Ainda assim – insistira ela –, pela minha própria paz de espírito, o senhor poderia me dar notícias? James é um sobrenome muito comum. Seria impossível encontrá-lo por minha conta...

A voz dela foi morrendo, diante do olhar desdenhoso do diplomata.

– Srta. Bridgerton. A senhorita acha mesmo que o sobrenome dele é James? – Quando ela respondeu apenas com um olhar vago, ele prosseguiu: – Estamos a serviço do rei. A senhorita já recebeu ordens expressas de não dizer uma palavra sequer sobre o ocorrido. Sair por aí fazendo perguntas a respeito de um homem que não existe apenas atrairia uma atenção muito indesejada, imagino eu, para essas semanas indubitavelmente questionáveis em seu calendário.

Como se ela já não estivesse se sentindo suficientemente desanimada, a frase seguinte do diplomata drenou o restinho de energia que ainda tinha:

– É improvável que a senhorita torne a ver o capitão James.

– Mas...

O Sr. Walpole a silenciou apenas com um gesto.

– Gostando disso ou não, o melhor para a segurança nacional é que ele não tente procurá-la. Se a senhorita é incapaz de seguir ordens não faz diferença, porque posso assegurá-la de que o capitão não é.

Ela não conseguiu acreditar. Não, ela não *quis* acreditar. Andrew dissera que conseguiria fugir. Que a encontraria.

Poppy não era difícil de se achar, por sorte. Então das duas, uma: ou ele estava morto – algo em que ela não conseguia nem pensar –, ou tudo o que o Sr. Walpole dissera era verdade e ela jamais o veria de novo.

Ele seguia ordens. Ela sabia disso. Por isso é que ele preferira levá-la para Portugal em vez de esvaziar a caverna e deixá-la em Charmouth. Por isso ele não lia as mensagens que levava.

E por isso ele não iria até ela, nem que quisesse.

E também era por isso que ela não sabia a quem direcionar toda aquela raiva – a ele, por tê-la mandado para longe, mesmo que ela soubesse que era a coisa certa a se fazer; ao Sr. Walpole, por deixar tão dolorosamente claro que ela jamais voltaria a ver Andrew; ou a si mesma.

Por se sentir tão absurdamente impotente.

– Ontem à noite você veio aqui para fora? – perguntou Georgie.

Letárgica, Poppy se virou para a prima.

– Sim. Vim olhar as estrelas.

– Bem que pensei ter visto alguém pela janela. Não sabia que você tinha interesse em astronomia.

– Não exatamente, mas eu gosto de observá-las.

Só que ali elas não eram tão brilhantes quanto vistas do mar. Ou talvez o céu transmitisse mais poder e intensidade no convés de um navio.

Com as mãos de Andrew na cintura dela. Sentindo o calor do corpo dele, a força.

Mas havia coisas que ela não entendia.

Tantas...

E agora... Era patético, na verdade. Ali estava ela, lamentando-se pelos idos dias de inocência como se fosse uma senhora cheia de experiências. Ela ainda não sabia de nada. Quase nada.

– Bem, eu vou entrar – disse Georgie, ficando de pé. – Quero ter tempo suficiente para me arrumar para o jantar. Você vem?

Poppy fez menção de recusar; ainda levaria muito tempo até a hora da refeição e ela não sentia a menor necessidade de se preocupar com a aparência. Mas Georgie estava certa – parecia mesmo que ia chover e, por mais apática e desalentada que Poppy estivesse, não tinha a menor intenção de pegar uma gripe mortal.

– Vou com você – disse ela.

– Esplêndido! – Georgie deu o braço a Poppy e ambas seguiram de volta à casa.

Poppy decidiu, então, que um jantar na casa dos vizinhos era uma boa ideia. Não estava com vontade de ir, mas, nos últimos tempos, nada do que tinha vontade de fazer contribuía para que se sentisse melhor. E ela precisava manter as aparências, fingir que ainda era a garota alegre e cheia de vida que sempre fora. Com bastante esforço, quem sabe ela mesma não começaria a acreditar também?

Enquanto passavam pelo coreto, ela se virou para Georgie e perguntou:

– Quem foi mesmo que você disse que iria a esse jantar?

Andrew estava exausto.

Robert Walpole levara quase duas semanas para conseguir resgatá-lo da casa na colina. Durante todo aquele tempo, fora basicamente ignorado, mas não tinha conseguido dormir direito. Além disso, comera pouquíssimo.

Ele não sabia quanto tempo levaria para recuperar as forças, mas isso não era o mais importante.

Tinha que encontrar Poppy.

O plano original tinha sido adiar o retorno ao lar, em Kent, e seguir direto para a residência de Elizabeth Armitage, que era para onde ela deveria ter voltado. Se ela já tivesse retornado à própria casa, ele seguiria para Somerset; era uma viagem rápida partindo de Dorset.

A questão é que o *Infinity* recebera ordens de voltar à Inglaterra sem ele, e não havia ninguém em Lisboa zarpando para lá. A viagem mais rápida passaria por Margate, tão próximo de Crake House que seria ridículo não ir em casa primeiro. Além disso, se fosse com um dos cavalos dos estábulos dos Rokesbys, ele a encontraria mais rápido do que se alugasse uma carruagem no porto.

E, por mais que estivesse ansioso pelo reencontro, a ideia de tomar um bom banho e vestir uma muda de roupas limpas era muito sedutora.

Estava começando a chover quando ele saltou na entrada de Crake House. Quando colocou os pés na soleira, estava um tanto molhado. Andrew não fazia ideia de quem estaria em casa. Àquela altura do verão, a mãe certamente já teria voltado de Londres, mas era bem possível que estivesse fora, visitando amigos próximos. Também esperava encontrar os irmãos mais velhos – George morava em Crake, com Billie e os três filhos, e Edward, a poucos quilômetros dali, com a família.

Não havia ninguém no saguão, então ele pôs o chapéu molhado no aparador e se deteve por um momento para olhar à volta. Depois de semanas tão turbulentas, era quase surreal estar ali, em casa. Em muitos momentos ele achara que morreria, e mesmo depois do resgate, não tinha conseguido desfrutar bons momentos. No fim das contas, os bandidos não tinham qualquer motivação política, mas faziam parte de uma organização criminosa muito maior, poderosa o suficiente para que Robert Walpole dissesse que Andrew deveria ficar na surdina até deixar Lisboa.

Para nunca mais voltar. Walpole tinha sido bastante claro quanto a isso. O capitão Andrew James poderia ser um emissário importante para a Coroa, mas já não podia contar com nenhuma proteção na Península Ibérica.

Era hora de ir para casa, mas, acima de tudo, era hora de *ficar* em casa.

– Andrew!

Ele abriu um sorriso. Reconheceria aquela voz em qualquer lugar.

– Billie – disse ele, dando um abraço carinhoso na cunhada, que não se importaria com suas roupas molhadas. – Como você está?

– Como eu estou? Como *você* está? Já faz meses que não recebemos nenhuma notícia sua. – Ela lhe lançou um olhar de advertência. – Sua mãe não está nem um pouco feliz.

Andrew estremeceu.

– Eu estaria com medo, se fosse você – disse ela.

– Não acha que a alegria da minha chegada inesperada vai ser capaz de aplacar o mau humor dela?

– Durante uma hora, se muito.

– As circunstâncias não foram as mais favoráveis, Billie.

– Não é a mim que você tem que convencer – falou ela, balançando a cabeça. – Espero que não esteja planejando ir embora tão cedo.

– Meu plano era partir ainda hoje...

– O quê?

– Mas já mudei de ideia – completou ele. – Vou esperar até de manhã. Não gosto da ideia de sair a cavalo na chuva.

– Posso lhe dar um conselho?

– Posso evitar de algum modo?

– É claro que não.

– Então, por favor, eu adoraria.

Ela revirou os olhos.

– Não diga à sua mãe que você planejava partir ainda hoje. Na verdade, evite qualquer menção à partida, se possível.

– Você sabe que essa vai ser a terceira coisa que ela vai perguntar, não sabe?

– Depois de "Como vai?" e "Por que não escreveu?".

Andrew assentiu. Billie deu de ombros, dizendo:

– Então só me resta desejar boa sorte.

– Você é uma mulher muito cruel, Billie Rokesby.

– De qualquer modo, você jamais teria conseguido fugir antes do jantar. Nicholas veio de Londres. Todos virão.

"Todos", com certeza, incluía os Bridgertons. Andrew raciocinou que o atraso não seria uma completa perda de tempo. Talvez conseguisse alguma informação sobre Poppy. O paradeiro dela, por exemplo.

Ou se estava envolvida em algum escândalo.

Precisava pensar em uma boa estratégia para conseguir com que falassem dela. Todos achavam que ele nem sabia da existência dela.

– Está tudo bem, Andrew?

Ele piscou, sobressaltado com a pergunta. Billie estava com a mão no braço dele e o observava com curiosidade. Ou, talvez, preocupação.

– É claro – disse ele. – Por quê?

– Não sei. Você está diferente.

– Estou mais magro – confirmou ele.

Ela não pareceu muito convencida, mas não o pressionou.

– Bem, sua mãe está na casa do vigário. Ela passou alguns dias em Londres, mas voltou ontem.

– Nicholas está em casa? – Fazia muito, muito tempo que não via o irmão mais novo.

– Não neste exato momento. Ele e George foram cavalgar com seu pai, mas já devem estar voltando. O jantar é às sete, então imagino que não vão demorar. Falando em jantar...

– Eu preciso de um banho – completou Andrew.

– Pode subir para seu quarto – disse Billie. – Vou pedir para prepararem um banho para você.

– Não consigo nem expressar o quanto isso soa como música para os meus ouvidos.

– Vá logo – disse Billie, sorrindo. – E nos vemos no jantar.

Uma boa refeição, uma boa noite de sono. Era tudo que ele precisava, pensou, antes de partir bem cedo na manhã seguinte em busca de uma mulher extraordinária.

"Minha mulher extraordinária."

"Minha Poppy."

⁓

– Querida, tem certeza de que está se sentindo bem o suficiente para ir ao jantar?

Poppy olhou para lady Bridgerton, grata às sombras do interior da carruagem, que encobriam seu sorriso débil ao dizer:

– Estou bem, tia. Só um pouco cansada.

– Não vejo muito motivo para cansaço. Hoje não fizemos nenhuma atividade particularmente exaustiva, certo?

– Poppy fez uma caminhada – falou Georgie. – Bem longa.

Surpresa, Poppy olhou para a prima. Georgie sabia muito bem que Poppy não tinha feito caminhada alguma. Mal conseguira chegar ao fim do jardim.

– Ah, não sabia – falou lady Bridgerton. – Espero que não tenha sido surpreendida pela chuva.

– Não, felizmente eu dei sorte – disse Poppy.

Começara a chover cerca de uma hora depois de ter voltado com Georgie a Aubrey Hall. O que no começo era apenas uma garoa foi aumentando com o tempo. A pancada das gotas no teto da carruagem quase impossibilitava a conversa.

– Helen terá criados a postos para nos receber com guarda-chuvas – assegurou lady Bridgerton. – Não vamos nos molhar muito no caminho entre a carruagem e a casa.

– Edmund e Violet estarão presentes? – perguntou Georgie.

– Não sei – respondeu a mãe. – Violet já está bem avançada. Vai depender de como ela estiver se sentindo, presumo.

– Aposto que estará ótima – disse Georgie. – Ela ama estar grávida.

– Já escolheram o nome? – perguntou Poppy.

O primo Edmund havia se casado muito cedo – tinha 19 anos recém--completos. Mas ele e a esposa pareciam muito felizes e esperavam o segundo filho. O casal morava muito perto de Aubrey Hall, em um solar charmoso que ganharam de presente dos pais de Edmund.

– Se for menino, Benedict – falou lady Bridgerton. – Se for menina, Beatrice.

– Que shakespeariano – murmurou Poppy.

Benedick e Beatrice eram os amantes de *Muito barulho por nada,* a peça que continha a música que ela citara durante a batalha de citações shakespearianas que travara com Andrew.

Era ridículo pensar no quanto haviam se divertido.

– *Benedict* – falou Georgie. – Não Benedick.

– "Guarda teu pranto" – murmurou Poppy. – "Guarda teu pranto."

Georgie a olhou de esguelha.

– "Homem é ser traiçoeiro"?

– Nem todo homem. – O resmungo veio do canto oposto.

Poppy até se sobressaltou. Tinha esquecido que lorde Bridgerton estava lá.

– Achei que estivesse dormindo – disse lady Bridgerton, acariciando o joelho do marido.

– E estava – resmungou ele. – Só queria um pouco de paz.

– Estávamos falando tão alto assim, tio? – perguntou Poppy. – Sinto muito se o acordamos.

– Não foram vocês. Foi a chuva – disse ele. – Minhas juntas doem. Vocês estavam recitando Shakespeare?

– Sim. *Muito barulho por nada.*

– Bem.. – Ele fez um gesto circular, incentivando-a, e disse: – Pois fique à vontade.

– Quer que eu recite?

Ele olhou para Georgie.

– Você conhece?

– Não na íntegra – admitiu ela.

– Então, sim – disse ele, virando-se para Poppy. – Recite, por favor.

– Pois bem. – Ela engoliu em seco, tentando desfazer o nó que ia se formando na garganta. – "Guarda teu pranto, ó bela dama, que homem é ser traiçoeiro. Um pé no mar..." – A voz dela falhou.

267

Ela engasgou.

Qual teria sido o destino dele? Será que algum dia ela saberia?

– Poppy? – A tia inclinou-se para a frente, preocupada. A sobrinha estava com o olhar perdido. – Poppy?

De repente, Poppy despertou de seu devaneio.

– Desculpe, tia. Eu só estava... hã... me lembrando de algo. – Ela pigarreou. – "Um pé no mar, outro na cama. Só na inconstância se revela inteiro."

– Homens são criaturas fugazes – observou lady Bridgerton.

– Nem todo homem – repetiu o marido.

– Querido, *não* – rebateu ela. – Por favor.

– "Não chores mais por quem se faz indiferente ao teu pranto"– prosseguiu Poppy, mal ouvindo a conversa à sua volta. – "Sê bela, alegre e vivaz"...

Será que sempre se lembraria de Andrew ao ouvir Shakespeare? Será que *tudo* a faria pensar nele?

– "Transforma a tristeza em canto" – concluiu Georgie, lançando um olhar suspeito a Poppy, antes de se virar para o pai: – Essa parte eu conhecia.

Ele bocejou e fechou os olhos.

– Ele sempre cai no sono quando anda de carruagem – comentou Georgie.

– É um talento inato – replicou lorde Bridgerton.

– Bem, um talento que não será aproveitado esta noite – falou lady Bridgerton. – Chegamos.

Lorde Bridgerton suspirou audivelmente, enquanto as mulheres pegavam suas bolsas e luvas, preparando-se para sair.

Como lady Bridgerton previra, havia criados com guarda-chuvas para escoltá-los até a porta da casa, mas o vento estava ainda mais forte e todos ficaram um pouco molhados no caminho.

– Obrigada, Wheelock – disse lady Bridgerton ao mordomo, entregando-lhe a capa. – O clima hoje está tenebroso.

– De fato, milady. – Ele entregou a capa a um lacaio e foi ajudar Georgie e Poppy. – Faremos o possível para secar os casacos durante o jantar.

– A família está na sala de visitas?

– Sim, milady.

– Ótimo. Não precisa nos acompanhar, certo? Já sei o caminho.

Poppy tirou a capa e seguiu os tios.

– Já veio aqui antes? – perguntou Georgie.

– Acho que não. Na verdade, nunca passei muito tempo em Kent.

Era verdade. Poppy via as primas mais em Londres do que no campo.

– Você vai adorar lady Manston – assegurou Georgie. – Ela é como uma segunda mãe para mim. Para todos nós. E os jantares aqui são sempre informais. É como estar em família.

– Informal é um termo relativo – murmurou Poppy.

No *Infinity*, ela passara uma semana descalça. Naquela noite, por outro lado, estava vestida como se fosse para qualquer outro evento na alta sociedade. O vestido rosa que pegara emprestado com Georgie era um tantinho mais curto do que deveria, mas mal se notava. E a cor caía bem nela.

Poppy estava tentando seguir em frente. Estava mesmo.

A parte mais difícil era que não havia nada a fazer. Ela não sabia de onde Andrew vinha, nem de qual família. E não ajudava em nada o fato de que ele usara o sobrenome James – um dos mais comuns de toda a Inglaterra.

Quanto sobrenomes comuns eram nomes próprios bíblicos também muito comuns? James, Thomas, Adam, Charles... Todos masculinos, ao que parecia. Mesmo Andrew podia ser sobrenome. Ela não havia conhecido um cavalheiro com aquele nome? Talvez em Londres...

– Poppy!

Ela ergueu os olhos. Como era possível que já estivesse na sala de visitas? Billie parecia achar graça, pela forma como a olhava.

– Perdão – murmurou Poppy. – Estava perdida em pensamentos.

– Não vou nem perguntar no que estava pensando. São sempre as coisas mais peculiares.

Mas o comentário de Billie foi muito afetuoso. Então ela pegou a mão de Poppy e deu dois beijinhos no rosto da prima, dizendo:

– Estou muito feliz que você tenha vindo. Vai conhecer o irmão de George.

– Sim – murmurou Poppy.

Só esperava que ninguém tentasse juntá-la com Nicholas. Imaginava que ele seria um rapaz agradável, mas a última coisa que queria naquele momento era flertar. E ele não era um pouco novo demais? Só um ano mais velho que ela.

– Ele ainda não desceu – falou Billie. – Chegou de viagem bem abatido.

De Londres? Não era um trajeto nem um pouco penoso.

– Vou pegar um cálice de xerez para você. Imagino que esteja precisando. O tempo está péssimo hoje, nem parece verão.

Poppy aceitou o cálice de bom grado e bebeu, observando o jovem cavalheiro do outro lado da sala. Era Nicholas. Devia ser, ao menos. Aparentava a idade descrita, e ele e Georgiana riam como se fossem velhos amigos.

Mas Billie dissera que ele ainda não havia descido. Curioso.

Poppy deu de ombros. Não estava interessada o suficiente para perguntar, por isso apenas deu alguns passos em direção ao meio da sala. Sorriu educadamente ao ver lady Manston adentrar o cômodo pela porta oposta.

– Alexandra! – lady Manston correu para perto de lady Bridgerton, abraçando-a. – Você nunca vai adivinhar quem chegou esta tarde.

Poppy notou que Georgie estava ao lado dela, puxando a manga de seu vestido e dizendo:

– Venha conhecer Nicholas.

"Nicholas"? Poppy franziu o cenho. Então quem...?

– Andrew! – exclamou lady Bridgerton.

Andrew. Poppy desviou os olhos da alegre reunião de pessoas, mortificada com as lágrimas que surgiam em seus olhos. Outro nome comum, assim como James. Por que o maldito homem não podia se chamar Marmaduke? Ou Nimrod?

Chega. Ela precisava ser forte para suportar aquela noite. Obstinada, voltou a olhar a reunião de pessoas e concentrou-se na tia, que estava do outro lado da sala abraçando alguém.

Alguém de cabelos castanhos, com reflexos dourados de sol.

Presos para trás em um rabo de cavalo impecável. Meu Deus, o homem era a imagem e semelhança de... Andrew.

Ela nem sentiu o cálice de xerez escorregando; só se deu conta de que o havia deixado cair quando Billie, que estava ao lado dela, deu um gritinho e o pegou no ar, espirrando bebida em ambas.

Contudo, antes que pudesse falar, antes mesmo que pudesse pensar em qualquer coisa que não fosse o nome dele, Billie a puxou de lado com agilidade em direção à outra porta, que ficava bem atrás delas.

– Vamos limpar essa bagunça toda – tranquilizou-a Billie. – Ah, meu Deus, parece que caiu no seu olho!

– Billie! – chamou alguém na sala de visitas. – O que você...?

Billie enxugou o rosto com a manga do vestido e pôs só a cabeça para dentro da sala.

– Por favor, podem seguir para a sala de jantar, nós já vamos. Não, não, eu insisto.

Então fez uma inspeção rápida do estado de Poppy e chamou uma criada, pedindo água e um pano.

– Já vamos limpar isso e logo tudo voltará a ser como antes.

"Como antes."

Poppy teve que reprimir uma gargalhada.

CAPÍTULO 23

Cinco minutos depois, Andrew estava sentado em seu lugar de sempre à mesa do salão de jantar da família. Nunca tinha se sentido tão feliz por estar em casa... e tão ansioso para partir.

Fora maravilhoso tomar um banho em uma banheira decente, e ele estava ansioso por uma refeição de verdade, mas sua cabeça (e seu coração) já estavam a meio caminho de Poppy.

– George! – exclamou a mãe dele. – Vamos esperar sua esposa! Ela disse que não vai demorar.

Andrew olhou para o outro lado da mesa, dando uma risadinha. O irmão mais velho tinha sido flagrado pela mãe com um pãozinho mordido na mão.

– Eu sei que você está com tanta fome quanto eu – disse George a ele. – Só não tem coragem de começar a comer.

– E desafiar mamãe? – Andrew indicou a mãe com um meneio de cabeça. – Jamais.

– É por isso que ele é o meu favorito – disse lady Manston para toda a mesa. – Pelo menos por hoje.

– Fique à vontade para me rebaixar amanhã – disse Andrew, alegremente.

Algo que Andrew tinha bastante certeza de que ela faria no instante em que soubesse que ele partiria no dia seguinte, mas não havia motivo para informá-la de seus planos naquele momento.

George tomou um gole de vinho, dizendo:

– Billie pode acabar demorando três ou trinta minutos. Ela disse para não a esperarmos.

Lady Manston não parecia muito convencida, mas qualquer objeção que pudesse fazer foi frustrada por lorde Manston, que pegou um pãozinho e anunciou:

– Estou faminto. Sugiro que o jantar seja servido de uma vez. Billie vai entender.

E assim uma caçarola foi trazida ao salão.

Caldo de ostras. O preferido de Andrew. Por pouco não pegou a tigela com as duas mãos e sorveu tudo de uma vez, sem colher nem nada.

– Está delicioso – disse lady Bridgerton a lady Manston. – Receita nova?

– Acho que não. Acho que está com um toque de sal a mais, mas, tirando isso...

Andrew não estava prestando muita atenção, porque saboreava cada colherada. Na última gota, chegou de fato a fechar os olhos e suspirar de satisfação.

– Pedimos desculpas pelo atraso – ouviu Billie dizer a todos. – Ainda bem que vocês não esperaram.

Andrew ouviu as cadeiras se arrastando quando os cavalheiros se levantaram. Abriu os olhos e pegou o guardanapo, preparando-se para se levantar também. Uma dama havia entrado no recinto, afinal.

E nesse exato segundo o tempo desacelerou. Billie estava entrando no salão e dizia algo, por cima do ombro, para uma mulher atrás dela. A moça olhava para baixo, mexendo em algo no vestido.

Mas o jeito como ela se mexia, o reflexo específico da luz em seus cabelos... O jeito como *respirava*...

Ele soube.

Era Poppy.

Não fazia o menor sentido, mas... é claro que fazia sentido. Eram as primas dela. E se Poppy também tivesse sido enviada em um navio para Kent em vez de Dorset...

Mas as explicações eram irrelevantes, porque ali estava ela.

Andrew pensou em saltar por cima da mesa para alcançá-la com mais rapidez.

Mas ela ainda não o vira.

Ou pelo menos era o que ele pensava. Poppy parecia examinar um arranjo floral do outro lado do salão.

Definitivamente, não chegava nem perto de olhar para as pessoas à mesa.

Mesmo enquanto se encaminhava para ela, o olhar de Poppy estava em qualquer lugar que não fossem os convidados em seus lugares.

Ela sabia que ele estava ali.

De repente, Andrew foi tomado por várias emoções conflitantes: alívio, felicidade e o maior medo de todos os homens: o da fúria de uma mulher.

Ele a encarava como um homem faminto, com um sorriso imenso e imbecil lutando contra o semblante neutro que os bons modos exigiam naquele momento.

Mas tinha a impressão de que o imenso sorriso imbecil estava ganhando.

Poppy não seria capaz de evitá-lo a noite inteira, seria? Só havia duas cadeiras livres à mesa: uma à esquerda dele, e uma bem à sua frente. E Andrew tinha quase certeza de que o lugar diante dele era de Billie.

– O xerez estava tão saboroso que Poppy e eu decidimos incorporá-lo aos nossos trajes. – Ela abriu os braços e olhou para baixo para demonstrar.

– Espero que me perdoem se eu não aderir à moda – disse Georgiana, brincalhona, e todos riram.

Exceto Poppy, que encarava com ferocidade alguma coisa atrás de Billie.

E Andrew, que não conseguia parar de olhar para Poppy.

E Nicholas – de repente, Andrew percebeu que o irmão também olhava Poppy com bastante interesse.

Ele teria que arrancar o mal pela raiz. Nicholas não podia ficar devorando a esposa dele com os olhos daquela forma. Porque, sim – ah, sim –, ele se casaria com aquela mulher. Aquela mulher incrível, corajosa, inteligente e linda ainda seria esposa dele.

Mas primeiro ele tinha que fazê-la olhar para ele.

Na verdade, primeiro eles tinham que ser formalmente apresentados.

– Poppy – disse Billie, parando diante da cadeira de Nicholas –, gostaria de lhe apresentar o irmão mais novo de George, o Sr. Nicholas Rokesby. Ele acaba de se formar em Cambridge. Nicholas, esta é a Srta. Poppy Bridgerton, de Somerset. Minha prima.

Nicholas tomou a mão de Poppy e plantou um beijo suave.

Andrew trincou os dentes. *Maldição, Poppy. Olhe para mim. Para mim.*

– E este – falou Billie – é o outro irmão de George, o capitão Andrew Rokesby. Ele chegou hoje mesmo de uma viagem marítima. Estava na... – Billie franziu o cenho... – na Espanha?

– Em Portugal – respondeu Andrew, sem tirar os olhos do rosto de Poppy.

273

– Portugal. Mas é claro. Deve ser muito agradável nesta época do ano, não?

– Bastante – respondeu Andrew.

Finalmente, Poppy ergueu o olhar.

– Srta. Bridgerton – murmurou ele.

Andrew pegou a mão dela e plantou um beijo mais longo do que era apropriado. Dava para ver que ela estava com a respiração acelerada, mas ele não conseguia distinguir a emoção em seus olhos.

Raiva?

Anseio?

Ambos?

– Capitão – cumprimentou ela, em voz baixa.

– Andrew – insistiu ele, soltando a mão ela.

– Andrew – repetiu ela, sem conseguir tirar os olhos dos dele.

– Andrew! – repreendeu a mãe dele.

Era cedo demais para que ele pedisse que uma dama o tratasse pelo primeiro nome. Todos sabiam muito bem disso.

– Decerto a moça gostaria de sentar-se – acrescentou a mãe dele.

Seu tom deliberadamente brando deixava bem claro que ela exigiria esclarecimentos depois.

Mas Andrew não se importava. Poppy estava sentada ao lado dele. O mundo era um lugar muito melhor naquele momento.

– Quase perdeu a sopa, Srta. Bridgerton – comentou Nicholas.

– Eu... – A voz dela falhou.

Era muito claro que estava atordoada. A compostura de Andrew perdeu a batalha para o sorriso que insistia em se abrir. Mas então, ao erguer os olhos, ele viu que lady Bridgerton observava Poppy com muita atenção e que lady Manston fitava *a ele* com ainda mais atenção.

Ah, sim, haveria muitas perguntas depois.

– Está muito boa – disse Nicholas, olhando ao redor meio sem jeito, sem saber como lidar com aquela atmosfera estranha. – Caldo de ostras.

Puseram uma tigela diante de Poppy. Ela encarava a refeição com tanta intensidade que parecia até que sua vida dependia disso.

– Amo essa sopa – disse Andrew a ela.

Poppy engoliu em seco, ainda com o olhar fixo na tigela.

Ele, por outro lado, fixou o olhar no rosto dela e disse:

– Amo muito, de todo o coração.

– Andrew – repreendeu Billie, sentada à frente dele –, a moça nem teve a chance de experimentar.

Poppy nem se mexeu. Ele reparou que os ombros dela estavam retesados. Todos olhavam para ela, e ele sabia que não deveria tê-la transformado no centro das atenções. Mas sequer conseguira pensar em agir diferente.

Bem lentamente, Poppy pegou a colher e mergulhou na sopa.

Sorveu um pouquinho. Na mesma hora, Nicholas perguntou:

– O que achou?

Ela aquiesceu muito de leve.

– Está muito boa. Obrigada.

Andrew não se conteve mais: pegou a mão dela por baixo da mesa.

Ela não a repeliu.

– Acha que poderia querer mais? – perguntou ele, baixinho.

O pescoço dela se retesou de tal forma que parecia que todos os esforços daquele corpo estavam concentrados apenas em manter a compostura.

Então a tensão venceu. Ela puxou a mão e empurrou a cadeira para trás.

– Acho que também posso dizer que amo essa sopa – gritou ela. – Mas também odeio!

E saiu correndo do salão.

Poppy não fazia ideia de aonde estava indo. Jamais estivera em Crake House, mas todas aquelas residências grandiosas não eram sempre muito parecidas? Haveria um longo corredor de cômodos de uso comum, e se ela corresse até o fim acabaria chegando em...

Algum lugar.

Embora não soubesse por que corria. Só sabia que não conseguiria passar mais um segundo naquele salão de jantar, com todos olhando para ela e Andrew falando o quanto amava sopa e ambos sabendo muito bem que ele não estava falando de sopa coisíssima nenhuma – era demais para assimilar.

Ele estava vivo.

Estava vivo e – *Que diabo!* – era um Rokesby. Como ele tinha conseguido esconder isso dela?

E... e...

Poppy tinha acabado de confessar que o amava?

Diante da família dele, ainda por cima? E da dela?

Ou isso, ou todo o condado de Kent logo diria que ela havia enlouquecido. O que também era possível.

Afinal, estava correndo às cegas pela residência do conde de Manston, com a visão toda embaçada pelas lágrimas, logo depois de ter gritado com a sopa.

Nunca mais tomaria sopa na vida. Nunca mais.

Fez uma curva, derrapando no chão, e entrou por uma porta. Viu-se em uma saleta de visitas. Parou para recobrar o fôlego. Chovia a cântaros lá fora, e os pingos fustigavam a janela em um tamborilar furioso.

A tempestade parecia martelar a casa inteira. Zeus ou Thor ou qualquer que fosse o responsável por aquele dia horrendo devia mesmo odiá-la.

– Poppy!

Ela levou um susto. Era Andrew.

– Onde você está? – gritava ele.

Ela olhou ao redor desesperadamente. Ainda não estava pronta para encará-lo.

– Poppy!

Estava chegando mais perto. Ela ouviu um tropeção, depois um barulho alto, e depois um "Mas que inferno!".

Quase riu, mas também chorava.

– Pop...

De repente, um raio cortou o céu e, por uma fração de segundo, todo o recinto se iluminou. Lá estava a porta!

Poppy correu naquela direção, encolhendo-se quando o trovão rasgou a noite. Meu Deus, que estrondo!

– Achei você – rosnou Andrew, da porta que ficava do outro lado da saleta. – Meu Deus, Poppy, será que você pode parar de correr?

Ela se deteve, com a mão na maçaneta, e perguntou:

– Você está mancando?

– Acho que acabei de quebrar o vaso preferido da minha mãe.

Ela engoliu em seco.

– Não se machucou em... Portugal?

– Não, foi de perseguir você pela maldita casa às escuras. O que diabo você tem na cabeça?

– Eu pensei que você tivesse morrido! – gritou ela.

Ele parou e a encarou.

– Não morri.

– Bem, *agora* eu sei.

Ficaram imóveis durante um bom tempo, encarando-se nos lados opostos da saleta. Não havia raiva nessa troca, só... preocupação.

– Como você conseguiu sair? – perguntou ela.

De todas as perguntas que ela tinha a fazer, aquela parecia a mais importante.

– Obra do Sr. Walpole. Mas fiquei quase uma quinzena em cativeiro. E ainda precisei passar uns dias em Lisboa para resolver todas as minhas pendências.

– E o Sr. Farias?

– Ele está bem. A filha dele teve o bebê. É um menino.

– Ah, que notícia boa! Ele deve estar felicíssimo.

Andrew assentiu sem tirar os olhos dela por um segundo, lembrando a Poppy que havia outras coisas a discutir.

– O que todos disseram? – perguntou ela. – No salão de jantar?

– Bem, acho que ficou bem claro que já nos conhecemos.

Uma gargalhada de horror subiu pela garganta de Poppy. Ela olhou para a porta – a porta pela qual tanto ela quanto Andrew haviam entrado.

– Vão vir atrás de nós?

– Ainda não – disse ele. – George ficou de cuidar disso.

– George?

Andrew deu de ombros, explicando:

– Quando saí do salão, olhei bem nos olhos dele e falei: "George." Meu irmão simplesmente assentiu. Acho que entendeu o que eu quis dizer.

– Irmãos... – disse ela.

Outro clarão cortou o ar. Poppy se preparou para a trovoada.

– Minha tia vai me matar – disse ela.

– Não vai, não. – Andrew esperou o ribombar, e continuou: – Mas ela vai ter muitas perguntas.

– Perguntas. – Poppy foi dominada por uma gargalhada histérica. – Ah, meu pai do céu...

– Poppy.

O que ela diria à família? O que *ele* diria à família?

– *Poppy*.

277

Ela olhou para ele.

– Estou começando a caminhar na sua direção – avisou ele.

Ela ficou boquiaberta. Por que anunciar isso de forma tão explícita? E por que ela estava ficando tão nervosa?

– Porque – disse ele, no meio do caminho –, se eu não beijar você agora, eu acho... acho que vou...

– Morrer? – sussurrou ela.

Ele assentiu solenemente, então tomou o rosto dela nas mãos e a beijou. Beijaram-se por tanto tempo e com tanta intensidade que Poppy se esqueceu de tudo, até dos raios e trovões que ainda estouravam lá fora. Beijaram-se até ficarem sem fôlego. Quando se afastaram, a respiração entrecortada, era como se não soubessem qual necessidade era mais vital: respirar ou ficar juntos.

– Eu te amo, seu idiota – murmurou ela, passando as mãos nas faces para enxugar as lágrimas e o suor e Deus sabe o quê.

Ele a encarou, perplexo.

– O que foi que você disse?

– Eu disse que eu te amo, seu grandessíssimo idiota. Mas agora estou tão... mas *tão* possessa!

– Comigo?

– Com todo mundo.

– Mas mais comigo?

– Com... – Hein? – Você quer que seja mais com você?

– Só estou tentando entender quais são os desafios a enfrentar agora.

Ela olhou para ele com suspeita.

– O que está insinuando?

Ele pegou a mão dela, entrelaçando um dedo de cada vez.

–Você acabou de dizer que me ama.

– É. Devo ter perdido o juízo.

Contudo, quando ela olhou as mãos deles unidas, entendeu que não queria que a soltasse. Nunca mais.

E, de fato, os dedos dele simplesmente apertaram os dela com mais força.

– Por que você acha que perdeu o juízo? Por dizer que me ama? Ou por ter se apaixonado por mim?

– Ambos. Não sei. Já não sei de mais nada. Mas é que... eu achei que você tivesse morrido.

– Eu sei – disse ele, com seriedade. – Me desculpe por isso.

– Você não faz ideia do que eu passei.

– Faço, sim – disse ele. – Um pouco. Só fui saber que você tinha conseguido chegar em segurança à casa do Sr. Walpole quando fui resgatado, duas semanas depois.

Poppy ficou imóvel. Nunca lhe ocorrera que ele poderia ter passado pela mesma angústia que ela.

– Sinto muito – sussurrou ela. – Ah, meu Deus, me desculpe. Eu sou tão egoísta.

– Não. – A voz dele estava trêmula; Andrew levantou a mão dela e a beijou. – Não é, não. Soube que você estava bem no instante em que falei com Walpole. Eu estava prestes a ir atrás de você, amanhã mesmo, pela manhã. Achei que você estivesse em Dorset. Ou talvez em Somerset.

– Não, eu estava aqui – disse ela, afirmando o óbvio.

Ele assentiu, e seus olhos brilhavam quando ele disse:

– Eu te amo, Poppy.

Ela fungou, limpando o nariz com as costas da mão em um gesto nada elegante.

– Eu sei.

Um sorriso surpreso se abriu no rosto dele.

– Sabe?

– Bem, você tem que me amar, não é mesmo? Para ter corrido atrás de mim. Para ter discutido comigo dessa forma.

– Antes de me apaixonar por você, eu já não via problema algum em discutirmos.

– Bom, mas isso é porque você é assim – resmungou ela. – Muito combativo.

Ele colou a testa à dela.

– Poppy Louise Bridgerton, quer se casar comigo?

Ela tentou responder. Tentou ao menos assentir, mas parecia ter perdido o controle sobre o próprio corpo. E bem naquele instante, ouviram pessoas se aproximando.

Muitas pessoas.

– Espere – pediu Andrew. – Não responda ainda. Venha comigo.

Para qualquer lugar, pensou ela, dando a mão a ele. *Qualquer lugar.*

Não chegaram longe. Até Andrew tinha que admitir que nenhum tipo de imoralidade seria tolerado sob o olhar severo e intimidador dos pais e dos irmãos dele, e também da tia, do tio e das duas primas dela.

E, como Andrew previra, houve muitas perguntas. O interrogatório levou mais de duas horas e, no fim, ele e Poppy haviam contado tudo às famílias.

Quase tudo.

No meio da comoção inicial, Andrew conseguira puxar lorde Bridgerton de lado para reassegurá-lo de que tinha toda a intenção de se casar com Poppy.

Contudo, não queria fazer o pedido no meio de uma saleta apinhada de gente. Ou ainda pior: como uma resposta imediata às exigências raivosas dos parentes dela.

Concordaram que Andrew falaria com Poppy na manhã seguinte, já que os Bridgertons não conseguiram voltar para casa. A tempestade só ficara mais e mais violenta e todos julgaram que nem mesmo a curta viagem até Aubrey Hall seria segura naquelas condições.

E foi assim que Andrew se viu no corredor, diante da porta de Poppy, na calada da noite.

Não estava conseguindo dormir. Suspeitava que ela também não.

A porta se abriu antes mesmo que ele batesse.

– Ouvi você aqui fora – sussurrou ela.

– Impossível.

Ele tinha vindo da forma mais sorrateira possível, porque sabia bem que a família dela também estava acomodada naquele corredor.

– Talvez eu estivesse de ouvidos bem atentos, esperando você – admitiu ela.

Ele entrou no quarto, sorrindo.

– Ora, mas você é muito engenhosa.

Ela estava com uma camisola branca (sabe-se lá quem era a dona da peça), e os cabelos trançados para dormir.

Ele pegou a ponta da trança.

– Vai puxar meu cabelo? – murmurou ela.

– Talvez. – Ele deu uma puxadinha de leve, só o suficiente para trazê-la meio passo à frente. – Ou – disse ele, com o desejo evidente na voz grave e rouca – talvez eu possa finalmente satisfazer as minhas vontades.

Ela olhou para a ponta da trança e, depois, para o rosto dele. Os olhos de Andrew brilhavam de alegria.

Ele começou a soltar as três partes da trança, bem lentamente, saboreando o contato das mechas sedosas nos dedos, até que os cabelos caíram soltos pelos ombros dela.

Poppy era tão linda. Durante todo o tempo que passara naquele maldito cativeiro em Lisboa, esperando para ser resgatado, Andrew jamais deixara de pensar nela. Fechava os olhos e imaginava seu rosto: o sorriso impetuoso, os olhos que assumiam um tom mais intenso de verde pouco antes de o sol se pôr.

Mas a imaginação não chegava nem perto da realidade.

– Eu te amo – disse ele. – Eu te amo tanto.

– Eu também te amo – sussurrou ela, deixando as palavras virem do fundo do coração.

Eles se beijaram, e riram, e a chuva continuava tamborilando forte nas janelas. Mas mesmo com o temporal, tudo parecia bem.

Porque ali, dentro daquele quarto, os dois estavam quentinhos e a salvo. E juntos.

– Tenho uma pergunta – disse ele, quando caíram juntos na cama.

– Sim?

– Podemos concordar que eu já arruinei sua honra em definitivo?

– Eu não diria que minha honra está exatamente arruinada – disse ela, fingindo um ar pensativo. – Faz parecer que estou chateada por isso.

– Mesmo assim...

– Não que eu queira discutir certas minúcias, mas as únicas pessoas que sabem que alguma coisa imprópria pode ter acontecido entre nós são a sua família e a minha. Tenho certeza de que podemos contar com a discrição deles.

– Sim, mas não podemos nos esquecer do Sr. Walpole.

– Hum. Ele é mesmo um problema.

– Um grande problema.

– Se bem que... – disse ela, claramente divertindo-se com a conversa – ele é bastante inflexível quando o assunto é a segurança nacional. Aposto que jamais admitiria sequer ter me conhecido.

– Então imagino que não vá querer convidá-lo para o casamento.

– O casamento?

Ele chegou mais perto dela com um brilho selvagem no olhar.

– Afinal, eu arruinei sua honra.

– Se bem me lembro, ainda não chegamos a um consenso sobre a questão.

– Eu a arruinei, é um fato – afirmou ele. – Mas a questão mais urgente é que precisamos decidir o que fazer agora.

– Agora?

Ele mordiscou o lábio dela.

– Porque eu quero fazer amor com você, e muito.

– Quer?

A voz dela saiu com um tom levemente esganiçado. Ele adorou.

– Muito – confirmou ele. – E, embora eu entenda que não é muito apropriado antecipar nossos votos de uma maneira tão minuciosa...

– Maneira minuciosa? – repetiu ela, mas sem sombra de dúvida com um sorriso nos lábios.

– Quando fizer amor com você – disse ele –, vou ser bastante minucioso.

Ela mordeu o lábio, e isso fez com que ele quisesse mordê-la.

Por Deus, aquela mulher despertava seus instintos mais primitivos. Ele se posicionou por cima dela, satisfeito com as risadinhas que ouvia.

– Fique quieta – sussurrou ele. – Sua reputação...

– Ah, acho que esse barco já zarpou.

– Péssima piadinha, Srta. Bridgerton. Péssima.

– O tempo e a maré não esperam por ninguém.

Ele recuou um pouco.

– O que isso tem a ver?

– Não consegui pensar em nenhuma outra referência marítima – admitiu ela. – Ah, inclusive, você ainda não me deixou responder à sua pergunta.

– Não?

Ela balançou a cabeça.

– E qual foi a pergunta mesmo?

– Vai ter que me perguntar de novo, capitão.

– Pois bem. Quer...

Ele beijou o nariz dela.

– Se...

A bochecha esquerda.

– Casar...

A bochecha direita.

– Comigo?

A boca. Aquela boca linda e perfeita.

Mas só um beijo leve. Rápido. Ela ainda precisava responder.

Poppy sorriu, e o momento foi glorioso.

– Sim – respondeu ela. – Eu quero me casar com você.

Andrew não sabia se havia palavras certas para descrever aquele momento, mesmo que os dois fossem pessoas bastante articuladas. Sendo assim, simplesmente a beijou. Um beijo na boca, idolatrando-a da maneira com que havia sonhado durante todas aquelas semanas. Beijou-a na bochecha, no pescoço, no vão perfeito da clavícula.

– Amo você, Poppy Bridgerton – murmurou ele. – Mais do que poderia imaginar. Mais do que eu poderia conceber.

Mas não, pensou ele, mais do que poderia demonstrar. Ele tirou a camisola dela, e suas próprias roupas de dormir desapareceram em uma fração de segundo. Pela primeira vez estavam juntos por completo, pele com pele.

Ajoelharam-se na cama, um diante do outro.

– Você é tão linda – sussurrou ele, admirando-a.

Queria beijá-la em todos os lugares, provar o sal de sua pele, sorver a essência doce entre suas pernas. Queria correr a língua pelos botões em flor de seus mamilos rosados. Lembrava-se de que ela havia gostado, mas e se ele mordesse? E se puxasse?

– Deite-se – mandou.

Rindo, ela lhe lançou um olhar intrigado.

Ele encostou os lábios no ouvido dela e disse, em um grunhido faminto:

– Tenho planos para você.

Na mesma hora, sentiu a pulsação dela acelerar. Poppy começou a se deitar, mas assim que as costas dela chegaram perto dos lençóis, ele puxou as pernas dela e a jogou na cama.

– Estava devagar demais – disse ele, novamente com aquele sorriso selvagem.

Poppy permaneceu em silêncio, apenas observando Andrew com os olhos brilhando de paixão, os seios subindo e descendo a cada respiração.

– Não sei nem por onde começar – murmurou ele.

Ela umedeceu os lábios.

– Mas acho... – ele correu o dedo indicador pelo corpo dela, começando no ombro e descendo até o quadril – que vou começar... – deslizou em direção ao ventre, e depois desceu ainda mais – aqui.

Ele pôs as mãos nos quadris de Poppy, plantando os polegares na pele macia do interior de suas coxas. Então abriu suas pernas e enterrou o rosto em seu sexo, no mais íntimo dos beijos.

– Andrew! – ofegou ela.

Ele lambia e sorria. Adorava deixá-la ofegante. O gosto de Poppy era inebriante, como um vinho doce, um néctar pungente. Ele não resistiu e enfiou o dedo nela, deliciando-se ao vê-la se contrair instintivamente.

Ela estava perto. Andrew sabia que poderia levá-la ao delírio com um único roçar de dentes, mas era egoísta e queria estar dentro dela quando Poppy enfim chegasse ao clímax.

Ela gemeu de frustração quando ele se afastou, mas a boca dele logo deu lugar ao membro rijo. Ele se posicionou bem na entrada e sentiu o corpo inteiro estremecer de desejo quando ela o envolveu com as pernas.

– Quer que eu pare? – sussurrou ele.

Olharam-se demoradamente.

– Jamais – respondeu ela.

Então Andrew a penetrou, sentindo-se completamente acolhido na calidez dentro dela; era incompreensível como tinha conseguido viver 29 anos sem fazer amor com aquela mulher. Em pouco tempo ele encontrou seu ritmo e a cada estocada ficava mais perto do auge. Decidiu, no entanto, adiar o próprio prazer para que ela chegasse ao clímax primeiro.

– Andrew...

O corpo dela se arqueava sob o dele.

Ele lambeu seu seio.

Ela gemeu. Uivou.

Ele voltou sua atenção para o outro seio, sugando o bico bem de leve.

Ela emitiu um grito contido, agudo, porém baixinho, e seu corpo inteiro se retesou sob o dele.

Envolvendo todo ele.

Esse momento foi a perdição de Andrew. Ele estocou uma vez, e mais uma, até explodir dentro dela. Estava absorto no cheiro, na essência daquela mulher.

Andrew se perdeu dentro dela, mas, de alguma maneira, naquele momento, sentiu-se em casa.

Levou alguns minutos para sua respiração voltar ao normal. Deitado ao lado da mulher que amava, buscou suas mãos.

– Eu vi estrelas – falou ele, ainda maravilhado.

Ele ouviu o sorriso dela.

– Por trás das pálpebras?

– Acho que por trás das suas.

A risada de Poppy foi tão intensa que a cama chegou a balançar.

Antes do que ele esperava estavam balançando a cama outra vez.

EPÍLOGO

Nove meses depois

Andrew achava que queria uma menina, mas, com seu primogênito no colo, só pensava que aquela criaturinha maravilhosa e milagrosa era perfeita em todos os aspectos.

Haveria tempo de sobra para fazer mais bebês.

– Dez dedinhos nas mãos – disse ele a Poppy, que estava de olhos fechados, descansando na cama do casal. – E dez nos pés.

– Você contou? – murmurou ela.

– E você não?

Ela abriu um olho só.

– Eu estava meio ocupada.

Ele riu, tocando a pontinha do nariz minúsculo do filho.

– Sua mãe está muito cansada.

– Acho que ele se parece com você – disse Poppy.

– De fato, ele é muito bonito.

Ela revirou os olhos. Ele sabia que era exatamente isso que ela estava fazendo, mesmo de olhos fechados.

Andrew voltou sua atenção novamente para o filho.

– E ele é muito inteligente.

– É claro que é.

– Abra os olhos, Pops.

Ela abriu, um tanto surpresa com o apelido. Andrew nunca se dirigira a ela assim. Nem uma única vez.

– Acho que podemos chamá-lo de Roger – declarou ele.

Os olhos de Poppy se arregalaram, ficaram cheios de lágrimas, e seus lábios estremeceram.

– Acho que é uma ideia maravilhosa.

– Roger William – decidiu Andrew. – William?

– Billy ficaria feliz, não acha?

Poppy sorriu, radiante. Meses antes, Billy havia se mudado para Crake House. Deram a ele um cargo nos estábulos e deixaram claro desde o início que ele precisaria ir à escola todos os dias. O garoto estava se saindo muito bem, embora o cavalariço reclamasse do aumento no número de felinos que viviam por ali.

Andrew e Poppy também estavam morando em Crake, embora não por muito tempo. A casa que Andrew passara tantos anos construindo em seus sonhos estava se transformando em realidade. Mais um mês, talvez dois, e eles já poderiam ocupá-la. Havia um berçário imenso e banhado de sol, uma biblioteca pronta para ser preenchida de livros e até uma pequena estufa onde Andrew planejava cultivar algumas sementes que coletara durante suas inúmeras viagens.

– Quando o tempo esquentar um pouco, vou levar você lá fora – disse Andrew a Roger, caminhando pelo quarto com o bebê no colo. – Quero que você veja as estrelas.

– Não serão tão lindas quanto as que víamos do convés do *Infinity* – falou Poppy, baixinho.

– Eu sei. Mas vai ser lindo mesmo assim. – Ele olhou para ela por cima do ombro. – Vou contar para esse menininho que os antigos deuses construíram um barco tão forte e tão imenso que o mastro altíssimo rasgou os céus e as estrelas caíram lá de cima como diamantes.

Ela o recompensou com um sorriso.

– Ah, duvido que você vá dizer isso a ele.

– É a melhor explicação que já ouvi. – Andrew foi até a cama, acomodando Roger nos braços da mãe e deitando-se ao lado deles. – Sem dúvidas, é a mais romântica.

Poppy sorriu, e ele sorriu – e, embora muitas mulheres dissessem que recém-nascidos não sorriam, ele teve certeza de que o pequeno Roger também sorriu.

– Acha que voltaremos a ver o *Infinity* algum dia? – perguntou Poppy.

– Provavelmente não. Mas talvez outro navio.

Ela se virou para poder olhá-lo.

– Já está com vontade de zarpar?

– Não. – Andrew nem precisou pensar no assunto. – Tudo de que eu preciso está bem aqui.

Ela deu uma cotovelada leve nas costelas dele.

– Que resposta mais piegas...

– Retiro todas as vezes que já disse que você era romântica – queixou-se ele. – Até quando se trata das estrelas.

Ela olhou para ele, esperando que concluísse o raciocínio. Pensativo, Andrew falou:

– Percebi que gosto muito de construir.

– Está falando da casa nova?

Ele olhou para Roger e respondeu:

– E da nossa família.

Poppy sorriu. Ela foi caindo no sono junto com o bebê, e Andrew ficou um bom tempo sentado ao lado deles, pasmo com a própria sorte. Era verdade: tudo de que ele precisava estava bem ali.

– Não foi uma resposta piegas – murmurou.

Então aguardou; conhecendo bem a esposa que tinha, seria muito plausível esperar que, mesmo dormindo, ela respondesse: "Foi, sim."

Mas Poppy não disse nada. Ele se levantou da cama com cuidado e foi até as portas francesas que davam para uma pequena sacada. Já era quase meia-noite e talvez estivesse um pouco frio demais para sair ao ar livre apenas de meias, mas sentia o chamado do céu noturno.

Estava nublado e não se via uma única estrela no firmamento. Até que...

Ele franziu os olhos, olhando o céu com atenção. Havia um trecho muito mais escuro do que todo o resto. Imaginou que o vento talvez tivesse aberto um pequeno buraco entre as nuvens.

– *En garde* – murmurou ele, e, com um florete imaginário, esgrimiu contra o céu. Ele riu, investindo para a frente e mirando naquele exato ponto. E então...

Seria uma estrela ali?

O ponto de luz brilhou alegremente. Enquanto Andrew admirava o céu, maravilhado, logo outra estrela surgiu, e depois outra. Eram três no total, mas ele decidiu que a primeira era sua preferida. Era uma estrela que o desafiava.

Ele nunca achou que precisasse de algum tipo de proteção, mas talvez...

Quando olhou pela janela e viu Poppy e Roger dormindo em paz...

Soube que talvez sempre tivesse tido uma estrela da sorte.

CONHEÇA OS LIVROS DE JULIA QUINN

OS BRIDGERTONS
O duque e eu
O visconde que me amava
Um perfeito cavalheiro
Os segredos de Colin Bridgerton
Para Sir Phillip, com amor
O conde enfeitiçado
Um beijo inesquecível
A caminho do altar
E viveram felizes para sempre

QUARTETO SMYTHE-SMITH
Simplesmente o paraíso
Uma noite como esta
A soma de todos os beijos
Os mistérios de sir Richard

AGENTES DA COROA
Como agarrar uma herdeira
Como se casar com um marquês

IRMÃS LYNDON
Mais lindo que a lua
Mais forte que o sol

OS ROKESBYS
Uma dama fora dos padrões
Um marido de faz de conta
Um cavalheiro a bordo

Para saber mais sobre os títulos e autores da Editora Arqueiro, visite o nosso site. Além de informações sobre os próximos lançamentos, você terá acesso a conteúdos exclusivos e poderá participar de promoções e sorteios.

editoraarqueiro.com.br